MW00745406

LE PIÈGE DE DANTE

Arnaud Delalande, trente-six ans, est écrivain et scénariste. Il a publié cinq romans, dont quatre aux éditions Grasset : *Notre-Dame sous la terre* (prix Évasion des Relais H, prix de la Fondation de France, 1998), *L'Église de Satan* (prix Jean d'Heurs du roman historique, 2002), *La Musique des morts* (2003), *Le Piège de Dante* (2006), et un aux éditions Robert Laffont (*La Lance de la destinée,* 2007). Il est aujourd'hui traduit dans dix-huit pays.

ARNAUD DELALANDE

Le Piège de Dante

ROMAN

GRASSET

© Éditions Grasset & Fasquelle, 2006.
ISBN : 978-2-253-11899-2 – 1ʳᵉ publication LGF

A Guillaume, Emmanuelle, Olivier.
A Jean Martin-Martinière.

Et en hommage à Françoise Verny,
marraine et bonne fée.

Premier cercle

CHANT I

La forêt obscure
Mai 1756

Francesco Loredan, Prince de la Sérénissime, cent seizième Doge de Venise, trônait dans la Salle du Collège, où il accueillait d'ordinaire les ambassadeurs. De temps en temps, il levait les yeux vers l'immense toile de Véronèse, *La Victoire de Lépante*, qui ornait l'un des murs de la salle ; ou bien ses pensées allaient se perdre au milieu des dorures du plafond, le regard noyé dans *Mars et Neptune*, ou *Venise trônant avec Justice et Paix*, avant d'être rappelé à l'urgence de l'affaire qui le préoccupait.

Francesco était un homme âgé, au visage parcheminé qui faisait un contraste saisissant avec la pourpre lisse et unie dont il était entouré. Quelques rares cheveux s'échappaient de son bonnet et de sa corne ducale. Ses sourcils blancs et sa barbe achevaient de donner à sa physionomie une allure patriarcale tout à fait de circonstance, au regard des fonctions qu'il assumait au sein de la République. Devant lui se trouvait un bureau recouvert d'un dais sur lequel figurait un lion ailé sortant ses griffes, tout de puissance et de majesté. Le Doge ne manquait pas d'embonpoint, dans son vêtement somptueux. Une cape de tissu, ornée d'un mantelet d'hermine et de gros boutons, tombait sur ses épaules et recouvrait une autre robe, d'un tissu plus fin, qui glissait jusqu'à ses jambes gainées de rouge. La *bacheta*, le sceptre qui symbolisait le pouvoir dogal, reposait paresseusement entre ses bras. Ses mains, longues et déliées, arborant une bague frappée des armoiries et de la balance vénitiennes, serraient avec nervosité le compte rendu de la dernière délibération du Conseil des Dix. Celle-ci était accompagnée d'un courrier qui portait le cachet officiel de ce même conseil. Sa dernière réunion s'était tenue le matin même, dans des circonstances exceptionnelles. Le compte rendu informait Francesco d'une affaire pour le moins ténébreuse.

« Une ombre passe sur la République, lui disait-on en conclusion, une ombre dangereuse dont ce meurtre, Votre Altesse Sérénissime, n'est que l'une des multiples manifestations. Venise est aux abois, les criminels les plus odieux s'y glissent comme des loups dans une forêt obscure. Le vent de la décadence plane sur elle : il n'est plus temps de l'ignorer. »

Le Doge se racla la gorge, tapotant le courrier de ses doigts.

Ainsi, un drame abominable est arrivé.

*
* *

Le Carnaval de Venise remontait au Xe siècle.

Il s'étendait à présent sur six mois de l'année : du

premier dimanche d'octobre au 15 décembre, puis de l'Epiphanie au Carême. Enfin, la *Sensa*, l'Ascension, le voyait refleurir.

La ville tout entière bruissait de ces préparatifs.

Les Vénitiennes étaient de sortie : sous les masques, elles exhibaient la blancheur de leur teint, illuminées de parures, bijoux, colliers, perles et drapés de satin, les seins en coupe dans leurs bustiers étroitement lacés. Elles faisaient assaut de friselis et de dentelles. Leurs cheveux, de cette blondeur si rare, étaient arrangés avec le plus grand soin, en chignon, enroulés autour de diadèmes, à l'ombre d'un chapeau, épandus et ondoyants dans une liberté calculée, ou bien crêpés, chinés, portés en coiffures les plus inattendues, les plus extravagantes. Toutes déguisées, elles jouaient les importantes : elles marchaient tête haute, selon les règles du *portamento*, affectant la dignité de la plus grande noblesse ; de la tenue, du maintien, qu'elles affirmaient avec grâce et souveraineté. En ces temps de carnaval, n'étaient-elles pas les plus convoitées, les plus ardemment désirées, en un mot, les plus belles femmes du monde ? Cette assurance tranquille était la source même de leur inspiration. C'était un déluge de beautés, un arc-en-ciel de couleurs charmantes ; telle était glissée dans un fourreau de linon blanc, sans transparent, garni sur l'ourlet de falbalas dentelés ; telle autre ajoutait à sa robe des manchons bouffants en gaze d'Italie, une ceinture de rubans bleus dont les extrémités volaient amplement derrière elle ; telle autre encore portait au cou un grand mouchoir plissé, noué au creux de la gorge et ouvert en triangles soyeux, par-dessus une andrienne ou un panier, une ombrelle à la main. Ici, elles ajustaient leur *moretta*, maintenant ce masque noir en serrant avec les dents le petit ergot intérieur glissé dans leur bouche. Là, elles lissaient leur robe, ouvraient leur éventail d'un coup de poignet. Les courtisanes du plus haut lignage se mêlaient aux filles de joie dans une extrême confusion. Le *Catalogo di tutte le principal e più onorate cortigiane di Venezia* et le traité *La tariffa delle puttane di Venezia*, accompagnés de considérations techniques sur les talents de ces maîtresses d'un soir, circulaient de nouveau sous le manteau.

Les hommes, eux, portaient le masque blanc du fantôme, le *larva* surmonté d'un tricorne, et la *bauta* qui couvrait l'ensemble de leur corps ; cape noire ou *tabarro*, pour les plus classiques, auprès desquels voisinaient des milliers de personnages échappés des contes, des théâtres et de la lune. Tracagnin, Arlequin, Pantalon, le Docteur, Pulcinella, bien sûr, les habituels, les éternels ; mais aussi, des Diables armés de vessies, des Maures juchés sur des ânes ou des chevaux de pacotille, des Turcs tirant sur leur pipe, de faux officiers français, allemands, espagnols, et toute la cohorte des pâtissiers, ramoneurs, fleuristes, charbonniers, frioulans… Charlatans, vendeurs de potions promettant la vie éternelle ou le retour de l'être aimé, mendiants, gueux et paysans sans le sou venus de Terre Ferme, aveugles et paralytiques dont on ne savait si leur infirmité était réalité ou mensonge : tous se répandaient dans la ville. Les cafés, et de nombreuses tentes montées pour la circonstance, alignaient des pancartes invitant le badaud à découvrir des « Monstres », nains, géants, femmes à trois têtes, auprès desquels on commençait de se bousculer.

Le moment était venu, celui de toutes les euphories, de

toutes les libérations, celui où le vulgaire pouvait s'imaginer roi du monde, où la noblesse jouait à la canaille, où
l'univers, soudain, était sens dessus dessous, où s'inversaient et s'échangeaient les conditions, où l'on marchait
sur la tête, où toutes les licences, tous les excès étaient
permis. Les gondoliers, en grande livrée, promenaient
leurs nobles par les canaux. La ville s'était parée d'innombrables arcs de triomphe. Çà et là, on jouait à la
pelote, à la *meneghella*, en misant quelques sous qui
venaient tinter dans des assiettes ; ou bien on épar-
pillait des pièces au hasard dans des sacs de farine où
l'on venait plonger sa main, chacun espérant récupérer
davantage que sa mise. Des milliers de beignets et de soles
frites étaient apprêtés sur les étals des marchands. Les
pêcheurs de Chioggia interpellaient la foule depuis leur
tartane. Une mère donnait une claque à sa fille, qu'un
jeune soupirant serrait d'un peu trop près. Des fripiers
avançaient en plantant devant leurs tables des brouettes
chargées de vêtements, avant d'appâter le chaland. Sur
les *campi*, des mannequins d'étoupe dégorgeaient de
friandises et de fruits secs. Une volée de *frombolatori*,
lurons masqués écumant les sextiers, jetaient des œufs
pourris sur le costume des belles ou des vieilles femmes
accoudées au balcon de leur villa, avant de s'enfuir dans
des rires. Les jeux les plus grotesques fleurissaient d'un
bout à l'autre des quartiers de Venise : un chien volait
à une corde, des hommes s'élançaient jusqu'au faîte de
mâts de cocagne pour y décrocher un saucisson ou une
fiole d'alcool, d'autres plongeaient dans des baquets à
l'eau saumâtre pour tenter d'y saisir une anguille avec
les dents. Sur la *Piazetta*, une machine de bois en forme
de gâteau crémeux alléchait les gourmands ; des attrou-

pements se formaient autour des danseurs de corde, des scènes de comédie improvisées, des théâtres de marionnettes. Montés sur des tabourets, l'index levé vers d'absentes étoiles, des astronomes de bazar péroraient sur la proche Apocalypse. On s'exclamait, on s'esclaffait, on s'étouffait de rire en renversant sa glace ou sa pâtisserie sur les pavés, on goûtait la joie et la douceur de vivre.

Alors, celle que l'on surnommait la Dame de Cœur sortit de l'ombre. Postée jusque-là sous les arcades, elle avança de quelques pas en ouvrant son éventail. Ses longs cils se plissèrent derrière son masque. Les lèvres rouges de sa bouche s'arrondirent. Elle laissa tomber son mouchoir à ses pieds tout en ajustant le pli de sa robe. Elle se baissa pour le ramasser et envoya un regard à un autre agent, posté plus loin, à l'angle de la *Piazetta*, pour vérifier qu'il avait compris.

Et ce geste voulait dire : *il est là*.

En effet il était là, au milieu de la cohue.

Celui dont la mission suprême consistait à abattre le Doge de Venise.

Deux cornes de faux ivoire de part et d'autre du crâne. Un faciès de taureau, pourvu d'un mufle aux replis agressifs. Des yeux sournois brillant derrière la lourdeur du masque. Une armure, véritable celle-là, faite de mailles et de plaques d'argent, suffisamment légère pour qu'il puisse se déplacer avec toute la rapidité requise. Une cape rouge sang, qui cachait, dans son dos, les deux pistolets croisés dont il aurait besoin pour accomplir son office. Des genouillères de métal par-dessus des bottes de cuir. Un géant, une imposante créature dont on croyait entendre le souffle brûlant jailli des naseaux.

Le Minotaure.

Prêt à dévorer les enfants de Venise, dans le labyrinthe de la ville en pleine effervescence, il s'apprêtait à changer le cours de l'Histoire.

Le Carnaval avait commencé.

Quelques mois plus tôt, par une nuit noire, Marcello Torretone crevait le silence de hurlements déchirants, à l'intérieur du théâtre San Luca. L'Ombre était là. Elle avait envahi la cité, volant par-dessus les toits de la Sérénissime. Aux reflets du couchant, elle s'était glissée furtivement dans le théâtre. Le père Caffelli l'appelait *il Diavolo*, le Diable en personne, et dans son rapport Marcello avait consigné cet autre nom que lui donnaient ses partisans : la Chimère. Le prêtre avait bien essayé de prévenir Marcello, et celui-ci avait dû se rendre à l'évidence. Il se tramait quelque chose de grave. Ce soir, il était tombé dans un piège. Un mystérieux inconnu lui avait fixé rendez-vous ici, au San Luca, à l'issue de la première représentation de *L'Impresario di Smirne*, où il avait fait un triomphe. Propriétaires du San Luca, les Vendramin étaient partis les derniers. L'inconnu s'était caché en coulisses, le temps que le théâtre se vide.

Marcello avait roulé en boule son costume de scène, qui traînait maintenant non loin, derrière les rideaux. Il avait relu la lettre cachetée qu'on lui avait fait parvenir, signée d'un certain Virgile, et qui lui promettait des renseignements de la plus haute importance. La menace touchait aux institutions de Venise autant qu'à la personne du Doge. Marcello avait prévu d'aller trouver Emilio Vindicati dès le lendemain : le Conseil des Dix devait être avisé au plus tôt de ce qui se tramait. Mais à présent, il ne pouvait que maudire son imprudence.

Il le savait : il n'irait plus nulle part.

Il ne verrait pas se lever le jour prochain.

On l'avait assommé, roué de coups et attaché contre ces planches de bois. A demi inconscient, il avait vu s'activer auprès de lui une forme encapuchonnée, dont il ne pouvait distinguer le visage. Son regard s'était posé sur le marteau, les clous, la lance, la couronne d'épines – et ce curieux instrument de verre qui étincelait au poing du visiteur. Marcello était terrorisé.

— Qui… *Qui êtes-vous ?* articula-t-il, la bouche pâteuse.

Pour toute réponse, l'autre se contenta de pousser un rire sardonique. Puis Marcello n'entendit plus que sa respiration, sourde, profonde. L'inconnu achevait de l'emprisonner contre ces montants de bois, dont l'ombre projetée dessinerait bientôt une croix sur le sol.

— Vous… Vous êtes *il Diavolo* ? La Chimère, c'est cela ?

Un instant, la forme encapuchonnée se tourna vers lui. Marcello tenta en vain de deviner les traits du visage plongé dans l'obscurité.

— Alors vous *existez* ? Mais je pensais que…

Nouveau rire.

— *Vexilla regis prodeunt inferni…* dit la Chimère.

Sa voix était grave, effrayante. En vérité, elle semblait surgir d'outre-tombe.

— Q… Quoi ?

— *Vexilla regis prodeunt inferni…* Nous allons bien

nous occuper de vous. Je vais d'abord en terminer, puis nous vous redresserons ici même, sur cette scène de spectacle. Soyez heureux, mon ami. Vous aurez, ce soir, joué votre plus beau rôle.

Alors la Chimère saisit un marteau, ainsi que deux longs clous effilés. Les yeux de Marcello s'agrandirent d'horreur.

— Qu'allez-vous…

— *Vexilla regis prodeunt inferni,* Marcello Torretone !

Il plaça la pointe du premier clou sur l'un des pieds solidement ligotés de Marcello… et son bras se dressa, le marteau en main.

— NNOOOONN !

Marcello hurla, comme jamais.
Vexilla regis prodeunt inferni.
Les enseignes du roi de l'Enfer s'avancent.

*
* *

La mine grave, Francesco Loredan marchait précipitamment dans les couloirs du palais ducal.

Il faut à tout prix mettre la main sur cet homme.

Francesco était l'un de ces patriciens habitués à toutes les magistratures. Arrivé au pouvoir en 1752, il était Doge depuis plus de quatre ans. Dès l'âge de vingt-cinq ans, les jeunes aristocrates vénitiens se préparaient au service de l'Etat. Les portes du Grand Conseil s'ouvraient de droit devant eux. Francesco avait été l'un de ceux-là. Ainsi qu'il était d'usage à Venise, il avait appris les vicissitudes des fonctions gouvernementales au contact des anciens ; une pratique d'autant plus nécessaire que la Constitution de la République était essentiellement orale. En général, les ambassadeurs emmenaient leurs fils avec eux pour les initier aux secrets de la diplomatie ; certains jeunes nobles, les *Barbarini*, tirés au sort à l'occasion de la Sainte-Barbe, étaient autorisés à assister aux délibérations du Grand Conseil avant l'âge officiel. Tous les responsables de l'Etat favorisaient ainsi, pour leur progéniture, un apprentissage qui se fondait avant tout sur l'expérience pratique du fonctionnement des institutions. Pour les dynasties nobiliaires, les carrières étaient tracées d'avance : Grand Conseil, Sénat, Seigneurie ou office de Terre Ferme, ambassades, Conseil des Dix, jusqu'à la charge de procurateur, voire de Doge, primat de la cité vénitienne. Cette culture politique constituait l'un des fondements de la puissance de la lagune, qui s'était largement édifiée grâce au talent de ses représentants et à la performance de ses réseaux ; et cela, même si les calculs des dignitaires de Venise se retournaient parfois contre la brillante République, familière de tous les grands écarts diplomatiques. L'alliance des Doges avec Florence contre Milan, scellée trois siècles plus tôt par la paix de Lodi, avait permis à la Sérénissime de concourir à la liberté de l'Italie tout en préservant son indépendance. Dans la foulée de celle de Constantinople, prestigieuse entre toutes, les grandes ambassades vénitiennes s'étaient multipliées, à Paris, Londres, Madrid ou Vienne. Le partage de la Méditerranée avec les Turcs et les flottes catholiques, signe de l'érosion de sa prééminence au Levant, avait également permis à Venise d'assurer sa pérennité. La République n'avait pas inventé la politique, mais, en maîtresse des mers, médiatrice des cultures et virtuose de l'apparence, elle lui avait donné quelques nouveaux titres de noblesse que n'auraient pas désavoués ces autres emblèmes italiens qu'étaient le Machiavel du *Prince* et les Médicis florentins.

Francesco avait ce pragmatisme, ce talent de la chose publique et cette habileté aux affaires, aussi bien commerciales, juridiques, diplomatiques que financières, qui faisaient de lui le digne héritier de l'âme aristocratique vénitienne. Et tandis qu'il marchait en direction de la Salle du Collège, sa lettre en main, il se disait, une fois de plus, qu'être Doge de Venise n'était pas une fonction de tout repos. De temps à autre, un garde du palais s'effaçait devant lui, remontant sa hallebarde avant de retrouver sa mine raide et compassée. *Les Dix ont raison*, se disait Loredan. *Il faut agir vite.* Depuis le XIIe siècle, les attributs du Doge n'avaient cessé d'être renforcés : l'investiture par l'étendard de Saint-Marc, les laudes issues des usages carolingiens, le dais et la pourpre de Byzance, la couronne que supportait le bonnet ducal en étaient autant de témoignages. Pourtant, les Vénitiens avaient toujours pris garde à ce que le primat de leur cité ne puisse confisquer le pouvoir. Son autorité, d'abord limitée par la personne morale de la commune de Venise, avait vite été encadrée par la Seigneurie, rassemblement des élites dirigeantes de la ville. Aujourd'hui encore, les grandes familles, à l'origine de l'expansion de la péninsule, s'assuraient de conserver la prééminence dans les prises de décisions importantes ; et si Venise évitait toute forme d'absolutisme monarchique, l'Etat marquait avec vigueur la frontière entre le prétendu pouvoir du peuple, qui n'avait duré que le temps d'un songe, et la prépondérance de ces dynasties auxquelles la cité devait sa suprématie.

Comme tous les Vénitiens, Francesco regrettait le temps de l'Age d'or, celui de l'essor de Venise et de ses colonies ; il aurait pu être, sinon le seul maître à bord, au moins l'un des artisans de cette vaste entreprise de conquête. Certes, il tirait une immense satisfaction de la splendeur du titre et du cérémonial incessant qui entourait sa personne. Mais il se sentait parfois prisonnier de sa fonction d'apparat, *rex in purpura in urbe captivus*, « roi vêtu de pourpre et prisonnier dans sa ville »… Lorsqu'il avait été proclamé Doge dans la basilique voisine, il s'était présenté à la foule en liesse sur la place Saint-Marc, avant de recevoir la corne ducale au sommet des marches de l'escalier des Géants ; mais à peine sa nomination avait-elle été prononcée qu'il avait dû faire serment de ne jamais outrepasser les droits que lui accordait la *promissio ducalis*, cette « promission » qu'on lui lisait chaque année à haute voix et qui rappelait la nature exacte de ses attributions.

Or Francesco, élu à vie, membre de droit de tous les conseils et dépositaire des plus hauts secrets de l'Etat, incarnait mieux que quiconque, par la vertu de sa fonction, l'autorité, la puissance et la continuité même de la Sérénissime. Il présidait le Grand Conseil, le Sénat, les *Quarantie*, siégeait tous les jours ouvrables avec les six personnes de son Conseil restreint pour recueillir les suppliques et les doléances. Il visitait chaque semaine l'une des deux cent cinquante à trois cents magistratures que comptait Venise. Il vérifiait la nature et le montant des impositions, approuvait les bilans des finances publiques. Tout cela sans compter de multiples visites ou réceptions officielles. Le Doge, en réalité, n'avait presque pas de vie privée. Ce marathon permanent affectait souvent la santé des vieillards – car on ne devenait pas Doge avant l'âge de soixante ans – et ce au point que l'on avait cru bon d'ajouter au trône de la salle du Grand Conseil une barre rembourrée de velours, qui permettait à Sa Sérénité de faire un petit somme, lorsqu'elle n'était plus tout à fait apte à suivre les débats.

Francesco glissait dans le palais et passa dans la grande salle du *Maggior Consiglio*, le Grand Conseil, où se trouvaient les portraits de tous ses vaillants prédécesseurs. En d'autres circonstances, il se serait arrêté, comme il le faisait parfois, pour guetter dans les traits de ces Doges d'autrefois quelque signe de filiation symbolique. Il aurait songé à Ziani, juge, conseiller, podestat de Padoue, l'homme le plus riche de Venise, que les familles « nouvelles », enrichies par l'essor vénitien, avaient fini par écarter de la vie publique ; il se serait assis devant Pietro Tiepolo, armateur et marchand, duc de Crète, podestat de Trévise, baile de Constantinople, qui, non content d'avoir favorisé la création du Sénat et la rédaction des Statuts citadins de 1242, s'était également employé à rétablir l'unité vénitienne et à imposer, ici et là, la souveraineté de la République. Avant de quitter la salle, Francesco passa aussi devant le voile noir qui recouvrait le portrait du Doge Falier, au destin si troublant : contre la toute-puissance aristocratique, il avait nourri le rêve de revenir aux sources d'un gouvernement participatif, mobilisant le peuple ; on l'avait exécuté. Et Francesco, quant à lui, se demandait ce que lui-même laisserait derrière lui, et en quels termes on se souviendrait de ses efforts à la tête de l'Etat.

Il y a de quoi, en effet, se poser cette question, s'inquiétait-il.

Car en ce jour d'avril, précisément, Francesco avait de bien sombres préoccupations. Il était sur le point de recevoir Emilio Vindicati, l'un des membres du Conseil des Dix. Il n'avait pas encore pris de décision définitive quant à la proposition, bien singulière en vérité, que celui-ci lui avait faite ce matin même. Francesco parvint à la Salle du Collège et alla s'asseoir quelques instants. Mais il ne tint pas longtemps en place. Nerveux, il se dirigea vers l'une des fenêtres. Un balcon surplombait la digue devant la lagune, que sillonnaient quelques gondoles, bateaux militaires de l'Arsenal et autres esquifs chargés de marchandises. Non loin, on devinait l'ombre du lion ailé de saint Marc, et celle du Campanile, qui s'avançaient comme des poignards dans le jour montant. Francesco se massa les paupières en prenant une longue inspiration. Il suivit des yeux le ballet des navires qui se croisaient sur les flots, guettant les touches d'écume qui parsemaient leur sillage. Il soupira encore et, une dernière fois, relut la conclusion de la lettre du Conseil des Dix.

« Une ombre passe sur la République, une ombre dangereuse dont ce meurtre, Votre Altesse Sérénissime, n'est que l'une des multiples manifestations. Venise est aux abois, les criminels les plus odieux s'y glissent comme des loups dans une forêt obscure. Le vent de la décadence plane sur elle : il n'est plus temps de l'ignorer. »

Le Doge annonça bientôt à l'un des gardes du palais qu'il était prêt à recevoir Emilio Vindicati.

— *Si*, Votre Sérénité.

Tandis qu'il l'attendait, il se perdit de nouveau dans les reflets scintillants de la lagune.

Venise…
Une fois de plus, il va falloir te sauver.

Il avait fallu déjà bien des combats pour que, du limon et des flots, les Doges parvinssent à préserver la « Vénus des eaux ». Francesco pensait souvent à ce miracle. Car la survie de cette ville tenait du miracle. Autrefois à la frontière de deux empires, byzantin et carolingien, Venise avait lentement conquis son autonomie. Saint Marc était devenu patron de la lagune en 828, lorsque deux marchands avaient rapporté en triomphe au Rialto les reliques de l'évangéliste, dérobées à Alexandrie. Mais ce furent la première croisade et la prise de Jérusalem qui, pour la péninsule, signifièrent le début de l'Age d'or. Au croisement des mondes occidental, byzantin, slave, islamique, et de l'Extrême-Orient, Venise devint incontournable : bois, fer de Brescia, de Carinthie et de Styrie, cuivre et argent de Bohême et de Slovaquie, or silésien et hongrois, draps, laine, toiles de chanvre, soie, coton et colorants, fourrures, épices, vins, blé et sucre transitaient par elle. Parallèlement, Venise développait ses propres spécialités, comme la construction navale, les productions de luxe, le cristal et la verrerie, le sel. Elle ouvrait les routes de la mer à de grands convois de galères : à l'est, vers Constantinople et la mer Noire, Chypre, Trébizonde ou Alexandrie ; à l'ouest, vers Majorque et Barcelone, puis Lisbonne, Southampton, Bruges et Londres. L'Etat armait les galères, régulait les flux, encourageait les ententes.

Marco Polo et le *Livre des merveilles du monde* faisaient rêver les citoyens de Venise à de lointains horizons ; Odoric de Pordenone parcourait la Tartarie, l'Inde, la Chine et l'Insulinde, pour en rapporter sa célèbre *Descriptio terrarum*. Niccolo et Antonio Zeno poussaient l'avantage vénitien jusque vers les terres inconnues du Nord, au large de Terre-Neuve, du Groenland et de l'Islande, tandis que Ca'Da Mosto s'embarquait à la découverte du Rio Grande et des îles du Cap-Vert.

J'aurais beaucoup donné pour assister à tout cela.

Venise, cette « ville de rien » perdue sur la lagune, devenait un empire ! Bases et comptoirs se multipliaient, en Crète, à Corinthe, Smyrne ou Thessalonique, toujours plus loin sur les mers, créant ainsi de véritables colonies d'exploitation – au point que l'on songea un temps à édifier une nouvelle Venise, une Venise d'Orient… D'un bout à l'autre de ces nouveaux territoires, on devenait sujet de la cité vénitienne. Mais les populations dominées, souvent miséreuses, offraient également un terreau de choix pour la propagande des Turcs, auxquels finirent par s'abandonner les pays les plus mal en point. Contrôler de si vastes étendues et s'acharner à en développer l'exploitation obligeait à de telles liaisons administratives et commerciales que l'équilibre impérial ne pouvait manquer de se fragiliser. Et depuis…

Venise avait su conserver sa position éminente jusqu'au XVIe siècle. Les temps de la splendeur première avaient ensuite commencé à s'effacer. Les difficultés vénitiennes après la bataille de Lépante, l'hégémonie espagnole en Italie et la collaboration active entre l'Espagne et la papauté en furent autant de symptômes.

Lors de la paix de Passarowitz en 1718, Venise perdit de nouveau des territoires au profit des Turcs. La Cité des Doges se cantonna alors dans une neutralité bienveillante, tout en engouffrant des sommes insensées dans la modernisation de l'Arsenal. L'épanouissement des arts put masquer un temps cette lente déréliction : les fresques de Titien, de Véronèse et du Tintoret rivalisaient de beauté ; Canaletto faisait frémir l'air de la lagune et scintiller la cité de lumières vaporeuses. Mais, Francesco le savait : aujourd'hui, confrontée à l'exigence suprême de tenir son rang aux yeux du monde et au spectre toujours vivace de son engloutissement, Venise ne pouvait plus masquer ses fêlures. Les plus sévères la comparaient à un cercueil languissant, à l'image de ces gondoles noires qui la sillonnaient de toutes parts. La réputation de la ville, cette glorieuse Réputation qui avait constitué le credo de son expansion, était en péril. La fraude, les jeux de hasard, la paresse, le luxe avaient suffi à corrompre les valeurs anciennes. Les témoignages que recueillait Francesco, depuis quatre ans, montraient que le volume du trafic maritime ne cessait de baisser. Face à Livourne, Trieste ou Ancône, le port s'était affaibli. On essayait bien de réconcilier la noblesse avec les activités de négoce, qu'elle jugeait désormais trop « plébéiennes », en prenant exemple sur les Anglais, les Français, les Hollandais. Peine perdue : le mercantilisme et l'affairisme continuaient, et les nobles ne reprenaient pas pour autant le chemin de l'ancienne Réputation.

De là à parler de véritable décadence, il n'y avait qu'un pas.

Vindicati a raison… La gangrène est là.

Enfin, Emilio Vindicati fit son apparition dans la Salle du Collège.

Les grandes portes s'ouvrirent devant lui.

Francesco Loredan se retourna.

Vindicati avait délaissé sa tenue d'apparat pour un ample manteau noir. Emilio, perruque poudrée au-dessus d'un visage ovale, était un homme de haute stature ; la maigreur de ses membres donnait l'impression qu'il flottait dans son vêtement. Ses yeux, pénétrants et mobiles, étaient souvent traversés par une lueur d'ironie, qu'accusait le pli au coin de sa bouche. Celle-ci semblait avoir été dessinée au fusain, deux traits presque invisibles, qui s'aiguisaient de temps à autre en un sourire proche du sarcasme. La fermeté et l'énergie tranquilles qui émanaient de sa physionomie s'apparentaient à la surface d'un lac dont les profondeurs, en réalité, étaient autrement troublées : furieux, passionné, rigide, Emilio était un cavalier de tempête – tout à fait ce qu'il fallait pour influencer de sa poigne vigoureuse les délibérations du Conseil des Dix. Florentin de naissance, il avait grandi à Venise, et venait de se faire élire à sa charge après avoir été membre du *Maggior Consiglio* durant vingt-cinq ans. Là, il s'était fait une réputation d'habile politique et d'impitoyable rhéteur. On critiquait son apparence hautaine et la rigueur parfois excessive de ses positions ; mais, comme Francesco Loredan, Emilio avait l'habitude d'assumer des charges publiques, et regrettait l'Age d'or de la Sérénissime. Il était de ceux pour qui la raison d'Etat devait primer toute chose. Et à la différence de la plupart des nobles vénitiens, qu'il jugeait endormis sur le mol oreiller de la paresse, Emilio entendait tout mettre en œuvre pour permettre à la République de retrouver son lustre d'antan.

En entrant dans la Salle du Collège, Emilio Vindicati ôta son couvre-chef et s'inclina devant le Doge avec cérémonie. Sa main s'attardait sur une canne noire, dont le pommeau figurait deux griffons entrelacés. Francesco Loredan se tourna de nouveau vers la lagune.

— Emilio, j'ai lu avec attention les délibérations du Conseil et les recommandations que vous me faites dans votre courrier. Nous savons tous les deux de quelle façon fonctionnent nos institutions, et nous sommes coutumiers des jeux d'influence politique. Je ne vous cache pas ma surprise, et mon horreur à la lecture de vos documents. Sommes-nous si aveugles que vous le dites ? Notre pauvre Venise est-elle si menacée que vous le prétendez… ou forcez-vous le trait, pour nous pousser à agir ?

Emilio haussa un sourcil et se passa la langue sur les lèvres.

— Douteriez-vous des avis du Conseil des Dix ?

— Allons, Emilio. Evitons de placer notre conversation sur le terrain de nos susceptibilités respectives… Ainsi, un meurtre ignoble a été perpétré la nuit dernière au théâtre San Luca…

Emilio s'était redressé, les deux mains dans le dos, l'une continuant de jouer avec sa canne.

Il soupira, puis fit quelques pas dans la Salle du Collège.

— Oui, Votre Altesse. Je vous ai épargné les détails de ce crime sordide. Sachez seulement qu'il n'a jamais eu de précédent à Venise. A l'heure qu'il est, le cadavre est toujours en place. J'ai ordonné de ne toucher à rien dans l'attente d'une décision concertée sur la façon dont mener cette enquête, eu égard aux informations particulières que je vous donne dans mon courrier… Mais il est bien certain que cette situation ne peut durer très longtemps.

— Avez-vous avisé le Grand Conseil de cette horreur ?

— Pas exactement, Votre Altesse. Et, si je puis me permettre… je pense que c'est la dernière chose à faire.

Les deux hommes se turent de nouveau. Le Doge quitta la fenêtre et fit à son tour quelques pas pour se planter devant Emilio, *bacheta* en main. Il reprit la parole :

— Je n'aime pas beaucoup cela… Vous n'ignorez pas que l'ouverture même de mes courriers m'est interdite en l'absence des membres de mon Conseil restreint. De ce point de vue, le présent entretien est aussi une entorse à notre Constitution. Ce n'est pas à vous, Emilio, que je dois rappeler les raisons qui me poussent à respecter scrupuleusement cette étiquette… et vous savez qu'en définitive, je n'ai guère de pouvoir de décision. Vous arguez auprès de moi de circonstances exceptionnelles pour contourner nos procédures habituelles ; certains y verraient déjà une manière d'intrigue. Alors dites-moi, Emilio… pensez-vous sérieusement que des membres du gouvernement de Venise puissent être mêlés à ce forfait ? Reconnaissez que ces accusations seraient d'une haute gravité.

Emilio ne cilla pas.

— Les atteintes à la sûreté de l'Etat le sont tout autant, Votre Altesse.

Il y eut un silence, puis Francesco leva une main et fit la moue.

— Certes, mon ami… Mais il ne s'agit là que de conjectures. Les arguments que vous avancez dans votre rapport sont pour le moins étonnants, et les preuves font défaut.

Le Doge se détourna et se posta au-dessous de *La Victoire de Lépante*.

— Il est impensable pour nous de procéder à une enquête en plein jour ; le simple fait de l'ordonner nous mettrait dans une position très inconfortable et déboucherait aussitôt sur une crise des plus profondes. C'est la dernière chose dont nous avons besoin pour le moment.

— C'est pour cette raison, Votre Altesse, que je me refuse à faire appel à l'un de nos agents d'information traditionnels pour nous en apprendre davantage.

Le Doge plissa les yeux.

— Oui, j'ai bien compris cela. Et vous décidez donc d'employer pour ces basses œuvres une crapule, un être léger et inconsistant, que nous condamnions à croupir un moment dans les prisons de Venise avant de le faire exécuter ! Voilà une idée bien étrange. Qui vous dit que, au premier pas qu'il fera dehors, il ne tentera pas de vous fausser compagnie ?

Emilio sourit.

— Ne vous inquiétez pas de cela, Votre Sérénité. Celui auquel je pense est trop épris de liberté pour marchander plus avant, ou tenter de nous duper. Il sait ce qui l'attend s'il renie sa parole. Certes, je vous concède qu'il s'agit là d'un homme qui, en de nombreuses circonstances, a tout fait pour se moquer de la République et y causer les dissipations que ne manque pas d'occa-

sionner ce genre de tempérament, disons, aventurier et
frondeur. Mais notre contrat le sort des geôles et lui
sauve la vie. Il sera redevable de cette grâce et je sais
que, tout bandit qu'il est, il garde un certain sens de
l'honneur. Je sais de quoi je parle, pour l'avoir eu sous
ma responsabilité durant près de quatre ans… Il a déjà
travaillé pour nous, et pour le Conseil. Il sait mener
une enquête criminelle et se fondre dans la foule pour
obtenir des informations. Il pense vite, et n'a pas son
pareil pour se sortir des situations les plus insolites.

— Oui, dit Loredan. Visiblement, il a aussi beaucoup
de talent pour s'y mettre.

Le sourire d'Emilio se fit un peu contrit.

— Je vous le concède. Mais cette légèreté dont vous
parlez nous est aussi une arme : après tout, personne
ne l'a jamais soupçonné d'agir pour notre compte. Je
tiendrai cet homme de bien des manières, vous pouvez
me croire.

Le Doge réfléchit quelques secondes.

— Admettons, Emilio… Admettons une seconde
que nous agissions ainsi, avec tous les risques que cela
représente… Avez-vous déjà fait part à ce prisonnier de
votre proposition ?

— C'est fait, Votre Altesse. Il a accepté, naturellement. Il n'attend plus que nous. Figurez-vous qu'il pro-
fite de sa claustration pour rédiger ses Mémoires… Je
lui ai signifié, comme vous l'imaginez, que les détails de
l'affaire dont nous parlons ne sauraient y figurer… Non
que je pense que son récit passera à la postérité ! Mais il
serait fâcheux qu'il renie de sa plume l'engagement qu'il
m'a fait, et que cela suffise à jeter le discrédit sur nous,
les Conseils et le gouvernement tout entier.

— Hé ! Cela, je ne vous le fais pas dire.

Il alla s'asseoir dans son fauteuil, se caressant la barbe d'une main. Emilio s'avança.

— Allons, que risquons-nous, Votre Altesse ? Dans le pire des cas, il s'enfuit ; mais dans le meilleur… Il sera peut-être pour nous l'instrument rêvé… Il manie l'épée comme personne, sait s'attirer les confidences du peuple, et son intelligence redoutable, si elle est mise au service d'une noble cause, peut sauver Venise. Une ironie qu'il n'a pas manqué de noter lui-même, mais de laquelle il se délecte. Il y trouvera ainsi une forme de rédemption… La rédemption, Votre Altesse… Un ressort puissant…

Le Doge réfléchit encore. Il ferma les yeux, ramenant ses doigts en coupe auprès de ses lèvres. Puis, dans un soupir, il regarda Emilio :

— Bien. Amenez-le donc ici. J'ai toute confiance en votre jugement. Mais concevez que je veuille le voir et l'entendre moi-même, pour me faire une opinion plus exacte de l'esprit de cet homme.

Emilio sourit. Lentement, il quitta son fauteuil et s'inclina. Il releva les sourcils et son sourire s'accentua lorsqu'il dit :

— Il en sera ainsi, Votre Altesse.

Il était déjà sorti que le Doge, préoccupé, marmonnait :

— Tout de même… Faire sortir l'Orchidée Noire !…

*
* *

Le Doge ferma les yeux.

Il vit des galères armées qui canonnaient dans la lagune, des formes encapuchonnées courir dans la nuit et se déverser sur Venise, le Carnaval s'embraser. Il sentit l'odeur de la poudre et entendit le bruit des armes. Il s'imagina la Sérénissime sombrant dans les eaux, engloutie pour jamais. Le spectacle grandiose de son propre anéantissement enflamma aussi son esprit.

On lui avait apporté un café fumant, qui reposait auprès de son sceptre. Ses yeux se perdirent dans le marc.

Et Francesco Loredan, Prince de la Sérénissime, cent seizième Doge de Venise, pensait :

Les fauves sont lâchés.

CHANT II

Le vestibule de l'enfer

Les Plombs de Venise faisaient partie du palais ducal ; ces prisons, situées sous les combles et recouvertes de lames de plomb de trois pieds carrés, avaient la réputation d'être parmi les plus sûres d'Italie. On y accédait par les portes du palais, ou par un autre bâtiment, en traversant le pont des Soupirs. Loin d'évoquer l'extase d'amants passionnés, ces soupirs rappelaient les dernières lamentations des condamnés que l'on menait régulièrement au lieu de leur exécution. Derrière le treillis des fenêtres ajourées du *ponte dei Sospiri*, on pouvait deviner la lagune ; puis l'on s'engouffrait dans d'étroits couloirs avant de monter sous les toits, à l'endroit où se trouvaient les cellules des pires criminels.

Dans l'une d'elles se trouvait un homme accusé depuis longtemps de perturber l'aimable tranquillité vénitienne. Sans être le plus sombre des brigands, il devait à son caractère amoral et aventureux de fréquents séjours dans les geôles, qui risquaient bien, cette fois, de le mener tout droit à une condamnation à mort. Son procès était encore en instruction. La récente conversation qu'il avait eue avec Emilio Vindicati lui avait redonné l'espoir de se tirer de ce mauvais pas. Il avait le cheveu long, mais se rasait et se soignait tous les jours comme s'il devait le soir même participer à quelque fête galante ; des sourcils arqués, parfaitement dessinés, un nez fin surmontant une bouche aux plis insolents ; des yeux expressifs, que l'on devinait aussi aptes à claironner la vérité qu'à la dissimuler. Son allure racée contrastait avec l'endroit dans lequel il se trouvait. On lui avait accordé le droit de recevoir des livres, et d'avoir une table en plus de la paillasse où il dormait. Il avait sympathisé avec son geôlier, Lorenzo Basadonna, qui le fournissait en plumes, encres et papiers de vélin, pour qu'il pût continuer la rédaction de ses souvenirs, qu'il rassemblait par bribes éparses. De temps en temps, des discussions animées se nouaient entre le gardien et son prisonnier et, malgré l'inconfort quotidien de la situation de ce dernier, pour qui la privation de liberté était le pire des maux, il n'était pas rare de les entendre rire. Il avait aussi, parfois, le droit de jouer aux cartes, de cellule à cellule, avec un autre prisonnier et ami de longue date, qui n'était pas des moins réputés de la Sérénissime : un certain Giovanni Giacomo Casanova, accusé lui aussi à maintes reprises d'avoir troublé l'ordre public. Ou bien c'était son valet, Landretto, qui venait parfois égayer son quotidien, en lui apportant fidèlement des piles d'ouvrages, des vivres ou des nouvelles de la ville.

Au moment où Emilio Vindicati s'apprêtait à le délivrer, le prisonnier était, comme de coutume, courbé sur le vélin qu'il griffonnait de sa plume. Curieux destin en effet que celui de ce fils de rien, né au cœur même de la cité lagunaire, dans le quartier de San Marco, le 12 juin

1726. Ses parents résidaient près de Santa Trinità et travaillaient avec ceux de Casanova au théâtre San Samuele,
inauguré en 1655 par les Grimani. Sa mère, comédienne,
artiste fantasque, s'appelait Julia Pagazzi ; son père,
Pascuale, costumier, fils de cordonnier et baladin, était
disparu très tôt. Julia était alors partie pour la France
honorer d'autres contrats, si bien que son enfant s'était
vite retrouvé seul. Il avait des frères et sœurs, avec qui il
ne parlait guère. Il grandit chez sa grand-mère, la vieille
Elena Pagazzi. Imitant Giacomo, qu'il avait connu enfant
sur le *campo* San Samuele, il se rendit à Padoue pour
entamer ses études. Là, il tomba dans les griffes d'un ami
de la famille, Alessandro Bonacin, poète libertin et noble
désargenté, qui l'initia aux plaisirs de la vie tout en faisant mine de le conduire dans la voie de Dieu. Le titre de
docteur en poche, l'enfant, devenu jeune homme, revint
à Venise où il reçut la tonsure et les ordres mineurs. On
songeait pour lui à une carrière ecclésiastique, manière
pratique d'ascension sociale qui, au moins sur un point,
correspondait à son tempérament : sa volonté de reconnaissance, impérieuse et profonde, héritage paradoxal
mais compréhensible du sentiment d'abandon dans
lequel il s'était trouvé plongé durant ses primes années.
Ses dévergondages lui valurent une incarcération au fort
Saint-André, sur l'île de Sant'Erasmo, en face du Lido ;
ce fut d'ailleurs la première fois qu'il croisa son compère
Casanova en prison. Un cardinal romain tenta vainement
de le ramener dans le droit chemin, mais il décida de fuir
en s'engageant dans l'armée, avant de courir les mers de
Corfou à Constantinople, puis de rentrer à Venise comme
joueur de violon dans l'orchestre du théâtre San Samuele,
celui-là même que ses parents avaient fréquenté. Encore

une « vocation » qu'il n'avait pas, pour tout dire ; mais
ses escapades licencieuses avec Giacomo et ses compagnons du San Samuele lui permirent de s'adonner librement à ses vices. Il avait été à bonne école.

Un jour, pourtant, la chance lui sourit : au palais
Mandolini, à deux pas de Santa Trinità, alors qu'il s'apprêtait à quitter le bal où il avait joué de son violon, il
sauva par miracle le sénateur Ottavio d'une mauvaise
passe en le conseillant sur l'une de ses mises au jeu.
Il prétendit avec aplomb que ce talent lui venait d'une
certaine connaissance ésotérique qui lui permettait, par
un biais numérologique savant, de trouver les réponses
exactes à n'importe quelle question qu'il se posait – ou
qu'on lui posait. Le sénateur naïf s'enticha de lui au
point d'en faire son fils putatif. Il lui alloua un domes-
tique, une gondole défrayée ainsi que le gîte, le couvert et la somme de dix sequins par mois. Désormais,
il roulait carrosse et vivait en seigneur. Il lui arrivait
de temps en temps de croiser Giacomo, qu'une fortune égale avait touché. Belle revanche sur la vie ! Il se
livrait, pour le compte de hauts patriciens de Venise,
à de palpitantes démonstrations oraculaires et ren-
flouait régulièrement sa bourse dans les *casini*. Certes, il
n'avait pas que des défauts : il versifiait admirablement,
connaissait l'Arioste par cœur, savait philosopher ; son
érudition, son charisme, son esprit brillant, son sens
de la repartie et son inestimable talent de conteur, qui
pouvait pousser ses auditoires jusqu'aux larmes ou les
tenir des heures en haleine, en faisaient une compagnie agréable et recherchée. Mais comment, dans cette
ville chargée de secrets et de voluptés, aussi sainte que
libertine, précieuse que décadente, pouvait-il ne pas

céder à ses démons ? Il passait des nuits entières dans les *casini*, s'abandonnait à toutes les dépravations. En même temps, ses accointances politiques en faisaient un informateur idéal, si bien qu'un soir, Emilio Vindicati, qui dirigeait alors la *Quarantia Criminale*, vint le trouver. Notre homme avait été ainsi recruté presque « par erreur ». Introduit par le sénateur Ottavio, il avait, sans le savoir, convaincu Vindicati de le choisir pour le compte du Conseil des Dix à la suite de trois duels successifs, et de petits tours de passe-passe grâce auxquels il avait ridiculisé quelques rivaux amoureux et chevaliers de sa connaissance. Incapable de rester en place et tenté par l'aventure, qui ajouterait encore du piment à sa vie, il avait accepté de rejoindre les rangs des informateurs des Dix. En quelques années, il était devenu l'une de leurs pièces maîtresses.

Ainsi avait-il été promu, qui l'eût cru, agent secret.

Agent secret pour le compte de la République.

Parce qu'il portait souvent à la boutonnière une fleur dont il faisait venir les graines directement d'Amérique du Sud, via le sénateur Ottavio, et que cette signature lui était plaisante, on lui choisit un pseudonyme appelé à faire sa réputation : l'Orchidée Noire. Une manière de nom de code, beau et vénéneux, qui lui allait comme un gant. Il œuvra à traquer les ennemis du pouvoir, séditieux et brigands de tout poil. Fort de son expérience militaire, il put parfaire sa formation jusqu'à devenir maître d'escrime. Digne héritier de sa mère, il savait tout de la comédie et de l'art du déguisement : en bon caméléon, il s'était déjà composé mille visages. Il était considéré comme un excellent élément.

Tout cela aurait pu continuer longtemps, s'il n'avait

commis l'erreur cruciale de séduire l'épouse de son protecteur. Ah, la belle Anna ! Anna Santamaria ! Elle avait la taille souple, des yeux de biche, un délicieux grain de beauté au coin des lèvres, des seins voluptueux, une grâce à rendre fou. Jeune et contre son gré, elle avait été mariée au sénateur Ottavio. Tous deux n'avaient pu résister. L'Orchidée Noire avait fait bien des conquêtes, mais jamais il n'était tombé amoureux au point de risquer jusqu'à sa vie. Anna Santamaria lui avait cédé bien des fois, oui – dont une de trop. La tempête qui s'ensuivit mit fin à sa carrière. Le 18 novembre 1755, les inquisiteurs de la cité étaient venus le sortir du lit pour le conduire aux Plombs, sous les chefs d'inculpation inventés d'athéisme forcené et de cabale. Un mois plus tard, alors qu'il échafaudait déjà un plan pour s'en évader, le gardien Basadonna l'avait changé de cellule. Tout était à refaire mais, sans se décourager et avec l'aide de Casanova, qu'il avait retrouvé là – *salut à toi, l'ami* –, le prisonnier s'était mis à réfléchir à des stratagèmes alternatifs. Quant à Anna Santamaria, l'épouse d'Ottavio, elle devait être encore à Venise, à moins que son époux ne l'ait recluse quelque part en Terre Ferme. En tout cas, l'Orchidée Noire et sa maîtresse n'avaient pu communiquer depuis lors. Longtemps, il avait espéré des lettres d'elle, qui ne lui étaient jamais parvenues. Il en avait aussi écrit, qui n'avaient pas dû davantage arriver à bon port. Et, bien qu'il fût d'un naturel inconstant, cela lui était une réelle souffrance.

Il en était là lorsque Emilio Vindicati, son mentor d'antan, était venu le trouver une première fois. Le détenu avait l'esprit et l'imagination nécessaires pour ne pas sombrer dans l'apathie, voire la folie qui embrasait

parfois l'âme de certains de ses compagnons de claustration. Giacomo et lui les entendaient pousser d'affreux
hurlements, des plaintes lugubres, qui allaient se perdre
dans l'obscurité. Certains en venaient à s'étouffer avec
leurs propres chaînes pour hâter leur mort, ou se frappaient la tête contre les murs, si bien que, lorsqu'on les
sortait de cellule pour leur exécution, ils avaient déjà le
visage couvert de sang. D'autres revenaient décharnés
des séances de tortures que pratiquaient les bureau-
crates à l'intérieur de salles obscures. On y accédait
par des passages secrets, dont l'antre du palais fourmillait. L'Orchidée Noire avait échappé à ces interrogatoires sanglants, du moins jusqu'à maintenant ; et il
n'avait jamais renoncé à la vie. Au contraire, il la sentait
d'autant plus sourdre de ses veines qu'on lui interdisait
de s'épancher et c'était cela, surtout, qui lui était intolérable. Devoir oublier les fleurs de la jeunesse, le sel
de ses aventures picaresques et de ses frasques mouvementées, voilà qui heurtait son tempérament. Il tournait
parfois comme un lion en cage et tentait de se dominer ;
aussi se contraignait-il à cette hygiène quotidienne qui
le faisait s'attarder des heures sur l'essai d'un costume
que lui apportait Landretto, après l'avoir fait concevoir à sa demande, ou sur l'impossible résolution d'un
vaste problème philosophique, sur une nouvelle stratégie pour battre aux cartes son compagnon, ou encore
sur une fresque à la craie qu'il dessinait contre l'un des
murs de sa prison.

Lorsqu'il entendit le grincement de la clé qui tournait
dans la serrure de son cachot, il abandonna la plume,
lissa les amples manches de sa chemise et se tourna vers
la porte. Basadonna, le gardien, était là, un œil orné

d'un orgelet purulent, par-dessus sa barbe miteuse. Il tenait une lanterne en main et souriait.

— Tu as de la visite.

Le prisonnier leva les yeux en voyant apparaître Emilio Vindicati dans son manteau noir. Il haussa un sourcil ; des bagues scintillèrent tandis qu'il passait fugitivement les doigts sur ses lèvres. Des doigts qui semblaient ceux d'un artiste.

— Tiens… Emilio Vindicati. C'est toujours un honneur de vous recevoir dans mon palais de fortune ! Je constate avec plaisir que la fréquence de nos rencontres ne cesse d'augmenter.

— Laissez-nous, dit Emilio au gardien.

Celui-ci poussa un grognement qui ressemblait à un rire puis, d'un pas lent, s'éloigna dans les couloirs. Les traits d'Emilio, d'abord durs et impassibles, s'éclairèrent alors. Il écarta les bras. Le prisonnier se leva et ils se donnèrent une franche accolade.

— Ah, mon ami ! dit Emilio. Le Doge te demande, ainsi que je le souhaitais. Tiens-toi comme il le faut, canaille, et dis-lui ce qu'il veut entendre. La partie n'est pas encore gagnée, mais tu es au bord de conquérir ta liberté.

— Tu me sauves, Emilio, je le sais et ne l'oublierai pas, sois sans crainte. Si le prix de ma vie est d'accomplir la mission dont tu m'as parlé, j'irai jusqu'au bout. Après tout, même si la chose ne manque pas de piquant, Venise est ma ville et je l'aime. Elle méritera bien ce que je ferai pour elle.

Ils se regardèrent un instant, l'œil pétillant. Puis Emilio, repoussant encore la porte de la cellule, tendit une main vers le couloir.

— Allons, dit-il. Ne le faisons pas attendre.

Pietro Luigi Viravolta de Lansalt se redressa, le sourire en coin. Il passa une main sur sa poitrine pour
arranger le pli de sa chemise puis, d'un air résolu, il
emboîta le pas à son bienfaiteur. Mais avant de partir,
il s'arrêta une seconde devant une cellule voisine. Une
main dépassait de la lucarne, arborant elle aussi une
chevalière au majeur, et un rubis à l'annulaire.

— Tu t'en vas ?

— Peut-être bien, dit Pietro. Si je ne reviens pas...
prends soin de toi.

— Ne t'inquiète pas pour moi, j'ai plus d'un tour
dans mon sac. Nous nous reverrons, ami.

— Tous mes vœux t'accompagnent.

— Les miens aussi. Pietro... Quand tu seras
dehors...

Il marqua une pause.

— Sois digne de moi.

Pietro sourit.

— J'y compte bien, Giacomo.

Il embrassa la main de Casanova, puis suivit Emilio
Vindicati dans les couloirs sombres.

*
* *

Viravolta n'avait pas mis le nez dehors depuis bien
longtemps ; il faisait frais, mais le soleil sur son front,
l'éblouissement dans ses yeux lui firent l'effet d'une
infinie bénédiction. Il humait les senteurs de sa Venise
retrouvée. Emilio dut s'arrêter pour le laisser contem-

pler un instant la lagune depuis le pont des Soupirs.
A peine était-il sorti de sa cellule que Viravolta s'était
senti habité d'une énergie nouvelle ; il aurait dévoré le
monde s'il l'avait pu. Mais il ne fallait pas traîner ; le
Prince Sérénissime, qui n'avait pas quitté la Salle du
Collège, les attendait. Pietro était prêt à tout pour
gagner sa cause et ce n'était pas l'enquête que voulait
lui confier Emilio qui l'inquiétait. Il prenait de larges
inspirations, avançant à grandes enjambées dans ce
palais, symbole de son enfermement mais aussi de l'admiration que lui-même portait à la vibrante cité vénitienne. Il rêvait maintenant, comme un maître en sa
maison, de franchir la *porta del Frumento*, la porte du
palais qui donnait accès au bassin de Saint-Marc, avec
sa cour intérieure splendide, son élégante aile Renaissance, sa façade de l'Horloge et ses puits aux margelles
de bronze. Lorsque l'édifice byzantin, le palais Ziani,
avait été dévoré par le feu, on l'avait reconstruit en le
dotant de sa flamboyante façade maritime, et en lui
adjoignant une nouvelle salle, bâtie face au soleil du
midi, où siégeait le Grand Conseil. Avec ses losanges
de pierre rouges et blancs, la muraille du palais, percée
de larges baies ogivales, ciselée et encadrée de flèches
qui dominaient la mer, évoquait un retable d'église.
Les dentelles des crénelures ajourées, les clochetons
de marbre aériens, les arcatures de la galerie basse, les
colonnes graciles de la galerie supérieure, tout concou-
rait à faire de cet ouvrage gothique une pure merveille.
Un autre incendie, en 1577, n'avait pas suffi à mettre à
bas ce monument : Antonio Da Ponte l'avait reconstruit
tel quel, et le palais semblait voguer désormais sur les
flots d'une éternité triomphante. Au loin, la gaieté et

la vitalité de la cité montaient aux oreilles de Pietro sous la forme d'une rumeur insistante qui, s'accordant tout à fait à son humeur, le transportait de joie. Que les Doges le voulussent ou non, Viravolta se sentait faire corps avec la ville tout entière, et avec cet allant subtil et indéfinissable qui animait les Vénitiens.

Dehors ! Enfin dehors !

Pietro et Vindicati gagnèrent bientôt la Salle du Collège, où ils furent annoncés auprès du Doge.

Nous y voilà.

Les deux portes immenses semblèrent s'ouvrirent devant eux comme par enchantement. En d'autres circonstances, Pietro eût pu être impressionné. Ces portes, dont les battants s'écartaient ainsi sur la *Victoire de Lépante* et le plafond de *Mars et Neptune,* étaient comme le symbole le plus vibrant de cette introduction dans les arcanes du pouvoir, sous les lambris de la République, au souvenir de l'empire finissant. Et là-bas, tout au fond, trônait Son Altesse Sérénissime, le Doge de Venise. Lentement, ils s'avancèrent.

A l'invitation du Prince, Vindicati et Pietro s'assirent devant lui.

Longtemps, le Doge détailla le visage du prisonnier. Puis il s'éclaircit la voix.

— Résumons-nous. Numérologue, menteur, joueur, séducteur, maître d'escrime, travesti, agent double voire triple, opportuniste, faquin en somme… Les extravagances de l'Orchidée Noire ont fait le tour de tous nos Conseils… Nous vous avons longtemps protégé au nom des services que vous rendiez à la République… Mais je vous avoue, Viravolta, que l'idée de vous voir arpenter de nouveau les rues de Venise me laisse songeur… C'est un peu comme votre ami, ce renégat de Casanova…

Un sourire vaguement gêné illumina le visage de Pietro. Puis, retrouvant sa témérité :

— Venise est propice à toutes les chimères, Votre Sérénité, dit-il.

La pointe d'insolence n'échappa pas au Doge. Emilio envoya à Viravolta un regard qui l'invitait à dominer son naturel.

— Oui… continua Francesco Loredan. Vous êtes donc au courant de ce qui nous préoccupe… Le Conseil des Dix a eu des pensées bien insolites et me propose de vous charger d'une enquête qui, si je l'en crois, pourrait éclabousser quelques solides réputations… Le Conseil des Dix, Viravolta. Cela vous rappelle quelque chose ?

Et comment… Pietro acquiesça. C'était pour le compte des Dix que l'Orchidée Noire avait travaillé durant quatre ans. Ce cénacle tout-puissant avait de quoi faire frémir. La construction de l'Etat vénitien s'était accompagnée très tôt de la naissance de toutes sortes d'assemblées. Venise s'était d'abord dotée d'un comité de sages, excluant le clergé et se définissant lui-même comme l'étendard de la commune naissante ; puis le Grand Conseil avait fini par s'imposer. Aujourd'hui, il discutait les propositions de lois et élisait tous les responsables des magistratures et des offices, ainsi que les sénateurs, le fameux Conseil des Dix et les représentants des *Quarantie*, qui élaboraient les projets fiscaux et financiers. Depuis le temps de l'Age d'or, le Sénat, quant à lui, mettait en œuvre la diplomatie, la politique étrangère, le contrôle des colonies et la conduite des guerres, tout en organisant la vie économique vénitienne. L'ad-

ministration proprement dite était découpée en deux
principales sections : les « offices du palais » composés
de six cours judiciaires, mais aussi d'offices financiers,
militaires et navals, ainsi que de la chancellerie ducale,
qui conservait les archives de l'Etat et les protocoles
notariés ; et les « offices du Rialto », essentiellement
constitués de bureaux économiques.

Au sein de cet édifice centralisé, le Conseil des Dix
assumait un rôle bien particulier. Il était né de la peur du
gouvernement, qui s'était peu à peu coupé de ses assises
populaires. On avait longtemps vanté la stabilité politique de Venise, dont le séduisant régime empruntait à
la fois aux gouvernements aristocratique, monarchique
et démocratique : en fait, la peur du peuple était vivace.
En relation avec la *Quarantia Criminale*, le « Conseil
ténébreux », comme on l'appelait, était l'instrument
suprême de la police vénitienne. Ses dix membres ordinaires étaient élus pour un an par le Grand Conseil dans
différentes dynasties familiales. S'y adjoignaient, dans
le traitement de ses affaires, le Doge et ses conseillers,
un avocat de la commune, les chefs des trois sections
des *Quarantie* et une commission de vingt membres. Le
Conseil des Dix, chambre conservatrice dont la seule
réputation faisait trembler, avait pour première mission
de surveiller les exclus, l'aristocratie redoutant des réac-
tions désespérées de la part de certaines factions mettant en péril la sûreté de l'Etat. Chantre d'une justice
d'exception, il disposait de fonds secrets et d'un vaste
réseau d'informateurs – réseau dont Pietro lui-même
avait longtemps fait partie.

Durant un temps, cet organe impitoyable avait tenté
d'empiéter sur les prérogatives du Sénat en matière

diplomatique, financière et monétaire ; une crise sévère l'avait conduit à rétrocéder à César ce qui appartenait à César. Mais les Dix n'en étaient pas restés là ; les pouvoirs des trois inquisiteurs d'Etat, délégués par les Dix pour dépister les cas d'espionnage et d'intelligence avec l'ennemi, avaient été renforcés. Le Conseil ténébreux persistait à déposséder les *Quarantie* d'une partie de leurs fonctions judiciaires. Aujourd'hui encore, dans les antichambres du palais ducal, il menait ses actions de police secrète et de terreur, qui aboutissaient parfois à de retentissantes erreurs judiciaires, mais ne diminuaient en rien sa toute-puissance. La République du Secret : voilà, en définitive, ce qu'il incarnait. Il délibérait toujours à porte close. Il était autorisé à torturer et à distribuer l'impunité et la libération à quiconque servait ses fins – une attribution dont Pietro, en cet instant, entendait bien profiter. Un juste retour des choses. Par le passé, les Dix avaient assis leur réputation d'efficacité en démantelant une conjuration européenne contre Venise, menée par le sieur de Bedmar ; depuis, ils semblaient partout. Ils interdisaient aux membres de tous les autres conseils de trahir la teneur de leurs débats, sous peine de mort ou de privation de biens. Ils traquaient et éliminaient les suspects, organisaient en cachette leurs opérations de police spéciale, favorisaient les délations, décidaient de la vie et de la mort des condamnés. Le Conseil ténébreux avait l'habitude de patauger dans le sang.

Emilio Vindicati était lui-même le porte-drapeau et le principal représentant des Dix. Pietro devait à la seule volonté de cet homme d'être encore en vie et d'espérer à présent reconquérir sa liberté, même si ses excès lui avaient fait frôler plusieurs fois la catastrophe. Lorsqu'il était plus jeune, il semait la zizanie avec ses compagnons du San Samuele, en convoquant au hasard des médecins, des accoucheuses ou des prêtres à des adresses erronées, pour s'occuper de malades imaginaires ; ou bien, il laissait dériver les gondoles de patriciens sur le *Canal Grande*. A ces évocations, Pietro souriait ; et si les choses s'étaient compliquées par la suite, il n'avait jamais comploté contre le pouvoir, loin de là. Vindicati avait été séduit par la personnalité de Pietro, et ce sentiment s'était renforcé à mesure qu'il suivait le récit des aventures souvent rocambolesques de son poulain, sous l'incognito de l'Orchidée Noire. Plus encore, ils avaient partagé certaines maîtresses, sans toujours le savoir, avant que Pietro ne tombe amoureux d'Anna Santamaria. Mais, non sans raison, Emilio considérait que le danger représenté par le prétendu comportement de Viravolta était bien mince en comparaison de celui qu'encourait maintenant la République.

Le Doge reprit la parole :

— Le Conseil des Dix a préparé à mon intention un rapport de police qui ne m'épargne rien de ses regrettables suspicions, Viravolta. Mais avant de vous permettre d'en lire la moindre ligne, j'attends de vous d'autres garanties que votre bonne humeur. Qui me dit que vous ne profiterez pas de votre grâce pour vous enfuir… ou passer à l'ennemi, si ennemi il y a réellement ?

Pietro sourit et se passa la langue sur les lèvres. Il croisa les jambes, une main sur les genoux.

C'est le moment d'être convaincant.

— Votre Altesse, *Messer* Vindicati m'a bien exposé que la grâce dont vous parlez ne sera effective qu'à l'issue de l'enquête. Mon procès est en instruction et le détestable parfum d'une condamnation à mort – bien injuste, en vérité – plane au-dessus de ma tête. Pensez-vous que je chercherais à fuir comme le dernier des brigands, sans m'être lavé une fois pour toutes de mes difficultés avec la justice ? Il n'est pas bon, pour un homme comme moi, de courir de ville en ville pour échapper aux autres agents que, j'en suis sûr, vous ne manqueriez pas de lancer à mes trousses ; et je n'ai pas envie de passer le reste de mes heures à vérifier que je ne suis pas suivi, ou que je ne vais pas tomber dans une nouvelle chausse-trappe organisée par vos soins.

Le Doge plissa les yeux. Un sourire fugitif courut sur son visage.

— D'autre part, Votre Sérénité, poursuivit Pietro, mon incarcération tient surtout à ces mauvaises manières qu'on m'accuse d'avoir et de répandre un peu partout ; je suis certes comptable de mes mœurs et je ne prétendrai pas que, par la vertu d'une soudaine illumination mystique, je me range aux articles de foi d'une quelconque Eglise, ou que je marche aujourd'hui sur la voie d'une rédemption extatique. On me dit léger, inconstant et cynique. C'est un portrait bien sombre que mes ennemis ont dressé de moi ! J'ai déclenché malgré moi quelques troubles politiques, c'est vrai. Mais souvenez-vous, Votre Altesse, que c'est surtout à une affaire de cœur que je dois mon incarcération, et que ce motif, dans le fond, représente bien peu en regard de la peine qui m'a été infligée, comme de celle que je risque encore. Ce n'est un secret pour personne que le sénateur Ottavio a tout fait pour me faire enfermer, en utilisant tous les prétextes possibles et imaginables, et qu'aujourd'hui il désire ma mort. Croyez bien que je suis le premier à le regretter. Car par-dessus tout, j'aime ma liberté. Le mot vous fera peut-être sourire, Votre Altesse ! Mais j'ai aussi mon code de l'honneur – et, si je puis me permettre, mon éthique personnelle. Je ne suis pas un meurtrier ; s'il m'est arrivé de tuer, ce n'était jamais que pour servir la gloire militaire de la République, celle des affaires de l'Etat lorsque j'œuvrais sous couvert du Conseil, ou tout simplement pour me défendre d'une agression. J'abhorre autant que vous les crimes de sang. Si j'avais su que l'on se servirait des services mêmes que j'ai rendus pour les retourner contre moi, je serais resté bien à l'écart de certains rôles que l'on m'a fait jouer ! Il est facile de me reprocher aujourd'hui des talents que l'on applaudissait hier.

Francesco Loredan continuait d'écouter.

L'échange dura une heure.

Pietro avait suffisamment conscience des préventions que pouvait avoir le Doge à son égard pour le prendre avec tout le savoir-faire dont il était capable. L'idée de se retrouver de nouveau propulsé dans le secret des affaires criminelles de la République résonnait en lui avec un écho singulier. Cela le stimulait, même si, moins que personne, il n'était dupe de ce qui pouvait l'attendre. Il partageait avec Emilio Vindicati le goût de ces idées d'apparence saugrenue qui, à y bien réfléchir, révélaient une certaine capacité de pénétration de l'âme humaine. Emilio avait raison sur un point : il pourrait faire confiance à son « prisonnier » et ami. Pietro était déterminé à sortir par tous les moyens de sa claustra-tion. Non content d'offrir sa vie en garantie, Pietro fit ainsi au Doge quelques révélations qu'il tenait d'autres prisonniers, dont il avait surpris les confidences jusque dans les geôles du palais ducal. Même en cellule – surtout en cellule – on entendait beaucoup de choses qui ne pouvaient manquer d'intéresser l'oreille d'un Prince Sérénissime. Il donna en gage de sa bonne foi ce qui lui restait de fortune, amassée ici et là, et qu'il entendait rétrocéder à Venise, avec tous les accents de la sincérité la plus authentique ; il représenta au Doge combien la République avait intérêt à se servir de lui, après qu'il se fût tant servi d'elle ; enfin, il fit si bien qu'il parvint à convaincre Loredan, sans même qu'Emilio eût à intervenir.

— Bien… dit Francesco, une main sur le menton, je crois…

Il laissa planer un instant de silence.

— … Je crois que nous allons tenter l'opération.

C'est gagné !

Pietro tenta de dissimuler son soulagement.

— Mais, poursuivit le Doge, Viravolta, il va sans dire que tout ce que vous lirez, entendrez ou rapporterez au Conseil est strictement confidentiel, et que votre parjure équivaudra pour vous à une sanction définitive. Cette mission est secrète et nous trouverons une manière d'expliquer votre sortie de prison sans nous mettre en délicatesse vis-à-vis de la population. Emilio, à vous de prévenir le sénateur Ottavio et de le tenir comme il faut. Dès qu'il saura que l'Orchidée Noire est dehors, il risque de déclencher un scandale. C'est la dernière chose dont nous avons besoin. Prévenez aussi le Conseil des Dix, puisque seuls ses membres ont votre entière confiance. Mais j'adjoins deux conditions à tout ceci : premièrement, que mon Conseil restreint en soit informé – cela n'est pas discutable, Emilio, et me met à l'abri moi-même. Deuxièmement, je veux que le chef de la *Quarantia Criminale* en soit également avisé… Et voilà, enfin, le plus risqué : il faudra que tous se taisent.

Emilio approuva.

— Faites-moi confiance.

Francesco Loredan se tourna de nouveau vers Pietro.

— … Vous, Viravolta, vous êtes libre. Je rédigerai moi-même votre sauf-conduit pour la poursuite de l'affaire qui nous intéresse. Mais n'oubliez pas…

Il leva une main, dont il mit le tranchant au-dessus de sa corne ducale.

— Une épée de Damoclès est sur votre tête. Au moindre signe, les lions de Venise fondront sur vous, jusqu'à vous dépecer. Et loin de freiner ce mouvement, je l'encouragerai alors de toute la force de mon autorité.

Pietro s'inclina.

— Nous nous sommes bien compris, Votre Sérénité.

Et il ajouta en souriant :

— Vous n'aurez pas à le regretter.

*
* *

A présent, Pietro dévalait comme un enfant les marches de la *Scala d'Oro*, l'escalier d'or, Emilio sur ses talons. Il exultait. Passant devant un garde, il toucha du doigt la pointe de sa hallebarde, lui agaça la barbe et fit la révérence en riant.

— Libre, mon ami. Cette fois, c'est la bonne ! *Je suis libre !*

Emilio le rejoignit et lui mit une main sur l'épaule.

— Je te serai redevable pour le reste de ma vie, dit Pietro.

— Oui, je comprends ton bonheur. Mais ne t'y trompe pas et rappelle-toi que cette liberté est sous conditions. Sache que j'aurai toujours un œil sur toi, et que je suis garant de ta conduite auprès du Doge et des Dix.

— Allons, Emilio. Je t'ai dit que je remplirai ma mission et je le ferai. Tu me connais, je mènerai à bien ton enquête en moins de temps qu'il n'en faut pour le dire.

— Ne crois pas que la chose sera aisée, Pietro. L'affaire est sérieuse. Tu t'en apercevras dès ce soir.

— Ce soir ? Mais c'est que… J'avais songé à fêter cette libération, avec quelques-unes de mes nobles amies que je n'ai pas vues depuis longtemps, un peu de tendresse de nos grisettes vénitiennes, et beaucoup de vin. En te conviant, naturellement, à cette célébration.

Pietro s'arrêta. Emilio le regardait d'un air grave.

Il resserra son étreinte sur l'épaule de Viravolta.

— Non, ce qu'il te faut voir ne souffre pas de délai. Et il est hors de question pour toi de chercher à renouer avec quiconque de tes anciennes maîtresses – surtout celle à qui tu dois d'avoir été enfermé… Pietro… Anna Santamaria a été envoyée hors de Venise.

— Où donc ?

— Dans un endroit qu'il vaut mieux pour toi ne pas chercher à connaître. N'oublie pas que beaucoup de nobles t'en veulent encore ! A commencer par Ottavio.

Viravolta acquiesça, à regret.

— Ne t'inquiète pas. Je ne suis pas fou. Anna… La Veuve Noire, comme tu l'appelais, bien qu'elle ne fût ni noire ni veuve ! Son seul péché fut de m'aimer…

•

Une lueur de tristesse passa dans ses yeux.

— … Ce fut aussi le mien. Mais tout cela, mon ami… Tout cela, c'est du passé.

Puis, retrouvant le sourire :

— Je saurai me tenir, je te le jure.

— Bon… Alors revenons à nos affaires. Et que la fête commence, si j'ose dire.

Emilio fronça les sourcils. Il ouvrit les pans de son manteau noir et en sortit une pochette de cuir que fermait une boucle de fer. Quelques feuillets de vélin cornés s'échappaient des coins du dossier.

— Pietro… Je suis contraint de te réitérer ma mise en garde. Tu viens de mettre les pieds dans le vestibule de l'enfer, crois-moi. Tu ne vas pas tarder à t'en rendre compte. Voici le rapport de police concernant le meurtre dont je t'ai parlé. Il s'agit du comédien Marcello Torretone, employé par les frères Vendramin au théâtre San Luca. Il te faut lire ce rapport avant de te rendre sur place, puis tu le brûleras. Est-ce entendu ?

— C'est entendu.

— Bien ! dit Vindicati. Me voilà de nouveau responsable de toi, à présent. Pietro, j'ai engagé mon honneur et ma crédibilité dans cette affaire. L'échec n'est pas envisageable. En revanche, si nous menons l'enquête à terme, avec les effets que j'escompte…, la gloire en sera pour moi seul, ou presque. Tu sais que les manœuvres vont bon train, au Grand Conseil comme au Sénat. Mais qui sait ? Peut-être pourrais-je moi aussi avoir d'autres vues. Et après tout, Loredan n'est pas immortel…

Pietro sourit. Vindicati se détendit et acheva :

— Allons ! Je t'ai préparé une autre surprise.

Dans la cour intérieure du palais, devant la *porta del Frumento,* un jeune homme attendait. Le visage de Pietro s'éclaira lorsque son valet courut à sa rencontre.

— Landretto !

— Vous voilà, maître. Je commençais à m'ennuyer de vous, et à me lasser des heures passées à guetter votre passage sur le pont des Soupirs…

Ils rirent ensemble. Landretto, serviteur aux cheveux blonds, n'avait pas vingt ans. C'était un garçon fluet, au visage charmant, en dépit d'un nez un peu trop long ; il était au service de Pietro depuis plus de cinq ans et sa fidélité ne s'était jamais démentie. Viravolta l'avait tiré du ruisseau, et l'expression n'était pas vaine. Il l'avait relevé alors que, battu et dépouillé dans une taverne par une bande de brigands, il gémissait sur les pavés, ivre mort, au milieu de son propre sang. Pietro l'avait fait soigner et habiller ; de lui-même, Landretto s'était proposé pour entrer à son service. Il était devenu son ami et son serviteur. Il le renseignait, courait dans le sillage des dames et dans le sien, portait les billets et les confidences et, de temps en temps, ramassait les miettes laissées par Pietro. Le service de Viravolta comptait aussi ses avantages – de tels délices, en vérité, que pour rien au monde, aujourd'hui, Landretto n'aurait renoncé à sa charge.

— Alors ? Vous avez abandonné à son sort *Messer* Casanova ?

Pietro regarda en direction du palais et formula une prière muette pour son ami. Lui aussi avait pris cinq ans, pour manquement à la sainte religion. Une autre victime expiatoire.

— J'espère qu'il s'en tirera.

Il se tourna vers son valet, qui à présent écartait les bras en montrant ce qu'il avait apporté.

Et il était chargé.

— Voici de quoi vous rendre définitivement à vous-même, dit Landretto.

*
* *

Nous y voilà.

Viravolta se tenait devant une glace et y contemplait son reflet avec satisfaction.

Il s'était lavé et poudré, avec un soin dont il n'avait pu profiter depuis de longs mois. Il noua ses cheveux et ajusta la perruque que lui tendait Landretto. Il se poudra encore, sourit et enfila sa veste vénitienne, de couleur claire, agrémentée de liserés et d'arabesques d'or. Puis un manteau noir, dont les larges pans tombaient autour de lui. Il vérifia ses manches et sa collerette, passa le ceinturon autour de sa taille ; la boucle cliqueta. Il tira l'épée, la fit siffler dans l'air en se mettant en garde, examina son pommeau finement ouvragé, avant de la remettre au fourreau dans une exclamation joyeuse. Deux pistolets vinrent s'adjoindre à ses flancs, sur lesquels il rabattit le manteau. Il glissa encore dans sa botte un poignard à la lame effilée, puis lustra avec soin les boutons de ses manches. Landretto tourna autour de lui pour le parfumer à grands jets vaporeux. Enfin, il posa sur sa tête son chapeau à ample bord, sur lequel il passa les doigts en sifflant, avant de saisir sa canne à figure de lion.

Un lion ailé, comme l'emblème de Venise.

— Ah ! maître, vous oubliez quelque chose… dit Landretto.

Un sourire aux lèvres, il lui tendit une fleur noire. Pietro lui rendit son sourire et épingla la fleur à sa boutonnière, dont il arrangea les pétales avec soin. Il se regarda une dernière fois dans le miroir. Le champion des apparences et des identités multiples. Le virtuose de l'amour et de la séduction. L'un des plus fins bretteurs d'Italie.

Ainsi, l'Orchidée Noire est de retour !

Il sourit encore.

— Je suis prêt, dit-il.

CHANT III

Les limbes

La nuit tombait sur Venise. Pietro savourait chacun des instants qui le rendaient à sa ville et à sa liberté. Bien qu'il fût sommé de gagner aussitôt le théâtre San Luca pour un crime dont il avait déjà appris l'horreur, il se sentait d'humeur gaillarde. Il avait frémi de bonheur en posant le pied, pour la première fois depuis longtemps, sur cette gondole qui le menait en direction du quartier de San Luca. Une heure plus tôt, il avait retrouvé les costumes, tous plus divers et fantasques les uns que les autres, qu'il avait utilisés par le passé dans le cadre de ses différentes missions. Ce soir, il avait choisi d'ajouter une mouche à son visage poudré et, sous son chapeau sombre, un cache-œil qui lui donnait vaguement un air de corsaire ou de flibustier. Il avait également revêtu un grand manteau noir par-dessus sa veste vénitienne.

Eh bien, allons-y. Et comme dirait Emilio… que la fête commence.

Dressé à la proue auprès du gondolier, tandis que Landretto s'était assis en poupe, Pietro guettait la fraîcheur de cette pénombre dans laquelle il plongeait, entre chien et loup ; et son âme exultait de retrouver la splendeur qu'il avait quittée près d'un an plus tôt. Venise, *sa* ville. Six sextiers qu'il n'avait cessé d'écumer : San Marco, Castello, Canareggio, en deçà du Grand Canal ; Dorsoduro, San Polo et Santa Croce au-delà. Ces sextiers regroupaient soixante-douze paroisses. Pietro les avait toutes arpentées en long et en large. Lorsqu'il était enfant, il sautait d'une gondole à l'autre, ou passait comme une flèche sur les ponts, et allait se perdre avec délices dans les ruelles tortueuses. Il jouait sur les places, du San Samuele au San Luca, auprès des puits publics et des églises, devant les magasins de vins, les boutiques des tailleurs, des apothicaires, des vendeurs de fruits et de légumes, des marchands de bois… Il descendait et remontait sans fin les *Mercerie*, qui reliaient San Marco au Rialto, s'attardant devant les bonbonnes du laitier, l'étal des bouchers, des fromagers, des bijoutiers. Il chapardait un peu, s'enfuyait en riant sous des bordées d'injures…

Il sourit, puis son sourire s'effaça lentement.

C'est que Venise, aujourd'hui, avait aussi un autre goût. Le ravissement de Pietro se teintait d'inquiétude, lorsque, toujours debout à l'avant de la gondole, il croisait des villas délabrées. Certaines étaient branlantes, prenaient l'eau de tous côtés. Des façades entières dormaient sur des étais de fortune. Des balcons, ces *altane* si propices aux déclarations et aux soupirs, semblaient près de s'effondrer. Venise n'avait cessé de souffrir d'un climat qui était bien plus rude qu'on ne voulait le croire. En été, les puits d'eau douce étaient fréquemment asséchés ; en hiver, il arrivait que la lagune, crépitante sous le gel, se transformât en patinoire. Pietro se souvenait de ses instants rieurs où, s'échappant des jupons de Julia, il allait glisser et s'étaler sur la glace entre le palais ducal et la Giudecca, au milieu de ces flots soudain figés en mille perles de cristal, que venait rejoindre le rideau ondoyant des flocons crachés par des cieux uniformes. Des moments féeriques, mais certes pas pour les édifices vénitiens. A cela s'ajoutaient des tremblements de terre, des incendies chroniques qui avaient déterminé le gouvernement à constituer une escouade spécialisée, dirigée par un « préposé aux machines hydrauliques ». Plus fréquentes encore étaient les pluies diluviennes et la terrible montée des eaux, l'*acqua alta*, particulièrement destructrice. Les magistratures s'efforçaient de réagir et d'embellir ou de restaurer la cité, numérotant les bâtiments, améliorant l'hygiène des rues, l'écoulement des eaux usées, la décoration et la restructuration des sextiers. Aux porteurs de lanterne, qui assistaient les piétons dans le dédale des ruelles à la nuit tombée, s'adjoignaient désormais les Seigneurs de la nuit, chargés de la sécurité des habitants. Un important plan d'éclairage était en chantier et Venise se couvrait de réverbères.

Pietro frissonna ; avec la nuit, la température tombait, il avait froid. Il remonta le col de son manteau, puis ouvrit une fois encore le rapport qu'Emilio Vindicati lui avait remis. Sa main gantée courut un instant sur la pochette de cuir.

En effet, l'affaire avait l'air des plus sérieuses.

« Un crime abominable, en vérité, qui ne trouve pas d'équivalent dans les annales de Venise, mais dont certains détails tendent à indiquer qu'il n'est pas un acte gratuit et qu'il pourrait même, si l'on en croit la mise en scène à

laquelle le meurtrier s'est livré, avoir un sens politique, susceptible d'inquiéter directement les plus hauts dignitaires de
la République… »

L'identité de la victime, Marcello Torretone, n'était
pas totalement inconnue de Pietro. Marcello était un
acteur d'une certaine réputation. Le rapport des Dix
résumait les quelques informations nécessaires à la
compréhension du parcours et de la personnalité de cet
homme. Naissance dans le sextier de Santa Croce. Des
parents qui travaillaient au théâtre, comme ceux de
Pietro – une certaine familiarité ne pouvait manquer
de le rapprocher du défunt. Marcello s'était retrouvé
sur les planches dès son plus jeune âge. Son père était
mort d'une gangrène à la suite d'une mauvaise plaie,
à la sortie du théâtre. Sa mère, Arcangela, invalide à
trente-trois ans, s'était retranchée dans un couvent de
Venise, le San Biagio de la Giudecca. Marcello avait
d'abord tenu des rôles secondaires au théâtre San
Moisé. Repéré par le *capomico* du lieu, il l'avait pourtant quitté pour intégrer deux ans plus tard la troupe
du San Luca. Mais c'était une autre chose qui, parmi
les notes du rapport, avait attiré l'attention de Pietro.
Marcello Torretone avait bénéficié d'une éducation
catholique fervente. Sa mère était, selon ce document,
d'une dévotion sans bornes, obsédée par le péché, ce
dont Marcello avait hérité. Le rapport parlait de lui
comme d'un être à la personnalité trouble et compliquée.

Lui aussi avait l'habitude des identités multiples.
Un confrère, en quelque sorte, songea Pietro.
Le péché – voilà bien quelque chose qui ne manquait

pas de fasciner Viravolta. On lui en reprochait beaucoup, là où il ne voyait que la satisfaction d'aspirations
commandées par la nature. Oui, il avait dupé quelques
sénateurs, rendu folle la femme d'Ottavio. Il était allé
parfois un peu loin. Mais Pietro n'avait jamais agi que
selon son cœur. Tel était pourtant le miroir qu'on lui
tendait : celui du péché. La griffe du mal sur terre, et
dans le cœur de l'homme. C'était peut-être à cause de
son éducation, empreinte d'une dévotion manifeste, et
blessé par le manque d'amour de son Eglise elle-même,
que Marcello Torretone, de son côté, avait nourri de
cette singulière hantise le fond de ses sentiments. Pietro,
lui, se retrouvait aujourd'hui dans son rôle préféré :
celui de l'agent secret, qui ne laissait pas de l'amuser.
A bien y réfléchir, après l'uniforme militaire, les réceptions de salon, les faisanderies en tout genre auprès des
patriciens les plus réputés, Pietro avait vu de longue date
dans cette évolution un aboutissement logique. D'une
pirouette, il repassait des Plombs au service du gouvernement. Il savait d'ailleurs que les Dix recrutaient aussi
bien parmi les filles de joie que les nobles désargentés, les
artisans besogneux que les *cittadini* soucieux de se faire
une réputation auprès des institutions de la Sérénissime.
Lui, Viravolta, déclassé aux origines sociales inconforta-
bles, fasciné par les apparences de ces gloires fortunées
dont il savait sans mal endosser les rôles, ne pouvait
que s'accommoder de cette nouvelle fonction. Il était
habitué de ces passages inopinés de l'ombre à la lumière
et de la lumière à l'ombre. Ces mues fréquentes faisaient
le sel de sa vie. Il s'était tracé un chemin sinueux, et
il fallait bien reconnaître qu'il n'avait pu toujours en
contrôler les méandres. Sa volonté tenace l'avait poussé

à s'élever au-dessus du commun ; un regard déçu sur sa propre naissance, une incapacité à assumer pleinement son désir d'être, le retenaient avec une force égale dans les filets d'une eau bourbeuse. Les élans impérieux de sa passion l'entraînaient à tout va ; il déployait autant d'intelligence pour échapper à cette fatalité et pour affronter les infinis paradoxes de sa propre nature. Quels talents, quels charmes, quels artifices avait-il dû mettre en œuvre pour être digne du modèle qu'il s'était fixé – et comme ce modèle, obsédé par la nécessité de paraître, dissimulait mal ses faiblesses ! Pietro, lui aussi, était un comédien. Insaisissable, toujours avide de reconnaissance, il ne pouvait que se jeter au-devant des controverses, qu'il avait fini non seulement par admettre, mais par encourager. Comme s'il souhaitait, non sans ironie, mettre à l'épreuve les fondations sociales sur lesquelles les hommes et les femmes ordinaires édifiaient leurs principes – discuter de l'arrogance de leurs certitudes. Pietro n'était sûr de rien. Dans ce jeu sur le fil du rasoir, au bord du précipice, c'était le vertige que les autres éprouvaient à son égard qui, d'un même trait, nourrissait leur antipathie. Sa liberté avait un prix ; pour celle-ci, on lui en voulait furieusement. Ce que l'on appelait son manque de foi ou de morale, n'était bien souvent que le reflet d'une envie inavouée de lui ressembler. Il gênait le pouvoir en même temps qu'il le servait, était rebelle à toute forme d'autorité. Oui : Pietro était un homme libre.

C'était sans doute cela qui faisait peur.

Il savait bien qu'au fond, le parfum de scandale qui entourait sa personnalité était autant le fruit de ses actes que celui de la frustration secrète de ses détracteurs. Il était simple de vouloir l'imiter : encore fallait-il accepter cette angoisse si particulière que procurait l'irrévocable abandon de soi aux mouvements du cœur, un abandon que toute civilisation s'efforçait de contenir. Cette forme d'angoisse, Pietro n'avait jamais pu s'en défaire. Lorsqu'il laissait libre cours à son introspection, c'était pour rencontrer ce même vertige, qui l'excitait autant qu'il craignait de s'y perdre. Pourtant, Dieu, l'amour, les femmes, tout coexistait en lui, tout éveillait son âme – mais sitôt qu'il s'attachait vraiment à les comprendre, il redoutait d'en devenir le jouet. C'était son orgueil qui le sauvait, en même temps qu'il le condamnait. Et de cette impasse intime, il retirait souvent un sentiment de vacuité et d'absurde – celui que son siècle entretenait à loisir.

Et puis il y avait eu cette femme, Anna Santamaria, la Veuve Noire. La seule qui aurait eu le talent de le faire basculer, de le prendre à tout jamais dans ses filets. *La Veuve Noire*… C'était Emilio qui, le premier, l'avait surnommée ainsi. Pietro ne se souvenait plus très bien pourquoi. Parce que sa beauté même lui avait semblé dangereuse, sans doute. Une beauté qui se distillait en vous comme un venin, bien qu'elle semblât un ange égaré sur terre. Mais c'était aussi parce que veuve, d'une certaine manière, elle l'était – veuve de ces sentiments qu'on lui avait refusés. En deuil d'une vie à laquelle elle n'avait pas vraiment eu droit. Oui, pour elle, Pietro eût peut-être accepté de renoncer à sa liberté, de rentrer dans le rang. S'ils s'étaient rencontrés dans d'autres circonstances, si un mariage familial, de raison, n'avait poussé Anna dans les bras d'Ottavio, cet homme qu'elle n'avait jamais désiré, Pietro aurait pu avoir d'elle des enfants.

Il aurait su profiter d'autres appuis politiques pour se trouver une profession honorable. Tout cela n'aurait pas dû se passer ainsi. Sitôt qu'il l'avait vue apparaître dans la villa d'Ottavio, alors même qu'on la lui présentait comme la future épouse de son protecteur, il avait lu son destin dans les yeux de cette femme. Il avait su qu'il l'aimerait. Elle avait su qu'elle ne lui résisterait pas. A cet instant précis, ils avaient scellé leur pacte. Il était dit qu'ils courraient, ensemble, à la catastrophe. Ce regard sombre qu'ils avaient échangé, cette respiration qui s'était accélérée… Une fausse veuve et une orchidée : voilà qui, pourtant, eût fait un beau couple.

Et maintenant…

Tout cela laissait à Pietro un goût amer. Un goût d'inachevé. Une envie de revanche. *Anna…* Où était-elle à présent ? Il espérait, il espérait vraiment qu'elle n'était pas trop malheureuse. Mais il ne pouvait prendre le risque de les mettre de nouveau en péril tous les deux… et il n'aimait pas s'attarder sur sa propre douleur. Il avait promis à Emilio de ne pas chercher à la revoir – une condition sine qua non de sa liberté. Et puis, c'était à cette histoire qu'il devait d'avoir fréquenté les geôles les mieux gardées d'Italie. Il n'avait aucune envie d'y retourner. Il tâchait de ne pas y penser, de ne pas se demander s'il l'aimait encore.

Enfin, pas trop.

Allons… Tâche d'oublier.

Pour garder la tête froide, Pietro s'efforçait de se rappeler ce qu'il était avant tout : un affranchi. Il tentait de balayer ses doutes, et choisissait de mordre la vie. Maintenant qu'il se retrouvait libre, il ferait ainsi qu'il l'avait toujours fait : transformer sa fuite en avant en un credo qui lui donnait une forme d'énergie souveraine, une énergie propice à son expansion et à son propre accomplissement. Libre et douloureux, joueur et philosophe, chasseur d'une gloire qu'il méprisait pourtant, brillant et inquiétant : au final, Pietro était tout cela. Mais, comme il l'avait dit au Doge, il avait son éthique : aventurier, capable d'amour et de passion, il savait aussi où était la vraie justice et, s'il vivait souvent au voisinage de zones d'ombre, il en connaissait d'autant mieux les pièges et les illusions. Au-delà de certaines frontières, le Bien et le Mal prenaient définitivement des voies contradictoires. Pietro, lui, tâchait de ne jamais franchir ces limites. Parfois en souvenir de ce qui restait de Dieu en lui. Parfois pour se protéger. La plupart du temps, parce que c'était là sa responsabilité d'homme, à défaut d'être toujours celle de « l'honnête homme ». Il avait été rattrapé par son naturel au premier pas qu'il avait fait hors de sa prison, en ne songeant qu'à une chose : commencer par assouvir ses pulsions enthousiastes et trop longtemps réprimées. Mais il n'était pas question de manquer à la parole qu'il avait donnée à Emilio, en tout cas pour le moment.

Alors, quelles qu'elles soient, les agapes seraient pour plus tard.

Ah !

Nous sommes arrivés.

Lorsque la gondole s'arrêta aux abords de San Luca, Pietro rangea le rapport des Dix et descendit sur le quai en compagnie de Landretto, avant de marcher d'un pas alerte par les ruelles glissantes, en direction du *campo* où se trouvait le théâtre. Le San Luca datait de 1622 ; comme les autres, le San Moisé, le San Cassiano ou le

Sant'Angelo, il avait pris le nom de la paroisse où il était sis. Depuis qu'ils avaient en partie déserté le commerce, les nobles s'étaient piqués de développer les activités théâtrales de la ville. Padoue avait ouvert la voie en réunissant les premières compagnies d'acteurs liés par contrat et se partageant les bénéfices. Un théâtre professionnel était né, dirigé par un *capomico* qui encadrait les « emplois » fixes des comédiens, incarnant Arlequin, Pantalon ou Brighella… L'opéra, qui prenait son essor à Florence ou Mantoue, suivait ici la même évolution. Le San Luca, lui, était tenu par les frères Vendramin. Ceux-ci étaient parmi les rares commanditaires à traiter directement leurs contrats avec les auteurs et les acteurs ; la plupart du temps, le propriétaire déléguait la gestion de la salle à un *impresario*, qui était lui-même artiste, citadin ou petit noble. Cette profession n'avait pas toujours bonne presse : nombre de comédiens se plaignaient de leur inculture éhontée ou de leur affairisme maladroit et besogneux. Les Vendramin avaient évité cet écueil : on n'était jamais mieux servi que par soi-même. Certes, le San Luca n'était pas aussi prestigieux que le San Giovanni Crisostomo, parangon de l'opéra sérieux, des tragédies et tragicomédies ; il programmait essentiellement des comédies. Mais il était devenu l'un des théâtres les plus florissants de Venise.

Pietro se trouva bientôt devant la façade du bâtiment, une façade de pierre blanche ornée de colonnes évoquant le style antique, qui abritait d'immenses doubles portes de bois sombre. Un homme l'attendait, qui tenait une lanterne. Pietro lui présenta son sauf-conduit portant le sceau et la signature du Doge. Il commanda à Landretto de l'attendre au-dehors.

On lui ouvrit les portes et Viravolta entra.

La salle du San Luca était fidèle à sa réputation. Un vaste parterre, certes un peu poussiéreux pour accueillir le peuple, mais que des alignements de sièges rouge et or, en arc de cercle, venaient rehausser d'une certaine distinction ; une arène richement décorée, cernée de quatre rangées de loges pour quelque cent soixante-dix cabinets, aux frontons et balcons égayés de fresques et de peintures baroques. Des cordes brillantes tombaient devant les tentures. Le plafond regorgeait de médaillons, qui composaient une rosace sereine, et dont le cœur figurait des volutes nuageuses traversées de rayons de soleil. Çà et là, des allégories de Venise, Vénus callipyge ou Diane couronnée d'étoiles, se dressaient au milieu de la profusion des Vertus. Au fond, la scène illuminée, les planches patinées, et ces immenses rideaux cramoisis.

Pietro ôta son chapeau à large bord et s'avança.

Trois personnes se trouvaient à l'intérieur du San Luca. Elles parlaient à voix basse, mais semblaient dans tous leurs états. L'une d'elles devait être Francesco Vendramin, l'un des frères propriétaires du lieu ; le visage de la seconde était familier à Pietro, sans pour autant qu'il pût se souvenir de qui il s'agissait exactement ; quant à la troisième, elle lui était inconnue. Viravolta avança au milieu du parterre jusqu'à les rejoindre. A son approche, les trois hommes se turent et se tournèrent vers lui. Il les salua et leur montra le sauf-conduit.

— Je suis ici en mission spéciale pour le Conseil des Dix, dit-il en guise d'introduction.

Francesco Vendramin eut un moment de surprise, qui laissa vite la place à de la méfiance. Peut-être craignait-il d'avoir affaire à l'un des inquisiteurs délégués par le Conseil. Pietro le rassura sur ce point. Bientôt, la seconde personne s'avança.

— Emilio Vindicati nous avait prévenus qu'il enverrait au plus tôt l'un de ses tristes émissaires. Monsieur, vous êtes… ?

— Mon identité importe peu, coupa Pietro ; j'agis ici sous le sceau du secret et avec toutes les autorisations nécessaires. En revanche, si je puis me permettre, la vôtre serait utile au début de mon enquête.

L'homme fit un pas en avant, l'air pincé. Né au début du siècle au coin de la rue Ca'Cent'Anni, dans la paroisse de San Thomas, entre le pont de Nomboli et celui de Donna Onesta, il s'était marié à Gênes, avant d'écrire et de présenter ses premières pièces de théâtre à Milan. La recherche d'un statut conforme à son éducation lui avait d'abord fait épouser la fonction de médecin à Udine, puis d'avocat à Pise ; alors qu'il se présentait devant Pietro, il avait gardé de cette dernière profession le ton légèrement doctoral, quoique vif, et le digne port de tête. Mais nulle affectation, nul orgueil dans sa mise ; au contraire, en dépit des circonstances, il semblait avoir peine à dissimuler un naturel que l'on devinait enjoué, voire passionné. Il devait approcher la cinquantaine, un visage ni laid, ni beau, mais aux traits réguliers, une veste liserée de perles noires, un pantalon bouffant par-dessus des chausses impeccables. Dans sa jeunesse, il avait sillonné toute la Vénétie. A Parme, il s'était longtemps reclus ; à Rome, Naples, Bologne, il avait tenté avec un succès inégal de se faire une réputation. Finalement, il s'était résolu à jeter aux orties sa robe d'avocat pour devenir poète à gages et se consacrer pleinement à sa véritable passion, le théâtre, bien décidé à dépoussiérer les emplois traditionnels des fifres de la *commedia dell'arte* ; Venise, sa ville d'origine, l'avait sacré roi de la comédie. Depuis trois ans, il était sous contrat avec les frères Vendramin. On parlait de lui dans les plus prestigieuses cours d'Europe.

— Je suis Carlo Goldoni.

Pietro sourit. Il se souvenait à présent. Il avait assisté à plusieurs représentations de ses œuvres. Il avait encore à l'esprit *Le Chevalier Joconde* et *La Manie de la campagne*, et avait même appris quelques tirades par cœur. Prompt à saisir toutes les occasions d'entamer quelque conversation sur les arts, il aurait aimé s'entretenir davantage avec ce brillant dramaturge ; mais le troisième homme, s'avançant à son tour, lui rappela que le temps lui était compté. Celui-là, à la barbe grise, était vêtu d'une robe sombre, à collerette blanche. Il tenait en main une sacoche à demi ouverte, d'où dépassaient un caducée et divers instruments chirurgicaux.

— Je suis Antonio Brozzi, médecin délégué par la *Quarantia Criminale*.

Ce fut à cet instant seulement que Pietro perçut l'odeur. Cette odeur immonde, de sang et de putréfaction, qui monta soudain à ses narines, le submergeant à mesure qu'il cherchait à en détecter la provenance. Il se tourna vers les rideaux cramoisis.

— Préparez-vous à ce que vous allez voir, *Messer*, continua Brozzi. Nous avons tous deux du travail. Il était temps que vous arriviez.

Il fit signe à Vendramin, qui lui-même adressa un sifflet en direction des coulisses. Pietro vit une ombre qui tirait à présent les pans des immenses rideaux.

Oh, Seigneur.

Le spectacle venait de se dévoiler à lui dans toute son horreur.

Un homme – était-ce encore un homme ? – se trouvait devant lui, en plein milieu de la scène. Il vit d'abord ses pieds suspendus dans le vide, au-dessus d'une mare de sang séché, qui recouvrait bien le quart de l'estrade et avait dû se répandre à longs jets continus. Les deux pieds avaient été cloués sur une planche de bois. Les lèvres serrées, Pietro releva un instant son cache-œil noir. Son regard remonta. La dépouille était totalement nue. Une entaille profonde lacérait son flanc. Lentement, Pietro prit conscience de l'ensemble du tableau. Marcello Torretone avait été crucifié. Les bras écartés, cloués eux aussi. De part et d'autre de son corps, deux voiles diaphanes et lacérés s'agitaient doucement, reliés par des cordes aux mécanismes des machineries dissimulées sous les plafonds. Ils faisaient pendant à d'autres rideaux pourpres, comme ouverts sur cette vision tragique. Une scène dans la scène. Spectaculaire et douloureuse. Pietro eut du mal à retenir un cri de dégoût à mesure qu'il détaillait ce cadavre bleu. On l'avait affublé d'une couronne d'épines – mais il y avait autre chose… Les yeux avaient été arrachés de leurs orbites. La bouche de Marcello était figée dans un spasme effroyable. A ses pieds, des éclats de verre épars, mélangés au sang. Sur son torse, courait une inscription, que l'on avait taillée avec un couteau dans la chair à vif. De l'endroit où il se trouvait, Pietro ne pouvait pas lire ces formules avec exactitude.

Après un instant, il se décida à monter prestement sur l'estrade, tandis que le médecin mandaté par la

Quarantia Criminale la contournait pour prendre les marches qui se trouvaient dans l'angle de la scène, et le rejoindre auprès du cadavre.

— A quelle heure est-il mort ? demanda Pietro à Goldoni et Vendramin.

— Cela, c'est au *Sier* Brozzi de nous le dire, répondit Vendramin. Nous avons donné une représentation hier soir…

— Oui, c'était la première de *L'Impresario di Smirne*, dit Goldoni. Une comédie en trois actes et en prose. Marcello, paix à son âme, incarnait… Ali, un négociant qui, venu d'Orient, se rend pour affaires à Venise et se met en tête de faire de l'opéra…

Brozzi venait d'ouvrir en grand sa sacoche et commençait à tourner autour du mort. Pietro s'approcha du torse lacéré et parvint à lire :

Io era nuovo in questo stato,
Quando ci vidi venire un possente,
Con segno di vittoria coronato.

J'étais nouveau dans cet état
Quand je vis venir un puissant,
Que couronnait un signe de victoire…

L'inscription avait retourné les chairs et laissait deviner çà et là le renflement des côtes. L'ensemble du torse était griffonné de cette calligraphie minuscule, comme si l'auteur du forfait se fût servi de la peau à la manière d'un livre. Brozzi ajusta ses besicles sur son nez, releva le menton et lut à son tour. Il avait l'air, en cet instant, de quelque alchimiste au bord de découvrir le secret de la

pierre philosophale. Il eut un « Mpffh ! » de dégoût et se
tourna vers Viravolta.

— Cela vous évoque-t-il quelque chose ?

— Non, convint Pietro, même si ce genre de tournure
m'est familier.

— Nous sommes en face d'une allégorie que nous
pourrions qualifier de… biblique, de toute évidence.

— La Bible, vous pensez…

Derrière eux, Vendramin continua :

— La représentation s'est achevée à onze heures.
Nous avons quitté le théâtre aux alentours de minuit.
Je vous garantis qu'alors, il était vide.

— Vide… Mais Marcello, l'a-t-on vu sortir ?

Goldoni et Vendramin échangèrent un regard, puis
le dramaturge reprit à son tour :

— Non… A la vérité, pas un des membres de la troupe
ne l'a vu.

— Dites plutôt que vous avez *cru* qu'il était vide,
alors, dit Pietro. Marcello aurait-il pu rester après la
fermeture ? Seul… caché en coulisses, peut-être ?

Ce disant, Pietro contournait le corps pour s'approcher des coulisses, plongées dans l'obscurité. Des cor-
delettes traînaient sur le sol. Une bassine d'eau et de
sang mêlés. Un chiffon qui portait encore des traces
pourpres. Une vague odeur de vinaigre flottait dans
l'air, qui venait se superposer à celle de la mort. Une
lance de bois, sans doute l'un des accessoires courants
du théâtre, reposait contre le mur. Mais sa pointe de
métal – celle-là même qui avait dû perforer le flanc de
Marcello et qui, peut-être, lui avait crevé les yeux – était
bien réelle. Maculée de sang elle aussi.

— Caché ? s'étonnait Vendramin. Mais pourquoi,
caché ?

— Qu'en sais-je, dit Pietro. Un rendez-vous galant…
ou d'un autre genre.

Il se pencha lorsque son pied rencontra un tas de
vêtements abandonnés derrière le rideau, dans un coin
obscur. Il déploya devant lui un turban, un pantalon,
puis un manteau à grandes manches qui ressemblait
fort à un caftan turc. Le costume de Marcello pour le
rôle d'Ali dans *L'Impresario di Smirne*, sans doute – à
moins que ce ne fût celui de Pantalon, ce personnage de
marchand vénitien, chauvin et avaricieux, dont raffolait
le public. Non loin, un coffre était empli de costumes
similaires, râpés ou chatoyants, unis ou multicolores –
Zanni, le Villano, le Magnifico. Pietro soulevait les uns
après les autres les masques et les atours de ces figures
de comédie.

— A votre connaissance, Marcello avait-il des aventures ? Des ennemis ?

Ce fut Goldoni qui, après un instant d'hésitation,
répondit :

— Des aventures, oui. Des ennemis, non. Vous
connaissez les acteurs ! Il avait une liaison par-ci, une
autre par-là. Rien de bien sérieux. Marcello ne s'attachait à personne. On le voyait parfois au bras d'une de
ces courtisanes qui déambulent dans les *Mercerie*, à la
nuit tombée. Je crois, pour ma part, que Marcello ne
s'entendait pas vraiment avec les femmes… Il donnait
toujours l'impression de se moquer d'elles. Quant à ses
ennemis, il n'en avait pas le moindre, autant que je sache.
Au contraire, le public l'aimait…

Il y eut un silence tandis que Pietro revenait vers le
centre de la scène. Brozzi était agenouillé et examinait
les plaies de Marcello, pieds cloués contre la croix de

bois. A l'aide d'un pinceau, il nettoya le sang autour des clous, mesura la blessure à son flanc et retourna fouiner dans sa sacoche. Pietro s'agenouilla à côté de lui. Brozzi sortit une petite bouteille translucide et, à l'aide d'un autre pinceau, rassembla les éclats de verre épars, qui formaient comme un halo autour de l'ombre du crucifié. De nouveau, les deux hommes échangèrent un regard.

— Du verre… pourquoi ?

Pietro se saisit lui aussi de quelques morceaux, qu'il glissa à l'intérieur d'un mouchoir.

Ils se relevèrent ensemble. Brozzi s'épongea le front et contempla les orbites vides du cadavre, trous noirs cernés de rouge. On pouvait deviner, mêlés aux plaies, quelques éclats argentés. L'un d'eux, en particulier, saillait nettement d'un reste de paupière.

— Je ne serais pas surpris de découvrir que c'est avec du verre qu'on lui a arraché les yeux… Il a pu mourir de ses plaies ou, très probablement, d'asphyxie, ce qui est plus courant en ces circonstances. Mais il a été saigné à blanc… *Santa Maria*, quel monstre a-t-il pu commettre une telle ignominie ?

Pietro se pinça les lèvres.

— Vous êtes dans la confidence à la *Quarantia*, n'est-ce pas, Brozzi ? Alors dites-moi… Quel est le rapport entre le décès d'un acteur et le gouvernement de la République ?

Il avait parlé tout bas. Brozzi toussa, le regardant par-dessus ses besicles. Puis il dit :

— Le rapport ?…

Il tendit l'index en direction de l'une des lattes du plancher, où était fiché un objet que Pietro n'avait pas encore remarqué.

— Le rapport est là, *Messer.*

Pietro s'approcha de l'objet, le délogea et le fit tourner entre ses doigts. Il s'agissait d'une broche d'or, portant deux initiales entrelacées, L et S, au-dessous desquelles figuraient deux épées et une rose perlée. Pietro tourna vers Brozzi un regard interrogateur.

— L et S, commenta le médecin, la rose et les épées… il s'agit de Luciana Saliestri. Courtisane d'honneur et maîtresse de… Giovanni Campioni qui, comme vous le savez, est l'une des têtes les plus éminentes du Sénat. On le suspecte, dirons-nous, de trop de libéralité envers le peuple. Comme autrefois le Doge Falier. Campioni a des idées à lui sur la façon de réformer la République, qui fait de l'ombre à beaucoup de nobles, aux positions radicalement inverses. Mais le personnage est ambigu… Certains le qualifient de rêveur, aux ambitions dangereuses ; d'autres n'hésitent pas à voir dans ses discours altruistes une façon bien opportune de masquer un furieux désir de pouvoir. Campioni a longtemps été ambassadeur pour le compte de la Sérénissime, en Angleterre, en France et en Hollande. On dit qu'il a noué là-bas des amitiés parmi les philosophes et les puissants, et qu'il s'inspire aujourd'hui de leurs théories plus ou moins saugrenues pour inventer de nouveaux systèmes de gouvernement.

Brozzi avait ramené les mains sur sa robe noire. Il continua :

— Vous savez combien le Doge et nos institutions entretiennent eux-mêmes avec notre bon peuple vénitien des relations complexes : avant toute chose, c'est le fragile équilibre sur lequel repose notre Constitution qu'ils souhaitent préserver. Et cet équilibre est délicat. De ce point de vue, nous avons toujours été en avance sur les autres, et notre régime fait l'admiration de nos voisins. Venise est libre, mais surveillée. L'amour du peuple est total, mais pragmatique… Il est toujours difficile de trouver la mesure entre les extrêmes, et d'écouter la voix de la raison là où les passions peuvent s'embraser si promptement, et parfois avec une violence insoupçonnée… Il s'en faudrait de peu que l'édifice tout entier ne bascule, dans un sens ou dans un autre : c'est par-dessus tout la terreur de nos politiques. Ils ont l'obsession d'étouffer les étincelles sous la cendre. Rien ne doit couver qui puisse faire du tort à la République. Le spectre de la conspiration de Bedmar est toujours là. Ajoutez à cela que Campioni a avec lui près d'un tiers des membres du Grand Conseil… Vous imaginez sans mal que les Ténébreux ne peuvent manquer d'y voir l'ombre d'une possible conjuration. Cela n'a rien d'exceptionnel, il ne se passe pas quinze jours sans qu'ils nous en inventent une nouvelle. Mais il y a autre chose dont, peut-être, on a omis de vous faire part… et qui tendrait à plaider en faveur de leur suspicion.

— Que voulez-vous dire ?

Brozzi eut un sourire énigmatique. Il continua, toujours à voix basse :

— Voyez-vous, *Messer*, Marcello Torretone n'était pas seulement acteur au théâtre San Luca. Il était également… agent secret pour le compte des Dix et de la *Quarantia Criminale*. Comme vous. Pour l'anecdote, les Ténébreux l'appelaient l'Arlequin.

Pietro redressa le buste. Il resta interdit quelques secondes.

— Ah… Je vois. Evidemment. Un détail important,

en effet. On s'est bien gardé de le consigner dans le rapport que l'on m'a remis. Emilio aurait pu me prévenir. Enfin…

Il se releva.

— Merci, *Sier* Brozzi.

Viravolta pinça les lèvres, songeur. Emilio Vindicati ne pouvait ignorer cette information lorsqu'il lui avait confié sa mission. De même que le rapport qu'il lui avait remis ne faisait pas mention de la broche de Luciana Saliestri, ou de la personne du sénateur Giovanni Campioni. Sans doute Emilio avait-il préféré que son émissaire l'apprenne par l'entremise de Brozzi, plutôt que de consigner des noms par écrit dans son compte rendu. On n'était jamais trop prudent. Surtout si, en effet, se trouvaient impliqués des personnages intervenant eux-mêmes au plus haut sommet de l'Etat…

En tout cas, pensa Pietro, *tout cela ne me dit rien de bon…*

Une chose était sûre : le meurtre se trouvait soudain éclairé d'une lumière bien différente. Pietro songea de nouveau aux réflexions qu'il s'était faites au sujet de Marcello, à partir des détails consignés dans le rapport. Il comprenait mieux, à présent, ce que le péché pouvait signifier aux yeux de Marcello, et en quoi sa crainte éventuelle d'un céleste jugement avait pu influer sur son tempérament – tantôt pour épauler, tantôt pour contrebattre ses vues artistiques. Sa double identité ne l'avait sans doute pas épargné. L'Arlequin, un comédien. Tout cela prenait un relief nouveau. Pour servir la juste cause de la République, il avait dû vivre en secret ce que sa vie d'acteur lui permettait de crier sur les planches – mais, selon cette classique et éphémère procuration, dans les atours d'existences volées, pour lesquelles il ne bénéficiait que d'une illusoire rédemption. C'était sans doute cette faille que le Conseil des Dix, non sans clairvoyance d'ailleurs, avait voulu exploiter en recrutant Marcello parmi les rangs de ses informateurs… Ce faisant, Marcello s'était condamné à œuvrer en silence pour le bien commun ; mais ce choix même avait dû impliquer, du point de vue moral, les pires renoncements. Car après tout, il n'était devenu que l'un des grouillots de la Sérénissime, de la même façon que Pietro. Qui avait-il dénoncé, trahi ? Lui était-il arrivé de tuer ? Avait-il eu du sang sur les mains ?… Pietro ne faisait qu'entrevoir le désarroi étrange qui avait dû habiter Marcello, partagé entre les deux faces de Janus, dans ses moments d'angoisse. Acteur et agent de la République : une mise en abyme. Cela n'était pas si inattendu.

Viravolta redescendit de l'estrade. Goldoni s'était assis, les mains entre les jambes, effondré.

— Je crois que, cette fois, c'est trop pour moi, disait-il. Je devais aller à Parme depuis quelque temps, je pense que le moment est venu.

— Carlo ! disait Vendramin. Et le Carnaval ? Non, c'est hors de question. Tu m'avais promis trois pièces encore ; nous devrons les faire jouer comme il était convenu. La saison d'automne a été bonne, grâce à toi. Enfin, nous parvenons à faire ce dont tous deux nous avons toujours rêvé. Il n'est pas temps de renoncer ! Si ce triste épisode demeure secret, comme je l'espère, le public n'aura pas à jaser de ce qui s'est passé dans nos murs. Si seulement nous savions ce qui est arrivé, je…

— *Messer* Goldoni, il est hors de question de quitter

Venise pour le moment, dit Pietro. Pour les besoins de l'enquête, vous devez rester dans la lagune. Il me faut interroger dans les plus brefs délais tous les membres de la troupe ; j'ajoute à cela les librettistes et les musiciens d'orchestre, les chorégraphes et scénographes, les chanteurs, les danseurs et les danseuses. En somme, tout le personnel du San Luca.

— Mais alors… la chose va devenir publique… s'écria Vendramin. Ce n'est pas bon pour les affaires, tout cela !

— Il faudra bien expliquer la disparition de Marcello, de toute façon. Rassurez-vous : tous ne sauront que ce qu'ils ont à savoir, et rien de plus. Il est hors de question de s'attarder sur les détails de ce crime ignoble, sauf à ma requête expresse – je gage que vous en serez d'accord ?

Vendramin et Goldoni opinèrent du chef. Pietro se tourna une fois de plus vers la dépouille mise en croix.

— Encore une question…

— Oui ? dit Goldoni.

— Je crois savoir que Marcello était d'un tempérament assez religieux…

Le dramaturge acquiesça.

— Oui… Bien peu des nôtres rendent à Dieu les devoirs qu'ils devraient, cela est certain. Marcello, malgré sa vie légère et mouvementée, n'était pas à ce paradoxe près : il se rendait chaque semaine à San Giorgio Maggiore.

Pietro fronça les sourcils et resta pensif quelques instants. L'espion rendait-il vraiment chaque semaine ses devoirs au Christ ressuscité ?… Cela était fort possible, si Pietro s'en référait à ses propres réflexions. Ce qui

l'intriguait à présent était la correspondance évidente
entre cette éventualité – ou cette certitude – et la mise
en scène symbolique de l'assassinat. Voilà qui méritait
d'être creusé. Un homme hanté par le péché, crucifié
sur les planches de sa propre duplicité, au milieu des
costumes des différents personnages qu'il avait coutume
d'incarner, les globes oculaires arrachés… Avait-il *vu*
quelque chose qui l'avait rendu dangereux ? Le lien avec
sa propre foi était-il réel – ou n'était-ce de la part de
Pietro qu'une vue de l'esprit ?

Son visage s'éclaira soudain.

— Savez-vous qui officie à San Giorgio Maggiore ?

Ce fut cette fois Vendramin qui répondit.

— Il s'agit du père Cosimo Caffelli.

Caffelli. Tiens…

— Oui, je le connais, dit Pietro.

— C'était aussi le confesseur de Marcello, ajouta
Goldoni.

— Son confesseur, dites-vous ? Intéressant…

Pietro s'arrêta et passa les doigts sur ses lèvres, pensif.
Il avait en effet croisé Caffelli par le passé ; et celui-ci
ne pouvait que se souvenir de l'Orchidée Noire. Il avait
notamment aidé le sénateur Ottavio à convaincre les
inquisiteurs d'inculper Pietro d'athéisme, de cabale et
de moralité douteuse, afin qu'il fût arraché à la proximité d'Anna Santamaria et jeté en prison. Caffelli avait
joué un rôle non négligeable dans l'arrestation de Viravolta.

Voilà qui promet d'être intéressant…

Pietro retrouva le sourire.

— Je vous remercie.

Brozzi l'interpellait ; Pietro se tourna dans sa direction. Le médecin de la *Quarantia Criminale* était resté sur la scène. Il écarta ses amples manches noires, qu'il commença de retrousser.

— Il va falloir m'aider à le décrocher, à présent.

*
* *

Le cadavre de Marcello Torretone était allongé dans l'une des salles basses de la *Quarantia Criminale*. Point de dorures ici ni de lambris, mais des murs de pierre nus et dépouillés, un froid glacial qui s'engouffrait par le soupirail donnant sur la ruelle. Pietro avait subitement l'impression de se retrouver dans sa cellule. Au centre de la pièce, Brozzi s'activait. Non sans répugnance, Pietro l'avait aidé à installer ici le corps aux membres roides, étendu sur la table d'examen. Brozzi pouvait maintenant procéder à une analyse plus approfondie. Nul besoin de disséquer le cadavre ; en revanche, rien ne devait lui échapper quant à la nature exacte des plaies et des circonstances du drame. Après avoir longuement marmonné dans sa barbe, Brozzi, remettant ses besicles, examinait la racine des cheveux, les orbites, les dents, la langue et la bouche, les blessures aux pieds, aux mains et au flanc, l'inscription sur le torse. Il marchait d'un bout à l'autre du corps, s'attardant ici sur les ongles, là sur l'intérieur des cuisses. Il avait répandu un peu de parfum dans l'atmosphère, mais cela ne suffisait pas à dissiper l'odeur terrible qui avait envahi la pièce. Non loin, sa sacoche était de nouveau ouverte ; il avait disposé ses instruments sur une petite table recouverte d'un drap blanc : couteaux chirurgicaux et bistouris, ciseaux, len-

tille grossissante, pinceaux, éther et alcool, instruments
de mesure et poudres chimiques dont Pietro ignorait
jusqu'à l'existence. Tout près se trouvait une petite bassine où Brozzi plongeait de temps en temps ses usten-
siles, qui tintaient dans des bruits clairs. Pietro avait
déjà vu de nombreux cadavres dans sa vie et ses récents
souvenirs de prison n'étaient pas des plus réjouissants ;
pourtant, alors qu'il se tenait ainsi au milieu de la nuit
dans cette salle glaciale qu'éclairaient à peine deux
lanternes, il ne pouvait s'empêcher de frissonner. La
contemplation de cet être décharné, dépouille traversée
de veines bleuâtres, à laquelle on avait arraché jusqu'au
regard, pénétrait l'âme de la manière la plus sinistre. Et
voir ainsi Brozzi traiter la victime comme un vulgaire
quartier de viande était particulièrement écœurant. *Dire
que j'avais songé à rejoindre ce soir les jardins de quelque
princesse abandonnée*, songea Pietro. Il avait voulu se
préparer à la glorification nocturne du corps, se perdre
dans les seins, les cuisses, la croupe d'une femme, pour
oublier Anna Santamaria et ses mois de prison ; au lieu
de cela, c'était devant un corps sans vie, étalé sur son
linceul, que Viravolta se retrouvait. Il cherchait à présent à en apprendre davantage. Courbé sur le cadavre,
Brozzi parlait à voix haute, autant pour Pietro que pour
lui-même.

— La plaie sur le flanc a bien été occasionnée par la
pointe de la lance retrouvée dans les coulisses du théâtre
San Luca. L'arme est ici, il nous faudra la mettre sous
scellés. C'est une plaie profonde qui a perforé le poumon
gauche, sans pour autant atteindre le cœur ; elle a sans
doute accéléré l'agonie de la victime, sans nécessaire-
ment lui ôter la vie. Le corps a été disposé de la même

façon que le Christ sur la croix, le front ceint d'une couronne d'épines. On trouve des traces de vinaigre à la commissure de ses lèvres...

Le retour à la *Quarantia* avait été l'occasion pour Pietro de faire plus ample connaissance avec cet homme curieux qu'était Brozzi. Celui-ci était également tenu par le secret ; il officiait pour la *Criminale* depuis plus de dix ans. A l'origine, Antonio Brozzi n'avait rien d'un noble ; c'était un *cittadino* que ses compétences avaient élevé au rang où il se trouvait à présent. Par le passé, il avait été le médecin personnel de nombre de sénateurs et de membres du Grand Conseil. C'était ainsi qu'il avait étendu son réseau de relations et bâti sa réputation. Antonio voulait servir l'Etat et, comme il l'avait confié à Pietro, il lui fallait bien du dévouement pour compenser le caractère morbide de sa charge quotidienne. Son père avait lui-même été assassiné au détour d'une ruelle de Santa Croce ; l'événement n'était pas sans rapport avec le fait qu'Antonio fût devenu, tardivement, l'un de ces croque-morts de la République, dont la fonction exigeait tant de force intérieure et d'abnégation.

Pietro se passa la main sur le visage. La fatigue commençait à le gagner.

Il réprima un bâillement, puis dit :

— Tout cela... c'est de la pure mise en scène... une mise en scène carnavalesque. Les rideaux, les tentures ouvertes qui semblent nous dire : bienvenue au spectacle... A vrai dire, je soupçonne à l'origine de ce meurtre un esprit moins barbare que sa violence ne le laisse présager. Ou, pour être plus exact, un esprit barbare caché derrière les plus belles manières du monde. Il y a dans ce raffinement cruel la marque des vrais décadents. Tout a été choisi et calculé pour obtenir… un effet dramatique. Le crucifié, cette phrase curieuse sur sa poitrine, une sorte de poème énigmatique…

— Il est possible que le meurtrier ait fait avaler à la victime du vinaigre au bout d'un chiffon, continuait Brozzi de son côté. Et ce, au moment même du supplice, infligeant ainsi à Marcello les divers sévices que le Christ eut à subir, de la procession du Calvaire à sa mort. Les yeux ont bel et bien été ôtés. Un reste de globe oculaire droit révèle des particules de verre qui se sont brisées en sectionnant le nerf. Il faudra tenter d'en identifier la provenance. C'est un verre doux, poli, mais d'une certaine densité ; il pourrait bien provenir de Murano, si l'on en croit sa facture apparente et sa limpidité de cristal ; les débris sont trop petits pour en dire davantage.

— Comprenez-moi, Brozzi. Je conçois que cet homme ait pu être assassiné parce qu'il agissait dans l'ombre, pour le compte des Dix et de la *Criminale*. Mais pourquoi un meurtre si spectaculaire ? Pourquoi ce clin d'œil, vaste ironie en vérité, qui semble nous inviter sur la scène de ce drame – comme si, à notre tour, nous entrions dans une pièce, préparée par je ne sais quel dramaturge fou ? Un dramaturge qui, sans doute, est bien éloigné du tempérament de *Sier* Goldoni, que je pense pouvoir écarter de ma liste de suspects, aussi bien, d'ailleurs, que l'un ou l'autre des frères Vendramin. Mais un amoureux du théâtre, du pastiche… et de Pantalon, dont j'ai trouvé non loin le costume roulé en boule. La broche que vous m'avez indiquée, celle de Luciana Saliestri… Ne trouvez-vous pas la coïncidence fort à propos ? Trop, peut-être. A moins que Marcello ne fût l'amant de cette jeune femme, au même titre que Giovanni Campioni, membre du Sénat. Une banale affaire de jalousie me soulagerait, mais j'ai peine à y croire. Tout ceci me paraît diablement fabriqué, Brozzi.

Le médecin releva les yeux et dit :

— … Fabriqué, comme un auteur qui agencerait son décor et le destin de ses personnages. Je partage votre avis.

— On a mis beaucoup de soin et de talent à accomplir ce sombre forfait. Marcello a dû crier longtemps, dans ce théâtre désert, à mesure qu'on le saignait, qu'on le clouait sur ces planches à coups de marteau. C'est trop de vice pour une simple *vendetta*, qu'un coup d'épée, de pistolet ou d'arquebuse règle tout aussi bien, et plus proprement. On a voulu le faire souffrir et, peut-être, le faire *parler*, en effet. Une torture… mais là encore, Brozzi, pourquoi au théâtre ? Pourquoi ne pas l'avoir enlevé et emporté ailleurs ?

— Parce que nous devions le trouver, mon cher, dit Brozzi en se penchant de nouveau sur le mort.

Pietro claqua la langue en signe d'approbation.

— L'inscription énigmatique sur son corps est un autre signe qui prouve que le meurtrier voulait s'adresser à nous. En effet, Brozzi. Il a voulu nous crier quelque chose… Et cela ne ressemble en rien à une séance de torture, comment dirais-je… classique. Elle a été montée *à notre intention*, autrement dit à celle de la République. Mais il y a encore quelque chose de bien étonnant…

— Je vois ce que vous voulez dire, dit Brozzi en saisissant son mouchoir pour nettoyer ses besicles.

Il avait le front en sueur.

— Les yeux, n'est-ce pas…

Pietro leva l'index et sourit.

— Les yeux, oui. La couronne d'épines, la plaie sur le flanc, la croix, le vinaigre, toutes autres formes d'ecchymoses ou de stigmates de lapidation, passe encore… Mais pourquoi lui avoir ôté les yeux ? Voilà qui n'est guère biblique, Brozzi. Une fausse note, sans doute, dans cette pâle représentation. Mais je suis persuadé qu'elle ne doit rien au hasard. Enfin ! Nous avons déjà plusieurs fils à tirer, ce me semble. Luciana Saliestri, la courtisane… Giovanni Campioni, le sénateur… et à tout hasard, le confesseur de San Giorgio, le père Caffelli.

Pietro soupira et se souvint des paroles qu'avait prononcées Emilio, alors qu'il quittait le palais ducal : *Tu viens de mettre les pieds dans le vestibule de l'enfer, crois-moi. Tu ne vas pas tarder à t'en rendre compte.*

Pietro regarda Brozzi. Celui-ci lui sourit tout en se grattant la barbe. Il jeta un stylet ensanglanté dans sa bassine, qui rebondit dans un nouveau tintement.

L'eau se mélangea au sang.

— Bienvenue dans les limbes des affaires criminelles de la *Quarantia*, dit-il seulement.

*
* *

Pietro marchait dans les rues de Venise. Il s'apprêtait à retrouver Landretto à l'auberge où ils devaient loger pour la nuit, en attendant une solution plus confortable, qu'Emilio était en train d'arranger pour leur compte. La tête encore pleine de sombres pensées, Pietro, mains dans le dos, regardait ses pieds, l'air concentré. La nuit était avancée. Un vent froid s'était levé. Les pans de son grand manteau noir s'agitaient derrière lui. Concentré, il ne prit pas garde, en entrant dans une ruelle, à ces quatre hommes qui, portant lanternes et sombre accoutrement, eussent pu passer pour des Seigneurs de la nuit, si ce n'étaient leurs masques inquiétants. La pénombre leur donnait un aspect plus fantasque et chimérique encore. Pietro ne se rendit compte de leur présence que lorsqu'il fut évident qu'il était coincé. Deux hommes lui barraient le chemin d'un côté, deux de l'autre. On voyait au-dessous de leur masque leur sourire mauvais ; ils déposèrent leurs lanternes, ce qui donna fugitivement à la ruelle l'allure d'une scène de spectacle, ou d'une galerie illuminée dans l'attente de quelque importante personnalité. Pietro releva les yeux.

— Que me vaut cette entrave ? demanda-t-il.

— Il te vaut que tu vas nous donner gentiment ta bourse, dit l'un des voleurs.

Pietro considéra celui qui venait de parler, puis son voisin. Il se tourna ensuite vers les deux autres, fièrement campés derrière lui. Ils étaient armés, pour l'un d'un gourdin, pour l'autre d'une dague, et pour les deux derniers d'une épée courte. Lentement, Pietro sourit.

— Et s'il advenait que je refuse ?

— Alors il adviendrait que tu te ferais couper la gorge, chevalier.

— Ou que tu perdrais l'œil qui te reste, plaisanta son camarade, en allusion au cache-œil que portait encore Pietro.

Je vois.

— Décidément, les rues de Venise ne sont pas très sûres, ces temps-ci.

— A qui le dis-tu. Allez. Allonge.

— Messieurs, autant vous le dire. Je crois que même aveugle, je pourrais vous rosser tous les quatre. Filez, et je ne vous ferai pas de mal. Vous vous en tirerez à bon compte.

Ils éclatèrent de rire.

— L'entendez-vous ? ! A genoux, chevalier. Et donne tes sequins.

— Je me vois dans l'obligation de réitérer ma mise en garde.

— Réitère ce que tu veux, mais libère-toi de ta bourse.

L'homme s'avançait, menaçant.

Bien ! songea Pietro. *Après tout, un peu d'exercice ne nous fera pas de mal.*

Il redressa le buste et, lentement, ouvrit les pans de son manteau, qu'il laissa choir derrière lui. Il découvrit l'épée et les pistolets à son flanc.

Un instant, ses adversaires marquèrent une hésitation.

Pietro porta la main au pommeau de son arme.

Les brigands s'approchaient toujours, se refermant sur lui.

— Bien… Par égard pour vous, je ne me servirai que de mon épée, dit Pietro.

Il dégaina. La lame étincela brièvement à la lumière de la lune, tandis que les quatre faux Seigneurs de la nuit fondaient sur lui. Tout, alors, se passa très vite. Il y eut deux éclairs, l'épée fendit l'espace. Le premier homme masqué fut profondément touché à l'épaule et lâcha son gourdin. La dague du second décrivit dans l'espace un arc de cercle en compagnie de trois doigts que Pietro venait de trancher. Puis il tourna sur lui-même, en fléchissant les genoux ; il évita un coup adverse, qui alla se perdre dans le vide, et lacéra les jarrets du troisième. Enfin il se redressa subitement et, continuant de tournoyer, usant d'une botte dont il avait le secret, il dessina sur le front du quatrième une étoile qui fit instantanément couler le sang. L'homme en perdit son masque. Il loucha un instant et, davantage du fait de la terreur que de la douleur, après avoir chaviré une ou deux secondes, il s'effondra aux pieds de Pietro, évanoui.

Maintenant les quatre hommes étaient à terre, qui la main crispée sur son épaule, qui hurlant et cherchant ses doigts manquants, ou comprimant le sang qui lui jaillissait des mollets. Sans parler du chef de ces brigands, parti quant à lui vers des cieux plus cléments, au seuil de son étourdissement.

Pietro sourit. Il ramassa son manteau et prit la fleur à sa boutonnière. Il s'approcha de celui qui se tordait de douleur en serrant ses jambes ensanglantées. Ce dernier cessa momentanément de hurler en levant les yeux vers son vainqueur. Pietro laissa tomber la fleur, qui chut à côté de l'homme en tournoyant.

Il fit volte-face et s'en fut.

L'homme, les yeux écarquillés, regardait la fleur. En signature.

Elle lui disait : *l'Orchidée Noire est passée.*

CHANT IV

Les Luxurieux

Luciana Saliestri n'était pas l'une de ces nobles dames que Venise se plaisait parfois à offrir aux regards dans les réceptions officielles, comme lors de la visite d'Henri III, lorsque la République, non contente de dérouler son faste politique, y ajoutait le piquant d'un défilé de jolis minois, autre mamelle de la Réputation. Non, Luciana était une courtisane de luxe au destin mouvementé. Elle se targuait d'écrire des vers et de philosopher, tout en portant le masque pour déployer les trésors de sa sensualité. Usant d'un charme trouble, elle incarnait à la fois l'érudite et la putain, la lie du peuple et le fleuron d'une jeunesse raffinée. Comme les filles de mauvaise vie, elle tombait sous le coup de tous les interdits imposés par le pouvoir ; dans les faits, une tolérance de bon aloi et la protection tacite des puissants lui permettaient de contourner allègrement les foudres gouvernementales. A elle seule, elle représentait, d'une certaine façon, une institution : si elle vendait son corps, c'était pour le plaisir de voyageurs importants, pour faire bonne mesure dans le négoce d'affaires de premier plan, ou pour soulager les politiques de leurs soucis quotidiens. Les inquisiteurs poursuivaient bien les prostituées, mais ils allaient chasser les pauvrettes du *campo* San Polo, des galeries de San Marco ou de Santa Trinità ; elle, veuve à vingt-deux ans d'un richissime marchand de tissus dont l'avarice avait fait le tour de Venise, se promenait aux abords des jardins du palais ducal en entretenant à plaisir toutes les ambiguïtés de sa condition. Charmante, elle l'était : un visage ravissant, une mouche au coin des lèvres, des yeux de biche, un corps parfait qui se moulait dans la moire, les broderies et la dentelle ; elle avait été danseuse et sa seule allure envoûtait le promeneur. Elle y ajoutait ce parfum de mystère prompt à susciter tous les fantasmes, tantôt en se cachant derrière un loup de circonstance, tantôt par la seule vertu d'une rhétorique émoustillante et elliptique, qui lui permettait de ferrer ses adorateurs avec un talent inégalable. Elle recevait dans sa villa, qui donnait sur le Grand Canal et dont, comme le reste, elle avait hérité. Son mariage lui avait évité l'obscurité du couvent ; finalement, elle lui devait tout. *Messer* Saliestri avait été si proche de ses ducats qu'il en était devenu légendaire : on chuchotait qu'autrefois il comptait chaque minute comme un sou, parce que, selon ses propres termes, le temps était « une ressource rare ». A ce pingre sans égal, Luciana continuait aujourd'hui de rendre hommage. Elle brûlait des cierges à sa mémoire, en même temps qu'elle dilapidait tranquillement la fortune qu'il avait amassée. Elle était aussi dépensière qu'il avait été cupide. Luciana avait trouvé d'autres activités pour satisfaire ses penchants : elle se donnait à quiconque lui paraissait digne d'elle. La compagnie de

Deuxième cercle

Marcello l'avait amusée un temps. Celle de Giovanni Campioni, membre du Sénat, revêtait d'autres enjeux. Mais de toute évidence – et à moins qu'elle ne simulât, ce dont elle était d'ailleurs fort capable – elle ignorait encore ce qui s'était passé au San Luca.

Conformément aux instructions d'Emilio Vindicati, Pietro avait brûlé le rapport que son mentor lui avait remis, en quittant la *Quarantia*, la veille au soir. Ce matin, il avait interrogé l'ensemble du personnel du théâtre pour vérifier les alibis, avec le soutien de Brozzi et de Landretto. Les résultats n'avaient guère été probants ; aussi s'était-il décidé à rencontrer Luciana dans sa villa du Grand Canal. La villa Saliestri était l'un de ces petits bijoux vénitiens dont le flâneur imagine à peine l'existence, trompé par une façade délabrée qui lui cache un intérieur des plus extraordinaires. Une fois franchies les arches de l'entrée, on pénétrait dans un jardin qui, ainsi logé au milieu de nulle part, tenait du rêve absolu : une fontaine en son centre, des parterres de fleurs, quelques allées entortillées devant d'autres arcades. Non que le jardin fût de grandes dimensions, mais il faisait basculer aussitôt dans un autre monde, effaçant comme par miracle la rumeur de la cité pour ne laisser planer que le murmure tranquille de l'eau, invitation au repos et à la nonchalance. Le bâtiment lui-même, sur deux étages, jouait de ces contrastes avec une égale harmonie. Les murs, chargés ici et là d'humidité, tiraient de ces dégradés une partie de leur beauté déliquescente ; pour autant, ils ne laissaient pas présager la richesse intérieure du décor, dont Pietro s'aperçut sitôt qu'il y fut introduit – meubles vernis aux serrures d'or, divans profonds recouverts de velours ou de draps de soie, portraits dynastiques, miroirs échangeant les reflets limpides de leur mise en abyme, portes discrètement entrebâillées sur le secret de baldaquins, tentures au drapé ondoyant qui tombaient devant les alcôves… On était pénétré de cette atmosphère intimiste et feutrée, quoique baroque, au premier pas que l'on y faisait. Pourtant, cette entrevue fut pour Pietro une véritable souffrance. Bien qu'elle eût entendu parler de l'Orchidée Noire, Luciana Saliestri ignorait l'identité véritable de celui qui se présentait à elle au nom du Doge ; de son côté, Pietro, informé de tous les commérages qui couraient au sujet des frasques de la belle, ne pouvait manquer, après tant de mois passés en prison, de laisser glisser ses pensées vers des crimes beaucoup plus plaisants que celui dont il était hanté depuis son passage au San Luca. Ce sourire, ces lèvres, cette gorge rieuse, ces seins qu'elle promenait sous son nez avec tout le calcul dont elle était capable, voilà qui eût représenté pour lui un vif supplice, si le souvenir de son grand amour, Anna Santamaria, ne se dressait encore en son cœur tel un rempart. Mais, jouer l'indifférence devant cette Luciana qui multipliait les signes de séduction, entretenant son florilège de soupirs impatients avec ce naturel factice propre à la féminité la plus enthousiaste, relevait de l'exploit. Pietro n'était pas loin de vouloir donner à la belle la correction qu'elle méritait, et de la forcer à s'abandonner avant qu'à son tour elle ne le prie d'assouvir ses désirs, se départant une fois pour toutes de ses préventions et de ses minauderies. Au lieu de cela, il devait l'entretenir de conspiration et de crucifixion.

Je ne sais pas si cela pourra durer très longtemps.

Il était assis en face d'elle, dans un fauteuil de velours

mauve, ses doigts tapotant les accoudoirs ; elle, allongée à demi sur le divan, regardait de temps en temps vers les fenêtres ouvertes sur le balcon et le bruissement du Grand Canal. Un exemplaire du *Miles gloriosus* de Plaute, ouvert, traînait négligemment à côté d'elle.

Pietro avait délaissé son cache-œil et, pour l'occasion, s'était grimé d'une cicatrice courant sur sa joue droite. Une boucle pendait à son oreille, du même côté. Il portait un veston blanc et or, et des gants de mêmes couleurs. Il avait posé non loin son chapeau sombre.

Il croisa les jambes.

— Qu'avez-vous fait au cours de la nuit d'avant-hier ?

Sourire. Elle souffla, balayant une mèche qui tombait de son front ; une mèche blonde, de cette blondeur toute vénitienne, presque rousse, obtenue après de languissantes expositions au soleil sur son *altana*. Ici, les femmes avaient coutume, sur leur balcon, de couvrir leur tête d'un grand chapeau de paille, dont la coiffe avait été ôtée ; elles maculaient leurs cheveux de jus de rhubarbe, dont l'acidité, brûlant sous le jour, finissait par leur donner cette coloration si particulière.

— Que fait la nuit une femme comme moi, selon vous ?

La bouche sèche, Pietro esquissa un sourire forcé.

— Ne seriez-vous pas allée, par hasard, assister à la représentation de Goldoni au théâtre San Luca ?

Main sur ses pommettes rouges, puis sur sa gorge, caressant négligemment un pendentif en forme de dauphin. Nouveau sourire.

— Ah… Une allusion à Marcello, sans doute. Je vois que vous êtes bien renseigné. Non, à la vérité, cette nuit-là, je faisais relâche. Je suis restée seule ici à me reposer, une fois n'est pas coutume.

— Seule, vraiment ?

Pietro sourit.

— Luciana, parlez-moi du sénateur Giovanni Campioni. Je me suis laissé dire que, tout comme Marcello, il faisait partie de vos habitués…

Elle eut un moment de surprise, mais se rattrapa aussitôt par un rire clair.

— Décidément, rien n'échappe à la sagacité de la République !

— Surtout pas le comportement de ses plus dignes représentants. Notre illustre sénateur était-il avec vous ce soir-là ? Serait-il prêt, selon vous, à confirmer… votre alibi ?

Elle fronça les sourcils.

— Aurais-je besoin d'un alibi ? Je crains de ne pas comprendre. Peut-être serait-il temps que vous m'expliquiez la raison exacte de votre venue.

Elle replia l'une de ses jambes, laissant sa robe remonter jusqu'au genou. Un bref coup d'œil suffit à Pietro pour deviner une dentelle blanche qui accentua sa frustration. Le dérivatif était tout trouvé. Il chercha dans la poche de son manteau, ouvrit un linge et lui mit sous le nez la broche d'or.

— Reconnaissez-vous cet objet ?

Elle eut un cri de stupéfaction. Elle se saisit aussitôt de la broche et l'examina avec attention.

— C'est à moi, en effet ! Giovanni a fait créer ce bijou à mon intention par un orfèvre du Rialto… Oui, c'est ma broche, à n'en pas douter, voyez ces initiales ! On me l'a volée il y a quelques jours à peine. J'étais incapable

de remettre la main dessus ; vous imaginez mon trouble,
je craignais beaucoup de vexer Giovanni… Mais où
l'avez-vous trouvée ?

— Pardonnez-moi de jouer les oiseaux de mauvais
augure… mais cette broche a été trouvée sur les lieux
d'un crime. Auprès du cadavre de Marcello Torretone.

Elle se tut, ouvrant tout grand ses yeux de biche. Un
délice. Qu'elle fût une excellente comédienne ou qu'elle
accusât le choc sans feinte, elle mit de longues secondes
avant d'articuler convenablement.

— Marcello… *Mort ?* Comment cela est-il arrivé ?

— On l'a assassiné.

— Seigneur…

Nouveau silence.

— Mais… que lui est-il arrivé exactement ?

Pietro pinça les lèvres.

— Je vous fais grâce des détails, *Signora*, qui n'ont
rien de bien réjouissant.

— *Qui* a pu faire cela ?

— C'est précisément ce que je recherche. C'est pourquoi j'aimerais vivement compter sur votre coopéra-
tion.

Les yeux de Luciana se perdirent dans le vide. Elle
mit une main à sa poitrine, hocha la tête, le visage obli-
téré par une soudaine tristesse.

— Mon Dieu… Quelle tragédie. Je me demandais,
justement, pourquoi Marcello ne me faisait pas signe.
Nous devions nous voir hier soir, je…

Elle se tut, regarda Viravolta, dont l'attitude méfiante
ne lui échappait pas. Elle tenta de retrouver un ton candide :

— Mais croyez bien que je n'ai rien à voir avec cela !

Cette broche m'a été volée, que puis-je vous dire de plus ?

— Avez-vous une idée de qui pourrait l'avoir subtilisée ?… Marcello lui-même, peut-être ?

— Voilà une idée bien saugrenue. Pourquoi aurait-il fait cela ?

— Et Giovanni ?

— Giovanni ? Quel intérêt aurait-il eu à me voler une broche qu'il m'a offerte ? Et il n'était pas là avant-hier. Je ne l'ai pas revu depuis assez longtemps.

Pietro décroisa les jambes et se pencha vers elle.

— A votre connaissance, Marcello avait-il des ennemis ?

Luciana eut un vague sourire.

— Oui. Il en avait un.

Elle haussa les sourcils, énigmatique.

— Lui-même, dit-elle.

Pietro réunit ses deux mains sous son menton. La courtisane était-elle au courant de la double activité de Marcello ? Il ne pouvait le dire.

— Marcello était un garçon… complexe, continua Luciana. C'était ce qui le rendait si attirant. Il était obsédé par l'idée de faire le mal. Il voulait à tout prix l'éviter. Je crois… qu'il s'est rendu responsable de ce qui est arrivé à sa pauvre mère. Elle est aujourd'hui invalide et à moitié folle. Mais elle a toujours été ainsi. Folle de Dieu, vous me comprenez ? Elle n'a jamais été très équilibrée, et son mari non plus. Cela s'est accentué lorsqu'elle s'est arrêtée de jouer. Marcello, lui, était quelqu'un de naturellement torturé.

— Que saviez-vous d'autre à son sujet ?

Luciana regarda de nouveau Viravolta dans les yeux.

— C'est déjà beaucoup, non ? Marcello était un grand acteur. Et un homme qui cachait sa souffrance. En amour… il avait des goûts particuliers. Il n'y avait pas… que des femmes.

Pietro haussa un sourcil. Luciana se racla la gorge.

— Permettez-moi de ne pas trop m'étendre sur le sujet. Je pense que les défunts ont droit à une certaine forme de respect. Disons que je pense que Marcello n'a jamais été assez aimé et qu'on lui a préféré Dieu. C'est en partie pour cela que je m'attachais à lui offrir, à ma modeste mesure, une manière de cure…

— Je vois…, dit Pietro.

Il réfléchit quelques secondes, puis demanda encore à Luciana :

— Serait-il indiscret de vous demander si vous avez reçu d'autres hommes ces derniers temps, *Signora* ?

Elle le fixait intensément. Elle n'était pas insensible à son charme, il en était convaincu. Les joues de Luciana s'empourpraient encore. Elle se passa la langue sur les lèvres.

— C'est-à-dire que… Ils viennent masqués, comprenez-vous ? Il y en a eu trois… L'un d'eux était un Français, si j'en crois son accent. Les deux autres, je ne les avais jamais vus, je ne les connais pas davantage… Ils viennent, me possèdent et repartent. Ce pourrait être n'importe qui. *Vous*, par exemple.

Elle avait chuchoté ces derniers mots. Leurs visages n'étaient plus qu'à quelques centimètres.

Pietro détourna la tête et leva les yeux vers le plafond.

La discussion avec Luciana se prolongea quelques

minutes encore ; Pietro tenta de revenir sur ce que la courtisane lui avait suggéré, sans succès. Marcello avait-il eu d'autres liaisons… moins avouables ? *Il n'y a pas que des femmes,* avait-elle dit. Et Pietro se souvenait aussi de la réflexion de Goldoni, au théâtre San Luca : *Marcello ne s'entendait pas vraiment avec les femmes… Il donnait toujours l'impression de se moquer d'elles.* Marcello Torretone, comédien, agent des Dix… et aimant aussi les hommes ? Oui, c'était bien possible. Cela ne se tenait que trop. L'ambivalence jusqu'au bout… Voilà qui ne figurait pas non plus dans le rapport des Dix. L'avaient-ils ignoré de bout en bout, ou s'en étaient-ils servis comme d'un levier supplémentaire de manipulation ? La dissimulation de Marcello avait dû en tout cas atteindre des records. Pietro s'en retournait intrigué, et frustré. Il mit un peu de temps à se rassembler après avoir abandonné Luciana à ses conversations de divan. Et tandis qu'il s'éloignait de sa villa, elle le regardait depuis son balcon, nouant ses cheveux, pensive. Les charmes indubitables de la jeune femme dansaient encore dans l'esprit de Pietro, alors qu'il remontait dans la gondole qui l'avait amené jusqu'à la villa Saliestri. Luciana ! Une personnalité troublante… Sensuelle, provocante, docile à la fois ; fascinée par le luxe et le plaisir, offrant son corps et tâtant de toutes les bourses en comptant et recomptant la fortune laissée par son mari… Que faisait sa broche au théâtre San Luca, près du cadavre de Marcello ? Elle affirmait ne pas savoir qui la lui avait volée : si elle ne mentait pas, ce pouvait être Marcello, Giovanni Campioni, aussi bien que l'un ou l'autre de ses soupirants. Le sénateur Campioni pouvait être une clé. Mais approcher un personnage aussi haut placé demandait une certaine délicatesse, et la manière de procéder à son interrogatoire exigeait quelques préambules tactiques : il faudrait convenir de la stratégie à adopter avec Emilio Vindicati et le Doge lui-même. Pietro s'en préoccuperait dès que possible.

Pour l'heure, l'Orchidée Noire devait poursuivre son exploration, en bon petit soldat.

La construction de l'église San Giorgio Maggiore, située sur l'île du même nom et séparée de San Marco par un bras de la lagune, avait commencé en 1565 sous l'impulsion de Palladio, pour être achevée quelque quarante années plus tard par l'un des élèves du célèbre architecte. En face du palais des Doges et de la *Piazzetta*, elle occupait un rôle non négligeable au sein de la République, pour le contrôle des flux maritimes à l'entrée et à la sortie de la ville. Une première église avait été édifiée dès 790, doublée au Xe siècle d'un monastère bénédictin ; les deux édifices avaient été détruits à la suite d'un tremblement de terre, avant d'être reconstruits au XVIe siècle. Avec le *Redentore* de la Giudecca, l'église San Giorgio était la seule que Palladio avait entièrement dessinée. En débarquant à ses pieds sur le parvis qui la séparait des flots, Pietro ne pouvait être insensible à la beauté de cette façade en pierre d'Istrie, agrémentée de colonnes de style corinthien. Il sourit en regardant les statues de Doges que l'on avait installées aux extrémités du bâtiment, en remerciement des dons qu'ils avaient effectués au monastère. Un nouveau campanile, qui n'avait pas à rougir de celui de la place Saint-Marc, venait d'être bâti, succédant au clocher délabré du XVe siècle. C'était à l'ombre de cette église qu'officiait le prêtre Caffelli, confesseur du défunt Marcello.

Pietro abandonna son valet pour traverser le parvis, franchir les quelques marches qui le séparaient des grandes doubles portes et pénétrer à l'intérieur de l'église.

Alors qu'il avançait entre les travées, Viravolta se préparait à la rencontre en se promettant d'avance de conserver son calme – et autant que possible, son sens de l'humour. Mais en vérité, il n'avait pas oublié le rôle que Caffelli avait joué dans son incarcération. S'il avait eu les coudées franches, il eût volontiers rossé le prêtre, menteur et délateur, pour lui remémorer les bonnes manières.

Les retrouvailles risquent d'être tendues.

Pietro trouva Caffelli auprès de l'autel ; il semblait méditer devant un tableau représentant une Descente de croix. San Giorgio était vide, en dehors d'une forme encapuchonnée – une bonne sœur, sans doute, venue là égrener son chapelet – qui se leva et glissa silencieusement au-dehors. Caffelli se retourna en entendant les pas de Pietro résonner sous les voûtes. Il posa sur l'autel la bible qu'il tenait en main, puis souffla deux cierges, tout en accueillant le nouveau venu avec un léger froncement de sourcils. Pietro jeta un œil sur le tableau de la Descente de croix ; il se revit alors lui-même, avec Brozzi, le médecin de la *Quarantia Criminale*, décrochant la dépouille de Marcello, comme exposée en proie, sur la scène du San Luca. Il chassa cette image de son esprit et regarda de nouveau Caffelli. Celui-ci marqua un temps d'hésitation puis, reconnaissant le vrai visage de Viravolta malgré la pénombre et la sophistication de son apparence, retint un cri de stupeur. Tous deux se firent face quelques instants. Le prêtre joignit les mains devant son aube. C'était un homme de corpulence moyenne, presque dépourvu de cheveux, au visage lourd et lippu, si enflé qu'il en paraissait presque disproportionné par rapport au reste de son corps. Mais ce fut la pâleur de son teint qui alerta aussitôt Pietro.

Cosimo Caffelli eut une inspiration et laissa planer le silence, puis parla enfin.

— Si je m'attendais… Viravolta !

— Pour vous servir, dit Pietro.

Il y eut de nouveau un silence. Puis Caffelli reprit :

— Je croyais que vous deviez passer le pont des Soupirs, pour être bientôt exécuté, ou à tout le moins recevoir les coups de verges que vous méritez…

— Je vous en prie, ne boudez pas votre plaisir.

— Dites-moi, vous êtes-vous échappé ? Non… Sans doute avez-vous vendu votre âme pour trouver quelque sortie à votre triste situation… Qu'a-t-il fallu au Conseil des Dix pour qu'il décide de cette amnistie ? J'aimerais bien le savoir. J'espère, en tout cas, que votre grâce ne sera que provisoire. Personnellement, je pense que les Plombs auraient dû vous garder encore longtemps. Mais j'ai l'habitude d'accueillir les réprouvés ; Dieu tend toujours la main à ceux qui s'écartent de Son chemin… Alors, Viravolta ! Seriez-vous sur la voie du repentir ?

Pietro ne put se retenir de rire ; l'un de ces rires blessants qui lui échappaient parfois, et qui déplut naturellement à Caffelli.

— Pas exactement, mon père. Mais laissons là les flatteries. Un malheur n'arrivant jamais seul, vous serez heureux d'apprendre que j'œuvre en ce moment pour le bien-être de notre belle République… Si le messager que je suis n'est pas à votre goût, du moins serez-vous sensible à la cause que je représente ! Le Doge et les Dix m'ont chargé d'une mission, en échange de ma liberté… Une mission un peu spéciale. Et confidentielle, pour le moment. C'est pour cette raison que je viens vous voir, tout en vous répétant que cela doit demeurer secret, sous peine de démêlés avec nos vaillants inquisiteurs, ou avec la *Quarantia Criminale*, dont l'humour n'est guère la première des caractéristiques.

Ce disant, Pietro chercha dans son manteau la lettre d'accréditation où figurait le sceau du Doge. Caffelli la prit, sceptique. Le visage fermé, il la lut attentivement, avant de la rendre à Viravolta d'un geste sec.

— Vous, défenseur des intérêts de Venise ? Il y a de quoi se tordre de rire. Le sénateur Ottavio est-il au courant de cette nouvelle farce ? Vous pouvez compter sur moi pour…

Cette fois, Viravolta perdit toute ombre de sourire. Il s'avança d'un pas, menaçant.

— Cela, je n'en doute pas, dit-il, acerbe. Mais je vous répète que je suis en mission secrète, et vous savez qu'en le révélant, vous vous exposerez aux foudres des Dix. Trêve de plaisanterie, si vous le voulez bien. Que cela vous plaise ou pas, je suis de retour.

Et qu'il n'aille pas trop loin, ou je le crucifie moi aussi.

Il fronça les sourcils.

— Je suis venu vous parler de l'une de vos ouailles, père Caffelli. Il s'agit de Marcello Torretone, le grand acteur de la troupe de Goldoni. Figurez-vous qu'on l'a retrouvé mort… crucifié, sur la scène de son théâtre. Il me semble que vous étiez son confesseur…

— C… Comment ?

A ces mots, Caffelli avait pâli. Il passa la main sur son

front, sa lèvre inférieure trembla. Il paraissait soudain ébranlé. Ses traits se décomposaient à vue d'œil.

Durant un quart de seconde, il chancela ; Pietro crut qu'il allait tomber. Au dernier instant, le prêtre se reprit. Il plongea son regard dans celui de Pietro, puis balbutia :

— Bien… Je vois, dit-il à voix basse. Mais ne parlez pas si fort. Vous ne savez pas à quoi vous vous exposez.

— Nous sommes seuls ici, dit Pietro, surpris de la réaction du prêtre.

— L'ennemi est partout… Venez.

Le changement d'attitude de Caffelli à la seule évocation du nom de Marcello suffisait à montrer à Viravolta qu'il avait bien fait de venir ici, et ne l'intriguait à présent que davantage. Caffelli prit Pietro par le bras et l'entraîna résolument vers le confessionnal de San Giorgio. Il entra à l'intérieur en faisant signe à Pietro de prendre place de l'autre côté. Celui-ci se glissa dans le réduit obscur et tira le rideau violet. Il se pencha vers la petite grille losangée qui le séparait du prêtre.

— Je vous concède, mon père, dit Pietro, que je ne me suis pas retrouvé dans une telle situation depuis longtemps. Encore que j'aie pris la place du curé de Naples pour séduire une jolie femme, en incitant cette jeune pécheresse à se jeter dans mes bras… Doux souvenir, en vérité, que celui-là.

— Cessez cela, Viravolta. Crucifié, dites-vous ?

Pietro haussa les sourcils. La voix de Caffelli avait perdu son assurance.

— Oui. Avant cela, son meurtrier lui avait arraché les yeux.

— *Santa Maria*… C'est impossible…

— Que savez-vous de cela, mon père ? Allons, à votre

tour d'être à confesse. N'oubliez pas que c'est pour la République. De quel ennemi parlez-vous ?

— *Il Diavolo* ! Avez-vous entendu parler de lui ? Je suis sûr que le Grand Conseil et le Sénat sont au courant, qu'ils frémissent à cette seule évocation. Le Doge a dû vous en parler, n'est-ce pas ? Le Diable ! Il est à Venise !

— Le Diable…, dit Viravolta en haussant les sourcils. Ciel… Mais de qui s'agit-il, exactement ?

— Nul ne le sait. Je crois… je crois que Marcello s'apprêtait à le rencontrer en personne. Il lui donnait un autre nom… *La Chimère*, oui, c'est ainsi qu'il se faisait appeler… C'est tout ce que je puis vous dire.

— Marcello aurait pris rendez-vous au San Luca… avec Lucifer ?

— Pas d'ironie, vous dis-je, pauvre inconscient. Cette ombre s'est glissée parmi nous pour le pire… Et si ce n'est le Diable lui-même, il en a la cruauté, croyez-moi ! Ce que vous dites avoir vu là-bas, au théâtre… cela ne vous a pas suffi ?

Caffelli fit un signe de croix. Pietro soupira.

— Dites-moi… Est-ce de cela que Marcello vous entretenait, lorsqu'il venait vous voir ?

Derrière la grille losangée, Caffelli fit la grimace.

— Vous savez que, si vous êtes lié par le secret, je le suis tout autant, Viravolta ! Et la mission dont on vous a chargé ne suffit pas pour que je renie le secret de la confession en me confiant au bandit que vous êtes. Je vous dis seulement que le pire se prépare, et que cela ne fait aucun doute…

Pietro pensait toujours que, si Marcello était bel et bien un espion pour le compte des Dix, il était peu vraisemblable qu'il eût pu se confier à Caffelli et l'entretenir de secrets d'Etat au milieu de confessions alambiquées. En même temps, ce dernier semblait averti d'une partie du travail d'enquête de Marcello. En savait-il plus qu'il ne voulait le dire ? C'était probable. Peut-être le prêtre se trouvait-il, d'une façon ou d'une autre, mêlé au meurtre. S'il n'était pas lui-même informateur pour le compte des Dix, il avait pu représenter pour Marcello une source précieuse de renseignements. La façon qu'il avait de se retrancher derrière le secret de la confession paraissait à Pietro aussi légitime que suspecte. Quant à la nature exacte de ses relations avec le comédien, la question méritait d'être approfondie. Et à ce sujet… Pietro craignait le pire.

— Que saviez-vous de Marcello, exactement ?

— Ce que tout le monde sait. Qu'il était acteur dans la troupe de Goldoni.

— Est-ce tout ?

Le prêtre hésita. Il se prit la tête à deux mains.

— Oui.

Pietro était convaincu qu'il mentait.

— N'étiez-vous pas pourtant son confesseur ? Mon père… de quoi Marcello vous parlait-il ? Se sentait-il menacé ?

— *Santa Madonna*… J'ai prié, jour et nuit, en espérant que cela n'arriverait pas… Quelle honte, Seigneur… Pourquoi a-t-il fallu que les choses soient ainsi ? C'est allé de pire en pire… Marcello était un garçon qui méritait la vie… Il était…

— On m'a dépeint Marcello comme un être hanté par le péché. Est-ce exact ?

— Marcello était… perdu. Il avait… renié son baptême. Je l'aidais à retrouver la foi.

Pietro plissa les yeux.

— Tiens. Il avait renié son baptême... Pourquoi ?
Mon père, de quoi se sentait-il coupable ?

Caffelli hochait la tête. Il ne répondit pas. Pietro
décida d'être plus explicite.

— Pensez-vous que sa vie amoureuse ait joué à ce
sujet un rôle quelconque ?

La respiration de Caffelli s'accéléra. Considérant
cette fois que son silence pouvait passer pour un aveu,
le prêtre se décida à répliquer :

— La vie sentimentale de Marcello ne regardait que
lui, et elle ne serait d'aucune utilité pour ce que vous
cherchez.

— Je n'en suis pas aussi sûr. Mais si tel est le cas,
n'hésitez plus et dites-moi qui il fréquentait... Je sais
qu'il avait une liaison avec Luciana Saliestri... Y avait-il
quelqu'un d'autre ?

Aucune réaction. A l'évidence, Cosimo résistait. Viravolta choisit de s'y prendre autrement.

— Bien... Mon père... A votre connaissance, Marcello fréquentait-il des cercles dangereux ? Avait-il des
ennemis ?

Le prêtre se passa la langue sur les lèvres ; les mots lui
vinrent au bout de plusieurs secondes, il les prononça
comme s'ils lui écorchaient la bouche.

— Les Stryges, dit Caffelli dans un souffle. Les Oiseaux
de feu...

— Comment ? Les Oiseaux de feu ? De quoi parlez-
vous ?

— Les Stryges, qu'ils nomment aussi les Oiseaux de
feu... Cherchez-les.

— Je ne comprends pas, mon père. Est-ce...

— Non, non, c'est tout ce que je puis vous dire…
Maintenant, partez… Laissez-moi seul.

Pietro posa une question, puis une autre ; Caffelli
ne répondait plus. Pietro entendit un frémissement. Il
chercha à distinguer la silhouette du prêtre par la grille
losangée. Puis il tira le rideau et sortit la tête du confessionnal. Les pas de Caffelli résonnaient dans le silence
de l'église. Il s'enfuyait. L'une de ses mains était posée
sur son bassin, il semblait légèrement courbé en avant,
comme si son dos lui faisait mal.

Les Stryges, songea Pietro. Des êtres chimériques,
sortes de vampires, à la fois femmes et chiennes, des
légendes médiévales. Des créatures de ténèbres, liées aux
puissances infernales… Et ce Diable, cette Chimère…
Que pouvait bien signifier tout cela ? Pietro resta longtemps à l'intérieur du confessionnal, perdu dans ses
pensées. Il avait la désagréable impression que Caffelli
en avait trop dit, ou pas assez.

Il n'obtiendrait rien de plus du prêtre pour le
moment.

Il soupira et écarta le rideau du confessionnal pour
sortir à son tour.

Il retourna enfin sur le parvis de San Giorgio, où
l'attendait Landretto.

— Alors ? s'enquit le valet.

— Notre ami sait beaucoup de choses. Je ne serais
pas surpris qu'il soit mêlé à tout cela d'une façon ou
d'une autre. Il ne faudra pas le lâcher… Je saurai le faire
ployer, tous ces hommes d'Eglise sont faibles. Et nous
avons tous les deux des comptes à régler… Mais il me
faudra tout de même un peu de tact en cette matière.

Une chose est sûre : Marcello craignait pour sa vie. Et il semble que Caffelli craigne également pour la sienne… Dis-moi, Landretto, les Stryges, ou les Oiseaux de feu, cela te dit-il quelque chose ?

— Euh… Absolument pas.

— Je m'en doutais.

— Et sinon ?

— Sinon, figure-toi que d'après notre bon Cosimo, le Diable est sur Venise…

— C'est très fâcheux. Mais j'ai une autre information pour vous.

— Ah ? dit Pietro, debout devant la lagune.

Il essuya le revers de sa veste.

— Brozzi a envoyé l'un de ses hommes à notre recherche. Il a identifié la provenance des éclats de verre retrouvés dans les orbites de Marcello, et autour de son corps. Ils viennent de l'atelier de Spadetti, à Murano, ce qui ne vous surprendra pas. Spadetti est membre de la Guilde des verriers.

Pietro regarda le valet.

— Spadetti… en effet… l'un des maîtres de Murano. Bien, mon ami.

Ils s'avancèrent vers la gondole.

Le soleil se couchait, irisant Venise d'une lumière orangée.

— Nous irons au lever du jour. Mais ce soir, ô Landretto…

Il écarta les bras. Il était fatigué et tout cela lui pesait. Il ne pouvait plus différer le peu de bon temps auquel il avait droit. Ce ne serait pas renier son serment que de chercher quelques petits reconstituants.

Et après tout, il avait eu une procuration solennelle de Casanova.

Sois digne de moi, lui avait dit Giacomo, au sortir de la prison.

Pietro sourit et se tourna vers son valet.

— Ce soir, Landretto, je nous donne quartier libre. Revenons comme autrefois… Il est temps de mettre un terme à certaines tortures. Les crimes me dépriment, et les plus belles femmes du monde nous attendent. *Andiamo, e basta !*

*
* *

Après le départ de Pietro, le père Caffelli resta seul à San Giorgio Maggiore, dont il avait fermé les portes. La nuit tombait, envahissant le lieu saint. Elle circulait entre les statues, recouvrait de son ombre le sol froid et poussiéreux. Quelques cierges étaient allumés au cœur de la nef. Cosimo se tenait à genoux devant l'autel, le visage dressé vers la terrible Descente de croix. A présent, on n'entendait plus que son souffle, entrecoupé de plaintes, et d'un curieux sifflement. Cosimo Caffelli, les yeux voilés de larmes, implorait son Rédempteur. Il croyait parfois apercevoir des ombres, qui chuchotaient autour de lui. « Un théâtre d'ombres », aurait dit Marcello. Le prêtre n'osait fermer les paupières, car dans cette obscurité, des images lancinantes revenaient le harceler. Des images au parfum de soufre, jaillies du plus profond de son être, qui ne laissaient pas de le faire souffrir, lui infligeant des douleurs mortelles. *Mon Dieu, pourquoi m'as-Tu abandonné ?* Aujourd'hui, l'Ennemi savait, il savait tout. Rien ne pouvait lui échapper. La bible était ouverte devant Caffelli, et sur une gravure, le Démon admonestait le Christ, l'invitant à le suivre, le visage tordu dans une grimace persiflante, une queue fourchue entourant ses pattes. Des nuées de créatures infernales volaient à ses côtés. Mais le mal n'était pas seulement là, à rôder autour de Cosimo. Il était *en lui*. Comme en tous les pécheurs. Cela n'avait cessé d'empirer, c'était devenu toujours plus effroyable, plus incompréhensible. Cosimo avait perdu la voie droite, il s'était égaré. Et bientôt, l'impensable serait révélé au monde, et il serait éclaboussé d'une honte sans nom – maudit à tout jamais, par Venise et par les hommes !

Mon Dieu, je suis coupable ! Oui, mon Dieu, j'ai péché ! Pourquoi m'as-Tu abandonné ?

Et Cosimo Caffelli, dont l'ombre se découpait sur le sol de San Giorgio dans le reflet mouvant des flambeaux, continuait de s'appliquer sur le dos de cinglants coups de verges.

*
* *

Pietro et Landretto suivaient un *codega*, un porteur de lanterne bergamasque, avec lequel ils plaisantaient de temps à autre. Ils avaient commencé la soirée à l'auberge Au Sauvage et, déjà un peu éméchés, ils chantaient. Son Altesse Sérénissime et Emilio Vindicati avaient rempli copieusement leur bourse, pour les faux frais de la mission que Viravolta s'était vu confier ; boire à la santé de la République avec les ducats du gouvernement rendait ces consommations deux fois plus douces à la gorge. La petite troupe croisait parfois une escouade des Seigneurs de la nuit, en robe noire, qui les apostrophait en les invitant à mettre une sourdine à leur tapage. Un seul regard sur le sauf-conduit du Doge, que Pietro présentait aussitôt, suffisait à ce qu'on les laisse en paix ; et de toute façon, depuis son altercation avec la petite bande de brigands qu'il avait croisée au sortir du théâtre San Luca, Pietro se sentait prêt à recevoir avec la courtoisie nécessaire quiconque s'aviserait de les contrarier. Ainsi, Landretto et lui glissaient-ils sur les pavés humides, manquant parfois de trébucher et se rattrapant l'un l'autre. Après le Sauvage, ils s'étaient arrêtés dans un débit de boissons, un *bastione* où l'on vendait du vin au détail ; puis, pour se mettre en appétit, ils avaient enchaîné sur des biscuits, du raki, du ratafia de rose et de fleur d'oranger, de la malvoisie et des sorbets de lait parfumés. Un détour rapide par le café Florian, du côté des *Procuratie*, et ils s'étaient rendus dans une autre auberge, pour profiter cette fois d'un repas de roi : de la soupe et du mouton, quelques tranches de saucisses grillées, un chapon entier avec du riz et des haricots, des truffes, une ou deux cailles, de la *ricotta* et enfin, des *zaletti con zebibo*, galettes de maïs et de blé malaxées avec du beurre, du lait et des œufs, puis garnies de dés de cédrats et de raisins secs. Réveillant d'anciennes amitiés, Pietro et son valet avaient ensuite filé au Ridotto, célèbre maison où l'on jouait au pharaon, au piquet, aux cartes ou aux dés. La chance était avec eux : ils avaient fait un joli bénéfice, au point de distribuer quelques sous aux femmes mystères de San Marco, mesdames les chevalières, procuratesses ou dogaresses d'une nuit, qui, blotties sous les arcades, appâtaient le

chaland de leurs charmes. Ils avaient dansé avec elles
au son des violons d'orchestre disséminés autour des
Procuratie ; Pietro, qui n'avait pas touché un tel instrument depuis longtemps, s'était même essayé à un
thème de Gabrielli, qu'il avait écorché vigoureusement.
La lune était montée haut dans le ciel ; à présent, ils se
rendaient dans un cercle privé, l'un de ceux qui fleurissaient à Venise.

Pietro était heureux de ses retrouvailles avec Landretto : le valet redevenait le compagnon de beuverie
qu'il avait toujours été. Les deux hommes étaient amis,
bien que l'un fût au service de l'autre ; et ce soir, les
distinctions de rang s'effaçaient devant ce compagnon-
nage ressuscité. Pietro, d'ailleurs, n'avait jamais oublié
qu'à l'origine il n'était lui-même qu'un gamin des rues
rôdant dans San Samuele. Landretto, lui, n'était pas
d'origine vénitienne. Né à Parme, il avait été très tôt
orphelin de père, comme Viravolta, et sa mère était
elle-même disparue quelque temps plus tard. Landretto
avait erré longtemps sur les routes d'Italie, à la frontière de la mendicité et du brigandage. Quelques nobles
désargentés l'avaient pris sous leur protection, à Pise
puis à Gênes. Landretto aussi était un homme libre et
Pietro savait qu'il avait plus d'un tour dans son sac.
Rieur et d'apparence candide, il ne manquait pas moins
d'un certain cynisme, hérité sans doute de son parcours
chaotique. Landretto, sous ses dehors d'éphèbe naïf et
échappé de la lune, savait calculer son intérêt et faire
preuve, lorsqu'il le fallait, d'une grande sagacité. Il avait
beau s'avouer de la plus vile extraction, il ne manquait
pas de talent pour se faire entendre des puissants, et
n'était pas étranger à la libération de son maître. Pietro

savait qu'il avait tout essayé pour le sortir des geôles où il était enfermé. Emilio Vindicati lui-même avait fini par prêter l'oreille aux doléances sautillantes de ce garçon, si adroit et dévoué. Pietro soupçonnait ainsi Landretto d'avoir directement contribué à convaincre Emilio de lui confier une nouvelle mission de police, pour prix de son rachat.

Le cercle vers lequel les deux hommes se dirigeaient maintenant, annexe de l'habitation principale des Contarini, comprenait des salons, des cuisines, des salles de jeu et de musique, mais aussi des chambres : c'était ici que, sur les instances de Vindicati, Viravolta et Landretto avaient élu domicile, pour six cents sequins, dans des appartements loués au cuisinier d'un ambassadeur anglais ; et Pietro, qui connaissait l'endroit, ne pouvait que féliciter son mentor de ce choix. Arrivés sur place, ils jouèrent deux heures encore au rez-de-chaussée, à la suite de quoi s'engagea une discussion passionnée sur les mérites comparés de différents textes de l'Arioste, ce qui donna à Pietro l'occasion de briller par la récitation de quelques vers bien sentis. De nombreuses femmes se trouvaient là. Il n'était pas une minute pourtant où ne passait devant les yeux de Pietro le doux visage d'Anna Santamaria. A chaque mouvement de son cœur correspondaient mille questions, qu'il n'avait déjà eu de cesse de se poser. Où était-elle ? Que faisait-elle ? Pensait-elle à lui, l'aimait-elle toujours ? Mais, outre l'interdit qu'Emilio avait fait peser sur lui, Pietro, dans l'incertitude où il était, refusait de céder à la souffrance lancinante qui revenait le harceler par vagues, et à la servitude même que lui causait cette obsession. Cela lui devenait intolérable. Il lui fallait se libérer. Crever l'abcès. Oublier ses doutes. Oublier… Avait-il d'autre choix que d'oublier cette femme, et de passer à autre chose ?

Oh, Anna, Anna, me pardonneras-tu ?

Lutter, il aurait pu lutter – mais comment, contre qui ?

Laisse-toi aller.

Ce soir-là, il but beaucoup.

Allez, à toi, Giacomo.

Au milieu des nobles présents ce soir-là, et masqués comme lui, se trouvait une jeune femme qui détonnait : Ancilla Adeodat, une métisse qu'un capitaine vénitien avait ramenée des anciennes colonies. Elle était d'une rare beauté, avec sa longue chevelure brune et bouclée, sa rose rouge dans les cheveux, sa peau café au lait, ses dentelles blanches et sa robe aux mille friselis. Pietro se souvenait d'elle pour l'avoir séduite autrefois, tout comme la mère et la fille Contarini d'ailleurs – les propriétaires de la maison de jeu. C'était bien avant Anna. Malgré le masque, Ancilla le reconnut aussi. Sans doute la fleur à sa boutonnière avait-elle suffi à le trahir aux yeux de la belle métisse ; car alors qu'ils traînaient dans le salon de musique, elle s'approcha de lui, le regard droit et déterminé. Et, caressant cette belle fleur sur son torse :

— L'Orchidée Noire serait-elle sortie de prison ? Mais comment donc…

Il sourit. Elle se hissa sur la pointe des pieds, et murmura à son oreille :

— *Est-ce toi,* Pietro Viravolta ? Que dirais-tu de visiter les îles… comme au temps jadis ?

Pietro sourit à son tour.

— Il est des voyages que l'on n'oublie pas.

Ils se retrouvèrent assez vite dans l'une des chambres de l'étage.

Landretto écoutait à la porte. Il entendit les baisers claquer, et le bruit froissé des vêtements que l'on ôtait. Il voulut glisser un œil dans la serrure. En vain : la clé était à l'intérieur. Souffles, soupirs, batailles parmi les draps…

Landretto attendit encore… puis finit par soupirer lui aussi, en ôtant son couvre-chef. Pour lui, il n'y aurait rien ce soir.

Bientôt, le valet s'éloigna pour regagner son propre lit.

Toutefois, cette nuit-là ne s'arrêta pas ainsi. Elle fut au contraire le théâtre d'un bien curieux événement.

Une heure avant l'aube, Pietro fut réveillé par trois coups frappés à la porte.

Avait-il rêvé ?

Le grattement contre le battant lui confirma qu'il avait bien entendu. Il regarda Ancilla Adeodat, « le don de Dieu ». La chevelure éparse dans l'oreiller et au-dessus de son dos nu, elle dormait. Elle eut un grognement, retrouva une respiration régulière, qui s'échappait de ses lèvres pulpeuses. Pietro se leva sans l'effleurer, prenant garde à ne pas la réveiller. Il alla chercher un candélabre et s'approcha de la porte, qu'il ouvrit.

Personne. Ni à droite, ni à gauche.

En revanche, ses pieds venaient de rencontrer quelque chose. C'était un billet, recouvert d'une écriture serrée et minuscule, que l'on venait de glisser sous la porte.

Intrigué, Pietro le ramassa, approcha le candélabre et lut :

> *Suis-moi, Viravolta, au Menuet de l'Ombre*
> *Deux pas en avant, à gauche six pas*
> *Le tour franchi, à droite huit pas*
> *Sur la serrure penche-toi*
> *Alors tu verras*
> *Combien la chair est sombre.*
>
> VIRGILE

De nouveau, Pietro regarda dans le couloir. Il n'y avait que l'obscurité, de part et d'autre, et le silence de la nuit. Il se retourna quelques secondes. Ancilla dormait toujours. Pietro demeura là un moment, le candélabre et le billet en main, l'air un peu hébété… Il se passa une main sur le visage. Il avait la bouche pâteuse. *De quoi s'agit-il, encore ?* Qui avait bien pu lui laisser ce message au contenu abscons ? Il relut le billet, se gratta la tête, tendit l'oreille. Toujours rien. Rassemblant peu à peu ses esprits, il s'efforça de comprendre.

Il cligna les yeux, considérant le couloir, le mur en face de lui.

Puis il s'avança.

Deux pas en avant.

Le plancher grinça. Il referma la porte de sa chambre avec précaution. Il regarda ses pieds, s'immobilisant encore. Il s'imagina ainsi découvert, seul au milieu du couloir ; s'il avait été surpris à cet instant, à demi nu dans sa chemise blanche, on l'eût assurément pris pour un fou, un spectre égaré dans le monde des vivants ou, à tout le moins, un insomniaque au regard halluciné, peut-être sous l'effet de quelque drogue venue d'un pays exotique. Il fronça les sourcils. Il évoluait comme dans un rêve cotonneux, ou plutôt un cauchemar. Cette sensation était des plus étranges ; c'était comme s'il était guidé par une force, un instinct supérieur, qui commandait à sa volonté.

Suis-moi, Viravolta, au Menuet de l'Ombre.

Et maintenant il dansait avec la nuit.

A gauche six pas.

Il pivota sur lui-même et, lentement, mit un pied devant l'autre en comptant jusqu'à six. A sa gauche, la porte close de la chambre voisine, où dormait Landretto. A sa droite, le couloir faisait un angle. Une goutte de cire tomba du candélabre et alla s'échouer sur le sol. Le cœur de Pietro battit plus fort ; il en fut lui-même surpris. Il se racla la gorge. Tout cela allait un peu vite pour lui. Pourtant, il avait la sourde intuition qu'il ne devait pas résister à cet appel, même s'il n'en comprenait guère le sens. De nouveau, il se passa une main sur le front.

Le tour franchi, à droite huit pas.

Pietro passa l'angle du couloir et fit huit pas. Deux portes se faisaient face, à droite et à gauche ; puis deux autres. Des sons curieux commençaient à lui parvenir. Quelque chose comme… un souffle, un halètement rauque. Puis, un cri étouffé, le bruit d'une couche qui gémissait sous le poids d'un corps à l'abandon.

Sur la serrure penche-toi.

Viravolta se baissa vers la porte de droite. Elle était en effet pourvue d'une serrure, une banale serrure de fer aux contours grossièrement ouvragés. Il y colla son œil – pas de clé ici. Il approcha machinalement le candélabre

de son visage. Il se demanda encore s'il ne rêvait pas ;
le *Menuet de l'Ombre* avait conduit ses pas jusqu'à cette
porte mieux que ne l'eût fait la plus étrange des cartes
au trésor. Un trésor, mais lequel ? Une image passa un
instant dans son esprit : il se souvenait d'une scène simi-
laire, lorsque, enfant, il avait regardé à travers la serrure
de la porte de ses parents. Julia l'actrice, troussée par
Pascuale le cordonnier. Vestiges d'une innocence perdue
depuis longtemps. Il se souvenait de son étonnement,
de son dégoût, de cet obscur sentiment d'envie et de
jalousie mêlées, devant l'accomplissement charnel de la
passion. Célébration intime, homélie au culte du corps.
L'épiphanie enthousiaste et animale des sens.

Alors tu verras…

Il se redressa et se frotta les paupières.

Son cœur s'était emballé de plus belle et pourtant,
le spectacle qu'il venait de découvrir n'avait rien de
réjouissant. Avait-il bien vu ?

Il se pencha encore.

Un homme pesait de tout son poids sur un corps
menu. Il suait à grosses gouttes, soufflait comme un
bœuf sur la *putta* en étouffant ses plaintes, les traits
déformés par une effroyable grimace. Un loup ridicule,
dont l'une des branches était déchirée, ballottait en
cadence sous son menton. Il n'avait pas pris la peine
de se déshabiller, se contentant de relever son vêtement
noir sur ses jambes grasses, blanches et velues comme
les pattes d'un insecte. Pietro suivait chacune des étapes
de cette libidineuse métamorphose. L'homme ahanait
plus fort, son visage congestionné prenait une teinte
violacée ; des veines palpitantes saillaient nettement à
ses tempes ; le masque continuait de pendouiller… Sou-

dain, après deux ou trois coups de reins d'une brutalité inouïe, tandis que sa main se refermait de nouveau sur la bouche de sa victime, l'homme se figea ; ses traits se crispèrent, il se raidit tout entier dans l'extase, il leva les yeux au ciel ; dans cet instant d'absolue jouissance, il avait l'air d'un duelliste soudain traversé par le fil d'une épée, ou d'un soldat venant de recevoir le coup fatal, et au bord de tomber sur le champ de bataille.

— *Santa Madonna*, répétait-il, *Santa Madonna !*

Le père Cosimo Caffelli, confesseur de San Giorgio Maggiore, se déversait à longs jets dans les reins de celui qui implorait maintenant sa grâce. Car Pietro s'en rendit compte alors : celui qui venait de subir ces douloureux assauts n'était pas une *putta* de luxe, mais un jeune éphèbe, un adolescent qui devait avoir à peine dix-sept ans.

… Combien la chair est sombre.

Alors, sans bruit, encore sous le choc de l'événement, Pietro retourna en direction de sa chambre. Il avait hésité à ouvrir la porte à la volée. Il aurait fait irruption dans la pièce, surprenant Caffelli ; il aurait vu sa mine effroyable et honteuse ; il aurait compté tous les pleurs du ciel, s'abattant sur le prêtre et achevant de le couvrir d'opprobre ; il aurait ri aux éclats de cette hypocrisie. *Alors, mon père, est-ce ainsi que vous rendez vos devoirs au Christ et à la Vierge ? Que votre moralité est belle, comme elle fait exemple à Venise !*

Mais non.

Pietro se sentait de nouveau plongé dans un cauchemar, auquel venaient s'ajouter les effets de l'alcool qu'il avait bu toute la soirée. La vision qui venait d'envahir ses yeux et son esprit lui laissait dans l'âme un goût amer. Il se recoucha, guetta le contact chaud du corps d'Ancilla auprès de lui, remonta sur eux les draps et les couvertures. Aux traits de la sensuelle métisse se mêla l'image, lointaine, diaphane, inaccessible et douloureuse d'Anna Santamaria. Il avait le sentiment, ce soir, de l'avoir reniée. N'était-ce pas aussi la seule façon de lui échapper ? D'échapper à une passion sans avenir, forcément sans avenir ? Et en même temps… était-ce ainsi, vraiment, que les choses devaient se terminer ?

Je ne sais plus… Franchement, je ne sais plus.

Longtemps encore, de noires pensées tourbillonnèrent dans son esprit.

Pietro avait laissé le billet du *Menuet de l'Ombre* auprès du candélabre, dont les bougies achevaient de se consumer. Il lui semblait voir de nouveau le cadavre de Marcello crucifié, le corps de Caffelli s'agitant sur celui de l'adolescent, le visage de Brozzi penché sur son autopsie. Il s'imaginait les traits de l'auteur du *Menuet de l'Ombre,* songeait aux Stryges et à la Chimère, qui volaient parmi les démons. Et il pensait à cette signature inconnue : Virgile.

Il ne se rendormit pas.

CHANT V

Le verre de Minos

LE PROBLÈME DU MAL
Par Andreas Vicario,
membre du Grand Conseil

Du Mal contre la Liberté, chap. I

Ainsi pourrais-je formuler le problème du Mal : si le péché existe, faut-il le considérer comme antérieur à l'accomplissement de nos actes, ou corrélatif à l'exercice de notre libre arbitre, dans une sorte de perspective augustinienne inversée ? Lucifer n'a-t-il de réalité que dans les agissements des hommes, ou faut-il le poser *ante*, gangrène immanente logée non seulement au creux de notre nature, mais encore initiatrice du monde, prédisposant à la Création même ? Jean de Lugio et les manichéens maintes fois posèrent cette question ; elle est cruciale à mon sens, puisque selon notre parti, l'homme s'avère ou non ontologiquement mauvais. Soit le Démon est notre propre création, générée par un pervers exercice de notre liberté, dont Dieu a assumé le risque dès la Genèse, en nous confiant le plus précieux autant que le plus dangereux des cadeaux ; soit le Mal est consubstantiel à l'homme, initiateur ou co-initiateur d'un monde où sa sombre part est au moins aussi grande que celle de Dieu. Mais selon moi, la défense augustinienne du libre arbitre ne peut rendre compte de la totalité du Mal ; il existe des maux issus non d'un mauvais exercice de notre libre arbitre, mais de la pure volonté de Dieu, ne seraient-ce que les maladies et leurs cortèges de souffrances, qui ne dépendent de personne. Alors il faut bien l'admettre : Dieu orchestre nos souffrances et ce Dieu-là, cet Etre immanent qui seul peut être justifié par la raison dans le temps même où il lui est intolérable, je l'appelle Belzébuth. Le péché est en nous comme la marque de Lucifer, qui déforma le sourire des anges. C'est pourquoi, à la question : « L'homme est-il mauvais ? », je réponds oui, mais il n'assume pas la totalité du Mal ; car à l'autre question : « Satan existe-t-il ? », je réponds également oui, et ce sans l'ombre d'une hésitation.

A l'étage de sa villa, Luciana Saliestri avait bien de la peine à avancer dans sa lecture, et celle-ci était ardue. D'ordinaire, elle aimait se retrouver seule ainsi, et profiter de ces moments d'accalmie pour s'adonner à d'autres plaisirs que ceux de la chair. Son mari avait rassemblé autrefois une importante bibliothèque, que la courtisane n'avait cessé elle-même d'enrichir. Luciana se plaisait, de temps à autre, à y choisir un livre, qu'elle annotait de ses commentaires personnels. Mais elle avait bien du mal, en ce moment, à garder sa concentration plus de quelques minutes. Elle posait le livre, le laissait tomber contre son flanc en songeant à autre chose, le reprenait sans conviction. Elle finit par le mettre de côté, les yeux perdus dans le vide. La venue de cet homme qui l'avait interrogée sur la mort de Marcello l'avait troublée. Elle pensait à l'acteur décédé avec un souvenir attendri. Elle n'avait pas épilogué sur l'ambivalence sexuelle de Marcello, la jugeant sans doute sans rapport avec cette sombre histoire. Pourtant, au fond d'elle-même, elle ne pouvait être sûre de rien. Ce qui l'inquiétait davantage encore était le vol de sa broche. Elle avait beau essayer de se rappeler… Elle était incapable de dire dans quelles circonstances on avait pu la lui dérober. L'agent du gouvernement l'avait-il crue ? C'était en tout cas la vérité. Elle fermait les yeux… Cette broche, elle l'avait très peu portée. Seulement lorsque Giovanni venait la retrouver, quand son emploi du temps agité de sénateur le lui permettait.

Le visage de Giovanni Campioni passa dans son esprit. Etait-il mêlé à tout cela ? Ce cher Giovanni. Il était très épris d'elle. Lui aussi l'attendrissait. Toujours à porter sur ses épaules le poids du monde entier… *La politique,* songeait-elle. *Ah, la politique !* Elle se souvenait que certaines interprétations de l'Apocalypse faisaient d'elle ce fameux océan, séjour caché d'où sortirait l'Antéchrist, lors du Jugement. Le Dragon surgi de la vaste mer, la mer des passions – celle des institutions humaines, aussi. Giovanni était de ceux qui donnaient toujours l'impression de le traquer, ce Dragon. Giovanni et ses grandes idées… Luciana sourit. Mais avec elle, il ne parlait guère de ce qui se disait au Sénat. Il était d'ailleurs tenu par sa fonction de ne rien trahir des débats intéressant la destinée de la Sérénissime. Tout au plus pouvait-elle sentir, lorsqu'il se lovait contre elle, sa sourde lassitude, son espoir aussi vaste que ses déceptions successives de ne jamais parvenir à faire entendre sa voix. Ce roi solitaire était attachant. Autrefois – et si leur différence d'âge avait été moins grande – elle aurait pu tomber vraiment amoureuse de lui.

Une moue amère passa sur ses lèvres. Amoureuse. Avait-elle jamais été amoureuse, finalement ? Elle se leva, la traîne de son déshabillé glissant derrière elle tandis qu'elle s'approchait de la cheminée de son salon. Le portrait de son mari était posé dessus, avec quelques brins d'encens. Ses lares et ses pénates. Elle… On l'avait mariée de force et trop tôt, comme tant d'autres. Elle avait fait semblant d'aimer. Elle s'était même prise à ce jeu, quelque temps. Il fallait bien voir la vie du bon côté. Lorsqu'elle était devenue veuve, avait-elle éprouvé une vraie tristesse ? Oui, par la force d'une habitude qui avait eu tôt fait de s'installer. En même temps… Pouvait-elle nier la jubilation secrète, affreuse, qu'elle avait ressentie en face de la dépouille de son mari ? Honte sur elle, oui ! Mais le chagrin était trop vite parti pour qu'elle ne comprît pas le sens de cet envol. Elle regardait ce portrait, ce front haut, ces yeux sévères, cette bouche arrogante. Combien de fois avait-elle vu son cher époux enfermé dans son bureau, à dresser sans fin sa comptabilité, ignorant superbement ses désirs, considérant par avance qu'elle était comblée, forcément comblée ? Chaque fois qu'elle le voyait, hanté par son passif et ses actifs, elle s'imaginait le Pantalon des scènes de théâtre, plongeant ses mains dans des marmites de pièces d'or. C'était plus fort qu'elle… et plus fort que lui. En réalité, Luciana était seule bien avant sa disparition. Dès les premiers jours.

Dès la première nuit.

Elle alluma un brin d'encens sous le portrait. Des volutes légères montèrent en tournoyant vers le plafond. Elle n'irait pas jusqu'à s'agenouiller devant lui, certes pas. Mais aujourd'hui, elle était jeune, riche, belle, désirée, adorée. Et elle ne serait satisfaite qu'après avoir dilapidé tranquillement la totalité des richesses de son époux défunt. *Dépenser, dépenser, dépenser…* autant qu'il avait amassé. Pour son seul plaisir. En guise, disons, de retour sur investissement. Et si un jour les ressources venaient à manquer, elle trouverait bien un nouveau protecteur – tel Giovanni, qui n'attendait que cela.

Un seul problème demeurait. L'amour, le vrai. Pourquoi n'y avait-elle pas eu droit ?

L'amour, Luciana…

Un pli d'amertume, de déception peut-être, s'accentua au coin de ses lèvres.

Elle s'en retourna à son divan et à son livre.

*
* *

Venise était enveloppée de brume ; l'une de ces brumes glaciales, cotonneuses, impuissantes à chasser les ténèbres. Elle vous pénétrait les os jusqu'à vous faire frissonner et à abolir la notion même de temps, tant était grande l'obscurité qui l'accompagnait. On n'y voyait pas à deux mètres devant soi. Pietro marchait et regardait ses pieds frapper le pavé. La mollesse de son esprit s'accordait à la météorologie du jour. Landretto trottait à ses côtés. Ils avaient quitté assez tôt la *casa* Contarini. A un moment, Pietro fronça les sourcils et se retourna. Echo, écho. Etait-ce le sien, ou entendait-il d'autres pas ? Il mit la main sur l'épaule de son valet.

— Qu'y a-t-il ?

Pietro ne répondit pas, sondant le brouillard. A cet instant… il crut entendre siffler des ombres, qui s'échap-

paient prestement de son champ de vision pour disparaître au milieu de nulle part. On se faufilait autour de
lui – à moins que ce ne fussent les silhouettes de quelques passants anonymes, premiers éveillés de Venise, qui
allaient s'engouffrant dans leur propre inconnu ? Pietro
n'aurait su le dire ; mais il avait la tête pleine de sa nuit
opaque, troublée comme le paysage d'aujourd'hui.
Emilio Vindicati lui avait bien dit qu'il se tiendrait au
courant de ses agissements d'une façon ou d'une autre.
Autant pour « encadrer » sa conduite, sans doute, que
pour lui prêter main-forte en cas de nécessité. Peut-
être... Peut-être le faisait-on filer, lui aussi ? En tout
cas, il fallait rester sur le qui-vive. Pietro resta immobile quelques secondes, puis répondit vaguement un :
« Rien, il n'y a rien » à Landretto, avant de continuer
sa marche.

Une proue de bois enroulée en spirale, deux flèches de
tissu échappées d'un chapeau, comme une langue bifide,
la voix du passeur poussant sa ritournelle...
Ils étaient à quai.

A présent, la barque filait au milieu du néant. Pietro
n'entendait que le clapotis de l'eau, à mesure que le
passeur avançait en direction de Murano ; il fallait à
ce dernier toute son attention et son expérience pour
se diriger autrement qu'au jugé. A côté de Viravolta,
Landretto claquait des dents sous le froid ; il semblait
plongé dans ses pensées. En quittant les abords de la
place Saint-Marc, ils devinaient encore la silhouette des
bâtiments qui l'entouraient ; mais, très vite, ils s'étaient
fondus dans ce songe invisible et nauséabond au milieu

duquel ils voguaient encore à présent. A un moment, ils croisèrent un autre esquif, qui cherchait sa route en sens inverse. Un homme encapuchonné tenait d'une main décharnée une lanterne, à la proue du bateau ; il échangea quelques mots avec son confrère avant de disparaître. Plus loin, ils contournèrent la masse funèbre de San Michele, qui s'effaça à son tour. Un parfum de mystère flottait dans l'air, comme si la nature, en sa trouble somnolence, avait décidé de préparer les esprits à quelque nouvelle apocalypse. Elle bâillait de mille rêves magiques, mais d'une magie noire, obscurément menaçante, qui rampait au fil des eaux, entre les pilotis dont on apercevait, ici et là, la tache d'ombre perdue sur la lagune. L'atmosphère irréelle donnait soudain l'impression à Pietro qu'ils avaient quitté la terre pour un autre monde, indicible, inquiétant.

Pietro songeait à l'épisode de la nuit passée ; il n'en avait pas encore parlé à Landretto. A la vérité, il se demandait si tout cela n'avait pas été le fruit de son imagination. Non, pourtant : c'était bien Caffelli qu'il avait vu, cela ne faisait aucun doute. Il avait gardé le billet avec lui, le *Menuet de l'Ombre* : il faudrait le montrer à Brozzi, peut-être la *Quarantia* saurait-elle identifier la nature du papier et de l'encre utilisés. Inlassablement, les images de la veille revenaient danser dans son esprit. Le prêtre de San Giorgio n'en était sûrement pas à sa première sortie nocturne… Voilà qui était pour le moins risqué. Pietro avait lui-même renoncé à la tonsure, autrefois, pour profiter des plaisirs que procuraient les femmes du monde : il en avait vu d'autres, à Rome même, et un personnage tel que lui eût été mal placé pour sermonner Caffelli. Mais indéniablement, en

agissant ainsi, Cosimo jouait gros. Vertige de la chair…
Lui ! Le prêtre de San Giorgio Maggiore ! Quelle folie !
En tout cas, l'idée qui avait effleuré Viravolta, selon
laquelle Caffelli avait pu nouer avec Marcello des relations particulières, risquait fort d'être fondée. Pietro
connaissait trop les hommes pour ne pas savoir qu'ils
étaient aussi le produit de leurs frustrations, de leurs
joies, de leurs peines, de leurs errances passées. Mais
l'attitude de Caffelli révélait un sérieux malaise. Et ses
paroles revenaient maintenant danser dans l'esprit de
Pietro.

*Santa Madonna… J'ai prié, jour et nuit, en espérant
que cela n'arriverait pas… Quelle honte, Seigneur…
Pourquoi a-t-il fallu que les choses soient ainsi ? C'est
allé de pire en pire… Marcello était un garçon qui méritait la vie… Il était…*

Marcello, hanté par le péché – comme Caffelli, sans
doute. On le serait à moins. Voilà qui les avait rapprochés. L'un traître à sa nature, l'autre à sa foi. Une amitié
profonde avait pu se sceller dans ce désarroi mutuel.
Rien d'autre que la compréhension de la souffrance
éprouvée par l'un et l'autre. En dehors même du problème politique qui se dessinait, ce point commun avait
pu servir de terreau à leurs confidences. Deux hommes
doubles, déchirés, à la fois mal-aimés et trop aimés,
condamnés au secret de leurs jouissances intimes, blas-
phématoires aux yeux du monde – et sans doute, en
premier lieu, à leurs yeux. Un tableau qui contenait
ce qu'il fallait de vénéneux et de malsain… Secrets et
confessions. Un agent des Dix et un clerc de la sainte
institution. Deux âmes persuadées de leur future damnation, au supplice de leur propre duplicité, de l'appel

souverain de leur être, de leurs idéaux toujours inaccessibles. Pietro, lui, avait beau être l'ami de la chair par excellence, l'énigme des tortures intimes vécues et infligées par ces deux personnes lui demeurait entière. Il mit une main sur son front et ferma les yeux.

Il repensait également à ce billet qu'on avait glissé sous sa porte. Qui pouvait en être l'auteur ? Il y avait bien une signature : Virgile. Le seul Virgile que connaissait Pietro était l'auteur de l'*Enéide*. Cela ne le menait pas loin. Mais, qu'il s'agisse du fameux *il Diavolo*, cette mystérieuse Chimère, ou des Stryges dont avait parlé Caffelli lui-même, Pietro craignait à présent d'être épié à son tour. Les nouvelles étaient-elles allées aussi vite ?… Etait-ce un autre agent mis sur l'affaire par les Dix qui, cette nuit, avait glissé le *Menuet* sous sa porte, de façon à l'informer discrètement d'une pièce importante du puzzle ? Le Conseil des Dix menait-il une enquête parallèle ? Ce n'était pas le plus vraisemblable. Virgile, ou ceux qui le surveillaient, devaient être directement mêlés à l'assassinat de Marcello. Pietro pensait de plus en plus que le meurtre du théâtre n'était pas le fait d'un criminel isolé, et que cette mise en scène cachait un sens encore abscons ; et si l'assassin n'avait pas agi seul, il l'avait sans doute fait pour le compte d'une quelconque organisation – peut-être ces mystérieux Oiseaux de feu.

Restait à en avoir la preuve, si preuve il y avait quelque part.

En attendant, un autre fil était à dénouer : la provenance des débris de verre retrouvés dans les orbites de Marcello, et autour de son corps, qui permettrait sans doute à Pietro d'obtenir de nouvelles informations.

Il fallut presque une heure à leur embarcation avant
que le passeur ne désigne le rivage de Murano et se prépare à accoster.

Ils émergèrent enfin de la brume.

Au XIIIe siècle, le Grand Conseil de Venise avait
décidé d'installer les verreries dans l'île de Murano,
pour des raisons de sécurité et de contrôle. La Guilde
des verriers était d'ores et déjà très puissante. Dès la
fin du XIVe siècle, elle exportait ses créations jusqu'à
Londres, et le mouvement était allé s'amplifiant avec la
Renaissance. Les productions vénitiennes avaient atteint
un degré de perfection rarement égalé dans l'histoire
des arts décoratifs. Les objets peints à l'émail, aux couleurs chatoyantes, dorés et illustrés de portraits contemporains ou de scènes mythologiques, étaient devenus
l'orgueil de la Guilde, qui parvenait à s'adapter avec
talent à l'évolution du « bon goût » des grandes cours
européennes. Puis étaient venus les filigranes de verre
blanc qui, inclus dans le verre transparent et soumis à
de délicates manipulations, s'épanouissaient en volutes
et tourbillons pour composer autant de pièces incompa-
rables, au point que de nombreuses fabriques travaillant
« à la façon de Venise » s'étaient installées un peu partout dans les pays voisins. La diffusion des secrets de
la lagune, malgré le contrôle des autorités vénitiennes,
s'était accentuée avec la publication en 1612 du fameux
Arte Vetraria de Neri ; ce livre avait scellé l'aboutissement d'un art, et d'une science, qui depuis le Moyen
Age n'avaient cessé de prendre leur essor. Les lentilles
des astronomes, les instruments médicaux, les pipettes,
flacons et alambics des alchimistes, les lunettes à nez

ou besicles – telles que celles de Brozzi, le médecin de la *Criminale* – conçues spécialement pour les érudits, puis pour un large public, tout cela avait permis au verre vénitien de trouver de nombreux terrains d'expansion, hors de ses applications traditionnelles. On comparait sa transparence à celle du cristal de roche ; il rivalisait avec celui de Bohême, dont il avait le poids, la limpidité et la dureté. La substitution du charbon au bois pour le chauffage des fours avait en outre poussé les corporations à développer des procédés de fabrication nouveaux. L'augmentation des proportions d'oxyde de plomb avait permis l'invention d'un verre d'une pureté, d'une finesse et d'un éclat remarquables, le *cristallo*, qui à lui seul témoignait de la splendeur des créations de la lagune. Venise restait maîtresse en la matière ; ses miroirs coulés sur plaques, ses vitres soufflées par cylindre, ses productions innombrables, vases et couverts, statuettes et services à vin, objets à vocation utilitaire ou décorative, passaient pour les plus raffinés du monde.

Il y avait de tout cela dans l'atelier de Spadetti, où circulaient à présent Pietro et son valet. La chaleur et l'activité grouillante qui régnaient ici évoquaient les forges infernales, l'antre d'une caverne dont l'antique Vulcain aurait pu sans mal faire son repaire. Le travail des ouvriers, sous ces halles et dans ces ateliers immenses, était à lui seul un spectacle. Ce peuple chtonien déployait autour de lui des myriades de bourgeons incandescents. Ils étaient plus de mille, démons à moitié nus ou vêtus de linges humides de sueur, tous muscles dehors ; ils soufflaient, ahanaient, couraient d'un poste à un autre au milieu de tourbillons de braises, transmettaient la pièce qu'ils venaient de terminer pour qu'un compagnon la contrôle avec une méticulosité sans faille ; la sentence tombait, la pièce suivait son chemin ou était de nouveau fondue. Partout, on entendait le cliquetis des instruments, le timbre sonnant du cristal, la rumeur des fours continus allumés par centaines, le chant et les exclamations des hommes ; et de cette perpétuelle fournaise jaillissaient les plus beaux joyaux de l'industrie du verre vénitien, perles d'eau pure arrachées à leurs gangues de lave et de ténèbres.

La Guilde des verriers était organisée comme la plupart des corporations vénitiennes : elle avait son siège, sa *confraternita*, et son conseil de direction. Celui-ci était présidé par un administrateur des intérêts de la profession, qui veillait à l'application des statuts, au règlement des conflits internes et à l'admission des membres, listés sur cette *Giustizia vecchia* dont une copie était adressée à la magistrature compétente. Les maîtres de la Guilde conduisaient les assemblées dirigeantes et pouvaient seuls tenir boutique. La hiérarchie corporative était étroitement encadrée : on était « garçon » ou commis pendant cinq ou six ans, puis « jeune » ou « travailleur » durant dix à douze ans, avant de passer *maestro* ou *capomaestro*, sur présentation d'un chef-d'œuvre qu'évaluaient les experts du métier.

La surveillance des corporations ne dépendait pas seulement d'une autodiscipline et de l'application de procédures internes ; elle relevait, une fois de plus, de l'autorité du Conseil des Dix. Et la Guilde des verriers faisait l'objet d'une attention toute particulière. Un siècle plus tôt, Colbert avait dépêché à Murano des agents secrets français ; ceux-ci étaient parvenus à soudoyer des ouvriers de la lagune pour se procurer leurs secrets, qui devaient servir les visées des Français en leur permettant de créer une manufacture de miroirs concurrente. L'espionnage industriel était une réalité, et les peines encourues pouvaient se révéler redoutables, de la mise aux fers à l'exécution. Pas question non plus pour les corporations de jouer un rôle politique quelconque. Le Doge se bornait à les recevoir quatre fois par an, lors de banquets officiels pour la Saint-Marc, l'Ascension, la Saint-Gui et la Saint-Etienne.

Conduits par l'un des ouvriers du lieu, Pietro et Landretto se trouvèrent bientôt en face de Federico Spadetti, l'un des Maîtres les plus influents de la Guilde. Spadetti portait une calotte blanche en guise de chapeau et une chemise de coton noircie ; il avait la cinquantaine, la peau brune, le visage couvert de transpiration et de traces de charbon. Vulcain tout craché, en effet, à qui seule aurait manqué la mythique barbe. Une pince dans la main, au bout de laquelle dansait un morceau de verre rougi et ondoyant devant les braises, il fit rouler une seconde ses impressionnants biceps avant de répondre à l'apostrophe de Pietro. Celui-ci montra à Spadetti le sauf-conduit dogal, mais le lui ôta des yeux avant qu'il n'ait pu y imprimer l'empreinte de ses doigts sales.

— Federico Spadetti ? Je voudrais vous poser quelques questions.

Spadetti soupira, posa sa pince et s'épongea le front. Il mit les poings sur ses hanches et demanda à examiner encore le sauf-conduit, visiblement mécontent d'être dérangé. Une brève grimace passa sur son visage puis, résigné, il dit :

— Bon… Allez-y, je vous écoute.

Avec le geste d'un prestidigitateur, Pietro fit apparaître devant lui un mouchoir dans lequel reposaient quelques échantillons de verre retrouvés au pied du cadavre de Marcello, dans le théâtre San Luca.

— Vous serait-il possible d'identifier la nature de ce verre ?

Spadetti grimaça, se pencha sur le mouchoir et se gratta le menton.

— Vous permettez… ?

Pietro lui tendit le mouchoir. Le *capomaestro* prit quelques-unes des étoiles de verre, les examina avec attention, les soupesa au creux de sa paume ; il alla quelques instants les comparer avec un éventail d'objets disposés non loin, sur un établi.

Puis il revint vers Viravolta.

— On dirait du *cristallo*, si j'en crois la limpidité du grain, le poids et le polissage. Oui, ça y ressemble bien…

— Nous pensons que ce verre pourrait bien être issu de votre atelier, dit Pietro. Qu'en pensez-vous ?

Spadetti le regarda et plissa les yeux. Il mit quelques secondes avant de répondre :

— C'est possible, *Messer*. Mais je ne suis pas le seul à produire ce verre, comme vous le savez. En l'absence de marque de fabrique particulière, je ne vois pas comment des morceaux si minuscules…

— Bien sûr, dit Pietro. Mais n'est-ce pas là votre spécialité, et n'êtes-vous pas le plus important producteur de *cristallo* ? *Messer* Spadetti, pourriez-vous déterminer de quel type d'objet proviennent ces débris ?

Spadetti, toujours penché sur le mouchoir, fut un

moment tenté d'y plonger son nez. Il reniflait. Il détourna le tête, éternua puis, après un soupir las, se contenta de claquer la langue :

— Mmh… Ça ne vient pas d'un objet décoratif, je ne pense pas, *Messer*. Pas de coloration ni de filigrane, rien… Ce peut-être n'importe quoi, un verre, une coupe au détail, un vase, une statuette…

Pietro s'approcha d'un établi, situé un peu plus loin, où étaient disposés différents objets. Il laissa planer un silence, puis saisit l'un d'eux et le glissa sous les yeux de Spadetti.

— Et d'un objet comme celui-ci ?

Il s'agissait d'un élégant stylet de verre, à crosse de nacre, sur laquelle un serpent était enroulé autour d'une tête de mort.

— Euh… Oui, ça pourrait aussi, dit Spadetti. Dites-moi, *Messer*, que cherchez-vous au juste ?

Il était planté devant Pietro, les deux jambes écartées.

— Pourrais-je en avoir un ?

— Sûr. C'est deux ducats, dit le verrier.

— Je vois que vous ne perdez pas le nord, même quand il s'agit du Conseil des Dix.

— *Surtout* lorsqu'il s'agit des Dix, marmonna le *capomaestro*.

Pietro sourit, chercha la bourse à sa ceinture, la délia et tendit les deux ducats à Spadetti, qui lui remit le stylet en échange.

— Dites-moi, mon ami, avez-vous déjà entendu parler des Stryges ?…

— Des quoi ?

Pietro se racla la gorge :

— Des Stryges, ou des Oiseaux de feu ?

Il resta une seconde suspendu aux lèvres de Spadetti.

Celui-ci le considéra d'un œil torve.

— Non.

— Bien… Hem. Voilà qui a le mérite d'être clair.

L'Orchidée Noire s'écarta de nouveau quelques instants, avançant d'un poste à l'autre de l'atelier, les mains dans le dos. Il sifflotait.

— Sans vouloir vous manquer de courtoisie, *Messer*, est-ce tout ? J'ai du travail.

Pietro était tombé en arrêt devant une pièce de toute beauté, sur laquelle travaillait un jeune homme. La chose était en effet singulière : c'était une robe, d'un seul tenant, disposée comme elle eût pu l'être sur un mannequin de bois. Mais cette robe n'avait rien d'ordinaire. Surmontée d'une collerette en verre filé, elle était uniquement composée de langues de cristal, noyée de mille arabesques translucides qui s'échangeaient des reflets multicolores, autour de la poitrine, de l'abdomen, jusqu'à ce drapé ondoyant que simulait une nouvelle profusion d'ourlets et de dentelles opalescentes. Une robe de cristal ! Au niveau de la taille, une boucle en étoile fermait une ceinture de perles étincelantes. Le sifflement de Pietro se fit admiratif.

— Magnifique, *maestro*…

Spadetti s'approcha, une fierté nouvelle dans le regard. Il se détendit un peu et changea de ton.

— C'est le chef-d'œuvre que prépare mon fils Tazzio, dit-il en désignant le jeune homme, âpre à la tâche, qui se tenait agenouillé à deux pas. C'est lui qui, bientôt, prendra ma succession. Pour cela, il faut d'abord qu'il devienne un maître à son tour… Mais en effet, cet objet est unique. La Guilde organise cette année un concours entre nos différents ateliers. Le Doge lui-même remettra le prix au vainqueur pendant la fête de l'Ascension, au plus fort du Carnaval. Avec cette robe… nous avons toutes nos chances. Figurez-vous que Tazzio est amoureux, eh oui, d'une petite Severina, *Messer* ! Il dit se nourrir de la beauté de sa douce pour cette création. Quoi de plus propice à l'inspiration que l'amour ?

Dans un geste paternel, Spadetti passa la main dans les cheveux blonds de Tazzio. Celui-ci redressa un instant vers Viravolta un visage d'ange et lui sourit, en le saluant silencieusement.

— Eh bien, mes compliments, dit Pietro. Voilà un vrai bijou… D'une rare beauté, en vérité. Mais vous le laissez ainsi, au vu et au su de tous ?

La remarque fit sourire le verrier.

— Tout ce que nous faisons ici est très rare, *Messer*. Et il est bon, au contraire, que tous sachent ce que nous préparons. Nos ateliers sont amis, mais néanmoins rivaux. Disons que cette robe est une façon de…

Il chercha ses mots.

— De montrer qui est le maître, c'est cela ?…, dit Pietro, dont la voix descendit d'un ton. Mais pensez-vous qu'une telle robe pourrait vraiment être portée ?

Spadetti eut un sourire qui oscillait entre l'ironie et la condescendance.

— C'est tout l'enjeu.

Pietro considéra le verrier, puis de nouveau la robe. La course au chef-d'œuvre n'était pas l'apanage des verriers. Toutes les corporations avaient la leur. A San Giovanni, l'église des marchands du Rialto, les congrégations de métiers avaient engagé de longue date une véritable compétition picturale ; la puissance de chacune s'y exprimait à coups de donations et de créations… Cela ne manquait pas, d'ailleurs, d'une certaine beauté. Cette robe de cristal en était, elle aussi, une parfaite expression. Enfin, Pietro s'éclaircit la gorge.

— Federico, pourrais-je jeter un œil sur vos carnets de commandes ? Vous devez bien avoir… des registres, ou quelque chose de ce genre ?

Spadetti se raidit de nouveau. Il considéra Pietro avec méfiance, hésita un moment…

Puis il capitula.

— Dites, *Messer*, savez-vous combien de pièces quittent mon atelier chaque mois ? Près de trois mille. Et elles sont disséminées dans toute l'Europe. Evidemment que j'ai des registres. Et un grand livre. Venez, allons derrière, dans mon bureau ; nous serons mieux.

Les deux hommes se retrouvèrent à l'abri de l'activité ambiante, dans une petite pièce qui isolait le *capomaestro* du reste de la halle. Pietro venait de renvoyer Landretto avec la mission de montrer le stylet à Brozzi, et de recueillir auprès de lui de nouvelles informations. Peut-être la *Quarantia*, de son côté, avait-elle progressé. Spadetti alla chercher de volumineux registres, qu'il ouvrit sous les yeux de Viravolta. Celui-ci s'installa derrière le bureau poussiéreux. Longtemps, il consulta les registres, tandis que Spadetti retournait à ses occupations. Pietro détailla ou recopia chacune des commandes sur d'autres feuillets ; les commandes de stylets, mais aussi toutes celles qui, d'une façon ou d'une autre, semblaient sortir de l'ordinaire, par leur nature même ou par l'identité plus ou moins brumeuse de leur commanditaire. Mais, deux heures plus tard, il n'avait guère progressé et commençait à se demander s'il ne perdait pas son temps. Il fureta quelques secondes dans le bureau et dénicha deux autres volumes poussiéreux, glissés sous des paquets de bons de commandes.

— Tiens…

Il se lança de nouveau dans ses recherches. Il lui fallut encore une demi-heure… puis il poussa une soudaine exclamation. Le registre qui l'avait intrigué sous le bras, il alla aussitôt trouver le *capomaestro*, qui s'était de nouveau assis devant un four, non loin de son fils et du joyau de cristal.

— *Messer* Spadetti !… Qui est celui-là ? Ce « Minos »…

Spadetti lorgna le registre. Il cligna les yeux une ou deux fois.

— C'est que… vous… celui-là… comment voulez-vous que je le sache ? Cela remonte à plus de six mois.

— J'ai trouvé deux autres volumes en plus de ceux que vous m'avez donnés.

— Ceux-là sont sans importance.

Pietro haussa un sourcil.

— Je n'en suis pas aussi sûr. C'est bien vous qui remplissez ces registres, non ? Ce client ne vous dit rien ? Ne l'avez-vous pas rencontré personnellement ?

— Non, *Messer*. De toute façon, la plupart du temps, je ne reçois ici que des intermédiaires. Et c'est parfois Tazzio qui négocie à ma place. Si je devais me souvenir par cœur de tous les commanditaires, je n'aurais plus qu'à me jeter dans la lagune.

— Oui…, dit Pietro, sceptique. Mais regardez ici. Si j'en crois la mention portée sur votre balance, il s'agissait en effet d'une demande de fabrication de lentilles de verre. Des lentilles grossissantes. C'est indiqué ici.

— Des lentilles… Ah, peut-être. C'est possible.

— C'est possible ! Des lentilles de verre ! s'étrangla Pietro. Pour *douze mille ducats* !

Les deux hommes échangèrent un regard.

— Avec autant de verre, poursuivit Pietro, inutile de vous jeter dans la lagune, *Messer*. On pourrait la recouvrir tout entière ! Ne me dites pas que vous ne vous souvenez de rien…

Etait-ce seulement l'énervement d'être encore dérangé, ou Spadetti était-il réellement très, *très* embarrassé ?

— Que diable peut-on faire avec des centaines, voire des milliers de lentilles grossissantes ? demanda Pietro.

Spadetti eut un sourire un peu contrit et ôta la calotte qui recouvrait sa tête.

— En effet, c'était une commande exceptionnelle… Il m'arrive parfois de traiter directement avec des émissaires de cours royales ou de gouvernements. Et maintenant que vous m'en parlez, je ne serais pas surpris que…

— Et ce Minos… ce pourrait être le représentant d'une cour, ou d'un gouvernement étranger, comme vous le dites ?

— C'est bien possible, *Messer*. Oui, je me souviens maintenant… C'est un commis que j'avais reçu. Devant une telle requête, on ne pinaille pas. Du moment que les ducats viennent sonner dans mon escarcelle et dans celle de la Guilde…

Il regarda Pietro. Ses traits avaient retrouvé leur fermeté.

— Si je ne sais quelle tête couronnée veut recouvrir son palais de lentilles, *Messer*, c'est son affaire. Quant à moi, je m'en moque. Et mes apprentis font le travail qu'on leur demande.

Pietro considéra un instant le verrier, perplexe.

— Y a-t-il un moyen de retrouver le nom et l'origine exacts de ce commanditaire ?

— Il doit y avoir un bon, quelque part…

Il s'arrêta.

— Vous voulez que je le retrouve, c'est ça…

Pietro acquiesça.

— Et avec bonne humeur, en plus, *Messer* Spadetti. Il serait bon que vous vous montriez un peu plus coopératif.

Spadetti soupira. Mais il ne savait que trop quelle ombre se trouvait derrière Pietro : celle du Conseil des Dix. Claquant les mains sur ses genoux, il finit par se lever.

— C'est bon, c'est bon ! J'y vais…

Il retourna en direction de son bureau de la halle d'un pas traînant. Heureusement, les recherches ne prirent pas longtemps. Spadetti semblait de plus en plus mal à l'aise. Le bon de commande qu'il présenta à Viravolta était marqué d'une signature incompréhensible. Ni sceau, ni cachet d'aucune sorte. Pietro laissa échapper un juron.

— *Messer* Spadetti, vous vous moquez de moi ? Il me semble décidément que vous remplissez vos carnets de commandes d'une façon bien curi…

Il n'eut pas le temps d'aller plus loin.

Un ouvrier fit soudainement irruption dans le bureau.

— *Messer*, c'est vous, n'est-ce pas, l'envoyé du Conseil des Dix ?

Pietro releva les yeux. L'ouvrier, un *giovane* d'à peine vingt ans, avait l'air affolé. Il haletait, une main sur les genoux.

— C'est moi, en effet. Que se passe-t-il ?

— J'ai un message pour vous, de la part de votre valet et d'un membre de la *Quarantia Criminale*…

— Eh bien, rassemblez vos esprits, jeune homme. Que se passe-t-il ?

Le garçon se redressa :

— Il s'est produit une chose affreuse.

*

*　　*

Durant tout le temps que Pietro avait passé dans l'atelier de Spadetti, des nuages noirs s'étaient accumulés au-dessus de Venise. Un orage d'une violence inouïe venait d'éclater. L'eau de la lagune commençait à s'agiter furieusement ; il s'en fallut de peu que Pietro ne puisse parvenir à sa destination. Lorsqu'il débarqua sur le parvis de l'église San Giorgio Maggiore, une centaine de personnes s'y étaient déjà amassées, figées sous la pluie torrentielle. Elles échangeaient des regards épouvantés, une main sur la bouche ou sur la poitrine, l'autre pointée vers le ciel. Partout, Pietro entendait des cris d'horreur. Il se fraya un chemin parmi la foule. La bourrasque couvrait sa voix ; jouant des coudes, il parvint à rejoindre Antonio Brozzi et Landretto. Il fut presque obligé de hurler pour s'adresser à Brozzi :

— Mais que se passe-t-il ?

Pour toute réponse, le médecin de la *Quarantia Criminale* leva les yeux, l'invitant à faire de même. Tous, en effet, dressaient le menton en direction du chapiteau qui surmontait la façade de l'entrée. D'abord, Pietro, trempé jusqu'aux os, eut du mal à fixer son attention, sous ces rafales de pluie. Puis, subitement, un roulement de tonnerre se fit entendre, dans un vacarme ahurissant. Les cieux s'embrasèrent, déchirés d'éclairs. Pietro se tourna de nouveau vers Landretto, interdit, choqué à son tour par cette abomination. Il venait de distinguer une forme humaine, qui tourbillonnait comme une girouette au milieu de l'ouragan. Une forme soutenue par une corde, au faîte de l'église. Elle était suspendue au chapiteau, semblant étreindre bizarrement la statue blanche qui le couronnait. Plus haut, le bourdonnement ahurissant des cloches vrillait les tympans de Viravolta. La dépouille continuait d'osciller, les membres ballants ; la foudre avait dû la frapper au moins une fois, car elle semblait carbonisée – un tas de chair encore fumante dansait sous la colère divine, écrasé par les nuages grondants, ballotté au gré de la tempête ! Ce triste épouvantail semblait tout droit jailli d'une vision infernale. Ses vêtements lacérés s'agitaient en lambeaux autour de lui, accentuant le caractère pathétique de cette apparition. Deux hommes étaient montés sur le chapiteau pour essayer de défaire l'effroyable girouette humaine de sa potence ; ils étaient passés par l'intérieur de l'église, avec des cordes, et s'aventuraient maintenant sur la pierre glissante. Ils tentaient d'assurer leurs appuis, les mains tendues vers le cadavre, tandis qu'en contrebas la rumeur ne cessait de s'amplifier.

— C'est Caffelli, dit Landretto. Le confesseur de

Marcello… On l'a hissé ici… Au pinacle de sa propre église !

Lorsque, enfin, on parvint à décrocher le prêtre, on le fit descendre au moyen de longues cordes sur le parvis. Les lieutenants de la *Quarantia Criminale* eurent du mal à écarter la foule qui s'y trouvait pour permettre à Brozzi, Viravolta et Landretto de se frayer un chemin jusqu'à l'intérieur de San Giorgio. On leur ouvrit en grand les doubles portes. L'église était plongée dans l'obscurité ; trois personnes vinrent raviver les cierges. On illumina l'autel, où le cadavre de Caffelli fut installé. Puis Viravolta fit évacuer le lieu saint, tandis que Brozzi retroussait ses manches. Son éternelle sacoche, dégoulinante de pluie, était posée à ses côtés. Pietro n'en croyait pas ses yeux. Le cauchemar continuait. A voir ainsi Brozzi devant l'autel, en posture d'officiant par-dessus le cadavre, il en perdait son latin. Derrière le médecin de la *Quarantia*, la fresque qui représentait la Descente de croix acheva de plonger Pietro dans le plus grand trouble. Il porta une main à ses lèvres, puis fronça les sourcils et jura.

La Descente de croix…

Des gouttes d'eau coulaient encore du rebord de son chapeau. Il se découvrit et s'avança, montant les marches de l'autel.

— Je vais voir dès maintenant si je peux en tirer quelque chose, dit Brozzi. La victime a été frappée par la foudre (il jouait d'une pincette sur les membres du cadavre ; un lambeau de chair partit de lui-même). Les deux tiers de la surface du corps ont été carbonisés et les cheveux sont entièrement brûlés. La pilosité des membres supérieurs semble avoir… Dites-moi, Viravolta, votre valet n'a rien à faire ? J'ai dans ma sacoche quelques feuillets de vélin et un peu d'encre, il pourrait prendre note de mes remarques. Cela m'éviterait de le faire et servirait à la rédaction de mon rapport définitif. Il sait écrire, n'est-ce pas ?

Landretto adressa à son maître un regard interrogateur. Sans un mot, Pietro fit un signe du menton. Landretto s'approcha de l'autel, fouilla dans la sacoche selon les indications de Brozzi et en sortit le matériel nécessaire. Bientôt, il notait ce que lui ordonnait le médecin d'un air appliqué et consciencieux. Pietro, lui, n'écoutait qu'à moitié, fasciné par le tableau de la Descente de croix. On y voyait la Vierge, Marie-Madeleine et Joseph d'Arimathie, recueillant le sang du Christ ; au second plan, des légionnaires romains. Dans les cieux, les éclairs de la colère divine. Funèbres lamentations que celles du Golgotha. Au-dessous de la fresque se trouvait le tabernacle de l'église. Pietro s'avança encore. Décidément… le meurtrier aimait jouer des métaphores bibliques. Le lien avec le décès de Marcello, descendu lui aussi de son Arbre maudit, comme Caffelli à l'instant du chapiteau de San Giorgio, était sans équivoque.

— Le prêtre, estima Brozzi, a été ligoté par des cordes dont l'empreinte est visible encore sur sa gorge, à mi-torse, autour des mains, des genoux et des pieds. Ah ! Attendez, voyons cela… Une contusion derrière sa nuque et une légère fracture de la boîte crânienne laissent penser qu'on l'a assommé, avant de l'exposer ainsi au fronton de San Giorgio. Pietro ! Il me paraît impossible que cet acte ait pu être accompli par un homme seul. Caffelli s'est sans doute… réveillé une fois installé dans sa position définitive, au milieu des vents.

La Chimère commandait-elle aux éléments naturels, pour penser que la foudre tomberait sur le chapiteau, et qu'elle viendrait ainsi achever le prêtre ? Etait-ce là le plus grand pouvoir d'*il Diavolo* ? L'ennemi, quel qu'il fût, avait-il déclenché jusqu'à cet ouragan tombé sur Venise ? Pietro ne pouvait se défaire de cette impression de sortilège.

— Et il y a autre chose…, continua Brozzi.

Il ôta ses besicles et les nettoya un instant en retenant un haut-le-cœur. En soulevant un reste de vêtement, il venait de découvrir une nouvelle plaie, contours de chair brûlée.

— Il a été émasculé.

Il prit une profonde inspiration et rajusta ses lunettes.

— Il devait être déjà à moitié vidé de son sang. Il n'avait pas été dépouillé de ses vêtements. Il avait gardé son aube, dont il ne reste presque rien.

Les doigts de Pietro caressaient maintenant la Descente de croix qu'il avait sous les yeux. Il s'agissait bel et bien d'un tableau et non, comme il l'avait cru au départ, d'une fresque murale. Pietro fut soudain alerté par une légère différence de couleur entre la paroi, blanchie à la chaux, et l'endroit exact où – il en était sûr à présent – ce tableau *aurait dû* se trouver. Pas de doute : on l'avait récemment déplacé. Les coins de son cadre accusaient un angle bizarre. Le tableau, dans son ensemble, n'était pas tout à fait droit… Pietro laissa courir sa main sur le cadre, puis sur le liseré du mur. Il écarta les bras de part et d'autre, fléchit légèrement les jambes et, d'une poussée, souleva le tableau. Landretto le vit vaciller un instant. Il abandonna aussitôt la plume pour se porter à son secours, sous les yeux étonnés de Brozzi. Ensemble, ils ôtèrent la Descente de croix. Le médecin continua son examen. Pietro et son valet déposèrent le grand tableau plus loin. Puis ils regardèrent de nouveau en direction du mur, vers l'endroit qu'ils avaient mis au jour. Il était barré d'une fissure transversale, parfaitement chaotique, et…

Brozzi continuait de parler tout seul. Viravolta ne l'entendait plus.

Miseria.

Il recula lentement, de quelques pas.

Lorsqu'il fut à la hauteur du médecin, celui-ci, perturbé par le silence de plomb qui venait de tomber autour de lui, ôta ses besicles et se tourna à son tour vers le mur.

> *La bufera infernal, che mai non resta,*
> *Mena li spiriti con la sua rapina ;*
> *Voltando e percotendo li molesta.*

> La tourmente infernale, qui n'a pas de repos,
> Mène les ombres avec sa rage ;
> Et les tourne et les heurte et les harcèle.

Et, un peu plus loin :

> *Vexilla regis prodeunt inferni.*

C'était une nouvelle inscription, non pas taillée au couteau dans la chair humaine, comme cela avait été le cas pour Marcello, mais écrite sur le mur.

— Des lettres de sang, murmura Pietro.

Il tourna vers Brozzi un regard interdit.

La main du médecin de la *Quarantia* retomba sur le cadavre.

Les enseignes du roi de l'Enfer s'avancent.

CHANT VI

L'ouragan infernal

LE PROBLÈME DU MAL
Par Andreas Vicario,
membre du Grand Conseil

Du Péché et des Châtiments de Dieu :
le Mal et le Pouvoir, chap. IV

… Il résulte du judéo-christianisme que l'édifice entier sur lequel il repose tient en une seule chose : la conscience du péché, et par suite de la métaphore de la culpabilité originelle, la transmission de cette conscience comme socle de la civilisation. Face à cette emprise, les sectes hérétiques n'ont que deux voies possibles : la rejeter en bloc et ruiner par là même les fondements de la morale ; ou la déclarer incomplète et prétendre revenir à la source de messages religieux, en appelant au rigorisme des « purs ». Dans tous les cas, c'est le péché qui triomphe, c'est le refus ou l'appel du châtiment qui conditionne l'exercice du pouvoir spirituel, et c'est encore Lucifer qui gouverne. Là où réside la terreur, réside le pouvoir : c'est pourquoi le paradoxe veut que le Mal soit l'instrument suprême de domination des religions officielles ; c'est pourquoi les empires ne s'imposent que par la force dans le monde entier ; c'est pourquoi le problème du Mal est politique et pourquoi, une fois encore, il nous indique le triomphe en ce monde de Satan.

— Le ou les assassins sont allés vite en besogne, conclut Pietro. Vite, mais avec une certaine efficacité, il faut bien le reconnaître.

Le Prince Sérénissime, effaré, semblait perdre sa contenance habituelle.

Pietro, Emilio Vindicati et Antonio Brozzi étaient assis devant lui. Tous se trouvaient dans la Salle du Collège. La tempête mugissait toujours au-dehors, et tous les lustres étaient illuminés. Brozzi, de temps à autre, levait les yeux vers les fresques du plafond.

Il aurait visiblement aimé être ailleurs. Trop de tension était une mauvaise chose pour son cœur.

— Ce n'est pas possible, ce n'est pas possible ! répétait Francesco Loredan.

Le Doge hochait la tête en tous sens. Il finit par frapper du poing sur l'accoudoir de son trône.

— Autant les circonstances du meurtre de Marcello Torretone pouvaient être dissimulées à la population, autant cette fois, tout Venise est au courant ! L'affaire sera inévitablement portée devant le Grand Conseil, Emilio. Vous-même et les représentants de la *Quarantia Criminale* serez appelés à donner des explications sur la nature et le suivi de l'enquête ! Il faut vous y préparer… Je ne serais pas surpris, d'ailleurs, que cet assassinat ait été commis en plein jour pour nous obliger à mettre le Grand Conseil dans la partie !… Nous risquons de naviguer en eaux troubles, une fois de plus, entre nos petits secrets et les délibérations publiques ! Si nous voulons persévérer dans l'enquête souterraine de Viravolta, les Dix et la *Quarantia* devront donner le change. Mais tout cela ne me dit rien qui vaille, Emilio, rien du tout ! Vous me mettez dans une position qui me déplaît profondément. Il nous faut des résultats, le Grand Conseil n'est pas sot : il sentira vite si quelque chose se trame en dehors de lui. Et qu'avons-nous, jusqu'à présent ?

Pietro prit la parole :

— La piste du *Menuet de l'Ombre* ne nous mène nulle part. J'avoue m'être demandé si ce Virgile n'était pas l'un des émissaires d'Emilio, qui me garantit le contraire ; il y a donc bien un lien entre le meurtre de Marcello, celui du prêtre Caffelli et la scène pour le moins embarrassante vers laquelle on a conduit mes pas à la *casa* Contarini. Si, comme je le pense, Marcello et Caffelli étaient amants, il est probable que tous les deux représentaient une menace bien réelle pour celui ou ceux que nous cherchons... Mais ce qui me trouble le plus, c'est que quelqu'un est d'ores et déjà au courant que j'ai été chargé de cette mission ! J'ai d'ailleurs eu le sentiment d'être suivi en me rendant à Murano. « L'ennemi est partout », disait le prêtre. Et si ce n'est pas l'un de nous qui a vendu la mèche – pardonnez-moi de devoir prendre toutes les hypothèses en considération –, ce peut être Caffelli lui-même, avant de mourir, ou l'un des membres de la troupe du San Luca, un peu plus sagace que les autres... Ou encore, Luciana Saliestri, dont nous avons retrouvé la broche dans ce même théâtre.

— Le prêtre de San Giorgio..., dit le Doge. Bonté divine ! Quel malheur pour ses bons paroissiens...

— Il est vrai qu'à ce rythme, notre enquête ne sera plus guère secrète, reprit Pietro. Je suis d'accord avec vous, Votre Sérénité : ce même « quelqu'un » veut nous forcer à agir au grand jour, agiter tous les scandales et nous mettre dans l'embarras. La chose est habile, et le piège dans lequel nous nous sommes fourrés a tout du calcul politique… Ajouté au sens dramatique de ces meurtres spectaculaires, voilà qui tendrait à rendre plus fondés encore les soupçons d'Emilio : nous avons affaire à un joueur retors, parfaitement renseigné sur les habitudes intimes de ceux qu'il a martyrisés. C'est peut-être l'un de nos patriciens – ou un étranger, Votre Altesse, qui se serait adjoint des exécuteurs de basses œuvres. Cela s'est déjà vu.

— Quelqu'un, quelqu'un, mais qui ? demanda le Doge avec inquiétude. Un noble vénitien, un espion étranger, l'ambassadeur d'une puissance ennemie ? Ce Minos, dont vous avez trouvé la trace dans les registres du verrier et qui, paraît-il, commande à notre nez et à notre barbe des bateaux entiers de lentilles de verre, pour un usage que nous ignorons ? Cela n'a aucun sens… Et enfin, quel serait le mobile, Viravolta ?

— Faire trembler la République, ébranler nos institutions, que sais-je ? Il est vrai que Marcello ou Caffelli n'étaient pas a priori des cibles politiques ; mais Marcello travaillait pour les Dix et lui comme le prêtre en savaient trop, c'est là une évidence.

Le Doge passa une main sur son front et ajusta sa corne ducale, à demi convaincu, avant de se lever. Il s'avança en direction des fenêtres ; la pluie battante avait repris et les mouchetait de mille constellations, au-delà desquelles se noyait l'abîme grisâtre de la lagune.

Lorsque Loredan se retourna, un éclair zébra le ciel.

— Sous les lambris, la pourriture ! Le péché ! La décomposition ! Mais que cache donc l'âme des hommes ? Seigneur… Non, non, tout cela ne va pas ; nous n'avançons pas assez vite.

Vindicati haussa le sourcil et leva une main.

— Considérons les choses avec pragmatisme, Votre Altesse, sans nous laisser impressionner par des manœuvres alambiquées, ni prêter à notre adversaire plus d'adresse qu'il ne saurait en avoir, même si je suis le premier à penser que le danger est grand. J'ai fait envoyer quelques-uns de nos agents pour éplucher les registres de Spadetti et de la Guilde. Les verriers sont tous interrogés en ce moment même, Spadetti au premier chef ; il affirme ne rien savoir de plus. Nous l'avons menacé : il reste muet comme une tombe. Nous n'avons aucune preuve de son implication éventuelle dans tout cela. Il ne nie pas la réalité de la commande, mais parle d'une erreur dans la tenue de ses registres, qu'il fait mine de regretter. Son amnésie est bien opportune, c'est certain. Le problème est qu'en l'absence d'informations précises sur l'identité du mystérieux commanditaire des lentilles de verre, je ne peux le garder indéfiniment et interrompre la production de son atelier. Toute la Guilde est déjà en émoi, et parle de cesser sa production… Je m'étonne simplement du fait que mon cher Conseil des Dix n'ait pas lui aussi réagi plus tôt, au vu du registre du *capomaestro* ; voilà en effet une autre erreur que je ne m'explique pas. Ne lâchons pas Spadetti, s'il doit sortir ; faisons-le suivre, tâchons de le faire parler ; mais je ne sais ce que nous obtiendrons de ce côté-là pour le moment. Les Oiseaux de feu, les inscriptions prétendument bibliques sur le torse de Marcello et derrière le tableau de San Giorgio : voilà ce qu'il nous faut percer à jour.

— Oui… Personnellement, ajouta Viravolta, c'est surtout la broche de Luciana Saliestri et sa liaison avec le sénateur Giovanni Campioni qui m'intriguent. C'est pour moi la seule piste tangible. Je dois m'entretenir avec Campioni mais, ce faisant, c'est l'un des membres les plus en vue du Sénat que je mets dans la confidence, et ses influences au Grand Conseil sont connues. J'ai besoin de vous, Votre Sérénité, ou de l'entremise d'Emilio, pour me préparer ce terrain. Et nous devons nous accorder sur la stratégie à adopter. Campioni est le premier suspect, même si je ne vous cache pas que tout cela me paraît… un peu trop évident.

— Assurément, dit Brozzi. Il semble que l'on veuille nous conduire droit jusqu'à lui. La broche d'or retrouvée au San Luca a pu être laissée à dessein auprès du corps de Marcello. C'est peut-être une autre manœuvre. Mais si tous les chemins mènent au sénateur Campioni, allons le trouver ! Et voyons ce que Pietro pourra en tirer.

Il y eut un silence, uniquement troublé par le martèlement de la pluie contre les vitres.

Puis Francesco Loredan inspira profondément et dit :

— Bien. Alors occupons-nous de lui.

*

*　*

Le *Broglio*, au pied du palais ducal, était l'un des endroits les plus curieux de Venise : il tenait son nom

d'un ancien potager, non loin de la *Piazetta*, et les Vénitiens comme les voyageurs s'y arrêtaient souvent avec
fascination. Chaque jour, les nobles s'y retrouvaient
pour discuter des dernières affaires publiques. Le *Broglio* avait au sein de la cité une véritable fonction politique : tout noble ayant atteint l'âge de ses vingt-cinq
ans et appelé désormais à siéger au Grand Conseil y
« endossait l'habit » pour la première fois, recevant en
quelque sorte son adoubement officiel. Mais le *Broglio*
était aussi le lieu privilégié où se nouaient les intrigues
de la République. Cela ne manquait pas de sel eu égard
à sa décoration, au milieu de laquelle Pietro déambulait à présent, mains dans le dos, en compagnie de Son
Excellence Giovanni Campioni : le florilège des fautes
commises par les traîtres à la Patrie et la liste de leurs
châtiments se trouvaient gravés sur autant de pierres
plates, disposées le long des allées. Au-dessus des deux
hommes, le ciel, encore chargé, était toutefois rede-
venu plus clément ; les quelques rayons d'un pâle soleil
trouaient les nuages et éclairaient leur marche dans les
jardins. Les parterres respiraient de ces parfums caractéristiques de la nature retrouvant son calme après la
pluie.

— Ainsi, dit le sénateur, c'est vous l'Orchidée Noire !
J'ai entendu parler de vous… La réputation de vos
frasques est de longue date remontée jusqu'au Grand
Conseil et au Sénat… Beaucoup se demandaient – et
se demandent encore – de quel côté vous étiez réellement… Le sénateur Ottavio est-il au courant de votre
libération ?

— Je l'ignore… Mais je ne le pense pas. Et c'est
mieux ainsi.

Viravolta laissa planer un instant de silence, puis dit :

— … Mais nous avons, ce me semble, des affaires plus urgentes.

— Certes…

Campioni soupira.

— Marcello Torretone, le père Caffelli… Et les Dix, comme la *Criminale*, sont convaincus qu'il existe un lien entre ces deux épisodes ?

Giovanni Campioni avait environ soixante ans. Il portait la robe nobiliaire des membres du Sénat, noire et doublée d'hermine, serrée à la taille par une ceinture à plaques et à boucle d'argent ; une calotte sombre, la *beretta*, sur la tête. Il avançait au côté de Pietro, sa canne à la main, les sourcils froncés. Au bout de quelques instants, Viravolta s'arrêta et se tourna vers lui.

— Avez-vous revu Luciana Saliestri récemment ?

Campioni s'arrêta à son tour, surpris. Ils se tenaient tous deux auprès d'un massif de fleurs, dont les vives couleurs contrastaient avec l'austérité et la mine grave du patricien.

— C'est que… comment dire…

— Pardonnez cette question, Votre Excellence, mais vous allez comprendre en quoi la chose est importante pour l'enquête que je mène à présent. Lui avez-vous offert, il y a quelque temps, une broche d'or marquée de ses initiales, L et S, avec pour motif deux épées et une rose sertie de perles ?

Campioni fut plus stupéfait encore.

— En effet, c'est très exactement cela ! Cela dit, je voudrais bien savoir qui vous permet…

— Quand avez-vous vu Luciana porter cette broche pour la dernière fois ?

— Il y a quinze jours environ, mais…

— Quinze jours… et nulle fois depuis ?

— Non. Allez-vous me dire quel rapport il y a entre ce cadeau et les sombres affaires dont vous avez commencé à m'entretenir ?

— Cette broche, Votre Excellence, a été retrouvée aux pieds de Marcello Torretone au théâtre San Luca. Luciana vous l'avait caché, mais elle affirme que l'objet lui avait été volé quelques jours plus tôt, par un individu dont elle dit ignorer l'identité.

Campioni redressa le nez et fit la moue ; sa main s'agita nerveusement sur le pommeau de sa canne.

— C'est donc pour cela que le Conseil des Dix voulait que je m'entretienne avec vous…

— Pour cela même. Votre Excellence… savez-vous que Luciana était également la maîtresse de Marcello ?

Campioni hocha la tête. Il avait de plus en plus de mal, à présent, à garder son calme.

— Comment aurais-je pu l'ignorer ? Tout Venise était au courant. C'est que, voyez-vous… Luciana a beaucoup d'hommes dans sa vie…

Le ton sur lequel il avait dit ces mots, qui s'étaient échoués dans un murmure, n'échappa pas à Pietro. Le sénateur était amoureux, la chose était visible ; et l'idée que la courtisane pût accueillir d'autres hommes dans sa couche lui était une véritable souffrance. Il fronçait les sourcils, dans une expression de douleur qu'il avait peine à refréner.

— Oui, je l'aime, avoua Campioni en serrant le poing, comme si lui-même avait deviné les réflexions de Pietro. Je l'aime depuis près de dix ans déjà. Il y a de quoi rire, ne trouvez-vous pas ? Que quelqu'un tel que moi puisse frémir à la seule idée de tenir dans ses bras une simple courtisane, si jeune, et habituée des arcades des *Procuratie*… Je le sais bien. Voilà qui m'éloigne des affaires de la République ! Mais justement : cette femme est ma drogue, mon épice, je ne parviens pas à m'en défaire… Il est inutile de vous le cacher : je tremble à la seule idée de la perdre un jour et pourtant, elle est toute ma honte… Elle est de celles qui vous ensorcellent, vous jettent dans les tourments les plus vifs, et vous attachent aussi sûrement que les filets de Diane… Une mante religieuse, oui ! Adorée et dangereuse. Oh, Seigneur… Mais vous devez connaître cela, n'est-ce pas ?

L'image d'Anna Santamaria, la Veuve Noire, passa devant les yeux de Pietro.

Il ne répondit pas directement.

— Rassurez-vous, Votre Excellence, dit-il en continuant de marcher. Un peu de sincérité me rafraîchit, par les temps qui courent.

Ils se turent encore quelques instants, puis Campioni reprit :

— Et quant à cette broche, qu'y puis-je si on la lui a volée ? Vous ne pensez tout de même pas que je puisse être mêlé, de près ou de loin, à ces meurtres sordides !

Pietro sourit.

— Oh, loin de moi cette idée, Votre Excellence.

Campioni parut rassuré ; son souffle, qui s'était légèrement accéléré, se fit de nouveau plus tranquille. Mais Pietro n'avait fait que différer les questions les plus délicates. Il fouilla prestement dans sa poche et en sortit deux bouts de papier, qu'il tendit au patricien.

— Ces inscriptions ont été retrouvées, l'une sur le

corps de Marcello Torretone, l'autre dans l'église San Giorgio Maggiore. Cela vous dit-il quelque chose ?

Campioni prit les papiers et lut.

J'étais nouveau dans cet état
Quand je vis venir un puissant,
Que couronnait un signe de victoire.

La tourmente infernale, qui n'a pas de repos,
Mène les ombres avec sa rage ;
Et les tourne et les heurte et les harcèle.

Vexilla regis prodeunt inferni.

— Eh bien, dit le sénateur, cherchant visiblement ce que ces mots lui évoquaient. En vérité, il me semble avoir déjà lu cela… Mais où ?

Il se passa la main sur le front et demanda à son tour :

— Que veulent dire ces épigrammes ? On dirait… une sorte de poème.

— Hors de leur contexte, qui m'est encore inconnu, répondit Pietro, elles ne semblent pas signifier grand-chose. Pas plus que mises bout à bout, d'ailleurs. Votre Excellence…

Pietro inspira et se jeta à l'eau.

— … Je voudrais que vous me parliez de la Chimère, et de ceux qui se font appeler les Stryges, ou les Oiseaux de feu…

Les doigts de Campioni tremblèrent sur les papiers. Il regarda autour d'eux. Pietro sut qu'il avait fait mouche. L'intérêt de la conversation s'accentua encore ; il était suspendu aux lèvres du patricien. La réaction de ce dernier à l'évocation des Oiseaux de feu était comparable à celle qu'avait eue le prêtre Caffelli, lorsque Viravolta lui avait annoncé la crucifixion de Marcello Torretone. Et les mêmes symptômes de terreur maladive apparaissaient sur son visage : le sang refluait de sa chair ; il était gagné de sueurs. Il porta une main à sa poitrine et tendit l'autre à Pietro, comme si les bouts de papier, qu'il tenait encore, étaient imbibés de poison. Les yeux vibrant d'angoisse, il se pencha sur Pietro et dit en chuchotant :

— Ainsi vous êtes au courant, vous aussi !

— Que savez-vous ? demanda encore Pietro.

Campioni hésita, frissonnant. De nouveau, il regarda autour de lui.

— Je… Je vois des ombres, elles me suivent partout, je le crains. Je me dis parfois qu'il ne s'agit que de l'effet de mon imagination, mais… A la vérité, j'ai peur.

Pietro insista.

— Deux crimes épouvantables ont été commis, Votre Excellence, et rien ne nous dit qu'il n'y en aura pas d'autres. Il est absolument vital que vous me disiez ce que vous savez. Qui sont les Oiseaux de feu ?

Les deux hommes se regardèrent longuement. Puis Campioni passa un bras sur l'épaule de Viravolta, dans un froissement de sa robe noire, et l'entraîna plus loin. Il parla d'un ton inquiet et saccadé :

— Je vous parle d'une secte, mon ami. D'une organisation secrète. Leur chef se fait appeler la Chimère, ou *il Diavolo*, en effet, mais nul ne connaît son identité… Une secte luciférienne, qui se terre ici, à Venise, et quelque part en Terre Ferme… Ses ramifications dépassent l'Italie, à ce que l'on dit. Voilà ce que sont les Oiseaux de feu. Mais il y a pire, bien pire…

— Que voulez-vous dire ?

— Certains d'entre eux seraient infiltrés dans les rouages de notre administration, au sein des magistratures et des offices – et ce jusqu'au Sénat, oui, mon cher, et au Grand Conseil !

Viravolta réfléchissait maintenant à vive allure.

— Mais quel est leur but ?

Giovanni le regarda encore.

— Leur but ? Allons, mon ami, il est évident ! Les nobles fuient vers les campagnes, notre flotte de guerre ne parvient plus à maintenir nos positions à l'étranger, le jeu et la débauche sont partout, Venise se délabre ! Vous-même, l'Orchidée Noire, êtes un pur produit de ce monde !… Qui croit encore que la République peut cacher sous ses fastes la gangrène qui la ronge ? *Ils veulent le pouvoir !* Une dictature, mon ami ! Ou si vous préférez, un régime autocratique, ultra-conservateur… Savez-vous sur quoi s'est édifiée notre puissance ? Sur le contrôle des mers. Qui contrôle Venise peut contrôler l'Adriatique, la Méditerranée, les routes d'Orient et d'Occident ! Cela ne vous suffit-il pas ? Vous êtes naïf, si vous pensez que cela n'est pas assez pour exciter le monde entier… Mais si tous reconnaissent que l'Âge d'or s'est enfui, personne ne s'accorde sur les moyens qu'il nous faut mettre en œuvre pour le restaurer… Les meurtres dont vous me parlez ne sont que l'arbre qui cache la forêt ! Je plaide au Sénat pour donner plus de largesses au peuple, et lui permettre de revenir au sommet de nos institutions… Savez-vous ce qui se dit en France, en Angleterre ? Les têtes couronnées des autres pays ont peur, elles aussi. Leurs philosophes, dit-on, portent les gens à des idées dangereuses. Pourtant, il faut croire à notre capacité de réformer nos propres institutions, elles en ont besoin ! Avec moi se rangent de nombreux nobles du Grand Conseil, qui me connaissent et m'apprécient. Mais on sait ce que cela coûta autre-fois au Doge Falier… Je dérange, des voix s'élèvent de plus en plus pour défendre la cause inverse, et appeler de leurs vœux une vigoureuse remise en ordre de la cité… Le vent de la réaction souffle parmi nous, en vérité. Les Oiseaux de feu sont une lanterne maudite, ils en abusent beaucoup parmi nous, et cherchent à répandre le dis-crédit sur notre gouvernement. Je suis dans leur ligne de mire, j'en suis convaincu aujourd'hui. Et vous aussi, probablement. La seule chose qui les retient sans doute, c'est de savoir qu'un complot trop transparent se retour-nerait vite contre eux. Notre guerre est plus insidieuse : c'est une guerre de l'ombre, d'étiquette et de préséances, de jeux de pouvoir ! J'ai voulu en alerter le Doge, qui a longtemps fait mine de ne pas m'entendre. Mais plusieurs projets de loi auxquels nous pensons se heurtent déjà à toutes les manœuvres qui peuvent les empêcher d'éclore. On me fait obstacle partout où je mets les pieds – oh, jamais de manière formelle, bien sûr, mais avec un art et un calcul consommés, soyez-en sûr, et sans jamais que je sache exactement d'où vient le coup. Comprenez-vous pourquoi cette broche a été volée à ma chère Luciana, puis abandonnée au San Luca ? Pour m'incriminer, natu-rellement. On veut me faire tomber, moi et mes parti-sans ! Je ne puis demander aucune protection – qui me dit que, parmi ces protecteurs, certains ne joueraient pas double jeu ? Ne vous fiez à personne, mon ami, tous sont suspects…

Giovanni Campioni avait parlé à toute vitesse ; il reprenait sa respiration. D'un coup, ses épaules s'affaissèrent. Il hocha la tête.

— Mais allons, voilà qui suffit : je vous en ai déjà trop dit.

Pietro avait encore une foule de questions à poser à Campioni. Il voulut insister, mais le sénateur leva la main.

— Non, c'est assez ! Je risque ici deux vies, la mienne et la vôtre. Laissez-moi en paix, je vous en prie. Il me faut maintenant réfléchir à la façon dont nous défendre, moi et les miens. Si d'aventure je recevais des renseignements utiles à votre enquête, je m'arrangerais pour vous les transmettre. Où demeurez-vous ?

— Dans les appartements de la *casa* Contarini.

— Bien… Mais quelles que soient les informations que je pourrais vous communiquer, vous devez me promettre de n'en parler à personne, en dehors du Doge lui-même. Est-ce compris ? Personne, pas même les membres du *Minor Consiglio* ou du Conseil des Dix !

— Je vous le promets.

Campioni s'éloigna, le visage sinistre, battant l'air d'une main comme pour chasser Pietro.

Celui-ci resta là, seul au milieu du *Broglio*.

Une dictature à Venise. Un complot de lucifériens !

*
* *

L'Orchidée Noire laissait courir ses doigts sur les fesses rebondies d'Ancilla Adeodat. Celle-ci, allongée, lisait en riant le livret d'une pièce de théâtre, contrefaisant tour à tour les voix des différents personnages. Elle ne manquait d'ailleurs pas de talent dans cet exercice et se retournait de temps à autre vers Viravolta, qui lui envoyait un sourire ; mais ses pensées étaient ailleurs. Il caressait les cheveux bouclés de la jeune femme, qu'il avait une fois de plus soustraite à son époux, ce cher capitaine de l'Arsenal, encore parti quelque part dans les mers du golfe. La belle Ancilla ne manquait pas de poésie. Elle avait gardé de sa Chypre natale le souvenir de jardins en fleurs et de mers d'huile, de poussière ocre, de parfums et d'épices orientales ; sa mère était originaire de Nubie, elle avait été vendue comme esclave à son père italien, habitant de Vérone. Prêtée et vendue toute sa vie, Ancilla n'avait dû son salut qu'à l'amour inconditionnel de son joli capitaine, qui tolérait pourtant ses écarts de conduite ; lui-même était toujours parti par monts et par vaux, et il considérait que tout ce qui pouvait contribuer au bonheur de la jeune femme ferait également le sien, du moment qu'elle lui revenait à chacune de ses escales vénitiennes. Pietro ne pouvait que saluer l'abnégation courtoise de ce vénérable officier.

La voix rieuse d'Ancilla résonnait dans la chambre.

— FULGENCE : Ecoutez-moi donc, je vous en prie, et répondez-moi comme il faut. Monsieur Léonard est dans le cas de faire un mariage très avantageux. BERNARDIN : Tant mieux, j'en suis ravi. FULGENCE : Mais s'il n'a pas le moyen de payer ses dettes, il court grand risque de manquer cette bonne affaire. BERNARDIN : Comment ? Un homme comme lui n'a qu'à frapper du pied contre terre, il fait sortir de l'argent de tous les côtés...

Ancilla se tourna vers Pietro. Elle poursuivit :

— PIETRO : Je ne t'écoute point, douce lumière de ma vie. ANCILLA : Pourquoi donc ce front soucieux, Pietro ? Ohé ! *Pietro !*

Arraché à ses méditations, Pietro sourit encore et s'excusa.

— Pardonne-moi, Ancilla. C'est que… j'ai dans la tête une drôle d'affaire.

Ancilla roula sur le côté, dans les draps, puis s'assit en tailleur devant Pietro, les mains reposant sur ses genoux. Pietro admira le galbe de ses jambes, ses seins aux aréoles brunes. La chevelure de la jeune femme tombait sur ses épaules. Elle attrapa un fruit sur une petite table, à portée de sa main, et le mordit à pleines dents avant de demander, la bouche pleine :

— Ne peux-tu m'en parler ? Peut-être pourrais-je t'aider… Mmh, che fruit est délichieux.

— Non, ma chère. Il s'agit de choses qu'il vaut mieux que je garde pour moi.

— Mais que trafiques-tu au juste, avec le Conseil des Dix ? Tu sais que l'on commence à chuchoter à ton propos, ici et là…

— Je le soupçonnais en effet. Que dit-on exac…

Pietro s'interrompit. On venait de frapper à la porte de la chambre.

Il se leva, s'habilla rapidement et alla ouvrir. Un enfant se tenait là, en guenilles, levant vers lui un sourire radieux. Sa frimousse était sale, il lui manquait une ou deux dents, il ne cessait de se gratter le nez ; mais ses grands yeux, insolents et rieurs, rachetaient tout le reste.

— Qui t'a laissé monter, toi ?

Le gamin sourit de plus belle.

— Viravolta de Lansalt ?

— Lui-même.

Il lui tendit une lettre, pliée en quatre et cachetée.

— J'ai un message pour vous.

Surpris, Pietro s'empara de la lettre. Il voulut fermer la porte, mais l'enfant ne bougeait pas. Pietro comprit, alla fouiller dans sa bourse et lui donna quelques sous. Le garçon s'enfuit, dévalant les escaliers. Pietro, intrigué, décacheta la lettre. Sur le lit, Ancilla s'était redressée.

Eh bien, les choses n'ont pas traîné, songea Pietro en lisant le courrier.

> Les oiseaux seront demain soir au grand complet dans leur volière ; pour les admirer, c'est en Terre Ferme qu'il faudra vous rendre, dans la villa Mora, à Mestre. L'endroit est en ruine, mais c'est une villégiature idéale pour se réchauffer à plusieurs, auprès de grands feux, et échanger de petits secrets. Attention, cependant : comme pour le Carnaval, le costume est de rigueur.
>
> G.C.

G.C. Giovanni Campioni. Et les oiseaux étaient évidemment les Oiseaux de feu.

— Une mauvaise nouvelle ? demanda Ancilla.

— Pas du tout, ma douce. Au contraire…

Il s'assit dans un fauteuil profond, les jambes croisées, une main sur l'accoudoir. Il replongea dans ses pensées. Ancilla émit un petit soupir impatient en se recoiffant.

— Bien… Si tu ne veux pas me faire part de tes petits secrets…

Ancilla se laissa retomber sur le lit et repartit dans sa lecture.

Pietro se pencha vers une table basse à côté de lui, sur laquelle il déposa la lettre. La table était recouverte d'un petit napperon brodé et d'une statuette de bronze : le Cerbère, chien à trois têtes, gardien des Enfers. Pietro considéra quelques instants les gueules béantes de la créature, la musculature de ses flancs, la spirale fourchue de sa queue. Il lui sembla entendre le monstre aboyer furieusement et cracher ses flammes infernales.

Certaines pensées se fraient parfois leur chemin d'une façon aussi singulière qu'inattendue, jusqu'à faire jaillir en nous des idées lumineuses ; ces moments de subite inspiration sont rares dans une vie. En faisant le simple geste de reposer le courrier auprès de la statuette, Pietro profita d'un semblable instant de grâce. Les questions qui tourbillonnaient dans son esprit convergèrent soudain vers une même révélation. Elles s'articulaient pour former sens, se cristallisaient autour de ce nœud fuyant qu'elles n'avaient cessé de chercher. Les deux inscriptions, sur le corps de Marcello et dans l'église San Giorgio Maggiore… *J'étais nouveau dans cet état, quand je vis venir un puissant, que couronnait un signe de victoire*… La phrase d'Emilio Vindicati : *Tu viens de mettre les pieds dans le vestibule de l'enfer, crois-moi.* La signature de Virgile sur le *Menuet de l'Ombre*. Le nom du commanditaire des lentilles de verre de Murano, Minos. *Les enseignes du roi de l'Enfer s'avancent*… Et cette statuette : ce chien aux trois gueules béantes, objet décoratif auquel, en de tout autres circonstances, il n'eût prêté nulle attention.

En de tout autres circonstances, oui – mais en *celles-ci*…

Son visage s'était éclairé. Il avait porté une main à son front.

Ancilla sortit du lit. Elle regarda avec étonnement le visage décomposé de Pietro.

— On dirait que tu as vu le Diable !

Troisième cercle

Chant VII

Cerbère

Pietro s'était d'abord rendu sur la *Piazzetta* San Marco qui, à deux pas du *Broglio* où il avait rencontré Campioni, s'ouvrait sur le bassin de la lagune. De là, on pouvait voir l'église San Giorgio Maggiore et la Giudecca ; la *Piazetta* longeait d'un côté le palais ducal ; de l'autre, elle était bordée par la *Libreria Marciana*. Construit deux siècles plus tôt par Sansovino, ce bâtiment abritait l'une des plus belles bibliothèques d'Europe et ne comptait pas moins de cinq cent mille volumes. Pietro s'était adressé à l'un des responsables du lieu, un dénommé Ugo Pippin, qui l'avait renseigné sur le genre d'ouvrages qu'il cherchait. Bien sûr, la *Libreria* avait celui qui, en particulier, intéressait Viravolta ; mais Pippin lui avait recommandé une bibliothèque privée, plus « spécialisée », la collection Vicario, située dans le quartier de Canareggio. Revenu sur ses pas, Pietro s'était arrêté un instant sous le clocher blanc du Campanile où il avait rejoint son valet. Pietro avait enfilé la cape que Landretto lui tendait sous le lion ailé, puissant et majestueux, vivant symbole de la Sérénissime, qui semblait dominer la ville tout entière.

Mais alors qu'il remontait les *Mercerie*, il s'arrêta soudain, tétanisé.

Il venait de tomber nez à nez avec une apparition.

Elle s'était arrêtée aussitôt elle aussi, au bout de la rue.

Pietro sentit s'accélérer les battements de son cœur. Surprise, Anna Santamaria avait pâli. Sa main gantée se crispa sur le manche de son ombrelle. Elle n'esquissa plus le moindre geste. Elle était à une vingtaine de mètres de lui ; devant eux des gens passaient, les bousculaient – mais ils ne pouvaient plus bouger, comme pétrifiés. L'instant sembla durer une éternité, tant cette rencontre était impromptue. Pietro la regardait, et il avait de nouveau le sentiment de tomber sous l'effet d'un mystérieux sortilège. Anna était glissée dans le fourreau d'une robe blanche, aux manches garnies de volants transparents, avec une ceinture marine ; Pietro avait immédiatement reconnu sa silhouette charmante, son visage aux yeux de biche, ses longs cils comme embués de la proximité de la lagune, cette perruque aux boucles et volutes travaillées, cette gorge moirée qu'ornait un pendentif de saphir, au-dessous d'un mouchoir bleu ciel, qui accentuait encore la beauté de ses seins. Anna Santamaria aux lèvres arrondies dans le souffle de l'émoi, des lèvres qu'elle caressait d'une main inquiète, les prunelles vibrantes – elle le regardait elle aussi. Et elle était belle – mon Dieu ! Ici à l'angle des *Mercerie*, dans cette rue pavée qu'illuminaient les devantures des boutiquiers. La Veuve Noire, appellation bien injuste et bien impropre en vérité, car si elle était danger, ce danger était délicieux, et exquises les tortures qu'elle provoquait ; et

Pietro eût tout donné pour qu'en effet elle fût veuve, débarrassée d'Ottavio, son sénateur de mari. D'ailleurs, où était-il, celui-là ? Quelque part sans doute, tapi dans l'ombre, si prompt à lui interdire tout amour vrai. Mais en attendant elle était là, à Venise, et pas en Terre Ferme ! Elle n'avait donc pas été reléguée dans quelque couvent affreux, envoyée chez une vieille parente éloignée, ou cloîtrée dans quelque languissante villa de la région aujourd'hui, *maintenant* du moins – elle était là ! Ottavio croyait-il que Viravolta croupissait toujours en prison ? Etait-ce la raison pour laquelle il avait concédé à son épouse de sortir de sa retraite ?

Anna Santamaria.

Les deux amants se contemplaient, stupéfaits, incapables de faire un pas l'un vers l'autre. L'interdit, la prison, la peur de ressusciter en un clin d'œil une relation que le monde entier condamnait, tout leur revenait. En même temps, en cet instant, leur attitude, et cette espèce de certitude confiante qu'ils avaient l'un envers l'autre, ne mentaient pas.

Ce regard dura longtemps, puis Anna sortit un éventail et baissa le regard. Ses joues s'étaient empourprées. Elle se détourna. Pietro comprit. Deux de ses suivantes venaient de la rattraper. Par bonheur, elles n'avaient pas vu l'Orchidée Noire. Viravolta s'abrita quelques instants sous le porche de l'une des boutiques, tandis qu'Anna disparaissait à l'angle de la rue.

Il sentit qu'elle voulait lui jeter un dernier regard, il le sentit à ce simple frémissement qu'il avait deviné, dans sa façon de se retourner.

Elle s'en fut aussi vite qu'elle lui était apparue.

Pietro resta là un long moment.

Elle est ici.

A Venise.

Il eut la tentation de s'élancer, de courir après elle.
Pure folie. Pas seulement à cause des menaces à peine
voilées du Doge et d'Emilio Vindicati, mais aussi parce
qu'il pouvait la mettre en danger, elle. Alors, qu'allait-il
faire ? Que ferait-il à présent qu'elle était là, si loin, si
proche de lui en même temps ? Il lui fallut toute sa force
pour se retenir. Il ne savait pas même où elle logeait.
Peut-être Ottavio ne l'avait-il amenée en ville que pour
une journée ou deux ?… Pietro, nerveux, réfléchissait,
faisant craquer ses doigts. En tout cas, le seul fait de
savoir qu'elle était dans les environs, et qu'elle semblait
en bonne santé, lui réchauffait le cœur.

Oui : voilà qui lui était un vrai soulagement.

Il sourit, mais il avait la gorge nouée. Il lui fallut un
moment pour rassembler ses esprits.

Bon. Chaque chose en son temps.

Et tandis qu'il marchait d'un pas vif vers Canareggio,
il songeait :

Elle est là ! Elle est là… et elle sait que je suis libre !

Une demi-heure plus tard, à peu près remis de cette
émotion inattendue, Pietro usait de son sauf-conduit
pour se faire introduire sous les lambris de la collection
privée Vicario.

Il lui fallait se concentrer de nouveau et reprendre le
fil de son enquête.

La bibliothèque de Vicario comportait, au dire de
son propriétaire – un noble du Grand Conseil, tout de

morgue et de condescendance – la bagatelle de quarante mille manuscrits, répartis sur deux étages. Elle était assez emblématique de l'essor intellectuel et artistique qu'avait connu Venise quelques décennies plus tôt. Au temps de l'Age d'or, les courants picturaux s'étaient développés de manière florissante, notamment au contact de l'humanisme de l'Université de Padoue et de l'école du Rialto, qui enseignaient la philosophie et la logique aristotéliciennes ; les imprimeries, dont celle d'Alde Manuce, avaient fait de la ville le plus grand centre international du livre. Au sein de l'*Accademia Aldina* se côtoyaient historiens et chroniqueurs, qui collectionnaient les manuscrits, parlaient grec et écrivaient en latin, correspondaient avec tous les humanistes d'Europe et constituaient des cénacles érudits. Mais comme l'avait suggéré Ugo Pippin, la collection Vicario avait des particularités bien à elle.

L'endroit ne manquait pas de fasciner le visiteur. Il était très haut de plafond, avec des étagères de bois sombre et lustré, des échelles disséminées au pourtour de multiples colonnes de livres, dont les tranches, tantôt brunes, tantôt vertes ou rouge et or, s'alignaient comme d'interminables serpents tout le long des murs. Les deux étages, dépendances de la famille Vicario, comptaient chacun quatre pièces destinées aux ouvrages les plus précieux, dont la consultation était d'ordinaire réservée aux seuls membres et amis de la dynastie. En leur centre, toutes les salles étaient occupées par une table de travail où l'on pouvait lire ou étudier à loisir. Dans le fond, une fenêtre sans balcon donnait sur les canaux de Canareggio. Quelques rayons venaient s'échouer en travers du parquet, depuis une verrière en forme de rosace qui trouait le plafond.

La *Libreria* Vicario devait sa réputation au choix et à la nature bien précise des trésors qu'elle renfermait. En effet, féru d'ésotérisme et de sciences occultes, Andreas Vicario avait rassemblé là tous les livres possibles et imaginables traitant de ces sujets, qu'ils fussent rédigés en italien, en latin, en grec ou dans n'importe quelle autre langue européenne : obscurs traités transylvaniens, récits horrifiques du Moyen Age et de la Renaissance, recueils de contes immoraux, bréviaires sataniques, précis d'astrologie, de numérologie et de cartomancie – que Pietro connaissait un peu pour avoir pratiqué, avec un certain sens du charlatanisme, les différents arts divinatoires – bref, la collection Vicario sentait le soufre.

A présent, Pietro, qui avait demandé la permission de rester seul en ce lieu étrange, cheminait au hasard parmi les colonnes de livres. Il finit par se saisir de l'un d'entre eux, ôta le bouton d'un étui de maroquin violet et en sortit un vieux manuscrit, dont le papier jauni fleurait déjà l'ancien. *Travestifuges,* du comte Tazzio di Broggio, un Parmesan. Pietro n'en avait jamais entendu parler. Curieux, il ouvrit le livre et le feuilleta rapidement.

> Elle s'accroupit au-dessus de lui et, tout en continuant de le branler, elle se libéra du fardeau qui encombrait ses flancs. Un sourire de soulagement sur les lèvres, elle lui chiait dans la bouche tout ce qu'elle pouvait, tandis que Dafronvielle était sodomisé par M. de M***. Puis ce fut le tour de…

— Je vois, dit Pietro, parlant tout seul.

Il passa ses longs doigts sur ses lèvres. L'une de ses bagues étincela sous un bref rai de lumière. Certes, on l'avait mis en garde ; mais décidément, il y avait dans cette *Libreria* des lectures bien inattendues. Pietro se décida à entamer sérieusement sa recherche. Au sommet de ces escabeaux de bois luisants, il n'était pas une étagère qui ne fût remplie de perles insolites. C'était ici la grotte d'un mauvais génie, le gouffre, peut-être, des passions humaines, passées soudain de l'autre côté du miroir, aventureuses, testant leurs limites au-delà même de l'écœurement, exploitant le pouvoir des mots, qui paraissaient ciselés comme autant de poignards. Il y avait de quoi vomir, au milieu de ces plongées intempestives dans tout ce que l'humanité produisait de foutre et d'excréments. A eux seuls, les ouvrages consacrés à Belzébuth couvraient quatre rangées. Pietro se saisit d'un opuscule intitulé : *Etudes carmélitaines sur Satan.* Le document était précédé d'un liminaire griffonné d'encre rouge : « Satan existe-t-il ? Pour la foi chrétienne, la réponse ne saurait faire de doute. » Une main rageuse avait surchargé cette phrase d'un *NON !* tonitruant, lui-même suivi d'un virulent *SI.* Décidément, le Prince des Enfers n'avait cessé d'alimenter les controverses. Les doigts de Pietro volaient maintenant d'un livre à l'autre.

Van Hosten – *Rituels d'exorcisme* – Amsterdam, 1339.

Sanctus Augustinus – *Commentaires des psaumes* – Stuttgart, 1346.

Cornelius Stanwick – *Le Rire dans les monastères* – London, 1371.

Anasthase Raziel – *Les Forces du Mal et les monarchies diaboliques* – Praha, 1436.

Dante Alighieri – *La Divine Comédie* – *Inferno* – copie – Firenze, 1383/rééd. 1555.

Pietro s'arrêta. Voilà ce qu'il cherchait. Il se saisit du livre, édition particulièrement volumineuse, rangée dans un étui de feutre et de velours. L'exemplaire de Vicario était relié de cuir. Il était composé de trois mille cinq cents feuillets de vélin, paginés à la main et rédigés d'une écriture sèche et gothique. Le scribe florentin avait accompagné le texte du poème d'illustrations évoquant les différents épisodes du voyage de Dante dans les Territoires de l'ombre. La première d'entre elles, en particulier, produisit sur Pietro un effet singulier. Elle représentait la Porte de l'Enfer. De cette illustration émanait une atmosphère étrange, surgie du fond des âges, ajoutant aux parfums de l'ésotérisme médiéval ceux de la Kabbale, pour composer une improbable alchimie. Plus encore, cette entrée lui paraissait vaguement familière. Non qu'il en eût franchi de semblable ailleurs que dans ses cauchemars – mais justement, c'était peut-être dans cette réminiscence confuse des songes et des sensations volatiles jaillies de son inconscient qu'il pouvait trouver matière à décrypter les symboles qui se présentaient si soudainement à lui. Une lumineuse évidence sourdait derrière la pénombre de cette porte, immense, prenant racine dans le sol comme le bois d'un gigantesque cyprès funéraire, et qui étendait ses entrelacs de figures imprécises comme autant de ramures prêtes à sortir du parchemin pour vous saisir le cœur. C'était une main glacée qui rencontrait soudain la chaleur de la vie, la malaxait, testait sa résistance, vampirisait à ce contact une énergie dont elle était privée. Ce fut exactement ce que Pietro éprouva à cet instant : une main sortait de la texture même du manuscrit pour l'agripper, l'enchaîner à elle, le happer contre son gré. Elle aurait pu sortir, cette main, au moment précis où il l'imaginait, le saisir et l'aspirer d'un coup, il aurait disparu dans un nuage de poudre étincelante. Le livre se serait refermé avant de tomber à terre, seul, au milieu de ces milliers de pages dont il était environné. Peut-être cette Porte attendait-elle Pietro lui-même : elle risquait d'emprisonner son âme à tout jamais, de la comprimer entre ces milliers de signes, de feuilles, de gribouillis, le condamnant à une éternité de douleurs. Il se voyait hurlant derrière ce miroir, perdu une fois de plus dans les limbes, cet entre-deux-mondes qui faisait la substance de sa vie. Mais son angoisse fut vite balayée par un sourire, à cette simple évocation des turpitudes des damnés décrites par Dante avec force détails.

Les deux battants de la porte se rejoignaient en leur sommet par une sorte d'ogive où l'on devinait un visage grimaçant, à mi-chemin entre le bouc et l'homme, pourvu de deux cornes et d'une langue fourchue ; une représentation classique du Prince des Ténèbres, dont le manteau semblait composer la matière des portes elles-mêmes. On eût dit qu'il en écartait les pans pour montrer, jaillissant de sa chair, ces autres figures qui agrémentaient la gravure : un amoncellement de crânes, d'ombres mortes, de faces hurlantes, de mains cherchant à échapper à cette gangue qui les retenait à elle ; ces créatures aux membres enchevêtrés, se bousculant les unes contre les autres, étaient çà et là transpercées de flèches signifiant l'éternité de leur douleur. Au milieu d'elles, des armées de démons ailés, minuscules, faisaient des cercles entravant le moindre de leurs mouvements. Au pied de la porte, dans l'éclat final de cette terrible cascade, on retrouvait le drapé de Lucifer, l'amorce de pieds crochus disparaissant dans la pénombre, écartés sans doute sur un nouvel abîme. La gravure n'avait pas de titre ; en revanche, une inscription courait au-dessus de la porte : *Lasciate ogni speranza, voi ch'intrate*. Pietro reconnut sans mal la formule portée sur le frontispice de la porte de la Cité dolente.

Dante.

Vous qui entrez ici, abandonnez toute espérance.

Pietro descendit lentement les marches de l'escabeau. Il alla s'asseoir avec le livre derrière le bureau et le posa sur le sous-main vert qu'accompagnait un presse-papiers à figure de bélier. Il lut la préface, écrite sans doute par le copiste florentin.

> *La Divine Comédie* : poème de Dante Alighieri, rédigé entre 1307 et 1321. Egaré dans la « forêt obscure » du péché, le poète est guidé par la sagesse (incarnée par Virgile) dans les trois règnes de l'au-delà. Il doit d'abord comprendre toute la réalité et l'horreur du Mal, en parcourant tour à tour les Neuf Cercles de l'Enfer, avant d'accéder au Purgatoire pour y faire pénitence. Alors, la foi et l'amour, incarnés par saint Bernard et la douce Béatrice, l'entraîneront à travers les Neuf Cieux du système de Ptolémée, jusqu'à l'Empyrée où il retrouvera enfin la lumière de Dieu. Dante avait qualifié son œuvre de « Comédie », car il y voyait davantage une montée vers l'espérance qu'une expression tragique de la condition humaine ; ses premiers commentateurs, admiratifs, ne la qualifièrent de « Divine » que par la suite. Le poème, qui repose sur la valeur mystique du chiffre trois, est doté d'une puissante unité de structure. Il se compose de cent chants : un prologue, puis trois parties de trente-trois chants chacune, en vers disposés en terza rima. Ces différents chants abondent en métaphores d'une ampleur prodigieuse, et les tableaux qui les compo-

sent, restitués dans un style riche et vigoureux, entremêlent les significations métaphysiques, politiques et sociales, qu'il s'agisse de la typologie des châtiments de l'Enfer, de la traversée des cieux ou des critiques à l'endroit de Florence et de l'état politique de l'Italie ; les figures bibliques et mythologiques y côtoient des personnages célèbres, historiques ou contemporains de l'auteur. Fresque morale, tantôt allégorique ou lyrique, tantôt mystique ou dramatique, le poème de Dante reste un incomparable chef-d'œuvre.

Pietro hocha la tête. Comment cela avait-il pu lui échapper ? Pourquoi n'y avait-il pas pensé plus tôt ? Virgile… L'allusion était pourtant évidente. Il ne s'agissait pas seulement de l'auteur de *L'Enéide*… mais aussi du guide des Enfers, dans le poème éponyme de Dante !

Pietro poursuivit sa lecture et se reporta au premier chant de l'*Inferno*. Virgile rencontrait le poète alors qu'il était égaré, perdu sur les chemins du péché ; il l'entraînait bientôt à sa suite, dans la découverte des crimes humains et des châtiments infligés par Dieu à ses créatures rebelles. Au chant XI, Virgile expliquait au poète l'ordonnancement de l'Enfer selon Aristote. Trois dispositions essentielles étaient réprouvées par le Ciel : l'incontinence, la bestialité, la malice, qui toutes trois offensaient, à des degrés divers, la dignité humaine. Pietro se renfonça dans son siège, caressant de ses ongles le velours de l'accoudoir. Outre l'*Ethique* aristotélicienne, Dante avait utilisé des traités de droit romain pour concevoir sa classification des crimes inexpiables. En vérité, ses sources d'inspiration avaient été multiples ; certaines avaient des origines orientales. Sa vision finale de l'Enfer glacé, comme le soulignait la Préface du Florentin, était reprise du *Livre de l'Echelle*, qui racontait comment Mahomet avait été accompagné par l'archange Gabriel dans les trois règnes de l'au-delà. Et voici qu'avançait la cohorte des calomniateurs, des délateurs, des concupiscents, des faussaires, peuplant à foison les cercles maudits, des rives de l'Achéron aux entrailles de la géhenne. Tous les péchés capitaux s'y trouvaient rassemblés, en une typologie savante, que le talent du poète avait su rendre vigoureusement expressive.

— PREMIER CERCLE —
Les Limbes – Esprits vertueux non baptisés,
sans autre peine que le désir éternellement
insatisfait de voir Dieu.

— DEUXIÈME CERCLE —
Luxurieux, emportés par l'ouragan infernal.

— TROISIÈME CERCLE —
Gourmands, couchés dans la boue sous
une pluie noire et glaciale.

— QUATRIÈME CERCLE —
Avares et Prodigues, roulant des rochers
en s'injuriant mutuellement.

— CINQUIÈME CERCLE —
Coléreux, immergés dans les eaux
bourbeuses du Styx.

— SIXIÈME CERCLE —
Hérétiques, couchés dans des tombes brûlantes.

— SEPTIÈME CERCLE —

Violents contre leur prochain, plongés dans un fleuve de
sang bouillant. Violents contre eux-mêmes :
Suicidés, changés en arbres qui se parlent
et se lamentent ; Dissipateurs,
déchirés par des chiennes.
Violents contre Dieu, couchés sur le sable
sous une pluie de feu.
Violents contre la Nature (Sodomites),
courant sous la pluie de feu.
Violents contre l'Art (Usuriers), assis sous
la pluie de feu
avec leurs armoiries pendues au cou.

— HUITIÈME CERCLE —

Fraudeurs : Séducteurs et Ruffians fouettés
par les diables.
Adulateurs, plongés dans le fleuve de merde.
Simoniaques, Mages et Devins, Trafiquants et
Concussionnaires, Hypocrites, Voleurs des choses
de Dieu, transformés en serpents ; Conseillers
perfides, enveloppés de flammes ; Fauteurs de schismes et de
discorde, Alchimistes, couverts de gale et de lèpre ;
Falsificateurs de personnes, de monnaies, de paroles,
s'entre-dévorant au milieu de fièvres ardentes.

— NEUVIÈME CERCLE —

Traîtres à leurs parents, leur patrie, leur parti,
leurs hôtes, leurs bienfaiteurs, envers l'autorité humaine ou
divine : tous plongés dans la glace.
Les plus coupables sont dévorés par Lucifer.

Pietro porta la main à sa tête. Il songea à Marcello,

l'acteur crucifié entre les rideaux rouges du théâtre San Luca ; au confesseur de San Giorgio, suspendu à son chapiteau sur la façade de l'église, au milieu de la tempête. Il prit une profonde inspiration. Son intuition avait été la bonne. Il touchait à présent du doigt quelque chose d'interdit. Mais il se sentait manipulé, et à mesure qu'il en prenait conscience, une sourde et funèbre inquiétude grandissait en lui. *Il Diavolo* avait mené ses pas jusqu'ici, comme une main souveraine l'eût fait d'un vulgaire pantin de bois ; l'Orchidée Noire dansait au bout de ces fils et son tempérament indépendant ne pouvait guère s'en accommoder. Inutile de se bercer d'illusions : l'*Inferno* était sans doute le principe organisateur de l'énigme elle-même, mais cette découverte ne devait rien à sa sagacité personnelle. Elle était le fruit d'une volonté supérieure, qui invitait Pietro à un jeu, un rébus aux relents de sombres maléfices. Voilà qui ne lui disait rien de bon. Ses yeux guettaient maintenant le fil des lignes manuscrites, auxquelles ils venaient s'accrocher avec la plus sinistre attention. Marcello crucifié…

Dans le Premier Cercle, les Limbes, Dante relatait la descente du Christ aux Enfers.

> « *Descendons à présent dans le monde aveugle* »,
> commença le poète en pâlissant,
> « *Je serai le premier, toi le second* ».

Pietro éprouva un nouveau choc, lorsqu'il eut la confirmation définitive que ses soupçons étaient bel et bien fondés.

J'étais nouveau dans cet état
Quand je vis venir un puissant,
Que couronnait un signe de victoire.

Le doute, ainsi, n'était plus possible. Il s'agissait des vers retrouvés sur le torse lacéré de Marcello ! Brozzi avait pensé qu'il s'agissait de versets bibliques, mais il n'avait pu en découvrir l'origine exacte ; quant au sénateur Giovanni Campioni, il était convaincu de les avoir lus, mais où ? Pietro avait la réponse sous les yeux. Dans l'*Inferno* de Dante. Ces mots n'étaient pas tirés de la Bible, mais d'un monument de la littérature humaniste, dont leur ennemi s'était directement inspiré. Comment n'y avait-il pas pensé plus tôt ?

Dans le Premier Cercle, Dante croisait Homère, Horace, Ovide et les poètes antiques ; mais aussi les empereurs et les philosophes, Socrate, Platon, Démocrite, Anaxagore et Thalès, Sénèque, Euclide et Ptolémée. Des hommes illustres, d'art et de science, dont le seul péché était de n'avoir pas été baptisés. Le Christ descendait au milieu d'eux, séjournant brièvement parmi les damnés, entre l'instant de sa mort et celui de sa résurrection ; on l'appelait le « puissant », car il ne pouvait être nommé aux enfers. Couronné du signe de victoire, il venait relever Abel, Moïse, Abraham et David, et emmener Israël avec lui dans les cieux.

Le Christ aux Enfers.

Pietro se renfonça dans son siège, réfléchissant, un doigt sur les lèvres.

La mise en scène du San Luca lui devenait tout à fait claire. C'était bien un tableau que l'ennemi avait préparé : un tableau inspiré des évocations du Premier Cercle dantesque. Le moindre des détails qui l'avaient intrigué prenait désormais sens. Marcello, homme d'art illustre lui-même, acteur de grande renommée – coupable pourtant d'avoir trahi sa religion, pour une activité des plus païennes : n'était-il pas agent de renseignement, délateur, espion… et hanté par le sexe des hommes ? Pietro, saisi, croyait de nouveau entendre Caffelli. *Marcello était perdu. Il avait… renié son baptême. Je l'aidais à retrouver la foi.* Et on l'avait mis en croix au milieu de son art, de cette scène de théâtre. Un dernier rôle, une dernière représentation pour Marcello, le grand acteur de Goldoni ! Marcello le désespéré, le torturé, l'ambivalent ! Obsédé par le péché et l'énigme de sa propre nature… Marcello, à qui l'on avait arraché les yeux en pénitence.

Eternellement condamné à chercher Dieu, sans jamais le voir…

Pietro hocha la tête.

Il en allait de même pour son confesseur, Cosimo Caffelli. Dans le chant V, les hommes et femmes de son espèce étaient emportés par l'ouragan infernal, avec Tristan, Sémiramis, Didon, Lancelot et Cléopâtre… Le prêtre de San Giorgio, girouette insensée sous la colère du ciel. Le châtiment réservé aux Luxurieux.

Celui du Deuxième Cercle.

Et les paroles du prêtre revenaient danser dans la mémoire de Pietro.

Il Diavolo ! Avez-vous entendu parler de lui ? Je suis sûr que le Grand Conseil et le Sénat sont au courant, qu'ils frémissent à cette seule évocation. Le Doge a dû vous en parler – n'est-ce pas ? Le Diable ! Il est à Venise !

Oui, ces paroles affolées lui revenaient aux oreilles…

L'ennemi avait agencé ce deuxième crime en usant de la tempête comme d'un nouveau clin d'œil… Et le *Menuet de l'Ombre* à son tour traversait son esprit, *comme une gondole noire sur la lagune, Suis-moi, Viravolta / Alors tu verras / combien la chair est sombre…*

Ainsi qu'il le pressentait, Pietro n'eut pas de mal à retrouver dans le Deuxième Cercle l'étrange épigramme qu'ils avaient découverte derrière la *Descente de croix* de San Giorgio. Ces vers étaient extraits d'un autre passage, pour le moins éloquent.

Je vins en un lieu où la lumière se tait,
Mugissant comme mer en tempête,
Quand elle est battue par des vents contraires.
La tourmente infernale, qui n'a pas de repos,
Mène les ombres avec sa rage ;
Et les tourne et les heurte et les harcèle.
Quand elles arrivent devant la ruine,
Là sont les cris, les pleurs, les plaintes ;
Là elles blasphèment la vertu divine.
Et je compris qu'un tel tourment
Etait le sort des pécheurs charnels,
Qui soumettent la raison aux appétits.

Pietro referma le livre dans un bruit mat. La descente aux Enfers. L'ouragan infernal. Ainsi, comme il l'avait subodoré, l'ombre était loin d'agir au hasard. Elle s'était nourrie de cette matière disparate pour couvrir le cadavre exsangue de Marcello et le mur de San Giorgio d'inscriptions qui n'étaient autres que ces vers de l'*Inferno*. Le corps, le mur n'étaient plus que la somme de ces lectures, hantées du parfum de la mort, oscillant entre damnation et rédemption, martyre et résurrection. Quant à Minos, juge, examinateur et grand bannisseur des âmes, il apparaissait lui aussi, dans le chant V, à l'orée du Deuxième Cercle. Il choisissait le lieu vers lequel les damnés devaient échouer, au cœur des Enfers. Il s'entourait de sa queue « autant de fois qu'il voulait que de degrés les âmes descendent ». Les foules gémissantes se pressaient autour de lui – Ô Minos ! hospice de douleur ! – et il réglait le sort de chacun selon ses péchés, dans des grognements et des sentences caverneuses. Cela prouvait encore, si besoin en était, que le mystérieux commanditaire de Murano avait un lien avec l'affaire. Et si ce Minos était mêlé à la conspiration qui se dessinait, le verrier Spadetti reprenait toute son importance. Mais l'ironie de la situation ne pouvait échapper à Pietro. En lui livrant ainsi cette clé, *il Diavolo,* ou la Chimère, le mettait au défi d'anticiper les tableaux à venir.

C'était un duel qui leur était proposé, à tous – et à lui, en particulier. Pietro en était à présent convaincu.

C'est qu'il y a Neuf Cercles dans l'Enfer de Dante.

Pietro ne put retenir un juron.

C'est un jeu. Un rébus. Il répartit les meurtres comme Minos disperse les damnés dans les Enfers, en expiation de leurs fautes. Il veut me promener… Me promener comme Virgile conduit le poète, d'un Cercle à un autre – jusqu'à avoir complété son chef-d'œuvre !

Au Neuvième Cercle, à l'apparition du Diable lui-même, on trouvait l'adaptation du premier vers d'un hymne fameux de Fortunat, affecté à la liturgie du

Vendredi saint. Et ce vers disait : *Vexilla regis prodeunt inferni.*

Les enseignes du roi de l'Enfer s'avancent.

L'Orchidée Noire retrouva Landretto devant la villa Vicario et monta dans la gondole.

— Tout va bien, maître ?

— Nous naviguons en pleine folie, crois-moi, Landretto. Et nous avons affaire à un esthète…

— Le Doge nous a fait mander. Il nous attend au palais.

Pietro s'assit en prenant garde à ce que les amples manches de sa chemise ne se froissent pas au contact du bois humide de la gondole. Il serra sa veste en tirant sur ses épaules et ajusta son chapeau sur sa tête.

— Eh bien, il va être surpris de ce que j'ai à lui apprendre.

*
* *

LES FORCES DU MAL
et les monarchies diaboliques
Anasthase Raziel

Discours sur la rébellion des anges,
Préface à l'édition de 1436

Lorsque les anges se révoltèrent contre le Créateur, ils se rassemblèrent sous la bannière de Lucifer et revendiquèrent d'exercer à leur tour le pouvoir divin. Ils se forgèrent une armée de neuf légions, s'inventèrent une monarchie démo-

niaque et se dispersèrent dans tous les horizons du Ciel pour
préparer l'affrontement ultime. Chacun trouva son grade,
sa dignité et ses armes célestes ; et chacun fut investi d'une
mission particulière, en prélude à la rébellion finale. Lorsque
tout fut prêt, Lucifer jugea de cette multitude ailée avec satisfaction. Une dernière fois, il demanda au Tout-Puissant de
partager son pouvoir ; et comme il n'eut pas de réponse, il lui
déclara la guerre. Alors, l'univers entier s'embrasa, et flam-
boyèrent les mille couleurs des astres, d'un bout à l'autre de
l'éther – car les Temps étaient venus.

— La *Divine Comédie* ? Mais que vient-elle faire là-
dedans ?

Francesco Loredan écarta un pan de sa robe d'hermine. Son sceptre dansait légèrement dans l'air.

— C'est la clé, Votre Sérénité, dit Pietro. Le lien entre
les deux meurtres. Disons qu'ils sont… librement ins-
pirés de la comédie dantesque. On se moque de nous.

Emilio Vindicati se pencha en avant.

— Cette découverte est très importante, Votre Altesse,
même s'il est probable qu'elle ne doive rien au hasard.
Les arguments de Pietro se suffisent à eux-mêmes. Cela
confirme que nous avons affaire à un homme, ou à une
organisation, parfaitement diabolique. Nous avons un
problème, voyez-vous. Si l'ennemi poursuit selon la
trame qui semble se dessiner, le pire est à craindre. La
Chimère se plaît à mettre en place à notre intention les
éléments d'une petite charade. Une charade funèbre.
Neuf Cercles… neuf meurtres ?

Le Doge s'étrangla :

— Vous voulez dire que nous pouvons nous attendre
à sept autres crimes ?

Pietro fronça les sourcils :

— J'en ai bien peur.

Francesco Loredan se passa une main sur le visage.

— C'est impensable.

Il y eut un moment de silence. Puis Emilio reprit :

— La menace que nous redoutions est désormais patente. Mais nous tenons quelque chose. Si Giovanni Campioni a dit vrai, si nous sommes bien en face d'une conspiration, il y a fort à parier que celle-ci n'aura rien à envier à celle que les Dix durent démanteler autrefois, lorsque Bedmar préparait ni plus ni moins que le sac de Venise. Et ce, avec le soutien de l'étranger. Rien ne nous dit que le Minos auquel a eu affaire Spadetti, dans son atelier de verrerie, ne soit pas l'émissaire d'une puissance qui voudrait nous mettre à bas. Cela s'est déjà produit par le passé, Votre Altesse ! A une époque où la République était plus forte qu'aujourd'hui. Campioni est loin d'exclure cette hypothèse. Et n'oubliez pas que la *Comédie* de Dante portait aussi en elle des critiques virulentes contre certains hauts politiques florentins, et non des moindres.

— Des Florentins, oui ! Nous sommes à Venise, ici !

— Le modèle opère tout aussi bien. Ils dénoncent une soi-disant déliquescence de notre pouvoir. Je vous le dis : on se moque de nous à coups d'images qui parlent aussi bien que l'élimination de ces gêneurs, ceux qui en savent déjà trop.

— Mais alors quoi ? Une puissance étrangère ? Voyons, dit Loredan, cela ne tient pas debout ! Il y a parfois des tensions avec nos voisins, mais ce fut toujours le lot de Venise ! Nous ne sommes plus, comme jadis, partagés entre deux Empires, avec le nôtre à gouverner ! En vérité, la situation est plutôt calme... et elle doit le

rester ! J'attends le nouvel ambassadeur français d'ici
une semaine ; il est vital que cette arrivée se passe sous
les meilleurs auspices. Il nous faut, d'ici là, avoir réglé
cette affaire ! Il est hors de question de laisser Venise
plonger dans la terreur. Dites-moi, Emilio, qui pourrait
s'employer, de l'extérieur, à semer la discorde avec autant
de raffinement ? Les Turcs, les Autrichiens, les Anglais ?
Allons, je n'y crois pas un instant.

— Il n'y a qu'une clé à ce mystère, dit Pietro. Cette clé
s'appelle les Oiseaux de feu. Nous devons trouver qui en
tire les ficelles. Vous savez à présent le message que m'a
fait parvenir Campioni. Il m'indique qu'une réunion
de leur secte se prépare à Mestre, en Terre Ferme. Elle
a lieu dès ce soir : j'y serai.

Il y eut un nouveau moment de silence.

— Ce pourrait être un piège, finit par dire Vindicati.

— Dans ce cas, Emilio, vous seriez définitivement
fixé sur la nature de l'ennemi. Et dans l'hypothèse où
cela tournerait mal, vous ne perdriez que moi, qui suis
encore prisonnier de la République – n'est-ce pas ?…

Emilio se tourna vers le Doge.

— Irons-nous jusqu'à remercier Viravolta de Lansalt, Votre Altesse ? Reconnaissons en tout cas qu'il ne
manque pas de zèle, ni d'ardeur à la tâche. En de tout
autres circonstances, cela eût pu paraître suspect.

— J'y vois une question d'honneur personnel, Votre
Altesse, dit Pietro. Je suis comme vous : je n'aime pas
être humilié. J'ai la tête pleine de ces meurtres. Giovanni Campioni nous cache encore des informations. Si
je tombe dans un piège, lui seul pourrait l'avoir tendu.
Il serait démasqué. A moins, bien sûr, que lui-même ne
soit victime d'un chantage odieux… Mais voilà : nous

ignorons tout des rouages de l'organisation adverse et pour le moment, je crois Campioni sincère, ce qui est loin d'être le cas pour d'autres… Tâchez seulement d'en apprendre davantage de lui. Et continuez d'interroger Spadetti, à Murano : il est peut-être innocent, comme il le prétend, mais je crois surtout qu'on fait pression sur lui pour l'empêcher de parler.

Ils se turent de nouveau.

— Tout cela est bel et bon, mais le temps presse, finit par dire Loredan. L'émissaire de France arrive, l'Ascension est dans un mois et le Carnaval reprendra de plus belle. Nous ne pouvons gâcher la fête, ni laisser se refermer sur l'effervescence de la ville le sépulcre de nouvelles tragédies.

— J'enverrai des hommes en Terre Ferme avec vous, dit Emilio à Viravolta. C'est peut-être l'occasion de leur montrer que nous avons éventé leur complot. Cela pourrait les décourager.

Pietro hocha la tête.

— Le croyez-vous sérieusement, *Messer* ? Non. C'est trop dangereux, il ne faut prendre aucun risque. Nous n'avons aucune idée exacte des forces en présence, ni même du visage de l'ennemi. Frapper à l'aveuglette est pire que tout : cela risque de précipiter leurs plans. C'est une reconnaissance qu'il nous faut. Elle est préalable à toute action concertée. Si je parviens à faire la lumière sur l'identité de ces assassins, nous reprendrons l'avantage, d'autant qu'ils s'imagineront être toujours à l'abri. J'ajoute que je n'ai aucune confiance en d'autres agents que moi. Il me faut deux chevaux, un pour moi, un pour Landretto. Et une escorte tranquille jusqu'aux abords de Mestre. C'est tout.

— C'est de la folie, dit le Doge.

— A fou, fou et demi, dit Pietro.

En sortant de la Salle du Collège où le Doge les avait reçus, Emilio attrapa Pietro par la manche et l'entraîna vers une autre pièce du palais. Le Sénat siégeait le samedi : on était mercredi et la salle était vide. Ici se réglaient les affaires les plus complexes de la diplomatie vénitienne. Ici siégeait ordinairement Giovanni Campioni et, peut-être également, certains membres obscurs des Oiseaux de feu. Emilio et Viravolta se retrouvèrent seuls dans ce décor baroque, dont la démesure accentuait l'impression de solitude, préludant au combat, que tous deux éprouvaient à cet instant. La salle, immense, déroulait au-dessus d'eux ses plafonds chargés, au milieu desquels trônait la fresque du Tintoret, *Venise recevant les dons de la mer.* Emilio posa une main sur l'épaule de Pietro, le visage sombre.

— Tu risques ta vie, ce soir.

— Nous risquons tous bien plus. Venise, comme moi : la liberté.

— Il faut que je te dise une chose. Le Doge t'a parlé de ce nouvel ambassadeur français, qui nous arrive la semaine prochaine : il m'a demandé de veiller à sa sécurité et de le recevoir dignement. Au stade où nous en sommes, je vais devoir faire montre de la prudence que tu imagines, non seulement pour lui éviter de savoir ce qui se trame à Venise, mais aussi pour m'assurer qu'il ne lui arrive rien. Je suis préparé à tout en ce moment.

— Nous en saurons plus demain, je te le promets. Même si nous tâtonnons, les choses avancent.

— L'escorte et les chevaux t'attendront dans deux heures devant le palais. Sois prêt.

Pietro écarta les pans de son manteau. Ses mains se posèrent l'une sur le pommeau de son épée, l'autre sur l'un des pistolets à poudre qu'il portait à la ceinture.

— Je vous garantis, Votre Suprématie, digne membre du Conseil des Dix, que je le suis déjà.

Il sourit.

— Ce soir, l'Orchidée Noire ira observer les oiseaux.

CHANT VIII

Les Neuf Cercles

Les oiseaux seront demain soir au grand complet dans leur volière ; pour les admirer, c'est en Terre Ferme qu'il faudra vous rendre, dans la villa Mora, à Mestre. L'endroit est en ruine, mais c'est une villégiature idéale pour se réchauffer à plusieurs, auprès de grands feux, et échanger de petits secrets. Mais attention : comme pour le Carnaval, le costume est de rigueur.

G.C.

— Vous êtes l'Orchidée Noire ?
— Oui.
— Alors allons-y. La nuit tombe.

Comme convenu, l'escorte accompagna Pietro et son valet jusqu'en Terre Ferme ; arrivée aux abords de la ville de Mestre, elle les abandonna, tout en restant à proximité. Il était convenu qu'elle ne bougerait pas tant que Pietro ne serait pas de retour, et s'il ne l'était avant l'aube, elle en aviserait immédiatement le Doge et Emilio Vindicati.

Depuis de nombreuses années, les Vénitiens avaient

commencé à rechercher en Terre Ferme les moyens
d'échapper un peu à leur cadre urbain. Les villégiatures à la campagne s'étaient multipliées et il n'était
pas rare que des familles entières quittassent définitivement la lagune pour faire l'expérience d'une nouvelle
vie, en acquérant de vastes propriétés foncières ; ou
bien, elles s'échappaient le temps d'une fin de semaine
– hommes, femmes, enfants, chevaux et amis – pour
faire bombance dans quelque villa où elles venaient
reprendre des forces. Alors, on jouait, on donnait des
fêtes et des banquets, on se laissait aller aux charmes
du jardinage et des promenades champêtres. Posséder
sa maison en Terre Ferme était devenu une véritable
manie nobiliaire. Pietro et Vindicati n'avaient pas
manqué de s'interroger sur cette fameuse villa Mora
dont avait parlé le sénateur Campioni, dans son billet :
connaître le nom du propriétaire de cette villa eût singulièrement arrangé leurs affaires, mais ils s'étaient
une fois de plus heurtés à une impasse. Loin d'être le
lieu de pèlerinage hebdomadaire de quelque mystérieux membre du gouvernement, la villa Mora était
une maison en ruine, qui n'avait pas trouvé acquéreur
depuis plusieurs années.

Au crépuscule, Pietro et son valet se retrouvèrent à
quelque distance de cette bâtisse solitaire. Elle était située
à la frontière de Mestre avec la plaine voisine, semée çà
et là de vallons silencieux. Le temps s'était de nouveau
rafraîchi et, depuis le fameux orage de San Giorgio, Viravolta avait l'impression que le climat tout entier s'était
déréglé. Il descendit de son cheval et Landretto l'imita.
De l'endroit où ils se trouvaient, ils pouvaient contempler
ce toit à moitié détruit, ce parc cerné de massifs sombres

où s'entremêlaient les ronces et les chardons. La villa était entourée d'un muret de pierres lézardées, lui aussi à demi effondré. La nuit gagnait et le brouillard, semblable à celui qui avait accompagné les deux hommes lors de leur voyage vers Murano, enveloppait le paysage. Issu de la lagune et porté par le vent, ou montant des entrailles mêmes de la terre, il s'insinuait en lambeaux diaphanes et mouvants entre les vestiges de fontaines abandonnées, les vasques asséchées et les restes de colonnes tordues. Pietro frissonna. Il n'était pas surprenant que les Oiseaux de feu eussent choisi un tel lieu pour leur villégiature clandestine : avec ses parois fissurées, ses jardins à la végétation anarchique et son arche démolie, dont un seul pan tenait encore debout, elle offrait à la vue un spectacle sinistre. Les aboiements réguliers d'une meute de chiens, dans le lointain, accentuaient l'atmosphère lugubre. Les ifs et les cyprès dressés de part et d'autre encadraient ce périmètre chagrin comme autant de stèles funéraires ; un cimetière s'étendait d'ailleurs à quelques dizaines de mètres de la villa, et une forêt de croix se découpaient contre le ciel, mouchetées de myriades d'aiguilles blanches, mains déchiquetées implorant la clémence de cette nuit où elles ne tarderaient pas à sombrer.

— Nous étions mieux chez la Contarini, marmonna Landretto.

Viravolta donna un coup de talon sur l'herbe grasse pour se défaire d'une motte de terre. Il vérifia l'un et l'autre des pistolets à poudre qu'il portait sur ses flancs, auprès de son épée, avant de rabattre dessus sa cape noire. Ils étaient à l'abri derrière un arbre dont le feuillage languissant chuintait dans l'obscurité. Les yeux rivés sur la villa, Pietro fronça les sourcils.

— Nous n'y verrons bientôt plus grand-chose, si la lune ne vient à notre secours. Quand il fera nuit noire, il faudra que je m'approche un peu. Tu emmèneras les chevaux plus loin, mais pas trop loin tout de même, Landretto. Si nous sommes contraints à un départ précipité, j'aimerais bien te retrouver facilement. Tu vois cette colline, là-bas ? Ce sera notre point de rendez-vous. Tu sais quoi faire, si l'aurore vient sans que j'aie reparu.

— C'est entendu.

Ils attendirent encore. Le monde entier semblait peuplé de fantômes. On imaginait sans mal des nuées de spectres plaintifs, sortant de leurs tombes pour errer alentour, le bruit de leurs chaînes se confondant avec le sifflement du vent. Le croissant d'une lune pâle apparaissait de temps à autre, très vite avalé par les nuages. Vers dix heures, Pietro et Landretto se séparèrent. Le valet alla se poster sur la colline. Pietro s'avança discrètement tout près du muret qui entourait la villa et resta ainsi aux aguets. Ses yeux seuls semblaient briller dans la nuit. Sur le qui-vive, il ne relâcha pas son attention. Les derniers événements ne cessaient d'assaillir ses pensées. Il songeait à Dante, aux gravures qu'il avait vues, à ces damnés plongés dans les tourbes infernales, aux hurlements des suppliciés, à Marcello Torretone et au prêtre Caffelli, unis par le secret… Puis, c'était le visage de la courtisane, Luciana Saliestri, et celui du sénateur, affolé à l'évocation de la Chimère… L'apparition d'Anna Santamaria enfin, Anna telle qu'il l'avait vue dans les *Mercerie*, venait lui mordre le cœur, ainsi que cette sorte de désarroi qu'il avait éprouvé alors, cette incertitude quant à la conduite à tenir… Il méditait ainsi, agenouillé sous les ifs.

Deux heures plus tard, alors qu'il était encore plongé dans ses réflexions, le vent continuait de bruire à ses oreilles, mais rien ne bougeait. Il faisait de plus en plus froid. Les chiens s'étaient calmés, les oiseaux endormis. Pris d'un instant de fatigue, Pietro s'étira et s'assit derrière le muret. Il commençait à croire qu'il avait été victime d'une mauvaise plaisanterie. Lui faudrait-il attendre ainsi jusqu'à l'aube ? Au moment même où il se prenait à considérer sérieusement cette éventualité, non sans une certaine amertume, il entendit quelque chose. Il se mit sur les genoux, se redressa à moitié et regarda par-dessus le muret.

Des pas. Oui, c'étaient bien des pas, sur la terre fraîche. Une torche venait de s'allumer.

Pietro sentit l'excitation lui revenir.

La torche dansait à quelques mètres devant lui, entre deux buissons, sur l'une des allées du parc. Elle paraissait avancer toute seule, entre les massifs. Au bout de quelques secondes, elle s'immobilisa. La flamme montait vers le ciel. Pietro distingua une forme encapuchonnée, qui semblait regarder dans une autre direction. Le mystérieux arrivant reprit sa marche, puis s'arrêta encore. Il hocha la tête. Une seconde torche s'alluma.

Pietro suivit des yeux les deux silhouettes. Il les distingua nettement qui s'approchaient de l'arche en ruine, juste derrière l'une des fontaines des jardins ; elle avait dû, autrefois, en marquer l'entrée. Puis, soudain, les torches parurent se rapprocher du sol, descendant par degrés. Elles s'évanouirent d'un coup, au point que Pietro se demanda s'il n'avait pas été victime d'une illusion. Il se rassit. Etait-il possible que l'arche dissimulât quelque passage secret, menant dans les profondeurs de la terre ? Il devait en avoir le cœur net. Il n'eut pas longtemps à prendre son mal en patience ; cinq minutes après, une autre torche fit son apparition. La même scène se déroula alors à l'identique. Le nouveau venu marcha sur quelques mètres, rejoignit un comparse, et tous deux disparurent auprès des ruines. Les Oiseaux de feu se présentaient ainsi deux à deux et à intervalles réguliers, avant de se rendre sur le lieu exact de leur rassemblement.

Bien… A nous de jouer, pensa Pietro.

Il laissa passer quelques instants puis, d'un bond, il sauta par-dessus le muret et se faufila jusqu'à l'endroit où il avait vu apparaître la première torche. Il ne bougea plus. Comme il l'avait pressenti, il entendit bientôt crisser la terre de l'allée et distingua une ombre. Arrivée tout près de lui, celle-ci s'arrêta. Elle était encapuchonnée, elle aussi, vêtue d'une bure qui rappelait l'accoutrement monacal, serrée à la ceinture par une cordelette blanche. Une voix chuchota, hésitante :

— Parce que le lion rugit si fort…

Pietro cligna les yeux. Il porta instinctivement la main au pommeau de son épée, prêt à la faire glisser du fourreau ; mais si l'autre était plus rapide, il risquait de donner l'alerte.

— Parce que le lion rugit si fort… ? réitéra le membre de la secte avec nervosité.

Un mot de passe. Ce devait être un mot de passe.

La silhouette alluma sa torche pour dévoiler le visage de son interlocuteur. Le poing ganté de Pietro le cueillit aussitôt en plein visage.

L'homme étouffa un cri tandis que Pietro achevait de l'assommer. Il tendit l'oreille : rien. En quelques secondes, il le tira dans les fourrés, lui ôta sa bure et l'attacha solidement contre une vasque avec la cordelette de sa propre cape, dont il le recouvrit, non sans l'avoir bâillonné à l'aide d'un mouchoir. Le visage de l'homme dont il venait de se débarrasser lui était inconnu. Pietro enfila la bure et revint vers l'allée, dissimulant comme il le pouvait son épée sous ce nouveau vêtement. Il ajusta la capuche par-dessus sa tête et ramassa la torche tombée à terre. Puis il s'avança dans l'allée.

Une seconde torche s'alluma alors qu'il approchait de l'arcade. Pietro s'éclaircit la gorge ; il avait les lèvres sèches. Il fallait improviser.

— Parce que le lion rugit si fort…, murmura-t-il.

— … Il ne saurait craindre la mort, répondit son interlocuteur, satisfait.

Pietro se dirigea vers l'arcade avec l'autre « disciple ».

Il ne fut qu'à moitié surpris lorsqu'il découvrit les marches étroites d'un escalier de pierre qui, dissimulé entre les vestiges de l'arcade et des colonnes voisines, s'enfonçait dans les profondeurs. Il emboîta le pas à son acolyte du moment, en essayant de garder une respiration régulière. A présent, il était bel et bien seul. L'escalier tourna deux fois sur lui-même, puis ils débouchèrent dans une salle cernée de flambeaux. Pietro retint une exclamation. La salle était assez vaste. Il s'agissait sans doute d'un ancien caveau familial. Une alcôve abritait un gisant poussiéreux, drapé de marbre et de pierre, les mains jointes, une épée contre son corps. D'autres pierres tombales donnaient à l'endroit des allures de catacombes. Çà et là, des toiles d'araignée décoraient ce repaire humide. Six piliers soutenaient les voûtes. Une grille de fer rouillée était fermée sur un autre escalier, aujourd'hui muré, et qui devait par le passé communiquer avec un autre endroit du jardin, voire avec ce cimetière que Pietro avait aperçu derrière la villa Mora. Les autres personnes qui avaient précédé Pietro et son comparse se trouvaient là ; toutes se saluèrent d'un hochement de tête silencieux avant de prendre place auprès des bancs de bois que l'on avait alignés de part et d'autre du lieu, à la manière des travées d'une église. Pietro s'arrangea pour rester à l'extrémité de l'un de ces bancs et, les mains jointes, attendit. Au fond, un autel était dressé, ainsi qu'un pupitre sur lequel reposait un livre. Des tentures pourpres tombaient du mur. Sur le sol, un vaste pentagramme, semé de signes incompréhensibles, était dessiné à la craie… Mais ce furent surtout les tableaux, accrochés sur les parois de droite et de gauche, qui attirèrent l'attention de Pietro. *L'Inscription sur la Porte*, qui montrait deux personnages au seuil des mondes souterrains, lui rappela aussitôt cette autre Porte de l'Enfer qu'il avait vue dans l'ouvrage de la collection Vicario. *Le pape simoniaque* était jeté dans un chaudron en flammes, au milieu d'une cascade de roches noires et tranchantes ; Pietro vit que le peintre avait donné à ce pontife les traits de Francesco Loredan. Le Doge, voué à toutes les gémonies ! L'allusion était d'un goût douteux… Plus loin, *Caronte* menait les âmes damnées sur sa barque dans un univers de tempête. *Les Stryges et les Hordes de démons* – image même des Oiseaux de feu – venaient entourer Virgile au sommet d'un précipice, faisant battre leurs ailes de chauves-souris.

Neuf tableaux en tout.

Oui, c'est bien ici un enfer, se dit Pietro.

Peu à peu, la salle se remplissait de nouvelles ombres. Elles furent bientôt une cinquantaine. Elles arrivaient maintenant par trois ou quatre et à des intervalles plus rapprochés. Ce ne furent plus que murmures et froissements de tissus. Chaque groupe se débarrassait de ses torches qui venaient jeter sur la salle d'autres lumières. Pietro, nerveux, ne bougeait plus. Il n'osait imaginer ce qui se passerait s'il était découvert. La tension et les mouvements ralentirent peu à peu, puis les Oiseaux de feu, enfin immobilisés dans des positions hiératiques, cessèrent toute activité. Le silence dura longtemps, tous les visages tournés vers l'autel encore vide, sous leur capuche. Que faisaient-ils ? se demandait Pietro. Priaient-ils ? Attendaient-ils quelqu'un d'autre ?

Il eut la réponse assez vite.

Car l'Ombre souveraine était là.

Elle arriva, seule, vêtue de la même façon que les autres, à ceci près qu'un médaillon d'or pendait de son cou, sur lequel Pietro eut le temps de distinguer un pentagramme de perles, et une croix renversée. *Il Diavolo*, le Diable, la Chimère passa entre les travées. Alors, comme une vague qui refluait, depuis les dernières jusqu'aux premières travées, les lucifériens s'agenouillèrent. Pietro les imita avec un léger temps de retard. Arrivé parmi les premiers, il n'était pas très loin de l'autel où son ennemi prenait place. S'il devait s'élancer vers l'escalier qui l'avait mené jusqu'ici, il aurait plus de la moitié de la salle à parcourir. Cette réflexion ne le rassura guère ; mais il n'aurait pu se poster autrement sans paraître suspect. Il attendit encore, guetta le souffle qu'exhalaient ces poitrines respirant à l'unisson autour de leur Maître.

Il y avait là quelque chose de cauchemardesque, même si Pietro, en d'autres circonstances, eût considéré cette mise en scène avec l'ironie la plus mordante. Il n'était pas âme impressionnable, mais il n'avait pu empêcher un frisson de parcourir son corps lorsque le mystérieux personnage était passé près de lui. L'étau se refermait. Il n'avait plus d'autre choix que de se faire tout petit en participant à cette cérémonie insolite. L'image d'Emilio passa devant ses yeux ; il se dit qu'il avait été bien sot de ne pas accepter le renfort des milices secrètes du Conseil pour une arrivée impromptue qui eût mis la main sur ces fous, d'un seul coup. Mais en vérité, c'était bien une petite armée qu'il avait en face de lui. Elle aurait pu elle-même exterminer ses assaillants.

L'Ombre invita l'assemblée à se redresser. Un officiant lui apporta un poulet, jailli de nulle part. La lame d'un poignard étincela. L'Ombre trancha la gorge de l'animal d'un coup sec, au-dessus du pentagramme dessiné à la craie. Le volatile, glotte déchirée, poussa un caquètement étranglé. Le sang se répandit à longs jets sur le pentagramme, puis sur l'autel. *Il Diavolo* en remplit un plein calice, qu'il porta à ses lèvres. Cette mascarade ésotérique avait un goût funèbre. *Un carnaval,* avait dit le sénateur Campioni dans son billet. Mortifère, assurément. Etait-il possible que, sous ces capuches enténébrées, se cachent quelques-uns des plus hauts dignitaires de Venise ? Etait-ce là un jeu tragique auquel se livraient des nobles décadents de la lagune, prêts à tous les maléfices, à toutes les plus viles conspirations, pour tromper leur ennui ? Non, ce ne pouvait être sérieux ; Pietro avait peine à le croire, mais il ne pouvait oublier la terreur du prêtre Caffelli, ni celle du sénateur lui-même.

Tout à coup, la voix – *sa* voix, profonde, caverneuse – rompit le silence.

Le maître de cérémonie s'était approché du livre posé sur le pupitre.

> *Je suis au Troisième Cercle, à celui de la pluie*
> *Eternelle, maudite, froide et lourde ;*
> *Règle et nature n'en sont jamais nouvelles.*
> *Grosse grêle, eau sombre et neige*
> *S'y déversent par l'air ténébreux ;*
> *La terre qui les recueille a une odeur infecte.*
> *Cerbère, bête étrange et cruelle,*
> *Hurle avec trois gueules comme un chien*
> *Sur les morts qui sont là submergés.*
> *Ses yeux sont rouges, sa barbe grasse et noire,*
> *Son ventre large, ses mains onglées ;*
> *Il griffe les esprits, les écorche et les dépèce.*
> *La pluie les fait hurler avec les chiens…*

Il Diavolo continuait ainsi sa lecture. Au bout d'un moment, il s'arrêta, revint vers l'autel et, levant les mains :

— Comme autrefois le poète prédit les discordes sur Florence, je vous dis, moi, qu'elles arrivent sur Venise, et que vous en serez les plus ardents promoteurs. Je vous dis que le duc Francesco Loredan mérite la mort, que lui aussi sera dévoré. Je vous exhorte à ne pas oublier ce que la République fut autrefois, pour mieux comprendre ce qu'elle est aujourd'hui : le repaire du péché et de la corruption. Bientôt, nous la mettrons à bas, et l'Age d'or nous reviendra. Nous retrouverons la maîtrise des mers. Notre pouvoir aussi sera nouveau, âpre au monde, prompt à imposer sa suprématie, comme l'Empire le fit jadis dans toutes ses colonies, dans ses comptoirs et ses bases impériales, jusqu'à l'autre bout des terres connues… Nous inonderons la lagune de ces nouvelles richesses, qu'elle mérite ; nous sauverons nos miséreux et renforcerons nos armées. Notre pouvoir sera fort des siècles anciens, et de l'ardeur de notre combat. Et vous, mes Stryges ! Vous mes Oiseaux, serez harpies et furies, jetées en tous points de la ville, jusqu'à ce que, sur les vestiges de l'ancien monde, s'échafaude enfin le régime nouveau, celui que nous appelons de nos vœux.

— *Ave Satani,* clama l'assemblée d'une seule voix.

Pietro faillit laisser échapper un rire. Celui-ci se mua en une toux brève et hachée. L'un des membres de la secte tourna le visage vers lui. L'Ombre nota-t-elle aussi ce mouvement ? Pénétrée d'une intuition subtile, elle sembla regarder un bref instant dans sa direction. Pietro se raidit ; mais il ne pouvait que deviner un trou noir, un néant sous la capuche de l'ennemi. Et bientôt commença une étrange procession. L'un après l'autre, les lucifériens allaient s'agenouiller devant l'autel, au centre même du pentagramme, pour prêter serment.

Pietro hocha la tête.

— Je te nomme Sémiaza, des Séraphins de l'Abîme, disait l'Ombre en dessinant une croix renversée avec de la cendre, sur le front de son disciple, sans lui ôter sa capuche. Je te nomme Chochariel, des Chérubins de l'Abîme et de l'ordre de Python-Luzbel. Toi, tu seras Anatnah, des Trônes, avec Bélial pour chef.

Pietro ne put faire autrement que de suivre le flot. Devant lui, on continuait de s'agenouiller. Il se passa la langue sur les lèvres. Parviendrait-il à voir les traits de

l'homme qui se dissimulait sous cette capuche obscure ?
C'était là l'occasion ; mais si tel était le cas, lui-même
risquait d'être découvert. Il ferma le poing, sa main
était moite à l'intérieur de son gant. Et il y avait autre
chose : son épée le gênait, sous le manteau. Il craignait
d'en dévoiler la lame, qui pendait de sa ceinture, en se
mettant à genoux. Il desserra doucement la cordelette
à sa taille.

— Alcanor, des Dominations de l'Abîme, ton chef
sera le Satân ; Amaniel et Raner, des Puissances, vous
servirez Asmodée… Amalin, tu suivras Abaddon, des
Vertus de l'Abîme…

Pietro n'entendait rien à tout cela, mais il se rapprochait de l'autel.

— Sbarionath, des Principautés, et Golem des
Archanges, au nom d'Astaroth…

C'est impossible, c'est une farce, une mystification…

Il arriva enfin devant le chef de la secte. Il plaqua
une main à son flanc, sur la bure. Il dut s'agenouiller
un peu gauchement, car la voix spectrale de l'Ombre
marqua une courte pause. Heureusement, le fourreau
de l'épée n'émit pas de bruit. Pietro se trouvait à son
tour au cœur du pentagramme. Ses yeux contemplèrent
un instant les signes kabbalistiques dessinés à la craie.
Puis il leva le visage… Ils étaient face à face. Tous deux
camouflés par leur capuche. Pietro ne put discerner la
figure d'*il Diavolo*, pas davantage que lui la sienne. La
main de l'Ombre se porta au front de Pietro – put-elle
en sentir la moiteur ? Son pouce sembla en effet s'y
attarder plus que nécessaire. Pietro gardait encore son
sang-froid et pourtant, la sueur le gagnait. Il avait soudain l'effrayante impression que le Maître le sentait, le

reniflait, comme une bête fauve renifle sa proie avant de fondre sur elle. Dans ce géant dressé au-dessus de lui, il perçut quelque chose de profondément bestial. Et cette voix… un moment, il lui sembla qu'elle n'avait rien d'humain.

Enfin, le doigt du Diable dessina sur son front la croix de cendre renversée.

— Tu seras Elaphon, des Anges de l'Abîme, avec Lucifer pour maître…

Pietro se releva doucement, pour ne pas être trahi par ses mouvements. Il pivota et profita de la fin de la procession, non pour regagner sa place à proximité de l'autel, mais pour se rendre au fond de la salle, tout près de l'escalier. A mesure qu'il avançait dans cette direction, il soupirait de soulagement. Tout n'était pas terminé, mais il était inutile de traîner ici davantage ; cela avait été une folie de s'aventurer seul dans ce nid de guêpes. Il lui fallait s'esquiver discrètement et s'empresser d'avertir Vindicati de ce qu'il avait vu. Mais il se demandait qui serait assez fou pour le croire. Derrière lui, l'Ombre avait repris place auprès de l'autel et levait de nouveau les bras :

— Voici, mes Anges, voici, mes démons, mes Oiseaux de feu ! Allez, répandez-vous sur Venise, et soyez prêts à répondre à l'appel des canons ! Mais avant cela…

Pietro n'était plus qu'à quelques pas de l'escalier – la liberté.

— Avant cela, remerciez avec moi notre invité d'être parmi nous ce soir. Un invité de marque, mes amis, en effet… Car avec nous se tient l'une des plus fines lames du pays, sachez-le…

Pietro se retourna.

— *Saluez l'Orchidée Noire !*

Pietro ne bougea plus, tétanisé.

Il n'était plus temps de faire marche arrière et de regagner l'une des travées.

Pietro resta là une seconde, tandis qu'une rumeur enflait parmi l'assemblée. Les capuches méfiantes se tournaient dans toutes les directions, à la recherche d'un indice, d'un signe, d'une explication. L'Ombre riait, d'un rire continu, qui résonnait grotesquement sous les voûtes. Lentement, Pietro se retourna. La Chimère tendait maintenant un doigt vers lui.

Oh oh…

Cinquante visages suivirent la direction que le Maître leur indiquait.

— Un imposteur, mes amis… *Prenez-le.*

Je savais bien que ça tournerait mal.

Sous la capuche, Pietro eut un sourire crispé.

Il ne se passa rien durant un bref instant… puis, comme un seul homme, les cavaliers de l'Apocalypse se précipitèrent sur lui.

D'un seul coup, Pietro souleva sa bure et empoigna les deux pistolets à sa ceinture.

Dans son mouvement, sa capuche se rabattit en arrière, dévoilant son visage. Il était temps de voir si ces démons étaient mortels. Les coups de feu claquèrent dans une odeur de poudre et deux de ses assaillants s'effondrèrent aussitôt dans un gargouillis, au moment même où ils allaient s'abattre sur lui. La clameur se mua en mugissement, on se jetait sur lui de tous côtés. Pietro pivota et s'élança dans les escaliers. En gravissant les marches quatre à quatre, il se débarrassa de la bure, qu'il envoya valser à la tête de ses poursuivants.

Au-dehors, deux des Oiseaux de feu faisaient le guet.
Pietro les bouscula ; surpris, ils trébuchèrent, l'un contre
l'arcade du jardin, l'autre contre l'entrée de l'escalier.
Pietro courut sans hésiter vers l'est du parc et sauta par-
dessus le muret. Les Oiseaux de feu continuaient de lui
donner la chasse.

Pietro se précipita dans la plaine, en direction de la
colline où il avait donné rendez-vous à Landretto.

Celui-ci était à moitié endormi sous un if, une couverture sur les épaules.

— Landretto ! s'écria Pietro. Landretto, par pitié !
Filons !

Le valet horrifié se dégagea aussitôt de la couverture
et bondit sur les chevaux. Pietro montait la colline et
une armée, une horde sombre, portant armes et flambeaux, se pressait derrière lui comme une meute. Landretto n'en crut pas ses yeux. Il lui sembla un instant
voir dans ce spectacle le signe que les morts étaient
revenus sur terre et que, sortis de leurs tombes, ils pour-
chassaient Pietro de leurs sifflets et de leurs sortilèges.
Le valet attrapa les rênes de la monture de Viravolta,
la sienne tourna sur elle-même en hennissant. Pietro
courut encore et sauta prestement sur la selle, avant de
battre vigoureusement les flancs de l'animal. Celui-ci se
cabra et se lança au galop.

Tous deux s'enfuirent, soulevant des mottes d'herbe
et de terre.

Cette échappée nocturne dura le temps de retrouver
l'escorte de Vindicati, aux portes de la ville de Mestre.
Pietro ordonna aux hommes d'Emilio de le suivre sans
plus d'explications. L'escorte elle-même n'était pas
assez nombreuse pour faire face aux Oiseaux de feu,

si d'aventure elle était rattrapée. Tous chevauchèrent donc à bride abattue en direction de Venise. Pietro ne s'était pas trouvé dans une telle situation depuis bien longtemps – lorsque, adjudant à Corfou pour le compte de la République, il avait dû se soustraire aux attaques pressantes de hordes de paysans descendus des montagnes, avec des fusils et des fourches. Mais il se serait bien passé du souvenir de ce soir ; et tandis qu'il galopait vers la Sérénissime, il ne pouvait s'empêcher de penser à la stature géante et sombre d'*il Diavolo* et à sa voix surgie des enfers.

Vexilla regis prodeunt inferni.

Les anges de l'Ombre se déployaient sur Venise.

CHANT IX

Les Gourmands

Pietro laissa tomber le livre sur le bureau dans un bruit sourd, puis, après avoir humecté son doigt, le feuilleta pour retrouver les pages qui l'intéressaient.

— Les termes de *diable* et de *démon* ont été introduits par les traducteurs de la Bible trois siècles après Jésus-Christ, dans la traduction grecque dite des « Septante », dit-il. Ce fut le pseudo-Aristée, un Egyptien, qui nous en légua l'histoire dans une lettre adressée à son frère Philadelphe, soucieux d'enrichir sa bibliothèque de la législation hébraïque. Ce dernier écrivit au grand prêtre Eléazar pour demander des traducteurs instruits et soixante-douze israélites furent choisis pour cette mission. Le grand prêtre les envoya en Egypte, chacun avec un exemplaire de la Tora, transcrite en lettres d'or. Ils achevèrent leur travail en ermites dans l'île de Pharos, au bout de soixante-douze jours. La légende veut qu'ils aient été enfermés dans des cellules différentes et que pourtant, à l'issue de leur labeur, leurs traductions se soient révélées identiques… Sans doute leurs mains avaient-elles été guidées par Dieu Lui-même… Le *daimon*, le grand diviseur, connaisseur du Tout comme celui de l'antique Socrate, ne cessa plus de nourrir les œuvres de théologie et d'ésotérisme. La littérature apocryphe ne manqua pas de s'en saisir et ses auteurs s'approprièrent des noms d'anciens patriarches, pour mieux se faire entendre : Hénoch, Abraham, Salomon, Moïse. De nombreux érudits mirent au point les hiérarchies de la démonologie traditionnelle. La plus ancienne est due à Michel Psellus qui, en 1050, les rassemblait en six catégories, en fonction des lieux qu'ils étaient censés infester. D'autres ont inventé d'extraordinaires monarchies diaboliques, donnant noms et surnoms à soixante-douze princes et sept millions quatre cent cinquante mille neuf cent vingt-six diables, comptés par légions de 666, en référence à la prophétie de l'Apocalypse.

Le Doge écarquillait les yeux au-dessus du livre. Pietro fit pivoter le manuscrit dans sa direction pour que Son Altesse pût lire plus à son aise.

— Voici les noms que j'ai entendus. *Il Diavolo* ne s'inspire pas seulement de la *Divine Comédie*. Il s'amuse à plagier le livre des *Forces du Mal* de Raziel. Il s'agit d'un traité de démonologie, assez en vogue à la fin du Moyen Age… Neuf légions d'anges de l'Abîme, préparant l'holocauste final, scellant le sort eschatologique de l'homme. Vous les voyez ici…

Le Doge se pencha.

Au milieu de gravures évocatrices figuraient les noms à la calligraphie gothique, entrecoupés de formules rédigées dans des langages incompréhensibles.

— Les Séraphins, les Chérubins et les Trônes de l'Abîme, poursuivit Pietro ; les Dominations, les Puissances et les Vertus, les Principautés, les Archanges et les Anges, tous gouvernés par une entité différente, émanation directe du Diable : Belzébuth, Python-Luzbel, Bélial, Satan, Asmodée, Abaddon, Méririm, Astaroth, Lucifer. Tous affronteront les légions célestes au Jour du Jugement.

Francesco Loredan était pâle. Pietro referma le livre sous ses yeux dans un bruit sec.

Le Doge sursauta.

— Nous sommes en face de malades notoires, Votre Sérénité, et d'un en particulier, qui se prend pour le Diable lui-même et s'amuse à un jeu de haute volée. Je crois qu'il représente non seulement une menace tangible, mais encore la plus redoutable que nous ayons jamais eue à affronter. Il se donne plusieurs noms, et celui de la Chimère dit assez son goût de l'ironie. Il s'emploie à des métaphores filées dont il se délecte, pour nous piéger et nous entraîner dans les méandres de ses petites charades. La plus importante de toutes est claire : Venise devra traverser les neuf cercles, jusqu'à être dominée par les neuf légions qui l'amèneront à son purgatoire, avant la restauration de l'Age d'or. Cela implique votre disparition, puisque nous savons désormais que vous êtes personnellement visé. Les Stryges veulent vous tuer et instaurer dans ce palais un nouveau pouvoir. L'apocalypse sur Venise. Ce que j'ai vu est l'acte de baptême des légions que notre Lucifer prépare pour son coup d'Etat. Il a sa hiérarchie et songe déjà à ses futures institutions. Et il y a autre chose…

Pietro fit quelques pas, puis s'arrêta.

— *Il savait que j'étais là.*

Il alla s'asseoir. Loredan fit une affreuse grimace.

— Combien de temps avons-nous ?

— Nous sommes au Troisième Cercle, Votre Altesse.

Lentement, le Doge releva les yeux. Son visage s'était durci. Il lançait des éclairs.

— Des noms, Viravolta. Vous entendez ? *Je veux des noms.*

Pietro croisa le regard de Vindicati. Le silence s'abattit de nouveau entre eux.

— Que les Dix et la *Criminale* mettent tous leurs effectifs sur cette affaire s'il le faut, ajouta Loredan… Mais *trouvez-les.*

Le Doge se leva, dans un froissement de son manteau pourpre.

— Considérez que nous sommes en guerre.

*
* *

Emilio fut sommé de recruter soixante-douze agents de confiance. Chacun passa sous ses yeux et ceux de Pietro dans l'une des salles secrètes des Plombs, à quelques pas des prisons, là où d'ordinaire on soumettait les condamnés à la question.

Pietro voulut profiter de l'occasion pour prendre des nouvelles de Giacomo. Mais à l'entrée des cellules où lui-même se trouvait si peu de temps auparavant, se tenait ce butor de Lorenzo Basadonna, le gardien, qui lui sourit de toutes ses dents abîmées, en relevant sa lanterne.

— Alors ? Pressé d'y retourner ?

Il lui refusa l'accès plus avant, faisant tinter avec vulgarité les clés à sa ceinture, au-dessous de son ventre bedonnant.

— Je peux lui parler, au moins ?

— Si tu veux, lâcha Lorenzo dans un rire gras.

Pietro éleva la voix pour héler Casanova.

— Giacomo ! Giacomo, c'est moi, Pietro ! Tu m'entends ?

Il attendit une seconde ou deux, puis le prisonnier lui répondit. Tous deux purent s'entretenir quelques minutes, avec Basadonna au milieu, qui se plaisait à faire montre de son maigre pouvoir, et aimait à se retrouver ainsi en suivant de ces messieurs, ou plutôt en maître de cérémonie. Quand bien même Pietro eût pu aller plus loin dans les sombres couloirs, il n'aurait vu de Giacomo que l'œil derrière la lucarne, et une partie de son visage… Leur conversation était de temps à autre hachée par un cri, ou par l'imploration lugubre d'un autre prisonnier ; mais ils purent échanger suffisamment pour que Pietro fût rassuré sur l'état de santé de son ancien camarade. Naturellement, il ne lui dit rien de l'affaire qui le préoccupait ; il fut néanmoins content de savoir que Giacomo se portait bien. Pietro eût aimé profiter de la situation pour négocier auprès de Vindicati le recrutement de Casanova parmi ses rangs ; mais celui-ci, comme le chef de la *Quarantia Criminale*, ne voulait pas en entendre parler.

Ils jugeaient sans doute que ce n'était pas le moment d'en rajouter.

— Et les dames ? demanda Giacomo. Pietro, comment sont les femmes, dehors ?

— Tu leur manques, Giacomo ! plaisanta Pietro.

— Transmets-leur mon bon souvenir. Dis-moi… Tu as revu la Santamaria ?

Pietro hésita, regardant la poussière au bout de ses chaussures.

— C'est-à-dire que… euh… Oui, ou plutôt non, je…

— Pietro ! s'écria Giacomo d'un ton sans appel. Fais-moi plaisir. Trouve-la, et partez de cette ville sans vous retourner !

Pietro sourit encore.

J'y songerai, Giacomo.

Oui, j'y songerai.

— Et toi ? Tu tiendras ?

Casanova avait la voix claire quand il répondit :

— Je tiendrai !

Le recrutement des agents continua. Il n'était pas un seul détail de leur vie qui échappât au contrôle de Pietro et de Vindicati. Si l'Ombre organisait ses légions, il était temps de se préparer à une contre-attaque. Chacun des espions enrôlé au service de la République serait comptable sur sa vie, ses biens et sa famille de sa fidélité au serment qu'il renouvelait devant Emilio.

Le Conseil des Dix fut entièrement associé à ce processus.

Une trahison, quelle qu'elle fût, équivaudrait à une ou plusieurs exécutions immédiates ; en l'absence de coupable désigné, les Dix frapperaient au hasard et la mort s'abattrait comme la foudre, de façon arbitraire, au milieu des agents ainsi mis au pied du mur. En trois jours, une seconde armée secrète fut constituée et déployée à travers Venise. Nobles, *cittadini*, artisans, acteurs, filles de joie y furent mêlés ; tous se dispersèrent de la place Saint-Marc au Rialto, des *Procuratie* aux *Mercerie*, de Canareggio à Santa Croce, de la Giudecca à Burano, avec pour tâche d'obtenir des renseignements, chacun comptant sur ses charmes et ses activités propres. Plus que jamais, la justice d'exception des Dix fonctionnerait à plein, et sans la moindre pitié. A l'urgence de la situation répondaient des mesures sans précédent. Le Doge fut surveillé vingt-quatre heures sur vingt-quatre par dix hommes armés, qui à la moindre alerte en rameuteraient cinquante, s'il le fallait. Le premier moment de panique laissait place à une organisation serrée. L'Ombre avait ses Dominations, ses Principautés et ses Archanges ; la République aurait ses forces célestes, ses légions à elle, celles de la lagune : Raphaël, Mikaël, Gabriel, Hésédiel et autres Métatron. Une perquisition musclée fut organisée dans le caveau de la villa Mora : bien sûr, on ne trouva rien. Ni l'autel, ni l'édition de *L'Enfer* sur son pupitre, ni les tableaux accrochés aux murs, et encore moins de présence humaine.

L'escalier qui y menait, au milieu des ruines, fut muré.

Au soir du troisième jour, Pietro, épuisé, se retrouva avec Landretto sur le pont du Rialto. Car, pendant ce temps, la vie vénitienne continuait comme si de rien n'était. Le Rialto : Pietro et son valet y étaient parvenus par ces rues aux pierres quarrées de marbre d'Istrie, que l'on avait récemment piquetées de coups de ciseau, pour éviter qu'elles soient trop glissantes. D'une arche large de quatre-vingt-dix pieds, le pont enjambait le Grand Canal, soutenant sur sa courbe élevée quelque quatre-vingts boutiques et logements aux toits couverts de plomb, au milieu de cette foire permanente, du passage des bateaux et des gondoles.

Après des jours maussades, voire tempétueux, le soleil était revenu s'installer au-dessus de Venise. L'Herberie était en pleine effervescence. Les barques ne cessaient d'y décharger des légumes, des viandes, des fruits, du poisson, des fleurs. On trouvait de tout ici, marchands d'épices criant en bras de chemise, bijoutiers faisant essayer aux dames leurs nouvelles parures, vendeurs de vin, d'huile, de peaux, de vêtements, de cordages et de paniers, fonctionnaires échappés de leurs bureaux voisins, contrôleurs, magistrats, assureurs et notaires, et les trois rues conduisant au pont éclatant de blancheur dégorgeaient sans discontinuer de nouveaux flots de badauds, d'officiers et de boutiquiers. Venise vivait, vivait ! Et les gondoliers chantaient toujours, *Vive donc Venise, de tout cœur, Qui nous gouverne dans la paix et dans l'amour...*

— Oh, dit Pietro en se massant les tempes, fourbu, mon cher Landretto... Je me demande si je ne commence pas à regretter ma prison.

— Ne dites pas de bêtises. Vous êtes mieux à agir qu'à croupir au fond d'un cachot. Au moins êtes-vous libre de vos mouvements.

— Libre, oui, de courir plus vite pour échapper à des meutes hurlantes. Il est vrai...

Il se tourna vers son valet et s'efforça de sourire.

— Il est vrai que je pourrais faire mes bagages ce soir même, Landretto. Peut-être Giacomo a-t-il raison... Peut-être devrais-je retrouver Anna... Nous prendrions trois bons chevaux et filerions d'ici, pour traquer l'aventure ailleurs...

Un songe passa un instant devant ses yeux. Il se voyait fuyant avec Anna Santamaria, quelque part en

Vénétie, puis en Toscane, puis ailleurs – la France, peut-être.

— Mais Emilio a eu raison sur un point. Je suis trop engagé dans cette partie pour m'enfuir maintenant. Avec ce que je sais, on pourrait m'accuser à mon tour de conspirer contre l'Etat, ce qui serait tout de même un comble.

Pietro se retourna et s'accouda au pont, les yeux perdus dans le Grand Canal. Les villas qui le bordaient prenaient dans le couchant une merveilleuse teinte rose et orangée. Venise drapée dans ses illusions semblait goûter la douceur infinie de sa joie de vivre. Une douceur dont Pietro rêvait de se repaître. Il aurait voulu se laisser aller, s'abandonner à cette contemplation tranquille, rendre à la cité son plus bel atour, son plus beau qualificatif : la Sérénissime.

— Sais-tu, Landretto, ce qui tuera l'homme ?

— Non, mais je devine que vous allez me le dire.

— Regarde ces villas, ces palais, cette lagune magnifique ; regarde ces richesses, écoute ces rires et ces chants. Ce n'est pas la misère qui tuera l'homme.

— Ah non ?

— Non, dit Pietro. Parce que ce n'est pas elle qui excite la convoitise…

Il s'étira, écartant les bras dans une grimace.

— C'est l'abondance.

Longtemps, Pietro et son valet restèrent ainsi, sur le pont, à regarder l'effervescence alentour. Et tout à coup, la main de Viravolta se crispa sur l'épaule du valet.

Dans les derniers rayons du couchant, elle était réapparue.

Elle se trouvait un peu plus loin, souriant à cette lumière douce et voilée, cette lumière de fin du jour, jaune et blanche, avec une pointe d'orange, qui scintillait à la façade des villas et dans l'eau du canal. Anna Santamaria souriait. Elle évoluait à quelques pas de lui, en contrebas, sur le quai où s'épanouissaient les étals des marchés et boutiquiers. De nouveau, Pietro crut à un enchantement ; il admirait la blondeur de ses cheveux, la grâce de son maintien, la finesse de ses doigts. Elle marchait devant lui, plus naturelle que jamais, et une brûlante bouffée de désir gagna l'Orchidée Noire. Anna paraissait venue de nulle part, de quelque paradis enfui qu'elle ne tarderait pas à regagner. Elle était là soudain, sans explication. Cette fois, elle n'avait pas vu Pietro, anonyme parmi la foule sur le pont.

Mais aussitôt Viravolta se rembrunit : accompagnant sa déesse interdite, il reconnut le sénateur Ottavio. Il la rejoignait, cherchait son bras. *Ottavio.* Ottavio et son nez épaté, ses bajoues adipeuses et creusées de vérole, son double menton, ce front luisant encadré de deux touffes de cheveux blancs ridicules, Ottavio le grave, le fat et le sévère Ottavio, qui autrefois avait été le protecteur de l'Orchidée Noire. Il marchait lui aussi, faussement impérial dans sa robe noire, avec son emphase si caractéristique, ses médaillons d'or grossiers qui pendaient de son cou comme des décorations, et sa *beretta* sur la tête, à la manière de son collègue, le sénateur Campioni. Ainsi, il était là également, et Pietro ne l'aimait pas.

Mais alors, *cette fois-ci*, Anna allait-elle encore s'enfuir ? La laisserait-il partir ?

L'occasion était trop belle.

Casanova. Elle, ici et maintenant.

Des signes du destin.

Enfin j'espère.

Il se tourna vers Landretto, qui fut surpris de l'intensité de son regard.

— Maître, non…

Pietro hésita une seconde, puis attrapa l'orchidée à sa boutonnière.

— C'est ce que je craignais, dit Landretto en secouant la tête.

— Débrouille-toi comme tu veux, dit Viravolta en lui tendant la fleur, mais je veux que tu lui fasses parvenir ceci… et je veux savoir où elle loge.

Les deux hommes échangèrent un long regard. Soupirant, Landretto prit l'orchidée.

— Bien.

Il tournait déjà les talons.

— Landretto ? le retint Pietro.

Le valet s'arrêta. Pietro sourit.

— … Merci.

Landretto ajusta son chapeau sur son crâne.

Bon. D'accord, se dit-il. *Mais… et moi ? Quand est-ce qu'on s'occupera de moi, un peu ?*

Le soir même, quelque part dans Venise, une dame du nom d'Anna Santamaria, à la lueur d'une bougie, s'enivrait secrètement du parfum d'une orchidée noire. Elle souriait, songeant aux mille nuits en lesquelles, maintenant, elle se reprenait à espérer ; et la lune semblait descendre depuis le ciel jusque dans ses yeux, pour les mouiller de larmes de joie.

*
* *

Federico Spadetti, *capomaestro* et membre de la Guilde des verriers de Murano, était seul sous les immenses halles de son atelier, et la nuit était tombée. Seul ? En vérité, il n'aurait su le dire. Il se savait surveillé par les agents des Dix. Il s'en était déjà fallu de peu qu'il ne finisse aux Plombs. Et son sort définitif était loin d'être joué. Mais Federico Spadetti avait la tête sur les épaules. C'était un homme entreprenant et courageux. La Guilde le savait, elle qui avait pris fait et cause pour lui, y compris les chefs des ateliers rivaux de Murano. L'émulation et la concurrence entre gens de la corporation était une chose ; mais l'attaque directe de ses représentants par le pouvoir en était une autre.

Il restait que Federico était en bien mauvaise posture.

En temps normal, il aimait rester seul ainsi, dans cet endroit, lorsque les éléments, apaisés enfin, s'étaient tus. Les forges de Vulcain au repos. Les fours endormis. Plus un ouvrier, plus un apprenti pour circuler d'un endroit à l'autre. Plus de cris, d'exclamations, de bruits de métal en fusion, de heurts et de souffles entrechoqués. Il aimait cette obscurité accueillante, cette paix dans laquelle les halles étaient plongées. Ce soir, on n'y voyait guère. Immobile en son empire, Spadetti, les yeux perdus dans les ténèbres, s'efforçait de profiter de cette solitude pour rassembler ses esprits. Un instant, son regard tomba sur la robe de cristal, la robe de Tazzio, cette robe d'amour inspirée, avec ses perles et ses langues de verre opalescentes, sa ceinture de diamants. Même au milieu de la nuit, elle semblait briller. Son fils l'avait achevée aujourd'hui. Federico sourit. Dans quelques semaines, le Carnaval serait de retour. En vérité, il ne s'achevait presque pas, durant six mois de l'année à Venise ; mais lors de l'Ascension, la fête battrait son plein. Federico prit une inspiration. Tout se passerait-il comme il le souhaitait ? Pouvait-il encore l'espérer ? Tazzio et lui montreraient la robe au Doge… Avec une telle prouesse, ils gagneraient le concours de la Guilde – tous ne les donnaient-ils pas déjà vainqueurs ? Francesco Loredan les regarderait, admiratif ; il les féliciterait, il absoudrait Federico, il leur tresserait les couronnes de laurier qu'ils méritaient. Puis Tazzio irait trouver sa belle Severina. Spadetti enviait son fils, à imaginer ces instants qui l'attendaient ! Severina mourrait d'amour pour lui, se couvrirait de voiles pour épargner le satin de sa peau, et elle se prêterait au miraculeux exercice de porter cette robe, la robe de cristal. Elle éclaterait de mille feux, de toute la rougeur, l'éclat de sa jeunesse. Ils s'aimeraient. Et Federico Spadetti, lui, bénirait cette union. Il veillerait sur eux. Il se souviendrait avec eux de sa propre femme trop tôt disparue, et mille, deux mille, dix mille ouvriers de la Guilde chanteraient leurs louanges.

Federico passa une main sale à la commissure de ses lèvres. *Oui… Si tout se passe bien.* A ces évocations, des larmes idiotes venaient s'échouer au fil de ses paupières. Lui, Spadetti ! Citoyen et fils de fils de fils de verrier, il se laissait aller aux mouvements de son cœur. Ce soir déjà, Tazzio devait être allé chanter sa sérénade sous le balcon de la belle, guetter un baiser au fronton de son *altana. Comme tu as de la chance, mon fils ! Et comme je suis heureux de ton bonheur !* Mais où était-elle, sa jeunesse ? Et maintenant… qu'allait-il devenir ? Un voile sombre tomba devant ses yeux.

Il s'était bien défendu lors des interrogatoires menés

par les agents du Conseil et de la *Criminale*. Et après tout, qu'avait-il à se reprocher ?

Tu le sais bien, Federico.

Une faute professionnelle. Une faute, oui… Pour l'argent. Pour l'atelier. Pour Tazzio et la robe de cristal. Une faute qui, sur le moment, ne lui avait pas semblé bien grave. Il ne s'agissait pas de renseignements vendus à l'étranger, de trafic, que savait-il encore ! Il n'avait fait que son travail : fabriquer des lentilles de verre. Et si son commanditaire avait voulu garder l'anonymat, après tout, c'était son droit. Alors pourquoi culpabiliser ?… Peut-être parce que ce Minos n'avait pas voulu figurer sur le registre comptable ordinaire, conduisant Federico à falsifier le bon de commande… Peut-être parce que le verrier avait eu le sentiment, vague mais persistant, qu'on achetait son silence au moment même où il avait accepté. La perspective de ces douze mille ducats avait fait taire sa méfiance. *Douze mille ducats.* Ce n'était pas juste : c'étaient toujours ceux qui travaillaient le plus qu'on accusait de tous les maux.

Non, se dit Federico en serrant les poings, *ça ne se passera pas comme ça.*

Il avait encore de l'énergie. Il se battrait. Et s'il le fallait, il dirait qui était Minos. Il avait pris avec celui-ci un engagement – mais il n'avait jamais été question que le Conseil des Dix vînt mettre le nez dans ses affaires. Pourquoi les choses s'étaient-elles passées ainsi ? Que cherchaient-ils ? Minos avait lui aussi quelque chose sur la conscience… et sans doute quelque chose de bien plus grave. Voilà qui était limpide… comme le cristal. Federico ne pouvait plus différer le moment de revenir à la transparence. Plus il attendait, plus il risquait de tomber en disgrâce vis-à-vis du gouvernement – et dans certains cas, la disgrâce pouvait aller de la confiscation des biens jusqu'à l'emprisonnement à vie, voire la mort. Le Conseil n'était sûr de rien, c'était évident. Il avait encore été *gentil*. Les interrogatoires n'avaient pas été trop musclés. Mais cela ne durerait pas… Et Federico savait de quoi ils étaient capables. Alors, *demain* – demain, il irait les trouver et il se sortirait de ce guêpier. Tant pis si cela l'obligeait à révéler sa propre légèreté et, en l'espèce, son trop grand appétit pour les ducats sonnants et trébuchants. Il essaierait d'expliquer à Tazzio ce qui s'était passé. Son fils comprendrait, n'est-ce pas ? Il comprendrait que c'était aussi pour lui qu'il avait agi ainsi, pour que…

Oh oh. Il se passe quelque chose.

Federico releva les yeux lorsqu'il sentit qu'il n'était plus seul.

Quelqu'un, derrière lui, le regardait.

Et un four venait de s'allumer.

— Qui est là ?

Federico regarda un instant en direction de l'ombre ; il devinait la silhouette d'un homme, mais ne parvenait pas à voir son visage. Etait-ce l'un d'eux, l'un des agents du Conseil ? Ou bien…

— *C'est moi*, dit une voix sombre.

Federico ne put retenir un cri de stupeur. Il se rattrapa bien vite.

Il avait déjà pensé à l'éventualité de cette situation.

Il s'était promis de ne pas trembler.

— Moi qui ? demanda-t-il d'une voix ferme.

Durant quelques secondes, il ne perçut qu'un souffle régulier, puis la voix répondit :

— Minos.

Spadetti ne se démonta pas. Ses yeux bougèrent furtivement en direction de l'établi qui se trouvait à quelques pas de lui, mais le reste de son corps demeura immobile. Là, contre l'établi, se trouvait un tisonnier qui devait être encore chaud. Il vit le four allumé non loin, les braises montant en rougeoyant derrière la petite lucarne grillagée.

— Minos, hein… Je vois. Qu'êtes-vous venu faire ici ?

L'homme s'éclaircit la gorge.

— Des représentants des Dix et de la *Quarantia Criminale* sont venus vous voir récemment, Federico, n'est-ce pas ? Dites-moi si je me trompe.

— C'est exact, dit Federico.

— Savez-vous que l'homme qui est venu fouiller dans vos registres est l'Orchidée Noire, l'un des plus redoutables agents de la République ?

Spadetti plissa les yeux. Apparemment, l'homme était seul.

Ils se parlaient, dans l'immensité de ces halles désertes.

— Et les Ténébreux vous ont convoqué pour interrogatoire, jusqu'au palais…

Minos marqua un temps, puis soupira. Lentement, il attrapa une chaise de bois sur laquelle il s'assit, auprès d'un bac où l'on coulait d'ordinaire des pièces de verre brûlant.

— Que leur avez-vous dit, Federico ?

— Rien, répondit ce dernier. Rien du tout.

— Ils ont découvert… pour ma petite commande. N'est-ce pas ?

— Ils n'ont pas eu besoin de moi pour cela. Et les Dix auraient pu le découvrir plus tôt. L'un de leurs hommes a eu un peu plus de jugeote que les autres ; c'est tout.

— C'est tout, oui, bien sûr…

L'homme avait croisé les jambes. Federico se tut encore quelques secondes, avant de reprendre :

— Ces lentilles… Des milliers de lentilles de verre… Ils n'en savent pas plus que moi, *Messer*. Qu'en avez-vous fait ?

— Je crains, Federico, que cela ne vous concerne en rien. Je vous avais pourtant bien dit de faire disparaître toute trace de cette commande.

— Ils s'apprêtaient à interroger mes apprentis, qui connaissent chacune des pièces sur lesquelles ils ont travaillé. Ce faisant, c'était moi qui risquais de me trouver dans l'embarras. Je ne peux faire disparaître par miracle des écritures comptables, *Messer*. Mes balances sont surveillées comme toutes celles de la Guilde. Je n'ai pas besoin de vous rappeler les termes de notre contrat : je n'y ai pas dérogé. Je me suis seulement arrangé pour qu'ils ne puissent remonter jusqu'à vous, ainsi qu'il était convenu. Et ils ne le peuvent pas… pour le moment.

Minos eut un rire. La menace, à peine voilée, ne lui avait pas échappé. Un rire saccadé, sous cape, comme s'il mettait une main devant sa bouche. Et pour la première fois, Spadetti sentit la nervosité le gagner.

— C'est votre point de vue, Federico. Moi, je crois qu'en voulant vous préserver, vous avez ménagé la chèvre et le chou, en bon commerçant que vous êtes. Mais voyez-vous… le Diable vomit les tièdes, *Messer* Spadetti.

— Ecoutez : le Diable, Lucifer, toutes ces foutaises
ne m'impressionnent pas.

— Ah, tiens ? Vous avez bien tort, *Messer* Spadetti.
Bien tort…

L'homme se pencha. Sa voix se fit sourde, incisive.

— Le nom de Minos figurait encore sur le registre,
n'est-ce pas ?

— Et alors ? Minos ne veut rien dire.

— Croyez-vous que le juge des Enfers ne *veuille rien
dire*, Spadetti ? Pourquoi avoir accepté notre commande,
si vous étiez incapable de respecter l'intégralité de vos
engagements ? Je vais vous le dire… Parce que vous avez
été trop gourmand, mon ami. Un vilain défaut, et un
péché capital. Vous n'avez songé qu'à forcir votre fortune par cette nouvelle commande… Mais pourquoi ?
Pour que votre fils puisse achever à temps… cette robe de
cristal, peut-être ? Pour lui, Spadetti ? Oh, rassurez-vous,
ce n'est pas à la Guilde que j'en veux. Vous êtes comme
le reste de ses membres, Spadetti. Comme ceux qui, jadis
à votre place, vendirent l'honneur de la République en se
laissant soudoyer par les agents français et la clique de
Colbert… Prêts à livrer tous les secrets de l'Etat pour peu
que l'or vous éblouisse au bout du chemin… Vous êtes
comme la moitié des corporations véreuses de cette ville,
prêtes à se vendre à l'étranger. Mais au bout du chemin,
Spadetti, ce n'est pas l'or qu'il y a. Pas l'or…

Minos se leva. Spadetti se raidit. Il regarda de nouveau en direction du tisonnier.

— Je vous ai dit que je n'en voulais pas à la robe de
cristal, non…

Spadetti vit pour la première fois le sourire de
l'homme.

Un sourire étincelant, comme ses yeux.

— *Mais à vous.*

Federico se jeta en hurlant en direction de l'établi, prêt à se saisir du tisonnier.

Il n'alla pas jusque-là.

L'homme avait bondi lui aussi. De toutes ses forces, il lui planta une lame dans l'estomac. Il la maintint là, vissée au creux de ses entrailles. Son poignet tourna et retourna dans la plaie tandis que le verrier, roulant des yeux effarés, crachant des flots de sang, s'affaissait peu à peu contre lui. Enfin, l'homme ôta la lame et la mit devant les yeux de Federico.

— Regardez, Spadetti, et notez l'ironie : c'est avec l'un de vos propres stylets de verre, à crosse de nacre, avec serpent et tête de mort, que vous allez rejoindre les ombres. N'est-il pas juste, après tout, que le pécheur périsse de l'objet que ses mains aviles ont façonné ? Vous êtes celui du Troisième Cercle, Spadetti. Vous ne comprenez pas, mais ce n'est pas grave. Sachez seulement que cela sera votre dernier et unique titre de gloire.

Federico eut encore un hoquet, puis il s'effondra sur le sol, tandis que l'homme achevait :

— Au bout du chemin, il y a l'Enfer, Spadetti.

Il se tourna alors vers le four et ses yeux se perdirent dans les braises rougeoyantes.

Une heure plus tard, son office achevé, Minos eut un sourire satisfait.

— Décidément, vous me soufflez, Federico Spadetti, dit-il.

Andreas Vicario, membre du Grand Conseil, célèbre pour son incomparable *Libreria*, sa bibliothèque infer-

nale, sise en plein cœur de Venise, se retourna après avoir
une dernière fois contemplé son œuvre.

Puis il s'éloigna, ses pas retentissant dans le silence
des vastes halles de l'atelier.

Le stylet de verre ensanglanté tomba en tintant sur
le sol.

CHANT X

Arsenal et belles dentelles

L'effervescence dans l'atelier de Federico Spadetti n'avait rien à envier à celle des jours précédents ; mais à celle-ci, il fallait ajouter une nuance de taille : la présence d'une trentaine d'agents dépêchés par les Dix et la *Quarantia*, qui interrogeaient l'un après l'autre les ouvriers, employés et apprentis des halles de Murano, sans compter le personnel des autres verriers membres de la Guilde, disséminés en différents sites de l'île. Ce déploiement subit masquait bien mal le désarroi du Doge et d'Emilio Vindicati. Un nouveau coup venait d'être porté aux autorités. Emilio fulminait. Ligotés et bâillonnés à l'entrée de l'atelier, les quatre hommes chargés de la surveillance du verrier avaient été agressés avant même d'avoir pu donner l'alerte. A présent, le *Minor Consiglio*, le Conseil restreint de Francesco Loredan, était avisé de ce qui se tramait ; l'émoi était à son comble. Pietro, lui, se trouvait avec Brozzi à deux pas du local où il avait épluché le registre de Federico quelque temps plus tôt, à l'endroit même où, la veille au soir, Spadetti avait reçu Minos. La robe de cristal

était tachée de sang. Blafard et silencieux, le regard
halluciné, Tazzio épongeait la collerette de verre filé,
à l'extrémité supérieure de la robe, avec des gestes
d'automate. Eternel corbeau chargé des basses besognes, Antonio Brozzi, le médecin de la *Quarantia*, était
arrivé une heure plus tôt avec sa sacoche noire et son
improbable caducée, qu'il balançait d'avant en arrière
tout en caressant sa barbe blanche.

— Désolé de vous donner encore du travail, lui dit
Pietro.

— Oh, dit Brozzi, ne vous inquiétez pas.

Il avait eu un sourire qui tenait davantage de la grimace.

— C'est la routine, Viravolta. N'est-ce pas ? La routine.

Puis, soupirant, il s'était attelé à cette nouvelle
énigme.

Le corps de Federico Spadetti avait d'abord été mis en
pièces ; puis glissé au four. Des débris de verre – compa-
rables à ceux que l'on avait trouvés aux pieds de Marcello
Torretone, au théâtre San Luca – traînaient sur le sol.
Federico Spadetti avait été *soufflé*, dans les cylindres de
métal et au bout de pinces de fer, comme les verres dont
il s'occupait traditionnellement. Il en résultait des chairs
pendantes et des os broyés en circonvolutions diverses,
dessinant les arabesques les plus inattendues et les plus
effroyables. Une nouvelle œuvre d'art, en quelque sorte,
qui se passait de mots. C'était à son alliance, miraculeusement tombée sur le sol non loin des restes de son cadavre,
que Tazzio avait identifié son père. Federico n'avait pas
paru à l'atelier ce matin-là et les premiers apprentis

avaient découvert Tazzio seul au milieu de cette boucherie. Tazzio, au retour de ses galantes échappées sous l'*altana* de Severina, avait cherché son père sans résultat une partie de la nuit, avant de se rendre à l'atelier pour vérifier qu'il ne s'y trouvait pas. Depuis, il n'avait pas prononcé un seul mot, en dehors de ceux que ses compagnons avaient entendus lorsqu'ils l'avaient découvert agenouillé ainsi, devant la robe de cristal : « C'est mon père… On l'a tué. Tué, on l'a tué. C'est mon père… »

— Je commençais à m'inquiéter, dit Brozzi. Presque une semaine sans vous revoir, Viravolta, vous et un autre cadavre invraisemblable… Mpfh !

Le peu qui restait de Federico Spadetti avait été disposé dans un bac et mélangé à de la terre glaise ; le bac était disposé sous une arrivée d'eau et avait été copieusement arrosé. Il en résultait une boue pestilentielle. Sur le bac, à la craie, on avait écrit :

Noi passavam su per l'ombre che adona
La greve pioggia, e ponavam le piante
Sovra lor vanità che par persona.

Nous passions parmi les ombres que terrasse
La pluie lourde, et nous mettions les pieds
Sur cette vanité qui semble corps.

— Le châtiment du Troisième Cercle, dit Pietro. Naturellement.

— Les Gourmands, dit Brozzi en haussant les sourcils.

— Couchés dans la boue, sous une pluie noire et glaciale.

Pietro contempla la tourbe noirâtre mélangée dans le bac.

— La Chimère est de plus en plus drôle.

— Que voulez-vous que je tire de cela ? demanda Brozzi en plongeant une spatule dans cette boue épaisse qui, autrefois, avait été le souffleur de verre.

Pietro se détourna et regarda en direction de Tazzio. La robe resplendissait maintenant, mais le garçon continuait de la nettoyer. Pietro attrapa un tabouret et alla se placer à ses côtés. Autour de lui, sous les halles de l'atelier, les agents de la *Quarantia* poursuivaient leurs investigations. L'affliction du jeune homme ne pouvait manquer de toucher Pietro. L'allusion de l'ennemi à la cupidité de Spadetti avait sans doute échappé à Tazzio, inconscient des tenants et des aboutissants réels du drame. Mais cette vision d'horreur – son père réduit à de la glaise informe, comme l'Adam biblique avant même sa conception – le hanterait à tout jamais. Pietro, lui aussi, était consterné et furieux ; si des soupçons pesaient sur le verrier, il n'avait pas prévu que la Chimère pût chercher à s'en débarrasser si vite, et en de telles circonstances. Il enrageait. Il était urgent de réagir.

— Dis-moi, mon garçon, dit Pietro. Tu te souviens de moi ?

Tazzio, absent, ne répondit pas.

— Crois bien que… je vais faire tout ce qui est en mon pouvoir pour retrouver qui a fait cela. Je connais la douleur de perdre un être proche. Je devine à quel point tu souffres, même si je sais aussi que les mots, en de telles circonstances, sont de piètres consolations.

Il leva une main, hésita. Doucement, il la posa sur l'épaule du jeune homme.

— Le moment est peut-être mal choisi, mais j'ai besoin d'aide. Pour retrouver ce… Minos. Car c'est lui, n'est-ce pas ? En avais-tu déjà entendu parler ?

Tazzio ne répondait toujours pas, clignant seulement les yeux en continuant de lustrer le pelage de cristal.

Pietro fit encore quelques tentatives pour en apprendre davantage auprès du garçon ; en vain. Il décida de ne pas insister et rejoignit les autres enquêteurs de la *Quarantia* pour interroger les ouvriers. Au bout d'une demi-journée, il fallut se rendre à l'évidence : seules trois personnes avaient entendu parler de Minos, même si la plupart d'entre elles, à un moment ou à un autre, s'étaient attelées à la fabrication des fameuses lentilles de verre. Et nul n'était en mesure de révéler l'identité exacte de l'ennemi.

Pietro s'était de nouveau assis sur le tabouret, Tazzio non loin de lui ; il essayait de rassembler ses pensées, de récapituler les faits. D'abord, il y avait eu Marcello et la broche de la courtisane Luciana Saliestri, abandonnée sur les planches du théâtre San Luca. Cette broche l'avait conduit au sénateur Giovanni Campioni.

Pietro se mettait à présent à parler tout seul.

— Marcello Torretone, agent du gouvernement… Admettons que le prêtre Caffelli, au courant de la double identité de Marcello, ait découvert l'existence des Oiseaux de feu. Il s'en ouvre à Marcello, qui réunit de nouvelles informations, mais n'a pas le temps de les transmettre au Conseil des Dix. Il est assassiné au San Luca. Dans le même temps, l'un des Oiseaux rencontre et possède Luciana Saliestri, lui vole la broche du sénateur et la dépose au théâtre pour l'incriminer.

A moins qu'elle-même ne fasse partie de la secte et n'ait donné la broche délibérément… Une manière de faire d'une pierre deux coups, et de pousser les autorités à l'élimination des doux réformistes comme notre sénateur Campioni.

Pietro passa une main dans sa perruque poudrée. Le talon de son mocassin à boucle luisant frappait régulièrement le sol, ponctuant le fil de ses réflexions comme le battement d'un métronome.

— Oui, jusque-là, tout se tient. Luciana est donc une clé. Je dois la revoir, il est possible qu'elle me cache encore quelque chose. Oui, j'arrive, ma chère ! Et vous allez entendre parler du pays. Bon, après cela, le prêtre Caffelli, terrorisé, n'ose faire le moindre geste. Il est repéré lui aussi. Peut-être Marcello a-t-il livré son nom, sous la torture ? Caffelli est ligoté au sommet de San Giorgio. De ce côté, les Oiseaux sont satisfaits. Mais voilà : les débris de verre retrouvés au San Luca nous amènent jusqu'à Federico Spadetti, membre de la Guilde, et au mystérieux Minos. Spadetti est assassiné à son tour, nous ne savons rien de Minos, si ce n'est sa commande de lentilles de verre. Des lentilles de verre, *Santa Madonna* – pour quoi faire ?

Pietro soupira et se frotta les yeux.

— Par-dessus tout, Virgile et Campioni conduisent mes pas, l'un vers Dante et les Forces du Mal, l'autre vers ces mêmes Oiseaux de feu, à la villa Mora… Nous sommes manipulés. *Il Diavolo* a-t-il décelé ma présence dans le caveau de la Mora – ou était-il prévenu *avant* que je me rendrais sur place ? Dans ce cas, pourquoi m'avoir épargné ? A tout moment, il pouvait se saisir de moi… Aurais-je, moi aussi, un autre rôle à jouer dans cette affaire ? Non, je crois… je crois que tout cela n'est qu'un leurre… Une vaste digression…

Il hocha la tête.

Tout à coup, il entendit une voix à côté de lui.

— Minos est allé à l'Arsenal.

La main de Pietro resta suspendue. Il se tourna vers Tazzio.

— Comment ?

— Minos est allé à l'Arsenal.

Il se pencha de nouveau vers le garçon.

— Tu le connais ! Tu sais qui il est, n'est-ce pas ?

— Non. Mais je sais qu'il est allé à l'Arsenal. J'ai entendu mon père discuter avec l'un de ses hommes, il y a six mois.

— Cet homme, qui était-il ?

— Je ne sais pas.

Il continuait de frotter la robe de cristal, il y voyait son visage, multiplié en mille reflets translucides et mouvants.

— Minos est allé à l'Arsenal, répétait-il.

*
* *

L'Arsenal, dans le sextier de Castello, avait tout d'une forteresse extraordinaire. Elle occupait à elle seule une large part de la superficie totale de Venise. Ici se jouait depuis des siècles la puissance économique et militaire vénitienne. L'Arsenal abritait deux mille artificiers, charpentiers, radoubeurs, fabricants de voiles, tresseurs de cordages et autres corps de métiers ; c'était un monde à lui seul, flanqué de tours et de sentinelles qui veillaient

sur les bassins d'amarrage, les hangars et ateliers couverts, les forges, les centres de construction des navires,
les fonderies. D'ici étaient sortis les cinq galères et les
huit galions qui gardaient en permanence le golfe Adriatique ; les galliasses et galiotes qui croisaient de Zante à
Corfou ; les frégates et vaisseaux de quarante, cinquante
ou quatre-vingt-dix pièces de canons sillonnant les flots
de Gibraltar à Constantinople ; les *mude* et les « navires
subtils » luttant contre la piraterie en mer.

Sitôt que Pietro avait appris de Tazzio que Minos
était allé à l'Arsenal – dans des circonstances et un but
qui restaient à déterminer –, il en avisa Emilio Vindicati avant de se rendre lui-même sur place, à la tête
d'une escouade de vingt agents auxquels s'ajoutaient
les inquisiteurs dépêchés par les Dix. Un soir, Tazzio
avait surpris une conversation entre son père et un
homme dont il n'avait pu voir le visage, mais qui s'était
réclamé d'un certain Minos ; Tazzio n'avait compris
que quelques bribes de cette conversation : le Minos en
question était en relation avec certains constructeurs de
l'Arsenal, auxquels il avait passé secrètement une commande privée, comme il l'avait fait auprès du verrier
pour obtenir ses fameuses lentilles. Voilà qui confortait
Pietro dans l'idée que ce Minos, bien qu'il dissimulât
son identité, avait pignon sur rue.

L'arrivée de l'Orchidée Noire et des sbires des
Ténébreux fit l'effet d'un coup de tonnerre. Ils marchaient, Viravolta en tête, les aiguillant d'un geste de
la main ou d'un signe de tête pour qu'ils se dispersent
de toutes parts ; leurs pas résonnaient au milieu des
artisans et ouvriers des chantiers navals. Les agents
se disséminaient à présent dans les halles et les bas-

sins. C'était le branle-bas de combat et l'on chuchotait déjà que l'affaire était d'une extrême gravité. Alors que Pietro interrogeait l'un des constructeurs publics dans une fonderie, on vint le trouver avec de nouveaux registres. Comme à leur habitude, les Oiseaux de feu avaient manœuvré dans l'ombre, au nez et à la barbe des Dix et de la *Quarantia*. Minos avait commandé la construction de deux frégates légères, mais ce n'était rien encore : ce que découvrit Pietro à cette occasion lui glaça les sangs. Il ne fallut guère de temps pour croiser les informations de l'Arsenal avec celles des autorités militaires de la ville. Quinze personnes furent interpellées. Aucune ne put révéler l'identité de Minos, qui semblait manifestement n'opérer que par d'obscurs intermédiaires. Pietro circula un moment au milieu des registres, des boulets de canon sortis des fonderies, des mortiers et barils de poudre garnissant par centaines les entrepôts. Puis, en fin d'après-midi, il s'empressa d'aller trouver Emilio Vindicati. Il n'en revenait pas, et pourtant, ce qu'il devait lui apprendre était parfaitement réel.

— L'Orchidée Noire !

On avait discrètement annoncé Pietro. Il trouva Emilio dans la Salle du Collège ; Francesco Loredan, lui, siégeait en ce moment même avec les membres de son Conseil restreint. Emilio n'était pas seul : un homme d'une trentaine d'années se trouvait avec lui. Le visage mince, la peau si blanche qu'on eût dit du marbre, cet homme avait des doigts de pianiste et un air éthéré qu'atténuait le filet d'une barbe soigneusement coupée. Il portait une ample chemise blanche et une veste dont l'apparence, les couleurs et la coupe traduisaient aux yeux de Pietro, familier de toutes les élégances, une provenance française. Emilio envoyait à cet invité de la République de larges sourires et forçait un peu les rodomontades. Lui parlant tantôt en français, tantôt en italien, il le flattait manifestement pour son « immense talent » et s'inclinait devant le « privilège de le recevoir au cœur de la Sérénissime ». Pietro ne tarda pas à en apprendre davantage.

— Ah ! *Messer*, je vous présente Pietro Luigi Viravolta de Lansalt, l'un des… hum… conseillers spéciaux de notre gouvernement, dit Emilio, toujours un brin obséquieux. Pietro, voici Maître Eugène-André Dampierre, artiste peintre de renom, qui a accompagné jusqu'ici Son Excellence l'ambassadeur de France. Maître Dampierre exposera prochainement ses œuvres dans le narthex de la *basilica San Marco*. Des œuvres d'inspiration religieuse, de toute beauté, Pietro.

Maître Eugène-André Dampierre s'inclina avec componction. Pietro lui rendit la pareille.

— Pourrais-je avoir un entretien avec vous, Emilio ? demanda Pietro. Le moment est peut-être mal choisi, mais la chose est d'importance.

Le visage d'Emilio se crispa momentanément, puis il se tourna vers Dampierre et, lui prenant les mains avec chaleur, lui dit :

— Saurez-vous me pardonner un instant, Maître ? Les affaires de la cité ne nous laissent pas de répit. Je reviens d'ici quelques minutes.

— Je vous en prie, dit Dampierre en s'inclinant encore.

Emilio entraîna Viravolta dans une salle voisine.

— Le nouvel ambassadeur de France est arrivé, Pietro, dit Vindicati ; il est actuellement en séance avec le Doge et son Conseil restreint. La passation de pouvoirs officielle a eu lieu dès hier soir ; son prédécesseur est déjà reparti. De ce moment, la protection de sa personne, de ce Dampierre et de Loredan ne vont cesser de m'accaparer. La sécurité de tout ce monde ne sera pas une mince affaire, et nous ne devons rien révéler de ce qui se passe ici. Les réceptions officielles se borneront pour le moment à des entrevues au palais, mais notre nouveau venu voudra visiter la ville ; à l'invitation du Doge, il va être associé à toutes les fêtes de l'Ascension, et nous sommes contraints d'en redoubler le faste. Il participera aux manifestations publiques, et nous avons peu de temps pour nous y préparer. Cerise sur le gâteau : figure-toi que Son Excellence veut profiter un peu des menus plaisirs vénitiens – et en partie incognito, si possible. Il est déjà prévu qu'il se rende demain à la soirée de bal organisée par Andreas Vicario, à Canareggio… Te rends-tu compte ? J'ai l'impression de marcher sur la tête.

— Eh bien tu n'es pas au bout de ta peine, Emilio, dit Viravolta, l'air sombre. Notre visite à l'Arsenal m'a fait découvrir des éléments nouveaux et totalement affolants.

Il y eut un silence. Emilio leva vers Viravolta un regard inquiet :

— Que veux-tu dire ?

— Tout cela a été planifié de longue date. Dieu sait comment, mais Minos est passé outre au contrôle des commandes publiques ; il s'est fait construire à ses propres frais – ou avec des fonds de l'Etat détournés,

qui sait ? – deux frégates dont nous ignorons tout ;
cela est déjà en soi extraordinaire et pourtant, ce n'est
encore rien. Vois-tu, il y a six mois, l'Arsenal a mis à
flot deux galères qui devaient croiser dans le golfe, la
Sainte-Marie et le *Joyau de Corfou*. Tiens-toi bien : les
galères ont disparu il y a deux jours, quelque part dans
l'Adriatique. Ni l'Arsenal, ni aucune de nos magistratures ou de nos autorités militaires ne savent ce qu'elles
sont devenues.

Nouveau silence.

— Tu… tu veux dire que…, balbutia Emilio.

Pietro lui prit le bras :

— La *Sainte-Marie* et le *Joyau de Corfou* sont équi-
pées de soixante et quatre-vingt-dix pièces de canons,
Emilio. Dieu sait ce qu'elles feront lorsqu'elles revien-
dront au port…

Vindicati porta une main à son front.

— C'est de la folie… Penses-tu vraiment que Minos
soit en train d'armer des galères contre nous ?

— Je suis prêt à tout croire, depuis ce que j'ai vu à
la villa Mora. Minos, Virgile, la Chimère, je ne sais s'il
s'agit d'une seule et même personne ; mais une chose est
sûre : les Oiseaux de feu sont partout, comme le prêtre
Caffelli l'avait dit, et l'administration de la République
est mouillée jusqu'au cou. Tu m'entends ? *C'est pire que
tout ce que nous pensions.*

Emilio accusa le coup. Tous deux entendirent au
loin s'ouvrir les portes de la salle où le Doge avait siégé
avec le *Minor Consiglio*, pour recevoir l'ambassadeur
de France et lui adresser leur mot de bienvenue. Une
faible rumeur, accompagnée de quelques exclamations
de joie, leur parvinrent. Emilio s'appuya sur le bras de

Viravolta et chercha désespérément à se recomposer un visage décent.

— Et on me demande de faire des courbettes à toute la terre ! *Porca miseria !* Pietro, je dois m'occuper d'eux. Je t'en prie, je te donne tous pouvoirs pour continuer l'enquête lorsque je ne serai pas disponible. Sois là demain soir pour le bal de Vicario, tu ne seras pas de trop. Et en attendant, chasse les Oiseaux de feu, moi je m'occupe du Doge et de nos chers politiques.

Pietro acquiesça en silence, puis ils regagnèrent la Salle du Collège, où se trouvait toujours le peintre Eugène-André Dampierre ; enfin, Emilio, écartant les bras, un large sourire sur les lèvres, se dirigea vers le Doge et l'ambassadeur. Ce dernier était un homme d'une cinquantaine d'années, le front ridé, des boucles de cheveux blancs dépassant de son chapeau. Il portait une veste rouge et bleu, lisérée d'or, et un pantalon blanc ; des décorations de tous ordres encombraient sa poitrine. Il écoutait Loredan qui, dans sa robe de pourpre et d'hermine, le sceptre en main, lui parlait en souriant comme à son plus vieil ami. Pietro leva les yeux et croisa la toile de la *Victoire de Lépante*.

Il se dit que la partie était loin d'être gagnée.

*

* *

Luciana Saliestri venait de se lever, à quelques pas de son *altana* dominant le Grand Canal, et de ce divan rouge où elle avait déjà accueilli Pietro une première fois, lorsqu'il était venu l'interroger dans sa villa. A l'arrivée de l'Orchidée Noire, et non sans

distiller adroitement ses allusions, elle lui avait proposé une partie de dominos. Elle étalait maintenant
les pièces devant elle, sur une table basse finement
ouvragée, entre deux tasses de café. Elle sourit, fit un
clin d'œil tandis que Pietro, assis devant elle, regardait
se déployer les charmes et les formes ravissantes de
la courtisane. Elle lui envoya un regard espiègle, son
doigt vint se poser sur sa bouche, avant de passer sur
ses pommettes soulignées de rose, non loin de cette
mouche qu'elle portait à la commissure de ses lèvres.
Sa robe à friselis de dentelle lui dégageait la gorge et les
épaules ; son pendentif en forme de dauphin tombait
jusqu'à la naissance de ses seins, rotondités sublimes
que l'on devinait palpitantes sous le tissu. Elle avait
ajouté un voile diaphane autour de son cou. Au bout
de quelques instants, elle jugea que, finalement, elle
n'avait pas envie de jouer. *Allons ! J'ai d'autres idées en
tête.* Elle se leva et n'eut qu'un geste à faire pour que la
robe glisse doucement à ses pieds. Le voile ondoya sur
le secret de sa poitrine, dont Pietro devinait maintenant la couleur laiteuse et les délicates aréoles. Luciana
était une fleur, oui, dont le doux pistil demeurait caché,
et dont la corolle allait s'épanouissant sous ses yeux.
Il n'était pas étonnant que le sénateur Campioni fût
tombé amoureux d'elle. Elle monta l'une de ses longues jambes sur la table basse où Pietro avait posé
sa tasse de café, dispersant au passage les dominos.
Viravolta examina le galbe de cette cuisse avec délices ;
mais il n'avait guère de temps pour la bagatelle. Il est
vrai que celle-ci eût pu faire partie de son plan, et lui
permettre d'obtenir des informations en usant d'armes
moins déplaisantes que les pistolets, l'épée ou l'arque-

buse. Mais, depuis sa première entrevue avec Luciana, bien des choses avaient changé. La veille au soir, Landretto était venu retrouver son maître. Dehors, la pluie était tombée. L'Orchidée Noire se souvenait des yeux clairs et du front échevelé de son valet, lorsqu'il avait ôté son galurin pour lui dire : « Anna Santamaria est jalousement surveillée par son mari, dans leur villa de Santa Croce… Elle sait que vous n'avez toujours d'yeux que pour elle : je lui ai donné la fleur… »

Oui : à présent, Anna Santamaria était à portée. Pietro n'avait plus qu'un geste à faire. Et en dépit de l'interdit qui pesait sur lui, il se sentait prêt à tout pour la revoir.

La voix claire de Luciana, à la fois aguichante et moqueuse, vint souffler à ses oreilles :

— Que pensez-vous de mes chaussures, Pietro ? Voulez-vous que je les garde ?

Pietro ne répondit pas.

— J'ai mis pour vous l'une de mes plus jolies robes, le savez-vous ? On me dit coquette, à Venise. Mais je ne suis pas comme celles qui vous attrapent par le *tabarro* sous les *Procuratie*, mon doux seigneur. Mes bustiers ne cachent point de renfort de mousse et je ne cale pas de coussinet sous mes jupes, comme elles le font, pour corriger leurs défauts… Je ne porte pas de postiches et me suis débarrassée de toutes mes frisures. Mes cheveux vous plaisent-ils ainsi ? Attendez que je les dénoue…

Ce qu'elle fit d'un geste expert. Sa chevelure tomba en cascade sur ses épaules et, comme par accident, le foulard chut à son tour. Elle ramena les mains sur ses seins, mimant une pudeur qu'elle n'avait pas, puis les écarta lentement.

Les mamelons n'étaient qu'à quelques centimètres du visage de Pietro.

— Les emplâtres, les andriennes et les paniers, le fard grossier, je laisse tout cela à celles dont la beauté a besoin d'artifices. Je m'offre les plus belles toilettes, en rendant grâces chaque fois à mon défunt mari, cela est vrai. Paix à son âme ! Vous le savez, le pauvre ange avait le sens du négoce et de l'argent. Il en oubliait parfois toute raison. Moi, c'est l'inverse : j'ai un goût infaillible pour d'autres sortes de commerce, que je n'ai pas le cœur de me refuser. A quoi peut me servir ma fortune, si ce n'est à me rendre plus désirable ? C'est qu'au fond, je me suis toujours trouvée bien mieux… en liberté. Alors, sitôt que les ducats atterrissent dans mes mains, hop ! je les dépense. Je les fais disparaître. J'ai pour cela un obscur talent de magicienne… Et j'attends de puiser à nouveau dans le petit trésor que m'a laissé mon cher époux ! Un saint homme, finalement…

Elle venait de renverser et de hocher la tête, en posant ses deux mains sur les épaules de Viravolta. Elle faisait mine, maintenant, de se frotter contre lui en ondulant du bassin. Il était toujours assis, et elle debout.

— Voulez-vous vérifier ?

— Vérifier quoi ? demanda Pietro.

— Vérifier ce que je vous ai dit, au sujet des coussinets.

Ce disant, elle laissa glisser ce qui lui restait de vêtements et se retourna. Pietro eut sous les yeux ses hanches et la plus somptueuse, la plus belle, la plus veloutée des paires de fesses qu'il eût jamais vue.

— Vous voyez ? Tout au naturel.

La Vénitienne avait achevé son effeuillage. Elle pivota

de nouveau vers lui. Ils se regardèrent en silence. Pietro, non sans une certaine surprise, crut voir un éclair de tristesse passer dans les yeux de la jeune femme. Son attitude, l'espace d'un instant, lui parut plus sincère, plus sérieuse. Puis elle laissa chavirer sa tête et sourit de nouveau. Un rai de lumière perçait au-dehors entre deux nuages blancs, par-dessus le Grand Canal, pour franchir l'*altana* et s'échouer à l'intérieur de la pièce, amenant avec lui la douce chaleur du soir.

— Otez donc cape, gilet et redingote, Pietro Viravolta… et dites-moi vos préférences.

Pietro se leva lentement. Il hésita un instant, puis se pencha pour ramasser la robe de la jeune femme.

— Allons, Madame.

Une lueur d'incompréhension traversa le regard de Luciana.

— Vous avez des charmes à faire damner tous les papes, et sachez qu'en d'autres circonstances, je n'aurais pas hésité. Mais voilà : le temps me presse, et… j'ai en tête d'autres plans. Je vous en prie… Ne recevez pas ce refus comme un affront, car il n'en est pas un.

Luciana, refroidie, cligna les yeux. Elle se renfrogna quelques instants, ne sachant si elle devait jouer la courtisane à la fierté outragée ou l'oiseau blessé. Elle avait en ce moment quelque chose de profondément féminin. Une partie de sa coquetterie et de son affectation venait subitement de tomber, et ce mouvement inattendu avait quelque chose de fort sympathique. Pietro ne put s'empêcher de se demander comment Luciana se fût comportée si, soudain, il avait renoncé à ses préventions pour se jeter sur elle. Pietro n'était pas dupe des minauderies ; et, par un puissant mystère autant que par une longue expérience, il était souvent capable de deviner avec une certaine clairvoyance l'état psychologique des femmes, à la façon dont elles faisaient l'amour. Il était convaincu que Luciana se serait donnée avec fureur, oui, une sorte de fureur extatique qu'il devinait en elle, couvant comme une volonté de revanche. Au plus fort de l'extase, il l'aurait accompagnée comme une naufragée. Déjà, elle avait l'air d'une égarée. Une intuition disait à Pietro qu'au fond, et bien qu'elle fît mine de s'en défendre, Luciana était prête à tout pour mendier le grand amour. Seules les fioritures du plaisir lui permettaient de se jouer cette comédie qui la mettait à l'abri de sa propre angoisse, autant qu'elle la nourrissait d'un sentiment de lassitude, d'infinie fuite en avant. Pietro ne comprenait tout cela que trop. Durant ces quelques secondes qui animèrent silencieusement le visage de la jeune femme, l'Orchidée Noire perçut combien ces élans subtils agitaient la belle Luciana, et il en fut touché. Voilà qui atténuait la disposition d'esprit avec laquelle il était venu trouver la courtisane ; sa propre dureté était tombée. Pour autant, il devait continuer de se méfier. Si Anna Santamaria était une Veuve Noire, Luciana pouvait bien tenir de la tarentule. On n'était jamais sûr de rien…

Ta part d'ombre, à toi aussi, Luciana : et toi aussi, tu es perdue pour ce monde.

Finalement, elle adopta un ton neutre, un peu froid.

— Je vois… Sans doute votre esprit est-il tourné tout entier vers *elle*…

Un soupçon d'amertume pointa dans sa voix.

— … Cette Anna Santamaria.

Ce fut au tour de Pietro d'être déstabilisé.

— Je vous demande pardon ?

Elle releva les yeux vers lui, les lèvres retroussées en un sourire contraint.

— Que croyez-vous ? Moi aussi, cher ami, je me suis renseignée sur vous… L'Orchidée Noire. Pietro Luigi Viravolta, relevé des Plombs… Un agent du gouvernement enfermé après avoir piétiné les plates-bandes du sénateur Ottavio…

Pietro se passa la langue sur les lèvres.

Cette fois, Luciana marquait un point.

— Pensez-vous que je ne suis qu'une libertine extatique et écervelée ?

Oh non ! Il était loin de penser cela. Elle poursuivit.

— Voyez-vous, moi non plus je ne vous ai pas tout dit.

— D'où tenez-vous ces informations ?

Le regard de Luciana le quitta pour sa tasse de café.

— Dites-moi, Monsieur l'Orchidée Noire, pourquoi vous aiderais-je ?

Il y eut un silence.

— Pour Marcello Torretone. Pour Giovanni Campioni, qui est aujourd'hui, me semble-t-il, dans une situation bien précaire. Allons, Luciana, les raisons ne manquent pas ! Et j'ai vraiment besoin de vous. Croyez-moi, le Doge et les Dix sauront s'en souvenir. Je vous en prie : si vous savez quelque chose, dites-le-moi.

Elle hésita encore. Puis, après un long soupir :

— Un autre sénateur est venu me voir de temps en temps, dit-elle. Quelqu'un, Viravolta… qui ne vous aime pas beaucoup.

De nouveau, elle plongea les yeux dans ceux de Pietro.

— Le sénateur Ottavio.

Pietro fronça les sourcils.

Et soudain, plusieurs pièces du puzzle commencèrent de s'assembler. La broche volée, les Oiseaux de feu, les renseignements sur Giovanni Campioni… Et le fait que Pietro ait été de longue date écarté des affaires de la République pour être enfermé aux Plombs… Lui, un gêneur de premier plan…

— Ottavio… Tiens, tiens… Mon ancien mentor, naturellement…

Il se tourna vers la belle.

— Pourquoi ne pas me l'avoir dit plus tôt ?

Luciana eut un haussement d'épaules.

— Je protège ceux qui viennent me voir, mon ami. *Tous ceux* qui viennent me voir. Qu'auriez-vous dit, si c'était votre identité que j'avais trahie, aux yeux d'Ottavio ?

— Ce que vous vous êtes bien gardée de faire, j'espère, dit Pietro en plissant les yeux.

Elle lui lança un regard appuyé.

— Allons, *Messer* Viravolta… Je sais parfaitement où est mon intérêt.

Un autre point pour elle. Pietro se tut, puis retrouva le sourire. Une drôle d'idée venait de lui traverser l'esprit.

— Vous savez, Luciana… Vous feriez un bon agent secret… J'en parlerai au Conseil des Dix, si vous le souhaitez.

Elle reçut la boutade avec un intérêt mitigé.

— Laissez les Ténébreux où ils sont, et moi où je suis.

— Il me plairait assez, en tout cas, de jouer à mon

tour les recruteurs. Et j'ai pour vous un sobriquet tout trouvé…

Il regarda les pièces du jeu étalées sur la table basse et se saisit de l'une d'entre elles.

Le double six.

— Luciana… J'ai une proposition à vous faire.

Son sourire s'accentua.

— Accepteriez-vous d'être ma « Domino » ?

*
* *

Deux jours plus tôt, à la nuit tombée, le duc von Maarken avait quitté son château autrichien aux créneaux dentelés. Enveloppé d'un grand manteau noir, il se glissait maintenant comme une ombre au sortir de la gondole qui l'avait amené à Canareggio. Il leva les yeux vers la lune qui disparaissait derrière les nuages. Deux porteurs de flambeaux éclairaient sa marche. Il les suivit en silence jusqu'à l'entrée du bâtiment où il avait rendez-vous. On échangea des mots de passe, puis les portes s'ouvrirent. Enfin, le duc pénétra dans l'entrée du palais. Quelques minutes plus tard, il se trouvait devant une cheminée, un verre de vin à la main.

La Chimère était assise en face de lui.

— Le fruit est mûr, dit von Maarken. Depuis Passarowitz, Venise est vulnérable. Où en êtes-vous à présent ?

— J'accomplis le plan tel qu'il est prévu.

— Oui, oui… Je vous ai laissé vous amuser et faire à votre manière, mon ami. Mais je doute de l'efficacité de toutes vos fantaisies et de toutes vos grimaces. Ces mises en scène étaient-elles bien utiles ? Croient-ils vraiment à vos acrobaties de salon ? Une secte diabolique… Pas un responsable sensé ne pourrait accorder le moindre crédit à un ennemi aussi fumeux… Satan et vos pitreries de bibliothèque ont bon dos…

La Chimère émit un petit rire.

— Ne croyez pas cela… Nous sommes à Venise, ici. Tous s'affolent. Le Doge et les siens sont désemparés. Nos leurres sont à la mesure de l'enjeu, ils sont perdus et ne savent pas où donner de la tête. La cohérence de notre plan leur échappe encore parce que nous le voulons bien. Oui, je m'amuse, cela est vrai. Et tous plongent dans les rets que je laisse sur mon passage. Ils vont s'y empêtrer jusqu'à ce que nous portions le coup ultime. Alors, vous remercierez Dante et l'imagination de votre serviteur.

— Une imagination toute italienne, je vous le concède. Vous auriez dû écrire pour le théâtre. Et votre… représentation à Mestre ?

Il Diavolo rit encore.

— Avez-vous entendu parler de Carlo Gozzi et de ses *Granelleschi* ?

— Pas le moins du monde.

— On les appelle les Ineptes… Il s'agit, en quelque sorte, d'une académie badine, qui réunit de joyeux lurons férus de belles lettres ; ils se disent ennemis de l'emphase, et prétendent entretenir l'étude des Anciens en préservant « la pureté de l'idiome »… Des Vénitiens cultivés, en vérité. Ils nomment chaque année à leur tête un *gogo archiniais*, qui veille sur ses ouailles avec une autorité de comédie. Je m'en suis inspiré. Mes Oiseaux de feu sont de la plus haute distinction, et ma farce s'est déroulée au mieux. Mais soyez-en sûr : au-delà de la plaisanterie, tous ceux que j'ai recrutés nous seront fidèles.

— Nous verrons cela, dit von Maarken.

Ses yeux brillèrent, tandis qu'il regardait les flammes de la cheminée.

— Bientôt, oui, nous verrons… Venise tombera en quelques heures… Alors, sur un plateau d'argent, j'offrirai à l'Autriche le verrou de la mer. Le plus beau, le plus sublime des joyaux. Et vous… vous serez récompensé comme il se doit, ainsi que nous en sommes convenus. Mon gouvernement y veillera, croyez-moi.

Eckhart von Maarken balaya machinalement une poussière de sa veste, claqua la langue et termina d'un trait son verre de vin.

*
* *

La nuit était déjà avancée lorsque Viravolta s'aventura sous le balcon de la villa de Santa Croce où se trouvaient les appartements d'Ottavio. Chapeau et *tabarro* noirs, un masque sur le visage, emmitouflé dans une longue cape, les mains gantées, il n'avait gardé au côté que son épée à pommeau d'or, et l'inévitable fleur à sa boutonnière.

L'œil plissé, il commença par évaluer la distance qui le séparait du troisième étage. Il hésita quelques instants, puis se décida à siffler, comme il le faisait autrefois. Une fois, deux fois… Là-haut, rien ne bougeait. Anna dormait-elle déjà ? Il y avait, pourtant, de la lumière. Et si jamais Ottavio se présentait, l'Orchidée Noire n'aurait qu'à se glisser dans l'ombre, sous le porche. Il siffla encore, puis regarda à droite et à gauche. Personne. Il fallait prendre une décision.

Allez, Anna, entends-moi !

Il s'apprêtait à grimper lorsque quelque chose bougea. Il leva les yeux : ce fut pour voir brièvement la silhouette d'Anna, et le liséré de sa chevelure blonde, coiffée en arrière, qui se découpaient à contre-jour, dans l'embrasure de la fenêtre. Il ne pouvait discerner ses traits mais, à la main qu'elle porta à son cœur, sut qu'elle avait deviné l'identité de celui qui se tenait ainsi, au pied de sa villa. La poitrine de la jeune femme se souleva un instant, elle étouffa un cri ; puis, sans un mot, elle fit volte-face et quitta le balcon.

Pietro prit une inspiration et assura son premier appui.

Il ne manquait pas d'agilité. En quelques instants, il parvint au bord des fenêtres du premier étage, puis du deuxième, profitant des aspérités sur le mur et du treillis des balcons. L'obscurité était son alliée. Il s'arrêta un instant lorsqu'en contrebas un porteur bergamasque passa en chantonnant, bientôt suivi par deux Seigneurs de la nuit. Il retint sa respiration ; il eût été fâcheux d'être ainsi découvert, alors qu'il se trouvait suspendu sur le mur comme une araignée. Viravolta craignit un moment de voir ses bottes glisser contre le maigre renfoncement où elles avaient réussi à se loger. Sa cape bruissait doucement dans le vide tandis que, les genoux repliés, il n'esquissait plus le moindre geste, comme pour se fondre dans la paroi contre laquelle il se pressait. Enfin, les hommes disparurent. Pietro releva les yeux, assura encore une ou deux prises, puis, dans un froissement de son vêtement, passa avec nonchalance par-dessus le balcon.

Il atterrit discrètement, à la manière d'un chat. Devant lui s'agitaient des rideaux diaphanes. Lentement, il s'avança. Il s'aperçut que son cœur battait à tout rompre. Derrière les rideaux, il devina une forme allongée.

Il ouvrit les pans qui lui voilaient le regard.

Elle était là, étendue sur un lit à baldaquin rouge. Elle le regardait de ses grands yeux, une expression indécise sur le visage. Partagée entre la joie et la crainte, elle le guettait comme un chevreuil aux abois. Son corps était recouvert d'une chemise de nuit où la dentelle le disputait au satin, de couleur bordeaux ; une broche d'argent nouait ses cheveux. Ils restèrent ainsi un long moment, lui presque en embuscade entre le balcon et la chambre, et elle, allongée là, sans rien dire. Enfin elle se leva, se précipita vers lui et se jeta dans ses bras. Le baiser qui s'ensuivit balaya d'un trait toutes les misères de l'incarcération de Viravolta, et les tourments qui n'avaient cessé de l'accompagner depuis sa sortie des Plombs. Retrouver la proximité de ce corps charmant, la sensation de ces seins lourds qui se pressaient contre sa poitrine, cette langue gracile, ce parfum capiteux, tout cela était un enchantement. Il se demanda comment il avait pu différer de la revoir en sortant de prison, pourquoi il ne s'était pas aussitôt lancé à sa recherche, en oubliant le reste. Soudain, plus aucune menace n'existait. En même temps, il avait toujours su qu'il la retrouverait ainsi, et ce miracle enfin réalisé sonnait en lui comme une évidence. Il l'aimait – il en était certain. Lorsqu'elle se détacha de lui, à contrecœur, ce fut pour plonger ses yeux brillants dans les siens.

— Mon ami, vous êtes fou ! Fou de venir me trouver !

Pietro remarqua non loin, glissés sous l'oreiller, les pétales d'une orchidée qui dépassait de sa naïve cachette. Le front contre son épaule, elle dit, dans un souffle :

— Landretto a réussi à vous faire savoir que j'étais ici, n'est-ce pas ?

— Anna ! Je ne pouvais pas vous perdre, je… Il ne s'est pas passé une minute sans que je pense à vous. Lorsque j'étais enfermé… j'ai craint de devoir me contraindre à vous oublier, j'ai…

— Oh, vous auriez dû, vous le savez ! Vous auriez dû !

Pietro aurait tout donné pour profiter dès maintenant de ce fruit que le destin lui tendait. Anna Santamaria était là, dans ses bras. Elle refrénait ses sanglots, de joie et de terreur mêlées. Il aurait voulu l'emporter, l'allonger avec lui, tout oublier dans ces draps, au cœur de cette nuit ; ou bien l'enlever, maintenant, pour l'emmener loin d'ici, et accomplir ce doux rêve qui l'avait habité dans les pires heures de son existence… Mais il était ici en milieu hostile, il le savait.

Il la prit par les épaules.

— Anna ! Nous n'avons pas beaucoup de temps.

Elle le regardait, éperdue. Tous deux tremblaient.

— Où est Ottavio ?

— Il est sorti, dit Anna, sans quoi jamais je ne vous aurais laissé monter. Mais il peut revenir à tout instant… C'est pure folie que d'avoir cherché à me revoir !

L'autre jour, lorsque nous nous sommes revus dans les *Mercerie*, j'ai cru mourir ! Et pourtant, je savais… J'avais comme… une certitude…

L'Orchidée Noire regardait de tous côtés dans la chambre.

— Pourriez-vous me dire… où se trouve son bureau ?

Anna resserra ses doigts autour de lui, incrédule.

— Quoi ?

— Montrez-moi son cabinet de travail, je vous en prie. Vite ! Je vous expliquerai !

Elle hésita, puis finit par s'avancer vers la porte.

— Mais que faites-vous ? Vous savez que mes dames de compagnie ne sont pas loin ! Au moindre bruit, elles peuvent…

— Je connais vos chaperons ! persifla Viravolta. Je ne ferai aucun bruit, faites-moi confiance. Conduisez-moi à son bureau, je vous en prie !

Ainsi fut fait. Anna se saisit d'une bougie, à la lueur de laquelle ils traversèrent un boudoir feutré ; une psyché égarée là, aux montants d'or ciselés comme ceux de la plus belle pièce d'orfèvrerie, renvoya brièvement la lueur de la chandelle. Ils contournèrent un divan profond, puis Anna, l'oreille contre le chambranle, écouta quelques instants à une nouvelle porte.

— C'est là.

Lentement, elle fit tourner la poignée.

Tandis que Pietro se dirigeait vers le bureau et allumait une autre bougie, elle traversa la pièce pour se poster auprès de la porte suivante, guettant le moindre pas.

— *Dépêchez-vous !* murmura-t-elle, l'air affolé.

D'une pierre deux coups, songea Viravolta. *Si j'ose dire…*

L'occasion était trop belle.

Le cabinet était une pièce pourvue d'une bibliothèque de bois sombre et d'un astrolabe qui n'avait jamais dû être utilisé. Sur les autres murs, se trouvaient des dizaines de cartes de Venise, témoignant de l'expansion et du développement historique de la cité au cours des siècles. Venise, la ville-passion : Ottavio était un collectionneur de ces cartes anciennes. Des portraits de trisaïeuls à l'air infatué, dont le regard exprimait la morgue et la condescendance, apparaissaient au hasard des lueurs, semblant veiller de leur austère gravité sur les éléments d'un riche mobilier de cèdre et d'acajou ; une commode aux serrures d'or, un buffet à six tiroirs, un secrétaire à la bouche d'ombre débordant de lettres déchirées et surtout, ce bureau, de dix pieds de long, que Pietro cherchait à présent à crocheter. Il fureta sous son chapeau, dans la chevelure de la perruque à bourse qu'il avait mise pour l'occasion. Son masque le gênait. Il s'en débarrassa en l'arrachant de son visage. Une épingle entre les lèvres, une autre entre les doigts, il commença de triturer le mécanisme tandis qu'Anna, tout contre la porte, se sentait gagnée de sueurs. Sa respiration s'accélérait.

— Mais que cherchez-vous ? Je vous en prie, faites vite !

Gagné à son tour par une sourde tension, Pietro s'escrima quelques secondes encore sur la serrure.

Il étouffa un cri de victoire lorsqu'elle céda.

Il ouvrit le tiroir. Des feuillets sans intérêt… Un coupe-papier… Enfin, un rouleau de parchemin entouré d'un ruban violet. Pietro approcha la chandelle et déroula le parchemin sur le sous-main de cuir qui reposait sur le bureau.

Il ne comprit pas ce qu'il avait sous les yeux.

C'était une sorte de… de *plan*, parcouru de rosaces, de symboles mathématiques, de flèches disposées en tous sens ; on y calculait des angles et des hyperboles, on y reproduisait le fronton de villas inconnues comme s'il se fût agi des ébauches de quelque architecte dément ; le dessin de bâtiments estompés y côtoyait des tracés savants exécutés à la règle, au seuil desquels se découpaient des formules chaotiques. Pietro plissa les yeux. Deux mots avaient attiré son attention : *PANOPTICA*, et surtout, dans la marge, presque invisible, et pourtant imprimé dans le filigrane, comme si la plume ou le crayon, en cet endroit, avait à peine effleuré le parchemin, ce nom : *MINOS*.

Il faillit pousser un cri, mais le retint lorsque son regard vola en direction d'Anna. Elle venait de sursauter.

On entendait des bruits, en bas.

Elle se tourna vers Viravolta, totalement paniquée.

— *Il est rentré !*

La bougie tremblait entre ses mains.

Pietro n'eut que quelques secondes pour réfléchir. Il repoussa d'un trait le tiroir en abandonnant là ces plans mystérieux. Il cherchait maintenant à refermer le loquet de la serrure. Anna, tremblant de plus belle, jeta un regard implorant dans sa direction.

— Pietro, je t'en supplie !

Le front de l'Orchidée Noire commençait de ruisseler.

— J'y suis, j'y suis, chuchota-t-il, une épingle entre les dents, l'autre s'agitant entre ses doigts.

On entendait des pas dans l'escalier.

— Anna ? demanda une voix sourde – une voix que Pietro ne connaissait que trop. Anna, tu ne dors pas ?

Les yeux d'Anna étaient maintenant emplis de terreur. La chandelle balançait entre ses mains, elle était au bord de la laisser tomber.

— *J'y suis…*

— *PIETRO !!!*

— Anna ?

Il y eut un déclic. Pietro releva la tête, repoussa le fauteuil du bureau et souffla la bougie. Relevant les pans de son déshabillé, Anna traversa le bureau : elle courait presque. Tous deux disparurent derrière la porte du boudoir à l'instant même où Ottavio ouvrait celle de la pièce attenante. Il resta sur le seuil un moment, les yeux plissés, l'air chafouin. Il porta une main à son double menton… Puis avança.

Anna et Pietro avaient traversé le boudoir. L'Orchidée Noire se précipita vers le balcon. Avant de l'enjamber, il se tourna vers Anna et, les mains encombrées de sa cape qui le recouvrait, il étreignit la jeune femme de toutes ses forces, en écrasant ses lèvres d'un baiser.

— Nous nous reverrons, je te le jure. Je t'aime !

— Je t'aime, souffla-t-elle.

Ottavio ouvrit la porte.

La cape de Pietro vola par-dessus le balcon et disparut dans la nuit.

— Tout va bien, mon cher ange ? demanda Ottavio, l'air méfiant.

Sur le balcon, Anna se retourna. Une lune pâle

s'ouvrait comme un œil dans le ciel. Les rideaux s'agitaient dans la brise. Le visage d'Anna Santamaria fut illuminé d'un beau sourire.

CHANT XI

Le bal de Vicario

LE PROBLÈME DU MAL
Par Andreas Vicario,
membre du Grand Conseil

Du mensonge en politique, chap. XIV

La principale manifestation du mal en politique consiste en l'emploi du mensonge, mais par l'un de ses tours coutumiers, il en est aussi le sel et l'essence : beaucoup pensent qu'il est d'ailleurs nécessaire, soit pour préserver le peuple, soit pour le maintenir dans un état où il ne risque pas de faire obstacle au pouvoir. C'est la raison pour laquelle tout régime fonctionne selon le principe d'un jeu de dupes, où s'enchaînent des promesses de bonheur que le jeu réel de l'exécutif s'emploie ensuite à contourner, en déployant tout autant de talent et d'adresse. A la fatalité oligarchique de l'organisation en groupes d'intérêts répond l'utopie de la défense de l'intérêt général. Je déclare aujourd'hui qu'Athènes est morte et que de tout cela, il ne reste que le seul visage de l'égoïsme humain. Satan n'est-il pas le premier des menteurs ? C'est

pourquoi il est si à l'aise dans l'antichambre des grands de
ce monde.

Landretto attendait Viravolta sur la gondole qui
devait les emmener jusqu'à la villa d'Andreas Vicario.
Le bal que donnait Vicario était costumé et, en des
circonstances normales, Pietro eût été ravi d'y prendre
quelques cœurs – ou, à tout le moins, de s'y amuser un
peu comme au bon vieux temps. Mais la perspective
d'y retrouver Emilio Vindicati, les agents déguisés de
la *Quarantia* et l'ambassadeur de France fraîchement
débarqué ne lui plaisait guère. Les diplomates étrangers demandaient souvent, de manière plus ou moins
discrète, à profiter des festivités et des beautés vénitiennes ; la ville avait d'ailleurs toujours encouragé
cet état de choses, car le rêve de plaisirs et de bonheur
associé à Venise était de longue date l'un des socles de
sa Réputation. En 1566, un catalogue avait même été
établi des deux cents « plus importantes courtisanes
de la cité », avec les adresses et tarifs de ces dames ;
ce catalogue avait longtemps circulé en secret, jusque
dans les arcanes du pouvoir. Henri III lui-même s'était
autrefois offert la compagnie de Veronica Franco,
l'une de ces courtisanes de luxe, pour agrémenter sa
venue dans la Sérénissime. Naturellement, le Doge,
contraint par l'étiquette, ne participerait pas à ces festivités semi-privées, semi-publiques. Et si l'arrivée du
nouvel ambassadeur français coïncidait avec celle de
la *Sensa*, on n'en oubliait pas pour autant les usages
officiels – et l'on avait déjà commencé à évoquer les
affaires diplomatiques en cours. D'ordinaire, dès leur
arrivée, les représentants de nations étrangères se

voyaient dotés d'une somptueuse gondole d'apparat, la
Négronne pour les Français ; celle-ci ne serait pourtant
sortie qu'au plus fort des agapes de l'Ascension, lorsque
l'ambassadeur assisterait au déploiement des fastes de
la République en compagnie du Doge. En débarquant
dans la lagune, Pierre-François de Villedieu – c'était
le nom de l'ambassadeur – s'était empressé d'envoyer
son grand chambellan chez le chevalier du Doge pour
demander audience et faire ses compliments ; puis son
secrétaire avait présenté au Sénat le Mémoire contenant
ses instructions et la copie de ses lettres de créance. Le
cérémonial était habituellement respecté avec le plus
grand scrupule : depuis la conjuration de Bedmar, au
siècle passé, les nobles n'étaient pas censés entretenir de
quelconque relation avec des diplomates étrangers, en
dehors des rencontres au Collège, dans les Conseils ou
au Sénat. Cela expliquait aussi pourquoi le Doge et le
sieur de Villedieu tenaient à ce que les premiers diver-
tissements organisés pour lui plaire aient lieu sans que
toute la population fût au courant des allées et venues
du cher ambassadeur. A cela s'ajoutaient les arrière-
pensées secrètes du Doge et les circonstances exceptionnelles de la situation. Favorable à ce jeu qui ne manquait
pas de piquant, et qu'il avait lui-même en partie initié,
Pierre-François de Villedieu ne pouvait qu'y souscrire
avec joie. Il emmènerait avec lui son protégé, le peintre
Eugène-André Dampierre, qui exposerait bientôt dans
la basilique San Marco les œuvres qu'il offrirait en
cadeau à Venise.

Pietro avait passé la journée à rassembler les informations dont disposaient maintenant les Dix et la *Quarantia*, sans pour autant avancer dans ses recherches. La

détestable impression de tourner en rond augmentait
son agacement et son inquiétude. Et pour couronner le
tout, voici qu'il se rendait au banquet, vêtu du déguisement de rigueur. Masque noir et or sur les yeux, chapeau orné de plumes blanches et redingote multicolore,
il tenait à la fois de l'Arlequin et de ces oiseaux exoti-
ques qu'il avait croisés au cours de ses anciens périples
de Constantinople aux villégiatures de la campagne
turque, lorsqu'il naviguait aux frontières de l'Orient et
rencontrait de grands voyageurs. Il avait conservé son
épée et ses pistolets, ainsi qu'une dague, dissimulée dans
sa botte. Comme de coutume, Landretto l'attendrait
jusqu'à ce qu'il revienne prendre sa gondole ; mais la
nuit serait longue.

Dans un choc mat, l'esquif aborda devant les marches qui conduisaient à la villa. Le clapotis de l'eau se
calma et Pietro descendit. D'autres embarcations arrivaient de droite et de gauche. Hommes et femmes, per-
ruqués, masqués et poudrés, accostaient à leur tour dans
des rires. Ces messieurs aidaient les belles à s'échapper
de leur gondole avant de les entraîner à l'intérieur du
bâtiment. Des valets en livrée tenaient des flambeaux
et accueillaient les invités ; l'entrée était couverte de
guirlandes et encadrée de deux lions, que Vicario avait
fait placer là pour la circonstance. Pietro leva un œil
vers la riche demeure, véritable palais aux balcons élé-
gants et aux corniches de style tantôt gothique, tantôt
mauresque ou byzantin ; une vigoureuse unité d'inspiration avait permis de marier ces diverses influences en
une façade de toute beauté, qui n'avait pas son pareil à
Venise. Un peu plus loin, sur sa gauche, Pietro pouvait
également voir le fronton et le mur de cette *Libreria*

ésotérique où il avait consulté l'édition imprimée de *L'Enfer* de Dante et autres opuscules maléfiques.

Il fit signe à Landretto et entra à l'intérieur de la villa.

C'était un autre univers. Passé le portail, on tombait dans un vestibule orné d'une fontaine intérieure qui rappelait l'atrium des maisons romaines. Là, une nouvelle série de valets vérifiait l'identité des invités, les débarrassait des vêtements superflus et recevait les présents à destination du maître de céans. Andreas Vicario lui-même – il avait revêtu un costume noir et argent, et portait un masque solaire qu'il ôtait pour accueillir les arrivants – répondait aux flatteries et pressait chacun de se jeter dans le monde irréel qu'il avait imaginé. Non loin de lui, Emilio Vindicati, gilet, manteau et pantalon roux, masque de lion et deux ailes dans le dos, guettait également l'afflux des Vénitiens conviés au banquet. En le voyant ainsi, Pietro eut un instant d'hésitation. Il se trouvait bien embarrassé. Difficile de lui avouer que, en dépit de toutes les injonctions de son mentor, il était passé outre à ses commandements pour retrouver la trace d'Anna Santamaria, et s'empresser de se jeter dans ses bras. Emilio lui avait fait confiance. Les consignes avaient été claires, et la liberté de l'Orchidée Noire suspendue à la promesse qu'il avait faite. En même temps, il devait absolument parler à Emilio de ce qu'il avait découvert dans le bureau du sénateur. Ottavio était impliqué dans cette affaire, la chose était certaine. Viravolta balança encore une seconde. Il faudrait lui parler, oui... Dès que possible. Et tant pis si, au passage, il devrait avouer sa petite trahison. Après tout, ce n'était pas grand-chose en regard de l'enjeu, et il n'y avait pas mort d'homme. Mais le moment n'était pas venu. *Demain. Je lui parlerai demain.* L'Orchidée Noire inspira, puis s'avança vers Vindicati. Tous deux étaient avisés de leurs costumes respectifs. Ils se regardèrent de haut en bas, se trouvèrent l'un et l'autre ridicules, mais n'épiloguèrent pas sur le sujet. Ils avaient mieux à faire. Pietro s'était dirigé droit sur Emilio, qui le présenta discrètement à Andreas Vicario. Celui-ci eut un sourire et acquiesça en silence. Puis Emilio se mit en retrait avec Viravolta.

— L'ambassadeur est déjà arrivé, Pietro ; tu ne pourras pas le manquer, il est déguisé en paon, ce qui convient bien au personnage, crois-moi. Il oscille comme nous entre la majesté et le ridicule le plus achevé… Son artiste peintre porte une toge blanche et une couronne de laurier ; ces Français ne manquent pas d'humilité, n'est-ce pas ? C'est ce qui fait leur charme. Carnaval, Pietro ! Le Doge est sous bonne garde au palais. Ici, j'ai dispersé dix de nos hommes, qui garderont leur anonymat, comme toi. Mêle-toi aux invités et ouvre l'œil.

— Bien, dit Pietro.

Le vestibule menait à une *loggia* immense, aux baies ajourées et décorées, qui allait d'un bout à l'autre du rez-de-chaussée, jusqu'à une seconde entrée surmontée d'un portail, le *cortile*, donnant cette fois sur la rue. Au-dessus de la salle, une immense arcade était ornée de mille luminaires, et de nouvelles guirlandes. Un escalier montait vers les appartements de l'étage. Deux cheminées agrémentaient les façades est et ouest. Tapisseries, meubles précieux, tableaux de maîtres entouraient le vaste espace que l'on avait dégagé pour les festivités. Des tables en enfilade présentaient les mets les plus

délicieux : cailles, bécasses, perdrix, chapons, rôtis de
veau accompagnés de toutes sortes de légumes ; soles,
anguilles, poulpes, crabes ; beignets, fromages, paniers
gorgés de fruits, véritables cornes d'abondance, faran-
dole de desserts multicolores, le tout arrosé des meilleurs
vins italiens et français. Les valets s'affairaient autour
des couverts d'or et d'argent, des assiettes de porcelaine et des verres de cristal. Des statues de bois peintes,
évoquant des esclaves portant des corbeilles chargées
d'épices, étaient disposées de part et d'autre du buffet,
et semblaient veiller à sa bonne tenue. Entre les tentures
rouges et les lambris, des divans et des fauteuils disposés
en cercle, ici et là, ménageaient aux invités des espaces
de conversation tranquille, tandis que le centre de la
salle appartenait aux danseurs, peu nombreux en ce
début de soirée. Au fond, devant le *cortile*, un orchestre
était installé. Les musiciens étaient également déguisés.
Une quarantaine de personnes se croisaient et commençaient à discuter ; près de cent, encore, étaient atten-
dues. L'endroit était bien plus grand et plus profond
que la façade et le vestibule d'entrée de la villa ne le laissaient présager. Le sol marbré était recouvert de motifs
losangés, dans des tons pastel, beiges et bleu ciel.

Pietro déambulait au milieu de Colombine, Pulcinella, Pantalon, Truffaldin, Brighella, Scapin, et de tant
d'autres figures emplumées, le visage caché par des loups,
des masques blancs au nez crochu, des maquillages
outranciers que les femmes dissimulaient à peine derrière
des éventails vénitiens finement ouvragés ; tout n'était
que vestes, gilets, fantômes surmontés de tricornes,
caracos, manteaux rutilants et balconnets plongeants,
robes ondoyantes, mouches artistiquement posées sur

la fraîcheur d'une joue ou la rondeur d'un sein ; Pietro ne tarda pas à repérer l'ambassadeur, qui portait un chapeau noir surmonté d'une collerette et, tout de bleu vêtu, laissait traîner derrière lui une cape évoquant les plumes d'un paon, tandis que sa main s'attardait sur le pommeau d'une canne argentée. Il était déjà entouré d'un arc-en-ciel de courtisanes, que Vicario, sans pour autant révéler l'identité exacte du dignitaire français, s'était employé à rassembler auprès de lui. Non loin, le peintre en sa toge romaine s'avançait vers l'une des tables pour y picorer de quoi accompagner son verre de chianti. Les agents de la *Quarantia* devaient se trouver là eux aussi, répartis en divers endroits de la salle. Et d'autres invités arrivaient, tandis que l'orchestre commençait à jouer en sourdine. L'alcool, déjà, coulait à flots. La *loggia* était la pièce la plus grande du rez-de-chaussée ; à droite, à gauche, d'autres portes s'ouvraient sur des salons dont la décoration était d'une richesse tout aussi grande, profonds canapés, fauteuils accueillants, commodes chargées de bibelots de prix. Deux balcons de bois permettaient à quiconque le souhaitait de se rafraîchir un instant et de contempler les canaux voisins ou la lune montante. Pietro savait que, derrière les salons, Vicario avait aménagé chambres et alcôves où les couples, grisés et échauffés, ne manqueraient pas de terminer la soirée, plus tard, à deux ou davantage – pour d'autres plaisirs.

Viravolta sourit lorsqu'il reconnut, non loin de lui, une jolie femme de sa connaissance. Luciana Saliestri, tout en beauté. Elle portait une *moretta*, masque sans bouche, aux contours souples et stylisés, qu'elle maintenait devant son visage, et une robe au drapé incandescent. Ses boucles d'oreilles étincelaient, elle avait ramené ses cheveux en chignon derrière la tête. Luciana reconnut elle aussi Pietro, alors qu'il s'approchait d'elle.

— Bonsoir, ma Domino. Je suis heureux de voir que vous avez décidé de venir…

— Je ne pouvais refuser l'invitation de *Messer* Vicario, cher ami. Et ne me donnez pas trop vite du « Domino » par-ci et du « Domino » par-là : je n'ai pas dit oui à votre proposition. Je suis une indépendante, vous le savez. L'idée de travailler pour les Ténébreux s'accorde mal encore à mon tempérament.

L'Orchidée Noire sourit de plus belle.

— Allons, vous êtes parfaite. Sans vouloir attenter à votre liberté, Domino, ouvrez l'œil pour moi, je vous en prie. Peut-être apprendrez-vous quelque renseignement susceptible de faire avancer la bonne cause… Après tout, il y a du monde ici, et les langues se délient…

Derrière le masque, une lueur amusée passa dans les yeux de Luciana.

— Mais oui, je pense à vous. Depuis peu, je suis une petite sainte, pour la République. Et qui sait : peut-être reviendrez-vous également sur ma proposition ?

Pietro ne répondit pas. Finalement, Luciana rit et tourna les talons.

— A bientôt, mon cher ange.

Il l'observa tandis qu'elle s'éloignait. Décidément, elle savait s'y prendre. Mais il sentait toujours en elle cette sorte de tristesse qui refusait de s'avouer. L'image de la douce Ancilla Adeodat passa elle aussi dans son esprit. Que faisait-elle, en ce moment ? Se languissait-elle de lui, ou de son officier de marine ? Le capitaine était-il rentré ? Un autre corps, d'autres plaisirs... Des plaisirs auxquels il renonçait désormais, pour la belle Anna Santamaria. Et lorsqu'il songeait à leur entrevue de la veille, si rapide, en des circonstances si particulières, Pietro sentait son cœur bondir. Tout ce qu'il aimait. La passion, le danger. L'impression de vivre. Ah ! Décidément, il aurait eu bien mieux à faire que de se perdre ainsi parmi ces invités anonymes, qui continuaient d'affluer.

Lorsque tous furent arrivés, Andreas Vicario dit un mot de bienvenue à l'assemblée et chacun s'empressa auprès du buffet. Puis Vicario ouvrit le bal. Les couples commencèrent à tournoyer au centre de la salle en de savoureux menuets. L'orchestre redoubla de vivacité. On riait, les hommes couraient après les femmes, certains chuchotaient dans le creux de leur oreille, d'autres enserraient leur taille et leur poussaient de charmantes sérénades. Luciana n'avait pas tardé à être entreprise par quelques galants ; l'ambassadeur ne se lassait pas de discourir devant le parterre qu'on lui avait réservé et qui le taquinait sur ses approximations de langage lorsqu'il s'exprimait en italien. Maître Dampierre, usant d'un couvert comme d'un pinceau, clignait de l'œil en regardant une esquisse de Véronèse, entre les deux statues d'esclaves. La *loggia* de Vicario était un jardin des délices. Les conversations se faisaient plus animées, les exclamations de joie fusaient de toutes parts, ne cessant de s'amplifier. Les danses se succédèrent sans discontinuer des heures durant ; des groupes s'étaient formés, certains se rendaient maintenant dans les salons voisins.

Pietro rôdait près du sieur de Villedieu.

— Vous, Madame, disait-il en se penchant vers une brune mystérieuse, me paraissez disposer de tant de charmes que vous en feriez pâlir les plus belles femmes d'Europe… Et croyez-moi, je m'y connais… Quant à vous (il se tournait à présent vers une blonde au sourire ravageur), c'est bien simple, vous êtes son reflet dans l'ombre ou plutôt, à voir l'or de vos cheveux, je dirais que vous n'en êtes ni le reflet ni l'ombre, mais bien le double solaire et merveilleux ; voici que j'ai en face de moi deux astres, deux étoiles, et je ne sais laquelle peut accomplir les plus belles révolutions ; les deux fesses… euh, les deux faces d'une même pièce, qui à elles seules valent tous les trésors du monde. Songez donc à mon embarras, Mesdames : comment choisir entre l'eau et la flamme ? M'offrirez-vous de goûter à l'une et à l'autre ?

Il partit d'un rire de fausset en portant une main devant sa bouche. Devant lui, les deux courtisanes s'inclinèrent en minaudant. La soirée avançait, on était au plus profond de la nuit. Le jeu dura encore quelque temps, puis l'ambassadeur, considérant un instant le reste de la salle, jugea que le moment ne tarderait pas où il quitterait la *loggia* pour s'aventurer derrière les rideaux pourpres donnant sur les chambres ; sûr d'une victoire trop facile et si savamment préparée pour lui, il différait le moment ultime avec délectation. Un dernier tour de Vicario relança les agapes. Il fit libérer deux filets habilement dissimulés dans le plafond et une nuée de pétales de fleurs tomba en rideau ondoyant devant les invités ; roses blanches et rouges vinrent s'échouer sur le sol de marbre, les danses reprirent, on se pressa de nouveau autour du buffet. Du riz et des cotillons, que l'on se jetait au nez en riant, étaient distribués par poignées. Certains glissaient sur des flaques de vin, on avait renversé quelques verres. Des valets consciencieux s'activaient aux pieds des noceurs pour effacer leurs maladresses.

Bon, songeait Pietro, *à ce compte-là, je ne risque pas d'avancer beaucoup…*

Deux heures avant que ne pointe l'aube, l'ambassadeur était encore à se pavaner en lissant ses plumes. Les invités, à présent, s'étaient dispersés. On ne dansait plus. L'orchestre se bornait à jouer un morceau de temps en temps. Fatigués, les musiciens tiraient sur leur violon sans conviction. La marée avait reflué aussi vite qu'elle s'était animée au début de la nuit. Des groupes de deux ou trois personnes, auprès des rideaux, discutaient à voix basse, mais la salle avait commencé de se vider. Les salons eux-mêmes étaient désertés. Certains prenaient congé. D'autres se réfugiaient dans les chambres et les alcôves. Andreas Vicario avait préparé plusieurs pièces de ses appartements, à l'étage, pour les amants d'un soir. Enfin, l'ambassadeur entraîna avec lui les deux Vénitiennes et disparut à son tour derrière les tentures. A force de tourner en rond et d'observer, Pietro avait repéré la moitié des agents de la *Quarantia*. Il fit un signe de tête à ses compagnons en emboîtant le pas à l'ambassadeur. Il eut le temps d'apercevoir Emilio Vindicati qui, durant tout ce temps, n'avait pas quitté le vestibule.

Pietro passa dans les salons. L'une de ses mains s'attarda sur le velours d'un canapé. Il entendit distinctement des chuchotements et des soupirs. En levant les yeux par-dessus un fauteuil, il vit une femme, allongée sur un tapis profond, une jambe retroussée, qu'un fantôme masqué avait pris d'assaut. Les joues rosies de plaisir, elle souriait, laissant courir ses mains dans le dos de l'homme qui la besognait. Pietro haussa le sourcil. Un peu plus loin, un autre était debout, le visage à moitié enfoui dans les rideaux, une courtisane agenouillée devant lui.

L'ambassadeur était monté à l'étage dans la chambre qu'on lui avait réservée. Pietro grimpa l'escalier et vit le Français disparaître avec les deux Vénitiennes. Une porte se referma sur eux. Poussant un soupir las, Pietro s'approcha. Voici qu'il écoutait de nouveau aux portes. L'image du père Caffelli à la *casa* Contarini, et les vers du *Menuet de l'Ombre*, passèrent fugitivement dans sa tête. Nouveau soupir. Il se retrouvait là, à faire le planton devant la porte de cet ambassadeur qu'il n'appréciait guère, regardant ses chausses lustrées. Lui, l'Orchidée Noire ! Pietro Luigi Viravolta de Lansalt ! Transformé en valet de pied ! Voilà ce à quoi il condamnait de temps en temps son cher Landretto. Il éprouva soudain à l'égard de ce dernier une empathie renouvelée, en mesurant la cruauté de ce que, parfois, il osait lui infliger. Il passa une main derrière sa nuque. Il serait bientôt temps de rentrer. Quelqu'un prendrait la relève, et *basta*.

Tous les masques de la soirée qui venait de s'achever envahissaient son esprit. *Des masques...* Un jeu de masques, étourdissant, qui lui semblait une analogie tout à fait appropriée avec la situation dans laquelle il se trouvait depuis quelques jours.

Carnaval.

Il entendit les premiers gémissements et s'agita nerveusement.

Puis d'autres plaintes.

Mais il ne s'agissait pas, cette fois, de soupirs de plaisir.

Il reconnut la voix de Luciana.

Oh, non.

Elle appelait à l'aide.

Pietro se réveilla soudain. Il chercha désespérément la provenance des cris. Il ouvrit une porte à la volée, une femme chevauchait son amant ; elle avait gardé son masque. Une autre porte – non, ce n'était pas ici. Une autre encore…

Il s'arrêta.

Un homme se tourna vers lui. Il était sur l'un des balcons donnant sur le canal, vêtu d'un *larva* avec tricorne et d'une *bauta*, longs voiles noirs descendant sur ses épaules autour du masque blanc. En voyant Pietro faire irruption dans la chambre, il se détourna vivement ; sa cape ondoya derrière lui et, d'un bond, il s'agrippa au treillis puis aux pierres de la façade avec une étonnante agilité. Pietro se précipita et poussa un cri. Luciana était pendue au balcon, au-dessous de lui, et poussait des gémissements étranglés. A ses pieds, l'homme avait noué un filet chargé de roches noires, dont elle ne parvenait à se défaire. Plus encore, écartelée ainsi entre la tension de la corde et celle qu'exerçaient les rochers, elle portait ses mains crispées à sa gorge en poussant des halètements d'agonie. Les tresses de la corde se cassaient sous l'effet de ce poids. Pietro s'élança, mais il était trop tard. Il y eut un craquement sec, la balustrade de bois céda et la corde lui échappa des mains en un sifflement. Il poussa un cri de douleur, ses deux mains venaient d'être entaillées jusqu'au sang. Puis il roula des yeux exorbités. Luciana venait de tomber ; sa tête se fracassa contre la margelle du quai, quelques mètres plus bas, puis elle coula à pic lorsqu'elle atteignit le canal. Déjà, deux hommes interloqués – sans doute des agents de la *Quarantia* en faction, alertés eux aussi par les cris – se jetaient à l'eau pour tenter de la rattraper.

Pietro, en sueur, releva les yeux. Il s'agrippa à son tour au treillis et grimpa comme il le put en direction du toit. Il ôta le masque qu'il avait gardé sur ses yeux. Celui-ci tomba dans le canal, emporté par le faible courant.

Il oscilla un moment au faîte de la villa Vicario. Un prompt rétablissement l'amena sur l'une de ces terrasses de bois où les Vénitiennes venaient se chauffer au soleil, pour colorer de chaleur leurs cheveux épandus. Il reprit son souffle un instant auprès d'une cheminée et regarda dans toutes les directions. L'aurore, à peine naissante, lui fit entrevoir l'ombre de son fantôme qui s'enfuyait sur les toits voisins, au milieu des forêts de *fumaioli* d'où aucune fumée, pour l'heure, ne s'échappait. Pietro s'élança encore. Un bond, et il fut sur la terrasse voisine. Le saut suivant fut plus dangereux, près de trois mètres séparant les deux toits. La cape du mystérieux assassin – l'un des Stryges, à n'en pas douter – volait derrière lui. Subitement, il se retourna et tendit le poing. Il y eut un éclair ; il venait de tirer de son pistolet à poudre. Pietro s'aplatit sur la terrasse, manquant de glisser dans le vide. Ce fut le moment que choisit le fantôme pour descendre la paroi de la villa. Pietro le reprit en chasse et, arrivé à son tour sur la bordure du toit, il vit l'homme qui tentait de gagner le sol sans encombre.

Pietro écarta les pans de son manteau et saisit à sa ceinture ses propres pistolets, qu'il pointa en direction du fuyard.

— *Messer !* dit-il.

L'autre s'arrêta, leva les yeux.

Un instant, ils se regardèrent sans bouger. Mais dans sa hâte, l'homme masqué manqua son appui. Il tenta vainement de se rattraper, une main battit dangereusement dans le vide. Puis il perdit définitivement l'équilibre et alla s'écraser plus bas dans un bruit mat.

Essoufflé, Pietro descendit à son tour en prenant garde à ne pas suivre le même chemin. Il atterrit enfin sur le pavé piqueté de la ruelle où l'homme était étendu. Il se pencha sur lui et l'agrippa par le collet. Sous le masque, un filet de sang coulait depuis la bouche.

— Ton nom, dit Pietro. Donne-moi ton nom !

Le fantôme eut un hoquet, puis un vague sourire, qui étincela dans l'ombre.

— Ramiel… dit-il, de l'ordre… des Trônes…

Il sourit encore, puis sa main se crispa dans un spasme sur l'épaule de Pietro. Le corps se raidit, avant de s'affaisser. Sa tête dodelina et tomba sur le côté tandis qu'il expirait.

Pietro se releva, laissant le cadavre échoué sur le pavé, et essuya son front en sueur.

Ils étaient là.
Et ils ont tué Luciana.

Avares et Prodigues

Quatrième Cercle : *Avares et Prodigues, roulant des rochers en s'injuriant mutuellement*, et la riche veuve Luciana Saliestri était repêchée dans le canal par les agents de la *Quarantia*. L'endroit était suffisamment profond pour laisser le passage aux bateaux ; Luciana avait disparu au fond et il avait fallu du temps pour la récupérer, même si le dragage improvisé avait été effectué le plus rapidement possible. Elle était morte de toute façon avant sa noyade, sous l'effet conjugué de la corde qui lui avait cisaillé le cou et de sa chute contre la margelle du quai. En voyant cette dépouille que l'on sortait de l'eau, Pietro lui trouva des airs d'Ophélie, ruisselante en ses longs voiles, le visage livide, la bouche ouverte comme celle d'un poisson mort. Les pierres qui l'avaient entraînée étaient restées dans le limon. Des gondoles noires se croisaient sur le canal ; vaisseaux funèbres et silencieux. Sur l'un des murs de la chambre où Pietro avait surpris l'agresseur, on avait retrouvé la rituelle inscription, qui disait, cette fois :

Tous ils furent borgnes
Dans leur esprit durant leur vie, de sorte
Qu'ils n'eurent aucune mesure en leur dépense.

Luciana, Luciana dont la fortune passait entièrement dans les toilettes nécessaires à la vente de ses charmes, cette fortune héritée de son mari, marchand de tissus célèbre en son temps pour sa ladrerie – tout comme Pantalon, la figure allégorique des scènes de théâtre. La voix chantante de la jeune femme résonnait encore aux oreilles de Pietro. *Paix à son âme !* avait-elle dit à propos de *Messer* Saliestri, son époux, dont elle dilapidait le glorieux héritage. *Vous le savez, le pauvre ange avait le sens du négoce et de l'argent. Il en oubliait parfois toute raison. Moi, c'est l'inverse : j'ai un goût infaillible pour d'autres sortes de commerce, que je n'ai pas le cœur de me refuser.* Elle qui toujours avait voulu être libre, elle dont la fraîcheur et la jeunesse avaient tourné la tête du sénateur Giovanni Campioni et de tant d'autres, se retrouverait bientôt six pieds sous terre, avec les vers pour compagnie. Une autre sorte de prodigalité de la chair.

Abattu, Pietro se tenait assis contre le mur, à quelques mètres de l'entrée principale de la villa Vicario, Landretto avec lui. De son côté, Emilio Vindicati s'entretenait avec le maître de maison et, déjà, ses agents, épuisés, étaient sommés de retrouver chacun des invités du banquet. Pietro était convaincu que cela ne les mènerait pas plus loin que leurs maigres « pistes » précédentes.

Luciana. Ephémère Domino. *Assassinée.* Un meurtre de plus.

Pietro n'était plus en état de réfléchir. Il regrettait de ne pas avoir gardé la courtisane auprès de lui. Plus encore : il l'avait sans doute mise en danger, à vouloir jouer les sergents recruteurs. Et à l'idée qu'une telle chose eût pu arriver à Anna Santamaria – elle pouvait encore arriver – il sentit ses sangs se glacer. Assez, maintenant ! Il fallait absolument avertir Emilio de ce qu'il avait découvert dans le bureau d'Ottavio. Pietro culpabilisait. Luciana n'avait pas mérité cela. Cette mort aurait pu être évitée. Si Pietro avait eu davantage de présence d'esprit, s'il avait parlé plus tôt… Il avait envie de vomir, de pleurer. L'ambassadeur, quant à lui, s'était endormi entre les bras de ses Vénitiennes, heureux comme un pape, assommé par ses exploits et par l'alcool. Il n'avait rien entendu de tout ce remue-ménage. A un moment, il était apparu sur le perron de la villa, vaguement remis, dans son costume de paon, les yeux chassieux ; il avait eu juste le temps d'assister aux manœuvres de sauvetage du corps et s'était mis à pousser de petites exclamations effarées, avant qu'Emilio ne fasse mine de le rassurer et ne le renvoie, avec force valets et sous bonne escorte, vers les appartements officiels de sa résidence à Venise. Un rude coup pour les bonnes manières diplomatiques ! Mais Vindicati saurait bien trouver une explication et l'ambassadeur se laisserait persuader que tout cela n'était pas si terrible. Le peintre, lui, avait disparu dans la nuit. Sans doute s'était-il éclipsé pour aller se coucher.

Les Oiseaux de feu poursuivaient leur vaste entreprise ; et alors que tous les yeux étaient braqués sur Pierre-François de Villedieu, c'était Luciana que l'on avait tuée. Au train où allaient les choses, le sénateur

Giovanni Campioni avait toutes les chances d'être
le prochain sur la liste. Et jusqu'à présent, les partisans
du Doge avaient toujours eu un temps de retard, à commencer par Pietro. *Il Diavolo* les promenait à sa guise.
Mesurer les échelons et les pénitences associés aux différents cercles dantesques ne suffisait pas à deviner l'identité des futures victimes. A ce jeu, les Dix risquaient
d'être toujours perdants. L'Orchidée Noire glissa une
main dans la poche de son manteau pour jeter un œil
à sa dernière trouvaille. Il avait pris le temps de fouiller
son « fantôme ». Ramiel, de l'ordre des Trônes. Pietro
n'avait rien trouvé ; rien, sinon… cette carte qu'il faisait
maintenant danser sous son regard.

C'était une lame de tarot.

Le Diable – naturellement.

Elle semblait avoir été faite pour la circonstance.
On y voyait Lucifer devant une sorte d'orbe zodiacal
rappelant les Neuf Légions décrites par Raziel dans
les *Forces du Mal* ; trois de ces zones étaient masquées
par le corps de la Bête. L'un de ses bras, noueux et
tordus, soutenait une femme pendue, des pierres ligo-
tées à ses pieds, tandis qu'en bas à gauche, une forme
indistincte faisait rouler un autre rocher. Une fois de
plus, la Chimère se prêtait à des métaphores tantôt limpides, tantôt brumeuses. Et une fois de plus, elle, ou
ses émissaires, apparaissait comme une ombre évanes-
cente, frappait au cœur, puis disparaissait sans laisser à
l'adversaire la moindre chance de réagir. Des attaques
de cobra. Pietro revint à la lame de tarot. La face du
Diable était grimaçante ; ses yeux lançaient des éclairs
sous ses cornes de bouc. Pietro, qui par le passé s'était
lui-même adonné à tous les jeux de cartes et à toutes

les formes d'astrologie, était coutumier de ce genre de figuration. Cette fois encore, il avait le sentiment étrange que ce « message » lui était directement adressé.

Il releva les yeux lorsque son ami Emilio Vindicati s'approcha de lui.

— L'identité de ton fantôme, dans la ruelle, nous est inconnue, en tout cas pour le moment. Pietro… Savais-tu que la fortune de Luciana Saliestri était plus grande encore que nous ne le pensions ? Décidément, elle devait à son mari une fière chandelle. Elle était aussi dépensière que lui était pingre. Voilà qui a dû amuser *il Diavolo*, assurément… Avait-il peur qu'elle ne t'avoue quelque chose ?

Pietro se redressa, fourbu. Et il avait encore un mauvais moment en perspective.

— Tu devrais aller te reposer, poursuivit Emilio. Je vais moi aussi prendre quelques heures de sommeil. Nous en avons bien besoin.

Pietro soupira.

— Oui, j'irai bientôt. Mais, Emilio… J'ai quelque chose à te dire.

Le ton qu'il avait employé intrigua aussitôt Vindicati. Il se demanda quelle catastrophe on allait maintenant lui annoncer.

— Luciana m'a parlé, en effet. Figure-toi que… qu'elle recevait aussi la visite, de temps à autre, de quelqu'un… quelqu'un qui ne m'apprécie guère.

Emilio fronça les sourcils.

— Tu veux dire…

— Oui, mon ami, je veux dire Ottavio. Et ce n'est pas tout. Ecoute-moi : le Conseil des Dix doit absolument le convoquer au palais. Et si possible, organiser dans sa

villa de Santa Croce une perquisition surprise. Dans les
meilleurs délais, Emilio ! Il risque de se méfier, maintenant.

— Attends, attends… De quoi me parles-tu ? Pietro,
tu…

Son visage s'éclaira, puis se rembrunit dans la même
seconde.

— Tu l'as vue. Tu l'as vue, c'est cela ? Tu es allé la
trouver !

— C'était une *piste*, Emilio ! Il le fallait ! J'ai eu accès
au bureau d'Ottavio ! J'y ai vu quelque chose, des plans
incompréhensibles, qui faisaient mention de Minos !
Emilio, ce ne peut être un hasard !

Vindicati hochait la tête. Il n'en croyait pas ses
oreilles. Son front était pâle. La fatigue de la nuit et des
derniers événements n'arrangeait rien.

— Pietro, tu es en train de me dire que… tu t'es rendu
chez Anna Santamaria ? Que tu as fouillé de manière
illicite le bureau privé du sénateur ? Toi, tu es allé au
seul endroit où… Non mais, je rêve !

— Emilio, m'as-tu écouté ?

— Et TOI, Pietro, m'as-tu écouté ? Mais nom de
Dieu ! Tu m'avais fait le serment !

Il était vraiment en colère, à présent. Il fusilla Pietro
du regard.

— Ottavio est de la partie, j'en suis convaincu ! C'est
sérieux, Emilio ! Il faut perquisitionner chez lui, dès ce
matin !

— Allons ! Tu crois que je peux mettre sa villa sens
dessus dessous sur un simple claquement de doigts ? Tu
me parles de perquisition ? Mais sur quelles bases, Pietro ?
Sur la base de tes allégations ? Celles de l'Orchidée Noire,

le prisonnier que j'ai sorti des Plombs, et qui me le rend si mal ? L'Orchidée Noire, qui m'avait promis d'oublier la Santamaria ? L'Orchidée Noire, l'ennemi juré d'Ottavio ? Mais je vais passer pour un fanfaron, oui ! Qui croira que tu ne cherches pas à te venger ? Qui croira…

— Mais je sais ce que j'ai vu, Emilio, je n'ai pas rêvé !

— Et tu as vu *quoi* ! dit-il en écartant les bras. Des plans ! Formidable ! Et le nom de Minos ! Mais depuis la mort du verrier, ce nom est sur toutes les lèvres, à Venise ! Pietro, où sont les preuves ? Je n'en ai pas le début du quart du soupçon ! Que veux-tu que je fasse ? Qu'au nom de l'Orchidée Noire, j'envoie les inquisiteurs chercher Ottavio *manu militari* ?

— Figure-toi qu'après tout, ce serait un juste retour des choses. Emilio…

Pietro saisit Vindicati par le bras.

— *Il faut me faire confiance.* Ottavio est notre piste la plus sérieuse.

Les traits tirés, la mâchoire serrée, Emilio regarda longtemps son agent. Puis, au bout de longues secondes, il hocha encore la tête en soupirant.

— Je vais tâcher de ménager une entrevue avec la *Criminale* au palais. Mais en secret, Pietro. Et tu n'y participeras pas. Tu m'entends ? Il ne faut surtout pas que l'on sache que c'est toi qui es derrière le coup. Sinon, c'en est fini de ce qui nous reste de crédibilité. Et je ne peux plus me permettre de perdre la face.

Il jura.

— Non, cela, je ne le peux plus.

— Bien sûr. Mais ne le relâchez pas ! Il est l'un des Stryges, j'en suis sûr ! Peut-être *il Diavolo* lui-même !

— *Il Diavolo*… lui… Oui, oui, bien sûr.

Emilio soupira encore.

— Et maintenant, Pietro, vas-tu me dire ce que tu comptes faire exactement ?

— Je vais trouver une vieille connaissance.

La main de Pietro joua de nouveau avec la lame de tarot qu'il avait rangée dans son manteau.

— Un dénommé Fregolo…

Il releva le col de son manteau autour de son visage. Des nuages gris, la pluie tombait.

— … Un cartomancien.

*
* *

Andreas Vicario, dans son costume noir et argent, son masque solaire en main, se tenait seul au milieu de la *loggia* à présent désertée. Les agents de la *Quarantia* avaient recommandé de ne toucher à rien, le temps de procéder à leur enquête. Andreas sourit. Autour de lui, les pétales de roses, le riz, les cotillons, les banderoles et les guirlandes défaites jonchaient le sol. Ce bal avait été une réussite. Il avait joué avec le plus grand talent les victimes et les nobles bafoués. Il n'avait pas à se forcer, cela faisait partie de son naturel. Il était seul en son empire et se félicitait de son nouveau tour de force. Bientôt, le Grand Conseil lui-même serait saisi de l'affaire, c'était inévitable. A quelques jours seulement de l'Ascension, Venise serait en pleine ébullition. Tous étaient partis maintenant, les invités, la *Criminale*. Dès qu'il en recevrait l'autorisation formelle, Andreas commanderait à ses valets de remettre en ordre sa maison.

Seule ombre au tableau : Ramiel avait été découvert et était mort. Mais cela serait insuffisant à l'Orchidée Noire pour que le gouvernement remonte jusqu'à lui. Peut-être nourrissait-il déjà des soupçons à son égard ; mais Andreas ne le pensait pas. Il s'était renseigné sur ce Pietro Viravolta. Il avait eu, très tôt, suffisamment d'informations. Sa réputation n'était plus à faire. Andreas avait compris sa manière de penser. Il ne se satisfaisait pas de vérités trop transparentes. Et il l'avait à portée de main, cette vérité ! Elle était si lumineuse qu'elle l'éblouissait... comme le soleil.

Minos regarda son masque et partit d'un grand rire.

*
* *

Quelque part aux confins du golfe Adriatique, entre le 16e degré de latitude Nord et le 40e degré de longitude Est, non loin du canal d'Otrante, un jeune matelot descendait du pont vers les appartements de son capitaine. Il franchit quelques marches, plongea dans l'obscurité, ouvrit une porte après avoir frappé trois coups. Le capitaine se tenait derrière son bureau, en grand apparat, veste bleue à épaulettes et boutons d'or, perruque sur le crâne. Des cartes de la région étaient déployées sous ses yeux, ainsi qu'un sextant et un compas. Le matelot salua le capitaine et se mit au garde-à-vous. Celui-ci rêvassait depuis un moment ; il était las, à présent, de ces heures passées à ne rien faire. Il songeait à Ancilla, sa chère Ancilla Adeodat, qu'il avait laissée à Venise. Il espérait revoir bientôt sa douce métisse, dont le corps et la gaieté lui manquaient. Ce n'était plus qu'une question de jours. Et la nouvelle que lui apportait le matelot le conforta vite dans cette conviction.

— Une délégation de la *Sainte-Marie* nous rend visite, mon capitaine. Trois soldats sont arrivés en barque il y a quelques minutes. Ils viennent vous remettre ceci. Et les frégates nous ont rejoints.

Le capitaine prit la lettre que lui tendait le matelot, la décacheta et la lut rapidement. Un sourire se peignit sur son visage. Il regarda son homme, pinça les lèvres, puis dit :

— Bien. Inutile de les faire attendre. Je vous retrouve sur le pont.

Quelques instants plus tard, il déboucha en effet à l'endroit dit. Le bois humide grinça sous ses pieds ; quelques mousses frottaient et lavaient les planches, autour de lui, sous un soleil de plomb. Le capitaine, une lunette en main, goûta un moment le vent du large. Il leva les yeux vers le ciel limpide et mit un temps pour s'habituer à cette soudaine lumière. Il emplit ses poumons de cette fraîcheur salée, qui eut sur lui l'effet d'une bénédiction. Il se sentait tout ragaillardi. Au-dessus de lui, des marins étaient suspendus aux gréements, sur la mâture et le haubanage, comme des oiseaux dans leur volière. Le capitaine contempla le rivage de cette crique perdue, dans l'île de Corfou, où les bateaux s'étaient abrités. Puis il se dirigea vers la délégation de la *Sainte-Marie*. Il passa subrepticement la main sur son plastron, caressant au passage les quelques décorations qu'il n'avait pas manqué d'y afficher. De l'autre main, il serrait le pommeau du sabre qui pendait à son côté. Bientôt, il se retrouva devant les trois soldats de la *Sainte-Marie*.

On commença les palabres.

Discussions et pourparlers durèrent près d'une demi-heure ; après quoi, la délégation redescendit dans sa barque, et repartit en direction de sa propre galère. Le capitaine les regarda s'éloigner, avant de rassembler son équipage pour donner ses dernières consignes et ses mots d'encouragement. Au matelot qui se trouvait à ses côtés, il dit :

— La jonction avec les bâtiments de von Maarken aura lieu au large de Palagruza.

Puis il prit une inspiration satisfaite.

— Allons ! dit-il.

Il leva les yeux vers le mât principal.

— Hissez les voiles ! Nous partons.

On se jeta vers la hune et les cordages, on prit place aux rames et au gouvernail ; les voiles, immenses, se dressèrent lentement ; les mousses abandonnèrent leurs seaux d'eau pour larguer les amarres ; on entendit le clapotis des flots, le bruit des rames qui commençaient de s'entrechoquer pour trouver leur rythme et la bonne cadence. Non loin, la *Sainte-Marie* appareillait elle aussi. Il y eut des cris, des rires, des exclamations, des chants trop longtemps contenus. Le vaisseau tout entier s'ébranla, les voiles se gonflèrent de vent, la poupe à effigie de sirène échevelée fendit l'écume ; de la proue à l'artimon, on vérifiait les boulets et les pièces de canons. Dans la cabine du capitaine, sextant et compas s'agitaient sur les cartes déployées.

Majestueux, fièrement dressés dans le soleil, la *Sainte-Marie* et le *Joyau de Corfou*, encadrés des deux frégates, oiseaux blancs profilés sur la mer d'huile, quittèrent les rivages de la crique. Quelque temps plus tard, à Palagruza, en pleine Adriatique, deux autres galères et quatre frégates supplémentaires les rejoignirent.

Et l'armada croisa en direction de la Sérénissime.

*
* *

Après quelques heures d'un sommeil lourd et agité de cauchemars, Pietro s'apprêta de nouveau et partit avec son valet retrouver *Messer* Pietro Fregolo, qui officiait rue Vallaresso, à deux pas de la place Saint-Marc. Fregolo était de ces astrologues que consultaient parfois les grands du monde, supercherie dont Pietro avait usé lui-même avec un certain talent lorsque le sénateur Ottavio, dans un passé qui lui semblait toujours plus reculé, l'avait pris sous sa protection. Mais ce genre de « profession » était étroitement surveillé par l'Etat ; Fregolo exerçait dans une arrière-boutique, tandis que le fronton du bâtiment qu'il occupait rue Vallaresso affichait une devanture beaucoup plus respectable. Son activité principale demeurait la vente de meubles de choix et, davantage qu'une « couverture » qui ne trompait personne, cela lui permettait de relativiser l'importance de son second métier, dont il parlait aux sceptiques avec amusement, tout en le prenant extrêmement au sérieux lorsque les demandes de consultation l'étaient aussi. Après un regard sur la fameuse enseigne, verte avec des lettres d'or, Pietro pénétra dans la boutique. Comme il l'espérait, il trouva Fregolo derrière son bureau, au milieu de secrétaires de bois lustrés, d'armoires aux portes losangées et autres curiosités mobilières. Cette atmosphère riche et feutrée sentait bon le bois et la

cire. Pietro exposa en quelques mots au cartomancien
la raison de sa venue, tandis que Landretto déambulait au milieu des commodes, s'amusant à dénicher et
ouvrir les petits tiroirs secrets qu'elles dissimulaient.
A l'écoute de Viravolta, Fregolo fronça les sourcils et
prit un air grave. Puis il invita les deux hommes à le
suivre, tendant la main vers son arrière-boutique. Ils
franchirent deux tentures et Fregolo leur proposa un
fauteuil. Pietro et son valet se trouvaient à présent dans
une pièce qui n'avait rien à voir avec la précédente. De
nouveaux rideaux bleus et noirs, parsemés d'étoiles,
couvraient chacun des murs. On y voyait à peine. Une
table ronde, recouverte d'un dais pourpre, exposait à la
vue quelques traités ésotériques du meilleur effet, ainsi
qu'une boule de cristal et un pendule, artistiquement
déposé dans un étui de cuir ouvert aux regards. Pietro
sourit et croisa les jambes tandis que Fregolo demandait
aux nouveaux venus quelques instants de patience. Il
disparut une minute ou deux derrière l'un des rideaux.
Lorsqu'il revint, il était transformé. Il avait quitté son
tabarro et son pantalon bruns pour une robe, étoilée
elle aussi, aux manches amples et dignes, qui évoquait
un caftan oriental ; une calotte sur la tête. Fregolo avait
une barbe grise coupée en pointe, des sourcils fournis,
un visage parcheminé. Une sorte de Doge, de sorcier
des astres. *Voilà qui pose le personnage*, songea Pietro.
Il savait à quel point l'éclat de l'apparat pouvait impressionner les esprits faibles.

— Montrez-moi cette lame.

Pietro la lui tendit et le cartomancien l'examina avec
attention.

— Le Diable… Cette carte a été peinte il y a peu.

C'est la première fois que j'en vois une de cette nature. Je ne suis pas sûr qu'elle fasse partie d'un jeu complet… Mais après ce que vous m'avez dit, cela ne m'étonne guère. Elle a peut-être été faite à votre intention, en effet. Le mythe du Diable est à peu près semblable à celui du Dragon, du serpent. Il est, d'habitude, le quinzième arcane majeur du tarot… Il se situe entre la Tempérance et la Maison-Dieu… Il symbolise l'union des quatre éléments pour l'assouvissement des passions, quel qu'en soit le prix. En astrologie, il correspond à la IIIᵉ maison horoscopique… Il est un peu l'envers, non de Dieu, mais de l'Impératrice, qui signifie le pouvoir et l'intelligence souveraine – ou la Vénus ouranienne des Grecs.

— Vénus pour Venise…, dit Pietro à son valet.

— En général, il incarne le chaos, le singe de Dieu, les Forces du Mal… Celles-là mêmes que vous avez notées, avec cette allusion aux Neuf Légions… Mais la version traditionnelle est différente. Ici, il est à demi nu, comme souvent ; mais il repose d'ordinaire sur une boule enfoncée dans un socle composé de six strates différentes. Il est hermaphrodite, avec des ailes de chauve-souris bleues, une ceinture rouge en croissant sous le nombril, des pattes griffues. Sa main droite est levée et l'autre dirige vers le sol une épée sans garde ni manche. Il porte une coiffe jaune, faite de croissants lunaires et de bois de cerf à cinq cors. Deux diablotins l'encadrent, l'un mâle, l'autre femelle, à queue et à cornes, ou bien couronnés de flammes. Le pendu que vous avez sur votre carte – ou plutôt, la pendue, avec ses rochers – et le spectre en bas à gauche, qui roule d'autres rochers, sont de pures inventions faites pour l'occasion… Mais l'allusion est évidente. Les rochers sont l'image du péché qui entraîne votre pendue… et que le spectre roule devant lui pour s'en débarrasser, tel Sisyphe, ou pour le montrer à la face du monde.

— Avez-vous une idée d'où pourrait venir cette lame ?

— Pas la moindre, répondit Fregolo.

Pietro se pencha vers le cartomancien.

— Avez-vous entendu parler des Oiseaux de feu ?

Ce sésame fonctionnerait-il avec Fregolo ? Celui-ci parut certes plus préoccupé encore ; mais il n'était pas traversé par un vent de panique, comme l'avaient été le prêtre Caffelli et le sénateur Campioni. Il se recula, se renfonça dans son siège, puis fixa intensément Pietro.

— Disons que… j'ai pour habitude d'être au courant de diverses… interventions occultes.

— On dit que le Diable est à Venise, *Messer* Fregolo…

— C'est une croyance qu'il faut prendre très au sérieux.

— L'affaire est… politique, je le crains. Et il semblerait que certains de nos sénateurs y soient mêlés…

— La politique, dit Fregolo, est un terrain de jeux privilégié pour l'affrontement entre le Bien et le Mal. Si l'on vous dit que les ténèbres sont arrivées, cela ne dépend pas seulement de l'homme, mais de l'inspiration qui se cache derrière. Cette inspiration – Lucifer lui-même – n'est pas seulement un mythe, mais une réalité. Ne refusez pas de l'accepter : vous seriez toujours perdants. Il faut vous préparer à l'impensable.

— Certainement, mon ami. Certainement… Mais que savez-vous des Oiseaux de feu ?

— Il s'agit d'une sorte de… secte, n'est-ce pas ? Certains de mes habitués m'en ont parlé, à mots couverts. L'un d'eux, je pense, en fait partie. Il m'a proposé, à demi-mot, de les rejoindre. Mais je ne donne pas dans la cabale, ni dans la magie noire… Refuser de jouer le jeu des forces de l'ombre peut conduire votre corps à la mort, mais l'accepter est perdre bien plus. C'est perdre son âme, mon ami.

Pietro se passa la langue sur les lèvres ; il ne savait que trop ce que l'astrologue voulait dire.

— Cet habitué dont vous me parlez, celui qui a cherché à vous faire signer le pacte… *Qui est-il ?*

Fregolo hésita, une main suspendue auprès de son front, qu'il caressait doucement.

Ah non ! pensa Pietro. *Cette fois, tu vas me le dire ! Je ne partirai pas avant de savoir, dussé-je te torturer et te faire manger un par un tous tes jeux de cartes !*

Fregolo finit par se rapprocher de Viravolta. Il dit alors, à voix basse :

— C'est en effet, comme vous sembliez le suggérer, un sénateur de Venise…

— Aaah ? dit Pietro, plissant les yeux, le cou soudain tendu en avant.

— Oui. Il a pour nom… Giovanni Campioni.

Pietro, stupéfait, se tourna vers son valet.

Landretto fit la grimace.

C'est donc l'autre.

Cinquième cercle

Chant XIII

Cartomancie et Panoptique

— C'est faux ! Il s'agit là d'un abominable mensonge ! D'un complot ! D'une tentative supplémentaire pour me déstabiliser !

Le sénateur Campioni, assis en face de Pietro, d'Emilio Vindicati et du Conseil des Dix au grand complet, dans l'une des salles secrètes des Plombs de Venise, n'en finissait plus de pousser des récriminations outragées. Le chef de la *Quarantia Criminale* se trouvait là également. On devinait l'énergie qu'il devait déployer pour faire face à ce nouveau coup qui lui était porté. On était samedi, le Sénat devait siéger le jour même. Son Excellence avait revêtu sa robe d'hermine et sa *beretta*. Il avait le visage défait ; on lui avait appris les circonstances de la mort de Luciana Saliestri et il semblait avoir vieilli de dix ans. Le front blême, les cheveux blancs, il avait un regard égaré et fiévreux. De temps en temps, il s'interrompait, au bord de sangloter. Pourtant, il était devenu un coupable tout désigné. La question restait entière de savoir si l'on pouvait faire confiance à Fregolo ; mais les Dix et la *Quarantia* ne pouvaient rien négliger. Ils se tenaient les uns à côté des autres, devant des tables disposées en arc de cercle. Un véritable tribunal. Ernesto Castiglione, Samuele Sidoni, Niccolo Canova et d'autres, doctes artisans de la police secrète vénitienne, vêtus eux aussi de couleur sombre, la mine austère, semblaient prêts à fondre sur le pauvre sénateur, qu'ils dépèceraient sans pitié à la moindre erreur de sa part. Campioni jouait-il, avec tant de talent – ou était-il sincère, comme Pietro le pensait encore ? A ce stade, ce dernier n'était plus sûr de rien. Mais la chose était du plus haut comique. Pietro savait qu'en ce moment même, dans une salle voisine, Ottavio devait également être interrogé par Emilio Vindicati. Duel croisé de sénateurs. Pietro enrageait : il aurait donné cher pour se trouver dans l'autre salle, en face de l'époux d'Anna Santamaria. Il était persuadé qu'Ottavio avait volé à Luciana la broche retrouvée au théâtre San Luca, et que la jeune femme avait été assassinée pour cette raison. Il aurait voulu mener l'interrogatoire à sa façon – sans toutes les précautions qu'Emilio ne manquerait pas de prendre au nom d'une « étiquette » qui n'avait plus rien à faire ici et qui, de surcroît, semblait à géométrie variable. Pietro, lui, voulait acculer Ottavio. Oui : malgré les dires de Fregolo, l'Orchidée Noire avait l'impression de se tromper d'ennemi.

— Réfléchissez, dit enfin Campioni, je vous en supplie. Cette broche au San Luca, et maintenant cette lame de je ne sais quel jeu de fanfarons, qui vous mènent jusqu'à moi ! Tout cela ne vous paraît-il pas bien opportun ? Je suis innocent ! Me voyez-vous diriger une armée secrète pour prendre le pouvoir ? Vous déraisonnez !

— Nos adversaires nous ont suffisamment prouvé qu'ils étaient retors, Votre Excellence, et qu'ils étaient habitués à toutes les stratégies. Venise a connu pire par le passé. Notre belle cité a toujours excité les convoitises. Qui nous dit que cette culpabilité, trop transparente pour être vraie, selon vous, n'est pas orchestrée par vos soins, pour cette même raison ? Allons, ne misez pas trop sur notre intelligence, nous sommes las de penser. Nous voulons des faits. Vous connaissez notre pouvoir, il est au moins équivalent au vôtre, et le temps nous presse. Nous craignons le pire pour l'Ascension. Vous aimiez Luciana Saliestri, n'est-ce pas ?

— Oh…, dit Campioni, visiblement touché, au point qu'il en mit spontanément une main sur le cœur. Ne mêlez pas la passion la plus pure à ces horribles exactions. Comment pouvez-vous imaginer un instant que j'aie pu lever la main sur cet ange ? Sa mort atroce me déchire plus sûrement qu'une meute de chiens !

— La « passion la plus pure », enchaîna Ricardo Michele Pavi, le chef de la *Quarantia*. Cela est amusant lorsque l'on évoque, paix à son âme, la mémoire d'une courtisane qui avait pour habitude de se donner au tout-venant.

Pietro toussa.

— … Les crimes passionnels sont vieux comme le monde, continua Pavi. N'étiez-vous pas jaloux de ses autres amants ? Vous saviez qu'ils étaient nombreux !

— Oui, cela était un drame, en effet, un drame qui ne regardait que moi. Mais que viennent faire mes sentiments pour elle, à l'heure où il s'agit de traquer les Oiseaux de feu ? Allez donc chercher votre cartomancien et…

— Niez-vous que vous avez fait appel à ses services, par le passé ? coupa Pavi.

A ces mots, le sénateur baissa les yeux quelques instants.

— Je… Il est vrai que j'ai dû aller le voir, une ou deux fois… Mais cela n'avait rien à voir avec la politique, ce n'était…

Voyant le sénateur s'embourber, Pietro se décida à intervenir.

— Il y en eut d'autres avant vous, dit-il d'un ton qui se voulait plus rassurant. Et non des moindres : je vous parle d'Auguste, et de tous les empereurs romains. Ne vous inquiétez pas pour l'astrologue. S'il a menti, il sera sous les verrous avant ce soir et cette fois, nous ne le lâcherons pas. Ce que nous voulons savoir, c'est ce que vous nous cachez encore au sujet des Oiseaux de feu. Qui est Minos ? Qui est Virgile ? Qui se fait appeler *il Diavolo* ?

Campioni se tourna vers Viravolta.

— Oui. Je vais vous dire ce que je sais. Mais comprenez-moi. L'un de vous… est peut-être l'un d'eux.

C'en était trop pour Niccolo Canova, un sexagénaire replet, mais tranchant comme une lame de rasoir. Il intervint à son tour, se dressant sur son séant avec emphase, et postillonnant en éventail :

— N'ajoutez pas à votre situation des accusations d'une telle gravité, portée à l'encontre de ceux qui ne cherchent qu'à sauver la République !

Il y eut un long silence, puis Campioni baissa de nouveau les yeux.

— Ils m'ont menacé, mais cela n'est pas le plus grave. (De nouveau, il chercha un soutien auprès de Pietro.)

Ils ont menacé des membres de ma famille et d'autres sénateurs du gouvernement. Je ne peux prendre la responsabilité de les mettre en péril. Vous êtes allés à la villa Mora, à Mestre : vous avez vu ce qu'ils étaient, n'est-ce pas ? Et c'est moi-même qui vous ai offert de mesurer ce danger. Vous avez peut-être raté là une occasion de les exterminer. A présent, ils n'en sont que plus forts, ce sont eux qui mènent la danse. Mais je *sais* qu'ils ne s'arrêteront pas.

Nouveau silence.

— Très bien ! Je vais tout vous dire. Croyez bien que je ne vous cacherai rien. Si j'en savais davantage, je n'aurais pas attendu pour faire sortir le loup du bois.

Les Dix, Pietro et le chef de la *Quarantia* étaient tout ouïe.

— Je ne puis plus porter cela tout seul, de toute façon. Voici. Minos est un membre du Grand Conseil, dont j'ignore l'identité exacte. C'est lui qui, je pense, a tenté de soudoyer l'astrologue Fregolo, comme il l'a fait pour tant d'autres. Les Oiseaux de feu ne sont pas tous des nobles, loin de là. Beaucoup sont des *cittadini*, infiltrés dans les administrations, ou des gens de misère, facilement impressionnables, que l'on force à croire à un rêve qui n'existe pas. Il est fort probable que ce Ramiel qui a assassiné ma chère Luciana était l'un d'eux. Je ne sais si les têtes de la secte disposent de complicités à l'étranger, mais la chose est possible. Ils n'ont pas de visage, ce qui les rend plus forts. Ils sont maîtres dans l'art du chantage dans le but de vous faire adhérer à leur cause, d'abord par de petits cadeaux, des promesses indignes et toutes autres sortes de corruptions, puis par la terreur, lorsque persuasion et conviction ne suffisent pas. Ils vous mettent dans des situations inextricables, comme celle où je me trouve en ce moment. Le coup d'Etat qu'ils préparent est pour bientôt, en effet, et vous avez raison de redouter les fêtes de l'Ascension, le moment pourrait être propice. Le Doge sera à découvert. La mascarade dont ils s'entourent est un vaste leurre, destiné à faire courir des bruits occultes et à asseoir leur capacité d'intimidation. Je sais surtout que l'un d'eux… est installé à deux pas des *Procuratie*, où il a loué à une tenancière des appartements de grand prix, parmi les rares qui permettent, depuis leur toit, de dominer l'ensemble de la lagune. Pour quoi faire, je n'en sais rien.

— Il nous faut des noms, Votre Excellence ! attaqua de nouveau Canova. Des noms !

— C'est que… Il y a bien quelqu'un, quelqu'un que je pense être derrière tout cela, qui…

— Quelqu'un que vous *pensez* ? Nous ne voulons pas de présomptions, sénateur. Mais des noms !

Il y eut un long silence. Plus personne ne bougea. Enfin, quelques mots vinrent s'échouer dans un murmure au bord des lèvres de Campioni.

— Je vous parle du sénateur Ottavio.

L'assemblée fut parcourue de remous. On entendit des exclamations. Canova se renfonça dans son fauteuil. Le regard de Pietro s'alluma. Puis, de nouveau, le silence. Campioni, de son côté, avait fermé les yeux, caressant des doigts l'arête de son nez. Lorsqu'il regarda de nouveau ceux qui lui faisaient face, il avait repris un peu contenance. Canova se pencha et dit, la voix tremblotante :

— Vous mesurez la gravité de cette accusation ?

Campioni opina lentement du chef. Il était en sueur.

— Allez aux *Procuratie* et voyez. Et écoutez-moi bien. Je vais siéger tout à l'heure au Sénat. Et lorsque j'y serai, je ne serai sûr à aucun moment – je dis bien *à aucun moment* – que les affaires dont nous parlerons, les décisions qui seront prises, les rapports qui nous seront remis ne seront pas immédiatement répercutés auprès de ces gens, ou du moins, auprès de ceux qui, parmi eux, connaissent le poids et les enjeux des affaires publiques.

Il conclut :

— *Messere*, il y a un point sur lequel nous sommes d'accord : tout cela a trop duré. Nous devons nous unir, quels que soient les risques. Moi-même, ni mes partisans avoués, au Sénat et au Grand Conseil, ne pouvons plus fuir. Je m'engage auprès de vous à les déterminer, de façon qu'ils vous livrent à leur tour ce qu'ils pourraient savoir. Vous aurez leurs noms, et vous pourrez les compter alors parmi vos rangs comme les plus fidèles. Je sais que la traîtrise est partout, mais sur ce point, vous devez me faire confiance. Je les ramènerai à nous et nous mènerons le combat par tous les moyens dont nous disposons – même si tout cela doit être évoqué au grand jour. Le Doge accueille l'ambassadeur de France : la chose est regrettable, mais après tout, lui aussi pourrait être menacé. Je crois… que c'est tout Venise qu'il faut mettre au courant. Je ne cesserai de clamer ce en quoi j'ai toujours eu foi : il faut faire confiance au peuple de cette ville qui, comme vous le rappeliez, a traversé d'autres épreuves. Sous ses falbalas et sa gaieté de carnaval, il sait parfaitement où se trouve son intérêt.

Cette dernière allusion fut diversement reçue par les

membres de l'assemblée ; pour certains, chez qui la peur du peuple était vive encore, et le souvenir du Doge Falier pas si lointain, les mots du sénateur demeuraient suspects ; le nom d'Ottavio avait résonné comme un pavé jeté dans la mare. Les autres commençaient à être à peu près convaincus. On délibéra une heure, après quoi, Giovanni Campioni put regagner la salle du palais où la séance officielle du Sénat allait commencer. On l'avait écouté, Campioni ne pouvait ignorer les risques que toute forme de mensonge envers les Dix et la *Quarantia* ferait peser sur sa tête. On avait donc un plan ; il était temps, en effet, de rassembler les brebis dispersées et de se mettre en ordre de bataille. Le cartomancien Pietro Fregolo fut saisi dans l'heure pour être interrogé, même si l'on était sceptique quant à ses possibles aveux. S'était-il mis de lui-même dans la gueule du loup ? Ricardo Pavi, le chef de la *Criminale*, se tourna vers Pietro.

— Vous pensez qu'il a dit la vérité ?

— Oui. Je ne pense pas qu'il puisse jouer à ce point double jeu. C'est Ottavio qu'il nous faut !

Pavi était le supérieur direct de Brozzi, le médecin délégué de la *Quarantia*. Il avait à peine trente ans mais, les yeux ardents, le visage dur, il était connu pour ses positions réactionnaires. Ceux qui le connaissaient murmuraient qu'en certaines circonstances, il n'hésitait pas à prendre lui-même en main les interrogatoires. Il traitait les affaires criminelles avec un dévouement égal à sa fermeté, une impressionnante capacité logique et un sens de l'initiative qui faisaient l'admiration des politiques et des magistrats vénitiens, même si ces derniers redoutaient ses emportements parfois excessifs. A sa décharge, il faut dire qu'il avait vu sa femme assassinée par un porteur bergamasque qui tenait davantage du brigand de grand chemin. Depuis, il avait perdu toute sensibilité ; seule la satisfaction du devoir accompli savait encore l'émouvoir. Il inquiétait, mais on ne pouvait douter de son efficacité. Il avait une réputation d'ascète et de catholique fervent.

— Selon Campioni, l'un des Oiseaux de feu s'est installé dans des appartements situés près des *Procuratie*… Au numéro 10 de la rue Frezzeria : c'est à deux pas de celle où Fregolo tient boutique – dans son prolongement exact… Coïncidence ? En tout cas, si Campioni a dit la vérité, il ne devrait pas être difficile de découvrir l'identité du locataire.

— Je vais m'y rendre dès maintenant, dit Pietro. Nous verrons bien. Mais dites-moi, *Messer*…

Son visage s'était assombri.

— … Qu'en est-il des galères de l'Arsenal ?

Pavi se rembrunit lui aussi, le visage tendu.

— Nous n'en savons pas plus. La *Sainte-Marie* et le *Joyau de Corfou* croisent toujours quelque part en Adriatique, s'ils n'ont pas coulé, tout simplement. Nous ne pouvons mettre aux fers tous les ouvriers de l'Arsenal et nos recherches s'épuisent sans résultat.

Il se tourna vers Pietro.

— Mais allons ! Nos agents vous accompagneront. Ne tardez pas.

Pietro attrapa son chapeau et se leva.

Sitôt qu'il fut sorti de la salle où Campioni venait d'être interrogé, il se précipita à la rencontre d'Emilio Vindicati, qui avait achevé sa tâche de son côté.

— Alors ?

Emilio eut une moue amère. Il serrait les poings.

— Alors, alors ! Il nie, naturellement ! Et je ne peux accuser sans preuves ! Il est reparti, point à la ligne, et je me suis ridiculisé, comme je le craignais !

— *Quoi ?* Mais sais-tu que pendant ce temps…

— Oui, oui, par pitié ! *Je sais !* Mais Ottavio, de son côté, accusait Giovanni Campioni de manœuvres politiques ! Ne comprends-tu pas ? Ils se renvoient la balle ! Nos deux sénateurs nous promènent à leur guise ! Nous voici avec deux duellistes de bords différents, et nous au milieu, qui nous débattons sans résultat ! A ce compte-là, nous allons nous mettre à dos toute la noblesse en deux jours – et nous n'avons rien pour combattre, Pietro ! *Rien !*

Le regard de l'Orchidée Noire s'assombrit. Il serra les dents à son tour.

— Non. Pas rien.

— Par pitié, dit Emilio tandis que Viravolta s'éloignait d'un pas pressé, que vas-tu faire encore ?

— Ce que tu m'as appris, dit Pietro.

Il persifla :

— Improviser.

*
* *

Les appartements auxquels Giovanni Campioni avait fait allusion, au numéro 10 de la rue Frezzeria, dépendaient d'un hôtel dont la tenancière se nommait Lucrèzia Lonati. Elle convint en effet que le troisième étage, ainsi que la libre utilisation de la terrasse, avaient été négociés à l'automne précédent par un homme qui se disait habitant de Florence en visite à Venise. Il s'était fait appeler *Messer* Sino. M. Sino… Une anagramme de Minos, comme le nota aussitôt Pietro, blasé. La Lonati conduisit Viravolta et deux agents au troisième étage, tandis que les autres épluchaient ses registres. Ils arrivèrent devant de grandes portes claires. La plupart du temps, les appartements étaient vides. Elle avait vu une fois le mystérieux locataire recevoir des hommes habillés de masques de carnaval et de tricornes. Ils avaient acheminé ici de nombreuses caisses de bois, que Lucrèzia avait prises pour les bagages de ce M. Sino. Il devait être un personnage en vue à Florence ; elle n'avait pas posé de questions. Ces hommes, selon elle, étaient restés là une journée entière, avant de disparaître. Elle s'était certes demandé qui pouvaient bien être ces drôles de laquais, mais l'autre payait abondamment, et rubis sur l'ongle. De quoi décourager sa curiosité. L'occupant n'était ensuite revenu que très épisodiquement, accompagné chaque fois de personnages tout aussi énigmatiques. Leur description, qui correspondait à des physiques tout à fait ordinaires, ne donnait aux agents du gouvernement que des informations bien minces.

La Lonati savait que, pour l'heure, personne ne se trouvait à l'intérieur des appartements. Elle frappa tout de même à tout hasard, puis glissa son passe dans la serrure.

Pietro et les deux agents entrèrent dans un endroit au luxe familier, qui s'étendait sur quatre pièces de dimensions égales. Ils portèrent assez vite leur attention sur la deuxième. Landretto, qui en avait assez de faire le pied de grue partout où se rendait son maître, alla retrouver Viravolta alors que celui-ci commençait ses investigations. Ils furent bientôt rejoints par le reste de la troupe. Il n'était pas un pouce de ces appartements qui ne donnât lieu à des recherches méticuleuses.

Allez. Je commence à en avoir assez de patauger.

La pièce qui avait retenu l'attention de Pietro était confortablement meublée. Trois fauteuils se trouvaient disposés sur un soyeux tapis d'Orient ; l'un des murs était occupé par une petite bibliothèque où figuraient quelques ouvrages sans intérêt – que l'on prit soin, pourtant, de regarder page après page, avant de les secouer dans tous les sens. Sur le mur opposé se trouvait placardée une carte détaillée de Venise : la Lonati affirma qu'elle ne s'y trouvait pas auparavant. Elle n'avait pas fait la chambre depuis plusieurs semaines, à la demande expresse du locataire. Ses employées de ménage ne s'en étaient trouvées que mieux. Lucrèzia avait une fois de plus fermé les yeux devant le pécule abondant que l'on avait déversé dans son escarcelle. Une pellicule de poussière traînait sur le sol et sur les meubles. Dans la pièce voisine, on avait entreposé les caisses amenées par les « laquais » inconnus. Toutes étaient vides à présent. Mais surtout, près des grandes fenêtres qui donnaient sur la rue, et au-delà sur les *Procuratie* et la place Saint-Marc, à côté d'une mappemonde, se trouvaient de bien curieux instruments. On découvrait tout d'abord de petits cercueils miniatures taillés dans un bois noir, de deux pouces de long. Chacun d'eux était frappé d'une croix, et un nom s'y trouvait gravé.

Marcello Torretone.

Cosimo Caffelli.

Federico Spadetti.

Luciana Saliestri.

Viravolta étouffa un cri de stupeur. Ici étaient répertoriés les quatre premiers meurtres... Mais naturellement, l'ennemi n'avait pas eu le bon goût d'annoncer les suivants.

Et, à quelques pas de là, étaient dressés une demi-douzaine d'engins tout à fait particuliers.

L'Orchidée Noire se pencha.

— Voilà sans doute ce qui se trouvait dans les caisses, dit-il à l'adresse de Landretto. Intéressant... Très intéressant.

Il s'agissait de télescopes, montés sur pied, tous dirigés vers l'embrasure de la fenêtre. Le valet s'approcha de l'un d'eux et glissa un œil à l'intérieur. Il ne vit que le mur d'en face, en gros plan.

— On n'y voit rien ! dit-il avant d'essuyer la lunette et de reprendre place devant l'orifice.

Pietro l'imita ; tous deux essayèrent de changer l'orientation des instruments, mais ils tombaient indifféremment sur le mur, ou sur un ciel flou et brumeux.

Pietro se redressa, puis réfléchit une seconde.

Il se tourna vers Lucrèzia et les agents qui l'accompagnaient.

— Qu'est-ce que c'est que *ça* ? demanda la Lonati.

— Aidez-moi, dit Pietro à l'adresse des hommes de la *Quarantia*.

Il ajouta :

— Nous montons sur la terrasse.

Giovanni Campioni ne s'était pas trompé. Le bâtiment était l'un des plus hauts de Venise, dont les maisons dépassaient rarement les deux étages. De là, on pouvait embrasser d'un regard le Campanile, la Tour de l'Horloge et la lagune jusqu'à San Giorgio et la Giudecca, ainsi que les différents sextiers de Venise, de Saint-Marc à Canareggio et Santa Croce. Pietro fit disposer les télescopes en divers endroits de la terrasse et ce qu'il découvrit ne tarda pas à confirmer ses craintes. Il pâlit.

Mon Dieu… J'ai perdu l'habitude de Vous invoquer, mais cette fois…

— Qu'y a-t-il ? demanda Landretto.

— C'est bien ce que je redoutais. De quoi est fait un télescope, Landretto ?

Le jeune valet se gratta le front et fit la moue, laissant glisser une main dans son gilet.

— Un télescope, eh bien, quelle question…

Pietro détacha son œil de la lunette.

— Je vais te le dire. Un télescope est composé de lentilles de verre. De petits miroirs concaves.

Il écarta les bras :

— Venise est couverte par *douze mille ducats de lentilles de verre.*

Il ne fallut pas longtemps pour que la théorie de Pietro trouvât sa confirmation. La chose était incroyable. On dénombra près de quinze appartements, loués au cours de la même période et dans des conditions analogues, à des personnages aux signatures fantaisistes, Sémiaza, Samane, Arédros – celles des Forces du Mal – dans les bâtiments les plus élevés de la cité. Chacun disposait d'une terrasse semblable et on y retrouva d'autres télescopes.

Or, selon l'endroit où l'on se tenait, on plongeait à l'intérieur des maisons des plus grands patriciens de la lagune, dans l'intimité des *casini*, dans les jardins du

Broglio, jusque dans les appartements du Doge ! Minos avait étendu partout un réseau ahurissant, un maillage serré et d'une extrême complexité par lequel certaines lentilles, astucieusement disposées sur un toit ou une cheminée, frappant le fronton d'une villa ou ricochant dans le miroir inattendu d'une vasque abandonnée, servaient de relais à l'observateur pour réfléchir les alcôves les plus inaccessibles ; l'intelligence de cette disposition était telle que ce gigantesque panoptique transformait la ville entière en terrain de jeux et de reflets optiques que seuls des calculs dépassant l'imagination, et des connaissances hors du commun, avaient pu mettre au point. *Panoptica*, songeait Pietro en se souvenant des plans qu'il avait entrevus dans le bureau d'Ottavio. Les dessins insensés qui avaient dû servir d'ébauche à cette installation défilaient de nouveau devant ses yeux ; feuillets griffonnés de roses des vents, de chiffres et d'équations croisées, de flèches assassines. Un Œil, un Œil absolu épiait Venise ! On réquisitionna les appartements, on interrogea sans relâche leurs propriétaires, les agents de la *Quarantia* se précipitèrent dans tous les sextiers, toutes les paroisses. Venise bruissait et murmurait, on commençait partout à chuchoter. Les nouvelles les plus sombres, mêlant fantaisies et vérités, circulaient dans les *Mercerie*, se répandaient comme des traînées de poudre sous les arcades des *Procuratie* et du Rialto aux abords de la Terre Ferme ; une ombre inconnue, immense, s'était étendue sur la cité des Doges, personne n'était à l'abri, personne n'était plus chez soi.

Bientôt, c'en serait fini de la quiétude vénitienne.

Jusqu'au plus profond de leur lit, nobles et petites gens se mettraient alors à trembler.

— Quelle plus belle surveillance que celle-ci, Landretto ? Une surveillance dont l'objet même est inconscient d'être observé… Assurément, Ottavio n'a pu imaginer cela tout seul.

Et Landretto se tourna vers son maître :

— Alors, doutez-vous encore que le Diable en personne soit à Venise ?

Chant XIV

Les Coléreux

La salle du Grand Conseil était la plus vaste du *palazzo ducale* ; ils étaient près de deux mille à siéger sur les bancs du *Maggior Consiglio*, couvrant un espace de plus de cinquante mètres de long. Le Doge avait pris place au côté des membres de son Conseil restreint, des Dix et du chef de la *Quarantia Criminale*, secondé par Antonio Brozzi. Derrière eux s'étendait le fameux *Paradis* du Tintoret, peint en 1590, l'une des plus vastes huiles sur toile au monde, regorgeant de personnages et d'allusions symboliques. Palma le Jeune, Bassano avaient réalisé les fresques du plafond et, dans l'ovale qui en faisait le cœur, Véronèse avait peint *L'Apothéose de Venise* : c'était celle-ci que contemplait Pietro, s'amusant à peine de la sombre ironie de cet intitulé, en un moment aussi difficile que celui d'aujourd'hui. En arrivant sur la place Saint-Marc, une heure plus tôt, il avait croisé une foule de badauds qui faisaient la queue devant la basilique. Il avait aperçu la silhouette de Maître Eugène-André Dampierre, le peintre français, qui faisait le coq sous les panneaux bariolés annonçant l'exposition de ses œuvres.

Celles-ci avaient dû être installées dans le narthex, ainsi qu'il était prévu. Le Doge devrait une fois de plus faire comme si de rien n'était en retrouvant l'ambassadeur de France pour l'inauguration officielle, qui aurait lieu dans le courant de la journée, avec la bénédiction des clercs de San Marco. Mais, pour le moment, l'ambiance n'était pas aux réjouissances. D'ordinaire, le Grand Conseil se réunissait tous les dimanches et les jours de fête. Les séances s'achevaient à dix-sept heures, lorsque Loredan terminait lui-même ses audiences et que fermaient les magistratures. Si la discussion n'était pas terminée, elle était reportée. En cas de troubles graves ou de révision des institutions, la *correzione*, comme on l'appelait, le Grand Conseil en venait à siéger quotidiennement. Et de fait, la séance de ce matin – on était mardi – avait ce caractère exceptionnel. Toute la noblesse de Venise était là, raide et compassée, affublée de longues perruques, en veste noire ou rouge. Devant ces centaines de Vénitiens poudrés, Emilio Vindicati rendait compte des menaces pesant sur la lagune et des éléments que le Conseil des Dix avait en sa possession. Un exercice difficile, car « pour les besoins de l'enquête », comme il le disait si bien, certaines de ces informations devaient être… passées sous silence. Voilà qui avait de nouveau été l'occasion d'une dispute brûlante avec Pietro. « Pas question d'attaquer Ottavio frontalement en pleine séance du Grand Conseil, Pietro ! Prononce seulement son nom et, sachant qui tu es, ils te tailleront en pièces du haut de leurs bancs. Tu anéantirais toi-même tous tes efforts. – Mais alors, quoi ? s'était écrié Pietro. Ottavio était-il intouchable ? La découverte du Panoptique, cette invention digne d'un Léonard de Vinci, ne suffisait-elle pas ? – Oui, je te crois,

avait répondu Emilio. Nous tenons enfin quelque chose
de sérieux. Mais il nous faut agir plus finement. Ottavio
n'a pu élaborer tout seul pareille invention, et la Lonati
n'a identifié personne nommément. Je vais en parler au
Doge, et tâcher d'envoyer nos inquisiteurs chez Ottavio.
Je te rappelle qu'il me manque toujours l'essentiel : une
preuve, Pietro ! Sans le document que tu dis avoir vu,
je ne peux rien faire ! Et n'oublie pas que nous avons
un avantage : s'il doit deviner le danger, Ottavio ne sait
sans doute pas qu'il est au bord de tomber… Alors s'il
te plaît : ne gâche pas tout par un mouvement d'humeur ! »

Certes, Pietro pouvait entendre ce langage. Il maudissait le sort de ne pas s'être emparé des plans du
Panoptique lorsqu'il les avait eus sous les yeux ; en
même temps, il se souvenait de la raison de son choix,
et n'avait rien à regretter. Il eût été trop risqué de mettre
Anna Santamaria en péril. Un péril plus que jamais
réel. Pietro était inquiet. Il fallait absolument éloigner
Anna d'Ottavio et la mettre à l'abri. Les Stryges ne plaisantaient pas, l'Orchidée Noire en avait eu suffisamment
de démonstrations. Et s'il arrivait à Anna la moindre
chose, Pietro ne se le pardonnerait jamais. Il devait faire
pression sur Vindicati pour obtenir la garantie qu'il la
placerait en sûreté… Ou bien, il agirait par lui-même.
Sans lui demander son avis.

Et quels que soient les risques.

En attendant, au palais, en ce début de mois de mai,
on croyait rêver. Les nobles pâlissaient, certains poussaient des exclamations, d'autres hochaient la tête en
silence. Parmi les personnes présentes, Giovanni Campioni s'était assis avec quelques-uns des plus prestigieux

membres du Sénat, auquel le Grand Conseil s'était
élargi. Et surtout, Ottavio lui-même était là, ce qui
rendait la situation d'autant plus complexe. Une réunion sénatoriale était d'ailleurs prévue dans la même
journée ; calendriers et emplois du temps avaient été
bouleversés. Le Collège, qui siégeait tous les matins au
complet, avait envoyé des *comandadori* convoquer les
sénateurs dès le lever du jour. Ceux-ci étaient coutumiers des réunions à outrance, même de nuit ; mais le
caractère inhabituel de la procédure ne leur avait pas
échappé. Derrière les portes fermées du *Maggior Consiglio*, la nuée des avocats du palais, revêtus de l'*ormesino,*
tissu précieux, avec leur ceinture de velours noir ornée
de plaquettes d'argent, leurs fourrures onctueuses bor-
dant manches et ourlets, chuchotaient, travaillaient,
marchaient de long en large, bruissant d'une activité
inquiète. Ici se trouvait rassemblé tout ce que Venise
pouvait compter d'emblèmes institutionnels ; ici résidait
tout le pouvoir de la Sérénissime.

De part et d'autre de la salle, sur les murs, se tenaient
en enfilade les portraits des Doges passés. Leur succession était interrompue par un voile noir à l'endroit où
devait se trouver la figure de Baiamonte Tiepolo, héritier des doges populaires, qui avait voulu rouvrir de
force le jeu démocratique au moment où se renforçait
la fermeture des Conseils. Le souvenir de Falier, et celui
de Gian Battista Bragadin, chef des Quarante, accusé à
tort de livrer des secrets d'Etat à l'Espagne et condamné
à mort, semblaient encore planer à l'intérieur de la
place. Campioni, de plus en plus blafard et suant, était
à ce titre idéalement placé, à quelques mètres du drap
sombre de Tiepolo. Il portait régulièrement un mou-

choir à son front. Ni lui, ni le Doge, ni personne n'était plus en mesure d'empêcher les dangers de conspiration de devenir publics. La chose eût pu être, d'une certaine façon, une chance ; en réalité, elle devenait prétexte à un affrontement larvé au sein des institutions, qui avait toutes les chances d'être pire encore. La résolution avait été prise de révéler à tous les principaux dignitaires de la République les différents épisodes qui s'étaient produits depuis le meurtre de Marcello Torretone. Le peuple de Venise avait, semble-t-il, pris conscience qu'une réelle menace planait sur la cité. Mais la proximité des fêtes et la confiance rassurante dans le pouvoir atténuaient ces inquiétudes. Bien que les commentaires les plus affolants, et parfois les plus délirants, eussent commencé de se répandre de sextier en sextier, le gouvernement de la Sérénissime essayait encore de calmer les esprits et d'éviter que les détails de l'affaire ne s'ébruitent.

Pietro ne cessait de fixer Ottavio. Celui-ci, les sourcils froncés, massait son nez épaté, et fusillait du regard l'Orchidée Noire. Désormais, il ne pouvait plus ignorer la libération de son ancien protégé. Sans doute en avait-il été informé auparavant ; mais le fait qu'ils se retrouvent ainsi face à face donnait implicitement la mesure de l'affrontement qui se préparait. Ottavio, calotte sur la tête, avait passé autour de son cou un crucifix qui lui donnait un air épiscopal. Il glissait de temps à autre un doigt dans son col, et ses bajoues tremblaient comme de la confiture en gelée. Ses paupières se plissaient d'un air sournois. On le devinait capable d'exploser à tout moment. Les deux hommes se jetaient un défi silencieux. Puis leurs regards, à l'un et à l'autre, glissaient vers un troisième homme : Giovanni Campioni, qui soudain s'immisçait dans ces échanges tacites et méfiants. Un triangle parfait. Pietro repensait à ce qu'avait dit Vindicati : *Ne comprends-tu pas ? Ils se renvoient la balle ! Nos deux sénateurs nous promènent à leur guise ! Nous voici avec deux duellistes de bords différents, et nous au milieu, qui nous débattons sans résultat !* Et à ce stade, Pietro était prêt à envisager toutes les hypothèses. Attention : peut-être les sénateurs Campioni et Ottavio étaient-ils de mèche, et se « renvoyaient-ils la balle », comme disait Emilio, pour mieux semer le trouble au sein de la Criminelle et de la police des Dix. Même si cette option n'était pas celle à laquelle l'Orchidée Noire accordait le plus de crédit, il ne pouvait la négliger. Aussi passait-il beaucoup de choses dans ces regards croisés ; et la salle du Grand Conseil, en cet instant, n'était donc pas seulement un centre de pouvoir, mais une basse-cour, un palais des coups d'œil où chacun se jaugeait, et où commençaient à se dessiner, sur les bancs de l'assemblée, des lignes de frontières et des fractures invisibles.

Pour autant, par-delà l'animalité des passions tapies d'un bout à l'autre de ces mêmes bancs, chacune des personnes présentes avait conscience de la solennité du moment. Et chacun des nobles du Grand Conseil se remémorait sa prestation de serment, dont on avait toutes les raisons de craindre, en ce jour, qu'elle risquât de souffrir de nombreuses entorses. « Je jure sur les Evangiles, qu'en toutes choses je dirai l'honneur et la richesse de Venise… Le jour du Grand Conseil, je ne peux me tenir dans les escaliers, ni aux entrées de la salle, ni dans la cour du palais, ni nulle part dans la ville en requérant des votes pour moi, ou pour d'autres. Et je ne peux faire de bulletin ni de billet, et je ne peux solliciter, ou faire solliciter, avec des paroles, des actes, des signes et si je suis sollicité, je dénoncerai. De tous les partis qui seront proposés je choisirai celui qui me paraîtra raisonnable, en toute sincérité. Je ne parlerai, ni ne dirai de parole injurieuse, ne ferai d'acte ou de geste malhonnête, et je ne me lèverai pas de ma place avec des paroles ou des actes injurieux ou des menaces contre quiconque… Si j'entends quelqu'un blasphémer Dieu, ou la Sainte Vierge, je le dénoncerai au Seigneur de la nuit. »

Aussi les deux mille qui, aujourd'hui, comptaient plus que jamais dans la vie politique de Venise, déjà fortement échaudés, ne perdraient-ils pas une miette des débats.

Vindicati commença donc par exposer les circonstances du meurtre de Marcello ; il évoqua la broche de Luciana Saliestri. Dès cet instant, ce fut un inimaginable tollé. Tout cela n'allait pas sans une certaine hypocrisie. La plupart était au fait des aventures de Campioni avec la courtisane, ce genre de libertinage étant de notoriété publique. Pourtant, le sénateur semblait effaré de voir à quel point son ardente passion avait connu de postérité, tant auprès de ses ennemis que de ses amis, ou prétendus tels. Il parut se ramasser sur lui-même – fauve prêt à bondir, ou prince essayant de se faire oublier ? – lorsque la moitié du Conseil se mit à le conspuer, tandis que l'autre le défendait bec et ongles. En quelques secondes, on entendit le pire et le meilleur ; les sueurs du sénateur redoublèrent, il faillit se trouver mal. A la faveur d'une intervention de Loredan, Emilio reprit la parole et énonça successivement les détails relatifs aux

meurtres de Cosimo Caffeli, de Federico Spadetti et de
la belle Luciana ; on convoqua successivement Antonio
Brozzi et le chef de la *Quarantia Criminale*, puis un
architecte des magistratures fit circuler sous les yeux
des nobles ébahis la reconstitution des plans utilisés par
Minos pour le vaste échafaudage de son Panoptique.
On en perdait son latin. Le comble fut atteint lorsque
l'on passa au crible les résultats de l'enquête menée à
l'Arsenal, et que l'on dut faire constater la disparition
des frégates et des deux galères perdues quelque part
dans l'Adriatique.

En effet, il y a de quoi s'étrangler, songea Pietro.

Il ne fallait pas s'y tromper : sous ses yeux se déroulait une crise politique de premier ordre. Encore à demi
secrète, oui, mais jamais Pietro n'avait assisté à une telle
confusion dans une ville réputée pour son sens de l'équilibre, sa tranquillité et son aimable assurance. Tandis
que les discussions commençaient de se noyer dans une
cacophonie sans précédent, Pietro, les yeux levés vers le
plafond, tentait lui aussi d'y voir plus clair. En ce jour,
combien parmi les nobles présents avaient-ils participé
à la cérémonie ésotérique de la villa Mora ? Combien
étaient-ils à compter parmi les Oiseaux de feu ?

Ses doigts serraient un feuillet de vélin.

Premier Cercle : Marcello Torretone – PAGANISME
Deuxième Cercle : Cosimo Caffelli – LUXURE
Troisième Cercle : Federico Spadetti – GOURMANDISE
Quatrième Cercle : Luciana Saliestri – PRODIGALITÉ   ET
                                              CUPIDITÉ

Marcello Torretone, qui renia son baptême et chercha

Dieu sans jamais le trouver, crucifié. Cosimo Caffelli, luxurieux, livré à l'ouragan infernal au sommet de San Giorgio. Federico Spadetti, trop attiré par ses ducats, inconscient promoteur du Panoptique de l'Ombre, réduit à de la glaise informe. Luciana Saliestri, libertine dilapidant la fortune amassée par les cinquante ans d'avarice de son défunt mari, jetée avec le roc de ses péchés au fond des canaux de Venise. Dante et les *Forces du Mal* présidant à la savante, délirante orchestration de ces mises en scène réalisées comme autant d'œuvres d'art, avec un souci esthétique confinant à la plus terrible des folies. De la belle ouvrage, en vérité. Particulièrement horrifique. Pietro n'avait pas attendu pour se pénétrer de l'imminence du châtiment des Cercles suivants. Le Cinquième Cercle serait celui des Coléreux, auxquels leur aveugle et impulsive fureur fait oublier toute morale. Des espions se dissimulaient en tous points de la Sérénissime. Pietro releva les yeux et abandonna momentanément sa plume, ainsi que le feuillet où il avait commencé de noter son triste tableau d'équivalences. Emilio, au milieu des éclats de voix ambiants, baissait les bras.

— Je propose de donner la parole à Pietro Viravolta de Lansalt, dit Emilio. Beaucoup d'entre vous savent aujourd'hui qui il est, inutile de vous le cacher davantage. Cet homme est celui qu'on appelle l'Orchidée Noire. Posez-lui les questions que vous voulez.

Emilio s'effaça et alla regagner la place qui lui était réservée, invitant Pietro à se poster à son tour entre la tribune où siégeait le Doge et l'assemblée nobiliaire. Mais, loin de calmer les esprits, l'annonce du pseudonyme de Pietro déclencha parmi l'assemblée de nouvelles fureurs. Certains se levèrent et protestèrent avec véhémence. Ottavio sauta sur l'occasion pour élever la voix lui aussi, tout en prenant garde à conserver sa dignité. Viravolta de Lansalt ! Qu'avait-il à faire ici, lui qui était la honte de la République ? Comment un prisonnier des Plombs pouvait-il, de près ou de loin, être lié à la destinée de la Sérénissime ? Une crapule, un criminel ? D'autres, curieux et inquiets, enjoignirent à leurs confrères de se rasseoir. Les informations dont ils venaient de prendre connaissance semblaient soudain placer tous les membres de l'assemblée face à une sourde vérité, qu'ils recevaient comme une gifle ; ainsi qu'il l'avait craint, Francesco Loredan lui-même était mis en accusation, de façon plus ou moins explicite. Des meurtres sur Venise, la menace d'une conspiration identifiée par les Dix, et le Grand Conseil tenu à l'écart des affaires de l'Ombre ? Une cinquantaine de nobles résolurent même de quitter la salle, et il fallut tout le poids d'un rappel à l'étiquette conventionnelle pour qu'ils en fussent – provisoirement – dissuadés. On demanda une suspension de séance, puis d'autres voix s'élevèrent pour exiger au contraire la poursuite des débats, tant que toute la lumière ne serait pas faite sur la situation présente. Pietro, lui, s'était levé, tête haute, pour passer entre les travées ; arrivé devant la tribune, il fit encore quelques pas, puis joignit les mains et attendit ; peu à peu, la cacophonie ambiante se calma. Le Doge, dépassé par les événements, retrouva néanmoins contenance.

Viravolta se retrouva seul face à l'assemblée.
Le Doge se tourna vers lui.

— Pietro Viravolta, faites-nous donc part de vos réflexions au sujet du danger que nous courons aujourd'hui. Après tout, c'est *vous* qui vous êtes occupé de l'enquête…

Nouveau tollé. On avait osé confier une telle mission à un athée amoral, plus dangereux même que le mal qu'il était censé combattre ! Le Doge fut heureusement soutenu par les Dix et le *Minor Consiglio* qui, sans aller jusqu'à saluer la conduite de l'enquête par l'Orchidée Noire, en soulignèrent au moins l'utilité. Devant cette salle prête à exploser, Pietro, quant à lui, plissant les yeux, attendait une nouvelle fois que passe le grain. Mais la façon dont le Doge lui avait renvoyé la balle ne lui avait pas échappé : le désigner comme le responsable de l'enquête risquait, au moindre pas de travers, de lui faire endosser l'incurie générale des autorités vénitiennes et de le transformer en bouc émissaire ; et cela serait d'autant plus pratique pour tout le monde qu'il était déjà la brebis galeuse de la Sérénissime. Peut-être ce calcul avait-il aussi compté dans le choix initial de son recrutement… A l'instant où cette pensée lui traversait l'esprit, il ne put s'empêcher d'envoyer un regard à Emilio Vindicati. Dans la Salle du Conseil, la tension décrut un peu. Elle allait ainsi, montant et refluant par vagues successives.

Pietro attendit que le silence se fît. Il noua les mains dans son dos, regardant le sol dallé.

Il s'éclaircit la gorge.

— Je comprends, Votre Altesse Sérénissime, Votre Excellence, *Messere,* que tout ceci frappe et bouscule autant votre imagination que vos principes… Vous pouvez juger que l'inspiration des Dix était folle d'utiliser quelqu'un tel que moi dans la conduite de ses recherches ; que tous les nobles de Venise eussent dû être prévenus dès le début de l'enquête, au risque d'affoler la population et surtout, de mettre sur ses gardes un ennemi qui, dois-je le rappeler, échappe toujours à notre connaissance... Mais à ce stade, la question, me semble-t-il, n'est plus de savoir ce qui aurait dû ou non être fait. Seule doit maintenant nous guider dans notre réflexion la menace immédiate et tangible à laquelle nous devons faire face.

Il releva les yeux et redressa le buste.

— La priorité demeure la protection de la personne même du Doge, ainsi que celle de nos institutions. Votre Sérénité, ce que j'ai vu et entendu à Mestre ne laisse aucun doute sur les projets d'attentat contre vous. Je pense depuis quelque temps que les meurtres auxquels nous avons assisté, non seulement représentent l'arbre qui cache la forêt, mais qu'ils constituent encore un vaste leurre, une diversion, une digression dont l'objet est de nous égarer. Il n'y a qu'une chose à redouter : je parle des fêtes de l'Ascension.

Remous.

— Je pense qu'il faut faire annuler toutes les manifestations officielles.

La fin de la phrase de Pietro fut aussitôt ponctuée de clameurs retentissantes.

— Les fêtes de l'Ascension ! Les Epousailles de la Mer ! Au plus fort du carnaval ! Vous n'y pensez pas ! Alors que des milliers de personnes s'y préparent !

— L'Ascension, Viravolta, est la vitrine même de la République ! Tout le peuple sera dehors, et des représentants de toute la noblesse d'Europe y viendront ! Faut-il vous rappeler que le nouvel ambassadeur de France prendra part à toutes les cérémonies, et qu'il n'entendra rien à tout cela ?

— La dernière chose à faire est de céder ! Venise ne doit capituler devant rien, ni personne !

Pietro fit quelques pas, se tournant tantôt à droite, tantôt à gauche.

— Précisément, vous tous serez alors à découvert, et le Doge en premier lieu. Que ferons-nous, face à une action déterminée, si par malheur nos ennemis se manifestent, à l'heure où des milliers de personnes seront déguisées et parfaitement anonymes ? Quelle sécurité pourrez-vous garantir aux citoyens de cette ville, au milieu de la cohue et de la cacophonie générales ? Allons ! On a épié nos moindres faits et gestes, nous avons déjà été surveillés, espionnés, trahis ! Il faut mettre l'Arsenal en alerte, verrouiller les entrées de la lagune par terre et par mer, donner la chasse à la *Sainte-Marie* et au *Joyau de Corfou*. Ne nous voilons pas la face, quelque chose se prépare, d'une envergure telle que les mesures les plus radicales s'imposent. *Messere*, souvenons-nous d'une chose : *Minos est peut-être parmi vous*, et certains conspirent dans l'ombre, ici même, sur ces bancs !

C'en était trop. Cette fois, le sénateur Ottavio se dressa de son banc, dans un froissement de sa robe. Son ventre s'échoua contre le rebord de bois de la travée et il prit la parole, sur un ton d'ironie cinglante :

— Mais qui êtes-vous, Viravolta, pour nous faire la leçon ? Cette plaisanterie odieuse a assez duré. Il est temps que nous reprenions les rênes de la charge qui est la nôtre. Quant à ce... cet homme, il ne mérite rien d'autre que de retourner d'où on l'a sorti. Vous avez assez joué avec la République, et avec notre regrettable crédulité, Viravolta. Retournez d'où vous venez : aux Plombs !

— Aux Plombs ! Aux Plombs ! scandèrent quatre cents membres du Conseil.

Le ton montait, les cris enflaient encore.

Pietro demeura immobile.

Andreas Vicario était là, lui aussi. Les mains jointes devant ses lèvres, les yeux vifs, plissés comme ceux d'un renard en chasse, le visage fermé à toute émotion, il assistait en silence à ce spectacle.

— Voyons, voyons un instant ce qui se passe ici ! Prenons un peu de hauteur, et considérons ce vers quoi on essaie de nous entraîner ! poursuivait Ottavio, en se tournant à droite et à gauche dans sa robe de noir et d'hermine, prenant les nobles à témoin mieux que ne l'eût fait n'importe quel procureur. Allons ! C'est un prisonnier des Plombs qui dicterait sa conduite au gouvernement ? Suis-je bien éveillé ?

Pietro serra les dents. Il sentait la tension l'envahir à son tour.

Pas question d'attaquer Ottavio frontalement en pleine séance du Grand Conseil, Pietro ! Prononce seulement son nom et, sachant qui tu es, ils te tailleront en pièces du haut de leurs bancs. Tu anéantirais toi-même tous tes efforts.

— Que l'on cesse cette plaisanterie, et que l'Orchidée Noire disparaisse ! s'écria Ottavio.

Les lèvres de Pietro tremblèrent. Il regarda Vindicati, et dut faire un effort surhumain pour ne pas laisser éclater sa fureur.

Alors, le Doge se dressa à son tour. Les regards convergèrent vers la *bacheta*, le sceptre qu'il tenait avec lui. Il leva une main.

— Je crois…

Sa voix était couverte par les exclamations des uns et des autres. Peu à peu, celles-ci se turent.

— Je crois qu'il est en effet hors de question de tirer un trait sur les fêtes de l'Ascension. Quant à mettre l'Arsenal et l'armée en alerte, cela va de soi. Nous renforcerons les contrôles en tous points de la ville et il reviendra aux Dix et à la *Criminale* d'assurer la protection des Vénitiens, y compris celle de ma personne et de nos visiteurs étrangers. La tâche est immense, mais nous n'avons pas le choix. En attendant, Pietro Viravolta…

Il fit une pause, sembla osciller un instant ; puis il dit, un ton plus bas :

— Je pense qu'il est temps que vous soyez dessaisi de cette affaire. Je vous laisse provisoirement entre les mains d'Emilio Vindicati. Nous réglerons votre cas plus tard.

Ce fut un choc. Pietro haussa un sourcil et se mordit les lèvres.

Il envoya un regard à Emilio.

— Les fêtes de l'Ascension auront lieu, conclut Francesco Loredan.

*
* *

Pietro se retrouva seul.

Il avait regagné sous escorte les appartements de la

casa Contarini. Il était surveillé dans l'attente d'une décision officielle qui, de toute évidence, le conduirait de nouveau dans les geôles de Venise. Tendu et amer, il avisa Landretto des derniers événements et lui enjoignit de se rendre immédiatement auprès d'Emilio Vindicati. Celui-ci avait été contraint de l'ignorer à la suite de la séance du Conseil. Il se retrouvait lui-même dans une situation des plus délicates. Mais Pietro ne pouvait se résoudre à en rester là. Il était encore temps de profiter de ce sursis pour fuir. *Fuir, fuir !* Il serra le poing. Ainsi, tout cela n'avait servi à rien. La Chimère avait gagné. Son plan, savamment agencé, avait suffi à le condamner une seconde fois. Il n'avait cessé de redouter cette éventualité ; la perspective de regagner sa cellule lui paraissait pour la première fois si réelle qu'il en était profondément affecté. Non, c'était impossible, hors de question. Il ne pourrait renoncer encore à sa liberté. Mais alors ? Allait-il se mettre en guerre conjointement contre les Oiseaux de feu et contre la République ? Il n'avait plus de solution. Il se sentait coincé, perdu. La manipulation avait fonctionné jusqu'au bout, mécanique fatale dont il n'avait été qu'un rouage, un jouet parmi d'autres. Isolé, il ne pourrait plus même compter sur ses rares appuis. La partie était terminée s'il ne réagissait pas vigoureusement. Réagir, mais comment ? Il se retrouvait tel qu'en lui-même, tel qu'il avait toujours été : mis au banc de la noblesse, renvoyé à la vilénie de sa naissance, condamné à toutes les suspicions. Tout cela… pour rien. Un retour au point de départ. Un retour définitif, sans doute. Ses espoirs fondaient comme neige au soleil. *Au moindre signe,* avait dit Loredan lors de sa première entrevue avec lui, *les lions de Venise fondront sur vous,*

jusqu'à vous dépecer. Et loin de freiner ce mouvement,
je l'encouragerai alors de toute la force de mon autorité.
Eh bien, il n'avait pas menti. Mais Pietro, de son côté,
n'avait pas failli. Aurait-il pu aller plus vite ? Prendre
davantage de risques ? De quoi était-il coupable, cette
fois ? Sous la pression du Conseil, Loredan avait dû le
sacrifier une nouvelle fois publiquement, se servir de lui
comme contrepartie nécessaire au retour du calme. A
bien y réfléchir, il avait été naïf de penser que les choses
eussent pu tourner autrement. Naïf ? Mais avait-il eu
seulement le choix d'agir autrement ? Non ! Telle était la
vérité, la malheureuse vérité. Pietro pouvait comprendre
l'évidente contrainte qui pesait sur le Doge ; en ces circonstances, la plus élémentaire des politiques était de
ne pas s'embarrasser d'hommes comme lui. Quant à la
reconnaissance… Pietro avait-il pu espérer la moindre
reconnaissance de la part de Venise ? Avait-il vraiment
caressé une telle illusion ?

Landretto revint au bout de trois heures.

Il tenait en main un billet signé de la main de Vindicati.

— Les choses se compliquent, mon ami, dit Pietro.
Je n'ai qu'un sursis, d'une journée, peut-être deux ;
mais je me vois déjà en prison. Cela est impossible,
Landretto. Arrange-toi pour nous préparer des chevaux. Au pire, nous fuirons cette ville en profitant de
ce bref répit.

Il décacheta le billet.

Pietro,
Il ne m'est plus possible d'être vu avec toi autrement
qu'en présence d'hommes armés, comme tu l'auras ima-

giné. Je n'ai pas encore reçu l'ordre formel de te remettre en
prison, le Doge est malgré tout embarrassé. Toutefois, je ne
t'abandonne pas, mon ami. Nos affaires tournent mal mais
je sais ce que tu as fait pour nous. Retrouvons-nous dans la
basilique San Marco à compter de minuit, je m'occupe de
tout. Ne cherche pas à t'enfuir, ce serait la dernière chose à
faire. Je tâcherai de plaider en ta faveur dès que les esprits se
seront un peu refroidis. Pour l'heure, il faut te faire oublier,
le moment n'est pas opportun. Nous mettrons au point notre
stratégie dès ce soir, en particulier vis-à-vis d'Ottavio. Tout
espoir n'est pas perdu. J'ai revu le sénateur Campioni : tu
sais que je m'en méfie encore, mais il dit rassembler les siens
comme il peut et affirme qu'il se rangera à ta défense lorsque
le temps sera venu. Gardons courage. Et il faut que je te dise
quelque chose : j'ai obtenu, grâce à Campioni, de nouvelles
informations.

                                                        E.V.

L'Orchidée Noire releva les yeux, fronça les sourcils.

Il ouvrit la porte ; trois hommes armés s'y trouvaient,
quatre autres au pied de la maison. Il se tourna de nouveau vers son valet.

— Ecoute-moi, Landretto. Il me faut sortir ce soir.
Je dois rencontrer Vindicati, peut-être pour la dernière
fois. Je dois le convaincre à tout prix de mettre Anna
Santamaria à l'abri. C'est maintenant ma seule priorité. Si jamais les choses ne se passent pas comme je
le souhaite, j'irai moi-même la chercher, et nous par-
tirons. Prévois un cheval pour elle, à tout hasard, et
tiens-toi prêt. Landretto, mon ami : je compte sur toi
pour occuper les petits soldats qui sont à nos portes.

Je passerai par la fenêtre et les toits, et serai revenu avant l'aube…

Il soupira :

— Enfin, je l'espère.

Le Styx

LE PROBLÈME DU MAL
Par Andreas Vicario,
membre du Grand Conseil

L'inspiration du Mal, chap. XVII

On aurait tort de penser que le Mal est le perpétuel fruit d'une intention mauvaise ; le plus grand se réclame souvent de la plus noble cause. Il a pour nom l'Utopie, il procède de la plus pure des inspirations et son parcours est jonché de cadavres. Le Mal ne saurait disparaître qu'avec la race humaine : il est l'expression dénaturée du Rêve que tout un chacun porte en lui, et des moyens de parvenir à ce rêve. Cela me conduit à me poser cette question, vertigineuse s'il en est : si le Mal, comme je le prétends, est la cellule de l'homme et de ses rêves brisés, et que dans le même temps sa source dépasse l'homme lui-même, il est possible que son incarnation ultime en Lucifer soit elle aussi le produit d'un rêve. Le rêve de Dieu. Le songe maudit, le cauchemar du Tout-Puissant, dont la Création renia l'immaculée perfection, dans le moment même où elle jaillit du Rien, pour se perdre à tout jamais dans le fleuve chaotique de l'Histoire.

La diversion préparée par un Landretto simulant l'ivresse et le tapage nocturne avait suffi à dissiper l'attention des gardes, le temps que Pietro se faufile sur les toits. Il était devenu coutumier de ce genre d'acrobaties et, devant le désarroi ambiant, la vigilance d'une soldatesque elle-même dépassée par les événements était un atout. Pietro se rendit ainsi comme convenu à la *basilica San Marco* au milieu de la nuit. On avait conservé ici les reliques momifiées de l'évangéliste syrien, rapportées d'Alexandrie par les fameux marchands qui, pour conserver le corps, l'avaient plongé dans des morceaux de lard salé. La dépouille de saint Marc était, depuis ce temps, devenue indissociable de l'histoire et de la destinée lagunaires. La basilique avait été reconstruite au XIᵉ siècle. Edifiée sous la forme d'une croix grecque, selon les plans également en usage à Constantinople, elle était pourvue de cinq portails ornés de mosaïques de style oriental, surmontés de dômes recouverts de lames de plomb. Influences byzantine, islamique, gothique, Renaissance y faisaient alliance avec cette harmonie et cette élégance légère si caractéristiques de l'architecture vénitienne. De l'étage supérieur, le Doge assistait, chaque année, aux cérémonies données sur la place, sous les célèbres chevaux de bronze volés à Constantinople lors de la quatrième croisade. La balustrade offrait à la vue quatre scènes qui résonnaient bien curieusement dans l'esprit de Pietro, alors qu'il s'approchait des portes d'entrée : une nouvelle *Descente de Croix*, une *Descente aux Limbes*, ainsi que deux autres représentations, évoquant la *Résurrection* et l'*Ascension*.

A la lecture du billet d'Emilio, Viravolta s'était senti plus qu'intrigué ; à la vérité, il s'inquiétait de plus en plus. *Il faut que je te dise quelque chose : j'ai obtenu, grâce à Campioni, de nouvelles informations.* Naturellement, il s'agissait pour Pietro de régler son propre sort, et celui d'Anna du même coup ; mais si le chef des Dix le convoquait ainsi dans le secret de la basilique, à une heure si tardive et au mépris de tous les usages, ce ne pouvait être qu'un signe d'extrême gravité. De quelles informations Emilio bénéficiait-il ? Avait-il... identifié Minos, ou *il Diavolo* ? En savait-il davantage sur le rôle exact d'Ottavio dans tout ceci ? Sur tous les fronts, Pietro ne pouvait s'attendre qu'au pire. Il avait le sentiment que ses heures lui étaient comptées. Il était hors de question de se retrouver aux Plombs une nouvelle fois.

La place était presque vide à cette heure avancée de la nuit. En théorie, la basilique aurait dû être close. Pietro n'eut cependant qu'à frapper trois coups contre les portes, pour que l'une d'elles s'ouvre, presque miraculeusement, devant lui.

Il entra et ses yeux mirent quelques secondes à s'habituer à l'obscurité.

Marbres et mosaïques sur fond d'or scintillaient singulièrement dans le noir. Les tableaux de Dampierre, le protégé de l'ambassadeur de France, étaient installés de part et d'autre du narthex. L'inauguration s'était apparemment déroulée sans heurt ; des centaines de visiteurs avaient dû se relayer dès l'après-midi pour contempler les œuvres de l'artiste. Une sourde intuition envahit Pietro au moment même où il pénétrait dans ce grand vestibule. Tous les sens en alerte, il porta la main à ses flancs et ne bougea pas durant plusieurs secondes. Au fond de la basilique, derrière l'autel, brillait la *Pala d'Oro*, le retable d'or enchâssé d'émaux, qui représentait la vie de Jésus et de ses apôtres ; le retable était cerné de pièces d'orfèvrerie, calices, brûle-parfums, coffrets sertis de pierres précieuses. Les mosaïques, à couper le souffle, composaient une sorte d'immense Bible illustrée ; elles étaient comme inondées d'or, auquel se mêlait parfois de l'argent, pour créer cette sorte de « vibration céleste » qui leur donnait une profondeur et un éclat uniques. Bien que l'endroit fût presque entièrement plongé dans la pénombre, Pietro distingua également deux silhouettes qui le mirent immédiatement sur ses gardes. Il comprit soudain ce qui l'avait aussitôt alerté – une odeur lourde, caractéristique, dont il était devenu si familier depuis quelque temps.

Une lumineuse évidence fusa dans son esprit.

C'est un piège.

Evidemment, c'est un piège.

A mesure que son regard s'accoutumait à la pénombre de l'endroit, son instinct le conduisit à se tourner vers les toiles exposées de part et d'autre du narthex, dans le moment même où les vers de Dante revenaient à sa mémoire avec une vivacité et une acuité insoupçonnées. Il n'avait eu de cesse de les lire et de les relire, dans l'espoir d'y découvrir un indice qui eût pu lui permettre d'anticiper les prochains agissements d'*il Diavolo*.

> *Il va dans le marais qui a nom Styx*
> *Le sinistre ruisseau, quand il arrive*
> *Au pied des affreuses berges grises.*

Et moi qui regardais très fixement,
Je vis des gens boueux dans ce marais,
Tous nus, et à l'aspect meurtri.
Ils se frappaient, mais non avec la main ;
Avec la tête, avec la poitrine et avec les pieds,
Tranchant leur corps par bribes, avec les dents.
Le bon maître dit : « Fils, tu vois maintenant
Les âmes de ceux que la colère vainquit… »

Le Cinquième Cercle, les Coléreux, mangeurs de boue au milieu du Fleuve noir. Le Fleuve de sang… Pietro s'approcha de l'un des tableaux du peintre français, au plus près des banderoles de l'exposition, qui pendaient du plafond. *Des sujets d'inspiration religieuse*, avait dit Emilio au sujet des œuvres de Dampierre. *De toute beauté…* Pietro avança lentement les doigts vers l'une des toiles ; il s'aperçut que sa main tremblait. Il eut rapidement la confirmation de ce qu'il avait craint et recula de quelques pas.

Son pouce et son index étaient imprégnés d'une substance rouge et visqueuse.

Du sang.

Il recula encore, se tourna vers le centre de la basilique, considérant d'un seul regard cette affreuse perspective qui venait de se dessiner à sa conscience ; car chacune des toiles était maculée de sang frais, bariolée, défigurée de sombres traînées, qu'accompagnaient parfois des remugles insensés, des morceaux de chair collés à même les peintures ! *Le Styx… Des toiles de sang !* Il avança au milieu du Fleuve, dégainant d'une main un pistolet et tirant de l'autre son épée du fourreau. Il avançait en direction de l'autel et les deux formes qu'il avait aperçues se faisaient plus précises. Il comprit bientôt la nature de ce nouveau « chef-d'œuvre » préparé par *il Diavolo*.

Un homme, presque nu, se trouvait attaché devant l'autel. Fichés dans ce qui restait de ses vêtements – ou peut-être dans sa chair, à en juger par le sang qui le maculait –, quatre crochets, reliés à des cordes, étaient tendus depuis ses épaules et ses jambes jusqu'aux extrémités supérieures et inférieures des piliers qui encadraient la nef. Devant la victime ainsi écartelée, affalée sur une vulgaire chaise de bois, le menton tombant sur la poitrine, avait coulé une boue noirâtre. L'homme semblait cracher de cette même boue, comme une triste fontaine. Pietro s'aperçut qu'il était encore vivant. Il vit des yeux chavirants, une tête roulant un moment de droite et de gauche, implorant son aide avant de rendre l'âme. Mais soudain, la respiration, rauque et brisée, se tut définitivement. Il y eut un souffle, un long souffle d'agonie, comme un chuintement allant se perdre dans le silence de la basilique… Puis, plus rien. Pietro reconnut alors le visage de celui que l'on avait disposé d'une façon si affreuse. Il resta un instant tétanisé, ses mains tremblèrent. Il n'en crut pas ses yeux.

— Emilio…, lâcha-t-il dans un souffle.

Oui, c'était bien lui : Emilio Vindicati, porte-drapeau du Conseil des Dix.

Le cœur de Pietro se serra.

Alors, une voix éclata à l'intérieur de San Marco. Elle fit à Pietro l'effet du tonnerre ; elle semblait venir de partout à la fois, entre ces piliers imposants, au milieu de ces statues, de cette débauche de mosaïques ; elle rebondissait à droite, à gauche.

— Ainsi devait périr celui que la Colère vainquit, Viravolta. Bienvenue à vous.

Pietro plissa les yeux. Derrière la victime, triste épouvantail noir, se trouvait l'Ombre encapuchonnée, *il Diavolo* lui-même, tel qu'il l'avait déjà vu lors de son intrusion à la cérémonie secrète de la villa Mora. Debout, hiératique, figé dans une posture d'une solennité pleine d'emphase et de folie, il paraissait présider à ce nouveau spectacle.

— Je voulais, mon cher, que vous puissiez contempler ce tableau avant de rejeter le corps de votre ami dans la lagune. Emilio Vindicati achèvera sa course dans un autre fleuve, et c'est avec la fange d'où il est issu qu'il se mélangera enfin pour toujours. Il est temps que vous compreniez de quelle manière finissent ceux qui me font obstacle.

— Emilio ! s'écria Pietro, la gorge sèche.

Il comprit. Il ne savait comment, mais Emilio était tombé dans le piège avant lui ; peut-être par l'intermédiaire d'un billet identique à celui que Pietro avait reçu chez Contarini. Quant à celui-ci, la Chimère avait dû contraindre Emilio à l'écrire, avant de le torturer, de la même façon qu'il l'avait fait pour Marcello Torretone ou le père Caffelli. Une vague de fureur submergea Pietro ; sans plus réfléchir, il se jeta d'un bond en avant, l'épée dans une main, le pistolet dans l'autre. En un éclair, il fut sur son ennemi. Il n'attendit pas davantage pour pourfendre *il Diavolo,* en laissant échapper un cri.

— Meurs ! Meurs donc !

Il retira l'épée, en entendant un bruit mat. Hébété, il vit la cape noire tomber sur le sol. Un casque métallique roula à ses pieds, un bâton entouré de foin se brisa.

Un pantin. Un vulgaire pantin !

De nouveau, un rire retentit partout autour de lui.

— Vous me décevez, mon ami. J'attendais mieux de l'Orchidée Noire… Vous êtes bien en deçà de votre réputation.

Pietro n'eut pas le temps de prendre toute la mesure de son erreur ; l'ennemi jaillit de l'ombre d'un pilier, se faufilant d'un trait vers l'autel, et se jeta sur lui. Pietro reçut un violent coup sur le crâne. Durant une seconde, il resta debout, vacillant, l'air égaré. Puis il se sentit aspiré par un noir siphon et, d'un coup, ses jambes l'abandonnèrent. Il s'effondra, son corps roula au pied des quelques marches de l'autel, le pistolet et l'épée lui échappèrent des mains.

La silhouette encapuchonnée s'avança au-dessus de lui.

— Ah, Viravolta… A présent que vous êtes à ma merci, vous mériteriez que j'en finisse avec vous… Mais soyez heureux…

Elle s'agenouilla, lui caressant le visage.

— *Vous faites encore partie du plan.* Pietro, vous êtes l'instrument, le coupable suprême et le bouc émissaire de la Justice.

Elle poussa de nouveau un grand rire, en songeant au fleuve, au fleuve bouillant de sang où se noyaient les damnés.

*

*   *

Lorsque Pietro se réveilla, une grande confusion régnait à l'intérieur de la basilique, à présent illuminée ; il sentit que deux soldats le prenaient sous les aisselles

pour le redresser de force. Il reçut successivement de
l'eau, puis une gifle en plein visage. Comme dans un
cauchemar, il vit le visage affolé de Landretto et, plus
loin, celui d'Antonio Brozzi, qui dansait devant les
toiles profanées de Dampierre.

— Allons ! Emmenez-le aux Plombs, et qu'il ne quitte
plus sa cellule !

— Mais… Emilio…

Il voulut jeter un regard par-dessus son épaule, en
direction de l'autel. Il repéra vaguement le reste de
l'épouvantail de foin qui avait simulé la présence de
l'Ombre ; la chaise où se trouvait naguère Emilio était
vide : seules restaient les traces de sang et les cordes,
à présent détendues, qui jonchaient le sol. Pietro fut
vigoureusement entraîné malgré les protestations de
Landretto. A ses oreilles, une voix hurlait :

— Qu'avez-vous fait d'Emilio Vindicati ? Vous êtes
coupable, *coupable* !

Luttant contre un nouvel évanouissement, Pietro fut
sorti sans ménagement de la basilique San Marco. Au-
dehors, l'aube rose et orangée déchirait le ciel d'un jour
nouveau.

On retrouva les lambeaux de vêtements ayant appartenu à Emilio Vindicati quelques heures plus tard,
dans l'un des canaux de Venise. Le Doge, déconcerté et
atterré par ce coup du sort incompréhensible, fut avisé
de l'affaire au moment même où l'on mettait de nouveau Pietro en prison et où, l'œil narquois, le gardien
Lorenzo Basadonna l'accueillait avec onctuosité, en se
fendant d'un rictus :

— Heureux de te revoir… ma petite fleur.

Sixième cercle

CHANT XVI

Dité

Les Plombs.

Une fois encore.

Peut-être pour toujours – ou jusqu'à une exécution publique.

Et dehors, l'insaisissable Chimère continuait de courir.

Pietro se sentait vaincu. Par bonheur, on ne l'avait pas mis dans les Puits, les *Pozzi*, au rez-de-chaussée du palais, où se trouvaient les pires cellules. Là croupissaient les condamnés les plus malchanceux, dans ces cachots sans lumière. Au milieu de la crasse et du salpêtre, ils souffraient de l'*acqua alta* et de la raréfaction de l'air. Avec, pour seule échappatoire, les souvenirs de leur vie extérieure, et les invocations aux saints qu'ils gravaient sur les murs de la prison, les barbouillant de fresques dans leur enfer, comme autant de paradis artificiels. Pietro n'était pas non plus menacé de torture, même si, à peine arrivé, il avait croisé l'un de ses congénères que l'on menait au supplice de la corde – agenouillé les mains dans le dos, soulevé par des poids, il avait dû hurler sous les foulures,

entorses et fractures que causait l'affreux mécanisme ;
et il n'était pas remonté. Pietro, lui, était vivant, encore
en bonne santé. Mais en lui quelque chose s'était brisé.
Il avait longtemps tenu bon, compté sur son sang-froid,
son allant et sa conviction que le sort finirait par tourner
en sa faveur. A présent, c'en était fini. Il ne savait plus
rien de ce qui pouvait se passer à l'extérieur. Impossible
de deviner ce que faisait, ce que pensait le Doge en ce
moment même, ni le chef de la *Criminale*, ni Brozzi, ni
personne. Basadonna lui avait dit que Landretto avait
cherché à le voir. La belle Ancilla Adeodat elle-même
avait appris la nouvelle mais n'avait pu franchir les portes
du palais. Quant à Anna Santamaria, Pietro se rongeait
les sangs à son sujet : il ne savait rien de ce qu'elle devenait. Tout était allé trop vite. Sitôt qu'il avait eu des soupçons au sujet d'Ottavio, il aurait dû oublier tout, enlever
Anna et s'enfuir. Mais cela n'avait pas été aussi simple.
Et ce silence, désormais, était intolérable.

Pietro tournait et retournait dans sa cellule, se frappait la tête contre les murs, parlait tout seul ; il serrait
les poings, cherchait encore une issue, se creusant la tête
pour trouver le moyen de se faire entendre d'une ville
entière, alors même que tous les nobles qui la représentaient ne voyaient plus en lui qu'un condamné coupable
de haute trahison et, sans doute, du meurtre de Vindicati.
La folie poussée à son paroxysme. Le calcul d'*il Diavolo*
sur le point d'être parachevé, dans l'ignorance, la brutalité et l'incompétence générales. Pietro n'était pas dupe :
déjà, des versions alternatives des faits se propageaient.
Il avait été complice de la conspiration, peut-être l'un de
ses premiers instigateurs, tout prêt qu'il était à quitter
sa claustration pour se jouer du Conseil des Dix. Les

rumeurs les plus acharnées à son sujet commençaient à circuler. Et il n'aurait plus droit à aucune défense.

— Non ! NON !

Le plus grave était qu'il ne parvenait plus à *penser*. Le visage d'Emilio continuait de tourbillonner dans son esprit ; il voyait Marcello crucifié, Caffelli sur son chapiteau, Spadetti brûlant dans son four, Luciana et Vindicati noyés dans les canaux, la mêlée des ombres auprès du gisant de la villa Mora ; une part de lui-même cherchait encore à saisir le tableau dans son ensemble, une autre le rejetait dans le bourbier de l'incompréhension. Il devenait fou. Il se retrouvait ainsi isolé, perdu comme cet enfant qu'il avait été au *campo* San Samuele ; ses défenses tombaient. C'était bien à cela qu'on le renvoyait. « Venise, moi qui t'ai tant chérie, chérie comme toutes ces femmes que je pris dans mes bras, toutes celles qui avec toi ne faisaient qu'une, qui étaient ton reflet, ton âme, ton corps ! Venise, toi qui m'as abrité comme une mère, aujourd'hui, que fais-tu ? Tu me remets à ma place ! A la place du renégat, du roturier, du misérable ! Pourquoi resteras-tu à jamais celle que je n'ai su conquérir ? Pourquoi n'as-tu eu de cesse d'être une amante tyrannique, toi que j'adore autant que tu me délaisses ? » Pietro s'égarait. Sa ville, celle dont il aurait voulu être à tout jamais l'emblème, le reniait comme l'un de ses vulgaires bâtards. Venise n'était plus Venise, mais Dité, la Dité de l'*Inferno* en ses remparts austères,

« A présent, mon fils,
S'approche la cité qui a nom Dité,
Avec ses habitants meurtris, avec sa grande armée »…

Nous parvînmes enfin dans les hautes fosses
Qui entourent la cité désolée :
Et ses murailles me paraissaient de fer…
Je vis plus de mille diables au-dessus des portes
Précipités du ciel, qui disaient pleins de rage :
« Qui donc est celui-là qui sans avoir sa mort
S'en va par le royaume des âmes mortes ? »

Venise était les Trois Furies, Venise était Méduse, la Gorgone qui le pétrifiait à présent au fond de son cachot. Pietro tentait de se rassembler. Vainement. Il ne sentait que trop les failles nouvelles venant se dessiner sur l'image qu'il s'était construite de sa propre assurance ; il se craquelait, comme ces portraits antiques qui autrefois l'avaient saisi d'une si mystérieuse admiration, portraits d'empereurs figés en leur mosaïque. Une seule chose lui apparaissait clairement, et achevait de le réduire à rien : comme il s'était éloigné de ses rêves ! Comme tout cela, le portant aux lisières d'une démence absolue, l'avait entraîné sur un chemin qui n'était pas, ne pouvait être le sien ! L'Orchidée Noire, agent de la République ! Et soudain, au milieu de ses affres insupportables, alors que le monde entier lui semblait un leurre, Pietro voyait ressurgir le flot de ses souvenirs, bribes de mémoire liées à ce culte, ce seul culte qui en valait la peine – le plaisir, le goût de la rencontre, le jeu subtil des séductions, la plénitude de l'extase : une femme, des femmes, ces anges égarés ici, cette unique religion qu'il avait voulu professer, la religion de l'amour, cet amour tel qu'il était, beau, fluctuant ou éternel, tragique et incertain, sa seule vérité ! Une hanche, la courbe d'un sein, le corps à corps, des baisers perdus au creux de douces chevelures, des visages égarés, aux lèvres frémissantes, murmurant son nom dans l'instant éternel de la possession ! Et, figure entre toutes, déesse inaccessible, Anna Santamaria ! Que lui avait-il pris ? Pourquoi n'avait-il pas fui avec elle dès le premier jour ? Quel orgueil absurde l'avait-il donc poussé à renier à ce point sa nature ? Pietro s'effondrait, refusant pourtant ces larmes amères qui achèveraient de consommer son échec. Le dos contre les parois de son cachot, il glissait lentement jusqu'à rencontrer le froid contact du sol, le regard tourné vers cette lucarne qui donnait sur le couloir où, de temps à autre, passait l'ombre de Basadonna, si prompt à enfoncer un peu plus les clous de son cercueil par une plaisanterie chargée d'ironie.

Non loin, Giacomo Casanova était toujours enfermé. Pietro avait à peine eu le courage de lui expliquer ce qui se passait ; il s'était borné au minimum. Giacomo avait seulement compris que, pour son ami, tout semblait perdu. Il lui avait demandé des nouvelles d'Anna, renforçant sans le savoir la terreur de Pietro. Il lui avait proposé, comme au bon vieux temps, une partie de cartes de cellule à cellule, l'un de ces petits jeux qu'avec l'assentiment tacite de Basadonna, ils avaient mis au point lors de leur enfermement commun. Mais bientôt, toute trace d'humour avait disparu de la voix claire de Casanova, qui commençait lui-même à désespérer de sortir du mauvais pas dans lequel il s'était mis. Il attendait à l'infini son procès en appel et ne s'expliquait pas le différé de son passage en jugement. Pietro, lui, n'en comprenait que trop les raisons.

Tu aurais dû fuir, avait dit Casanova. *Fuir comme je te l'avais dit, fuir pour la France.*

Et le silence ne tarda pas à retomber entre eux.

Un silence de plomb.

La première nuit fut un cauchemar. Les souvenirs de la claustration ancienne de Pietro se mêlaient à l'amère réalité de son emprisonnement présent ; c'étaient d'autres démons qui l'entouraient, venaient le harceler. Il tournait et se retournait sur lui-même, étreignait sa paillasse avec les mains d'un naufragé sur le point de glisser vers des abysses sans retour. Il était tantôt saisi par le froid, tantôt par la fièvre, son teint perdait de sa couleur ou s'enflammait à mesure que l'obscurité continuait de l'envelopper, de le plonger dans l'oubli. Il n'avait plus d'autre horizon que ce réduit étouffant, ni d'autre sentiment que celui d'une chute infinie, qui réactivait avec plus de vigueur encore ce désarroi contre lequel, autrefois, il avait la force de lutter, mais qui désormais l'envahissait tout entier. La voix, cette petite voix intérieure qui lui serinait de tenir bon, allait sans cesse s'affaiblissant.

Au matin, elle s'était tue.

Pietro s'était de nouveau assis contre l'un des murs de sa cellule.

Une ombre passa dans le couloir, à la lumière des torches. Pietro l'entrevit par la lucarne et, entendant le bruit des clés, crut d'abord qu'il s'agissait de Lorenzo Basadonna, qui lui apportait sa pitance dans une vulgaire gamelle de fonte, avec à l'appui une de ces plaisanteries de mauvais goût dont il avait le secret.

La porte s'ouvrit… Et il crut rêver.

C'était une silhouette élégante, une forme encapu-

chonnée de noir. Elle avait traversé en silence les couloirs semés de flambeaux, dans un froissement de son
manteau. Deux mains fines comme de la dentelle, aux
couleurs de l'aurore, s'approchèrent de la capuche pour
la faire basculer.

Et le visage d'Anna Santamaria sortit de l'ombre.

Pietro mit quelques instants à comprendre. Plus que
jamais, il eut l'impression d'avoir affaire à un ange. Il
se sentait pour la première fois au bord des larmes et,
éperdu de reconnaissance pour le sort qui lui envoyait
ce miracle, il faillit tomber à genoux aux pieds de la
belle. Il se releva. Il se sentait faible ; ses genoux craquè-
rent et il manqua de retomber en arrière. Finalement, il
retrouva son équilibre et la prit dans ses bras.

— Toi ! C'est toi !

— Oui, mon amour, c'est moi… J'ai su ce qui était
arrivé.

— Mais… Mais comment ? Anna, il faut fuir, tu
m'entends ? *Fuis*, pendant qu'il en est encore temps !
Mes craintes étaient fondées. Ottavio est mêlé à tout ce
qui se passe, tu es en danger ! J'ai cru que je ne parvien-
drais jamais à te prévenir de…

— Remercie ton valet, Pietro. Une fois de plus, tu
lui dois une fière chandelle. Et moi aussi, peut-être. Il a
réussi à me prévenir. Ne t'inquiète pas. Pour le moment,
Ottavio est absent de Santa Croce. Je ne sais à quoi il
s'occupe, mais il n'y passe plus que de temps à autre…
Il y passe comme une ombre. Je ne compte pas, pour
lui…

— Tu comptes sans doute bien plus que tu ne veux
bien le croire, dit Pietro.

Ils restèrent un long moment enlacés. Pietro n'en revenait pas. De nouveau, il pouvait serrer ce corps contre lui ! Il caressait les cheveux d'Anna, respirait son parfum, l'étreignait plus fort encore. Son cœur se gonfla en même temps qu'une vague d'inquiétude revenait se saisir de lui. Il reprit :

— Anna, quoi que tu puisses en penser, il ne faut pas rester à Venise ! Pars loin d'ici, dis à Landretto de t'emmener quelque part en lieu sûr ! Je me sentirais plus tranquille si…

— La situation est plus compliquée. Nous n'avons pas beaucoup de temps. Si je fuyais maintenant, cela ne ferait qu'aggraver les choses. Ottavio me semble déjà à moitié fou et… Pietro, j'ai eu une conversation avec quelqu'un… quelqu'un que tu connais. C'est un allié pour nous.

Viravolta la regarda d'un air sceptique.

— Je ne suis pas venue seule, dit-elle.

Alors, la silhouette de Giovanni Campioni se découpa à son tour dans l'embrasure de la porte.

— C'est moi, Viravolta.

Incrédule, Pietro le regarda. Giovanni fit quelques pas dans la cellule tandis qu'Anna s'écartait. Les mains jointes devant lui, il continua :

— Le Doge a consenti à ce que je vienne vous voir, peut-être pour la dernière fois. Votre valet m'a expliqué combien Anna comptait pour vous. J'ai décidé de venir avec elle. Je n'ai pas oublié… ce que vous avez essayé de faire pour Luciana et moi.

Il eut un soupir, puis retrouva sa fermeté. Il faisait visiblement un effort sur lui-même.

— Mais je vous en prie, écoutez-moi. Les choses se précipitent. Cette entrevue est secrète. Loredan est à présent pieds et poings liés. Lui aussi joue sa tête et, déjà, les nobles le regardent avec une méfiance nouvelle. Je sais que l'on vous accable aujourd'hui de l'assassinat d'Emilio Vindicati, et il est vrai que vous faites une victime de choix. Toutefois, cela ne saurait vous surprendre… je doute de votre culpabilité. Tout au moins, de celle-ci. Vous avez su m'écouter en venant me trouver. A moi de vous rendre la pareille. Et cette jeune personne m'a convaincu de votre qualité d'honnête homme. Plus personne n'y voit clair : nous célébrons en ce moment même le triomphe de l'anarchie et de l'aveuglement. Ce que souhaitaient les Oiseaux de feu, à n'en pas douter. Voilà leur nouveau succès.

Pietro tenta de rassembler ses pensées. La voix de Giovanni résonnait dans la cellule et dans sa tête. Derrière Anna et le sénateur, Lorenzo Basadonna était revenu, et les observait. Giovanni le fusilla du regard. Le gardien s'inclina avec componction, levant vers lui un regard insolent, puis il se retira, de sa démarche lourde et claudicante. Il fit l'effet à Pietro d'une larve qui regagnait la soie luisante de son cocon, laissant traîner derrière lui des miasmes rampants. Viravolta porta une main à son crâne. Il n'eut pas de mal à comprendre que la venue impromptue d'Anna et du sénateur représentait bel et bien sa dernière chance.

— Je… je ne peux rien faire seul, dit-il. Giovanni ! Ils sont fous, croyez-moi. Je suis tombé dans un piège. C'est l'Ombre elle-même que j'ai vue à San Marco. Elle a tué Vindicati avant de jeter son corps… Il était… dans un état… J'ai reçu un billet qui m'a poussé à quitter la

casa Contarini pour me rendre sur place et je n'ai flairé
le traquenard que trop tard. Mais le Doge est toujours
en danger, et après ce que j'ai vu au Grand Conseil, je
ne donne pas cher de lui, devant la cohue générale…
Surtout maintenant que les Dix sont décapités. Bien
sûr, il reste Pavi, de la *Criminale*, en qui j'ai confiance.
Mais c'est bien peu face à ce qui s'annonce. Sénateur, il
faut me sortir d'ici !

Giovanni hocha la tête avec dépit.

— Cela n'est malheureusement pas en mon pouvoir,
en tout cas pour le moment. Mais il y a autre chose que
vous devez savoir.

Campioni eut une profonde inspiration. Le geste
ample, il sortit de sa robe, comme par magie, un rouleau
de papier fermé d'un ruban rouge, qu'il ouvrit sous les
yeux de Viravolta.

— Je ne suis pas resté inactif durant ces derniers jours.
Je suis toujours sur la piste de Minos. Et les nobles qui
m'entourent ont eux aussi diligenté leur propre enquête.
L'un d'eux a abouti à une bien étonnante révélation. Ce
que nous avons découvert m'a laissé sans voix.

Il se racla la gorge.

— J'ai entre les mains l'esquisse d'un traité, Viravolta.

— Un traité ?

— Il s'agit d'un traité d'assistance mutuelle, à l'état
d'ébauche, retrouvé à demi brûlé dans une cheminée de
l'un des appartements loués pour le Panoptique, et qui
est passé entre les mailles des recherches de Pavi et de la
Criminale. Ce document ne porte ni cachet ni signature,
mais il désigne clairement les deux parties. L'une d'entre
elles est la Chimère. Et l'autre…

— L'autre ?

Campioni plissa les yeux, l'air sombre.

— Il s'agit d'un homme du nom d'Eckhart von Maarken.

Il marqua un temps.

— Cela vous dit-il quelque chose ?

— Non, dit Pietro.

Le sénateur poursuivit :

— Von Maarken est l'une des plus grandes fortunes d'Autriche. Il est toutefois considéré comme un renégat aux yeux de son propre gouvernement. On l'a accusé de détourner des fonds de l'Etat à des fins personnelles, mais en l'absence de preuves, on s'est contenté de le mettre à l'écart. C'est un homme dont l'ambition et la mégalomanie font qu'il ne peut s'accommoder d'être ainsi chassé du pouvoir. Il a longtemps servi aux Affaires étrangères et connaît Venise par cœur. Il a fréquenté Loredan lui-même ! L'Autriche regarde depuis longtemps vers l'Adriatique, Viravolta ; souvenez-vous qu'elle s'est étendue aux Pays-Bas et à une partie de l'Italie… La Couronne sort à peine d'une guerre de succession sanglante ; l'impératrice Marie-Thérèse n'a conservé son héritage que grâce au soutien de l'Angleterre, et il faut croire qu'elle est davantage préoccupée par Frédéric de Prusse et la perte de la Silésie que par une tentative de mainmise sur Venise ; mais on murmure à Vienne, en Hongrie et en Bohême qu'elle prépare une revanche qui risquerait fort de nous toucher, de près ou de loin. Quoi qu'il en soit, von Maarken est un pion incontrôlable qui ne manque ni d'appuis, ni de ressources ; il agit en toute indépendance et je ne serais pas surpris qu'il cherche à tenter un coup de force pour servir un Empire qui le conspue et retrouver par là ses faveurs. Jusqu'à présent, une menace de cet ordre n'était prise au sérieux par aucun d'entre nous. Mais il y a une dernière chose : von Maarken aurait, paraît-il, quitté son château de Knittelfeld il y a près de deux semaines. Il est peut-être ici même, au cœur de la République.

— Von Maarken serait Minos ?

— Ou *il Diavolo*, à moins qu'il ne s'agisse d'une seule et même personne. Il a visiblement rallié Ottavio à sa cause. Mais, en toute hypothèse, il ne pouvait fomenter une telle conjuration sans un soutien ici, à Venise. Le traité prévoit une mise à disposition de forces conjointes, navales et terrestres. Une partie des Oiseaux de feu est sans doute composée d'Autrichiens de sa suite, mais il a dû également compter sur un… recrutement local. La question est à présent de le débusquer avant les fêtes de l'Ascension, qui commencent après-demain… Cela ne nous laisse pas beaucoup de temps.

Pietro réfléchit quelques secondes, hochant la tête, abasourdi.

— Ce traité est un élément bien providentiel, dites-moi… Quelque chose m'échappe… Je n'entends plus rien à tous ces calculs. Le Doge est-il au courant ?

— Pas encore, je n'ai aucune preuve moi-même de ce que j'avance, et ce traité n'est peut-être, en effet, qu'une aberration supplémentaire.

— En aviez-vous parlé à Emilio Vindicati ?

Giovanni regarda Viravolta, surpris.

— Non.

— Non ?… Bien. Ecoutez-moi, Votre Excellence, je vous en prie. Si von Maarken est à Venise, efforçons-nous en effet de le trouver. Mais l'autre clé est l'identité de Minos. Et s'il est bel et bien vénitien…

— *Il l'est*, dit à ce moment une voix étrange.

Pietro crut un instant qu'il s'agissait de Casanova, car cette voix lui était familière. Elle avait jailli soudain, comme un cri aux intonations tremblantes, d'une cellule voisine. Assurément, il l'avait déjà entendue quelque part. Tandis qu'il faisait un soudain effort de mémoire, le sénateur se tourna vers le couloir.

— Il l'est, répéta l'homme.

— Fregolo…, murmura Viravolta. L'astrologue !

Ce dernier croupissait aux Plombs depuis son entrevue avec Pietro. Il avait été interrogé et battu, mais avait clamé son innocence. Casanova, quant à lui, se manifesta à son tour :

— Ecoutez, je ne comprends rien à ce que vous dites, mais ça m'a l'air d'être un peu tendu, dehors… Et cette prison est de plus en plus étonnante. Puis-je m'inviter à votre discussion ? Il paraît que c'est ici le dernier salon où l'on cause.

Le visage de Campioni s'empourpra. Pietro lui fit signe de ne pas prêter attention à son ami.

— Fregolo ? dit Viravolta, en haussant la voix.

— C'est *vous*, n'est-ce pas, qui m'avez dénoncé aux Dix ! s'écria le sénateur. Ce faux témoignage aurait dû vous coûter la vie !

Un peu plus loin, le visage barbu de l'astrologue se tenait tout contre la lucarne. Si tous avaient pu jeter un œil à sa physionomie, ils en eussent été bien surpris. Il était déjà loin, le temps où Fregolo interrogeait les cartes et les boules de cristal en grande pompe, dans son costume étoilé, sous les tentures. Ses vêtements était sales et déchirés, il était hagard, le visage tuméfié. Sa maigreur et la faiblesse de ses membres décharnés lui interdisaient presque tout effort musculaire. A l'intérieur de son cachot, affalé, courbé contre la porte, il laissait échapper une respiration souffrante et irrégulière. Un bruit de chaînes tintait. Il y eut un long silence, puis l'astrologue reprit, d'une cellule à l'autre :

— Pardonnez-moi, Votre Excellence. C'est que… j'étais menacé, comme d'autres. Les Oiseaux de feu sont venus me trouver… et vous ont désigné pour être mon coupable. Mais à présent que je crains de mourir à chaque minute, et que vous êtes ici, je n'ai plus à me taire. Je n'ose croire que cela suffira à faire valoir à vos yeux ma rédemption… mais je puis encore vous aider.

Pietro et Campioni échangèrent un regard.

— Minos n'a pu toujours garder son anonymat, continua Fregolo.

— Vous le connaissez donc ! Vous savez son nom ? s'exclama Pietro.

— Non. Mais je sais qui le sait. Vous avez négligé l'une des pistes dans cette triste affaire, ce me semble. Je vous parle du premier meurtre, celui du théâtre San Luca.

— L'assassinat de Marcello ? Que voulez-vous dire ?

— Je ne vous parle pas exactement de Marcello… Mais de sa mère. Arcangela Torretone. Elle est aujourd'hui à moitié invalide et presque folle. Elle coule des jours austères dans le couvent de San Biagio de la Giudecca. Une sœur du couvent me l'a rapporté : Arcangela raconte à qui veut l'entendre qu'elle a rencontré le Diable en personne. Les nonnes n'y voient que les élucubrations d'une pauvre femme, mais avouez que la coïncidence est troublante.

Pietro regarda de nouveau le sénateur, tout en élevant la voix.

— Et… c'est tout ?

— Ce peut être beaucoup, répondit l'astrologue en reniflant. Croyez-moi… Allez-y.

Un nouveau silence tomba autour d'eux.

— Bon. Et pour moi, qu'est-ce qu'on fait ? demanda Casanova.

Pietro prit le bras de Campioni.

— Votre Excellence… Voici ce que je vous propose. Nous ne serons pas écoutés sur nos seules conjectures, à l'heure où chacun a les siennes, où le Conseil est privé d'Emilio, et où vous et moi risquons très gros. Allez à San Biagio et essayez de parler à Arcangela, nous verrons si cela rime à quelque chose. Ensuite – je vous demande, pour cela, de me faire confiance – favorisez en mon nom la possibilité que j'obtienne une dernière audience auprès du Doge. Si informations il y a, vous me sauverez en me laissant les négocier avec lui. Ne protestez pas, je vous en prie, je sais que je vous demande beaucoup, mais c'est ma seule chance. Et je vous donne ma parole d'honneur que je mettrai tout en œuvre pour vous soutenir. Certes, je n'ai plus guère de crédit auprès de la République, mais je peux vous être utile de bien d'autres manières. J'ai besoin de votre protection, Votre Excellence, je m'en remets à vous. Mon sort est entre vos mains.

— Le Doge saura que j'ai…

— Nous sommes dans le même navire, Votre Excellence. Il nous faut faire alliance nous aussi, sans quoi Venise est perdue.

— Mais… C'est que… Vous rendez-vous compte que… ma position… En venant ici, j'ai déjà…

— Giovanni ! Luciana est morte, le Doge risque le pire, nous ne pouvons rester sans rien faire ! Vous êtes venu me trouver et vous aviez raison. Il faut…

Viravolta se tut.

Giovanni hésita longuement, plongeant ses yeux dans ceux du prisonnier.

— Bien, finit-il par dire. Je vais aller à San Biagio. Pour le reste… nous verrons.

Il s'écarta. Anna Santamaria se coula de nouveau entre les bras de l'Orchidée Noire.

— Allons, nous devons partir, dit-elle.

— Et toi ? Que vas-tu faire ?

— Je me tiendrai prête. Je serai prudente, je te le jure. Et Landretto veillera sur moi. Mais je ne partirai pas sans toi, mon amour.

— Anna…

Campioni se retourna et s'écria :

— Gardien !

Pietro entendit bientôt les pas lourds de Lorenzo qui revenait vers eux.

— *Anna !*

Leurs mains se quittèrent à regret. Ils échangèrent un dernier regard…

Puis elle s'en fut hors de la cellule.

Le sénateur considéra lui aussi Viravolta une dernière fois, puis tourna les talons.

— *Amen* ! dit Fregolo depuis sa cellule.

— Hé ! ne partez pas ! s'écria Casanova. Est-ce que quelqu'un va m'expliquer ce qui se passe ?

La porte se referma sur le cachot. Et tandis que Campioni s'éloignait, Viravolta songea : *Allons, Giovanni. Il faut parfois savoir compter sur les autres : tu es mon seul espoir.*

Mentalement, il corrigea :

Notre seul espoir.

Chant XVII

Arcangela

Giovanni Campioni se rendit au couvent de San Biagio, sur la Giudecca, alors que la nuit tombait. Vêtu d'un manteau et de sa robe noire, *beretta* sur la tête, il sortit de sa gondole, accompagné de deux hommes. Ils traversèrent ensemble quelques ruelles avant de contourner la masse sombre de l'édifice de San Biagio. Le silence était absolu. Giovanni se signala à l'entrée de San Biagio et demanda à être annoncé auprès d'Arcangela Torretone. La Mère supérieure du couvent, une femme d'une soixantaine d'années au teint pâle et ridé, le considéra un instant avec méfiance, derrière la petite grille qu'elle avait ouverte ; mais la vue de la robe sénatoriale dissipa rapidement ses craintes. Elle ouvrit la porte, trois bonnes sœurs se tenaient avec elle. Une cloche sonna ; l'une des sœurs se pressa dans les couloirs. La Mère supérieure enjoignit aux soldats d'attendre Giovanni dans l'entrée du bâtiment ; puis elle marcha avec lui à l'intérieur de San Biagio. Ils s'engagèrent bientôt dans le cloître, ouvert sur la nuit étoilée, et traversèrent le réfectoire avant de gagner de nouveaux couloirs.

— Vous savez, Votre Excellence, qu'Arcangela n'a plus toute sa tête. Elle est des nôtres depuis longtemps maintenant. Son fils venait la voir, de temps en temps ; elle ne le reconnaissait pas toujours, vous rendez-vous compte ? Elle a beaucoup vieilli et grossi, son invalidité l'empêche de se déplacer comme elle le voudrait. De temps en temps, ses nuits sont agitées de cauchemars. Triste sort que le sien, Votre Excellence ! Nous faisons de notre mieux pour adoucir ses peines et sa folie. Mais parfois, ce couvent tient aussi de l'asile ; et rien n'est pire que de l'entendre pousser au milieu de la nuit des hurlements lugubres, à vous déchirer l'âme. Elle en appelle à Notre Seigneur, et nous n'avons pas le courage de l'abandonner… Même si elle rend aussi notre vie difficile, et notre recueillement bien troublé.

— Vous dites que son fils lui rendait visite de temps en temps. Quand est-il venu pour la dernière fois ?

La Mère supérieure réfléchit un instant, continuant de marcher à ses côtés.

— C'était… deux jours avant sa mort, je crois. Car Marcello a été tué, n'est-ce pas ? Il faut vous dire que nous n'avons pas su dans quelles circonstances cela est arrivé… Et je ne vous le demanderai pas, *Santa Maria* ! Je ne sais pas même si Arcangela a compris que son fils n'était plus de ce monde. Mais, Votre Excellence… nous sommes inquiètes ici. Que se passe-t-il à Venise ?

— Rien qui doive perturber davantage la vie de votre communauté, répondit Campioni d'un ton qui se voulait rassurant.

— Savez-vous ce que dit Arcangela ? Elle ne cesse de répéter qu'elle a vu le Diable, oui. Le Diable, le Diable ! Elle n'a que ce mot-là à la bouche. Elle se tord les mains vers le ciel, elle récite des chapelets. Je crois que c'est depuis la venue de cet homme qui…

L'œil de Giovanni s'alluma. Il s'arrêta.

— Quelqu'un ? Quelqu'un *d'autre* est venu ? Mais qui ? Qui est venu, et quand ?

Il avait posé sa main sur le bras de la Mère supérieure, la serrant plus que de raison. Intriguée, une lueur angoissée dans les yeux, elle chercha à se dégager. Les pans de sa robe, noire elle aussi, frémirent un instant dans le silence du couloir. Le sénateur bredouilla confusément des excuses. Il repartit à la charge.

— *Qui ?*

— Je… je ne sais pas, Votre Excellence. Il disait être l'un de ses cousins… Il l'a vue une heure durant et, à son départ, j'ai trouvé Arcangela presque en transe. Elle était terrorisée, ça oui, le regard dans le vide. Mais cela lui arrive de temps à autre… Elle s'oublie, elle…

— Mon Dieu. *Il* est venu ici. L'astrologue avait donc raison !

Il pressa le pas, la Mère supérieure se hâtait à ses côtés.

— Que voulez-vous dire, Votre Excellence ? Qu'y a-t-il ? Aurais-je dû… Elle est folle, vous comprenez, elle…

— Quand était-ce ? Avant, ou après la mort de son fils ?

— Après, je crois. Quelques jours après.

Giovanni se passa la main sur les yeux, puis s'arrêta encore.

— On a essayé de l'intimider, je crois, murmura-t-il.

— De l'intimider ? Mais pourquoi ? Une pauvre femme comme elle, cloîtrée au couvent !

— Ne vous inquiétez pas. Entourez-la seulement de toutes vos attentions. Pensez-vous qu'elle saurait reconnaître cet homme ? Sait-elle son nom ?

— Je ne saurais vous le dire. Le mieux… c'est de le lui demander. Si elle a encore assez de raison pour vous parler, ou se souvenir de quoi que ce soit.

Et là, au milieu de ce couvent aux lueurs de sépulcre prématuré, Giovanni Campioni rencontra Arcangela Torretone. La Mère supérieure frappa trois coups contre une porte de bois, puis, sans attendre de réponse, elle introduisit Giovanni dans une cellule froide et dépouillée. Une vague ouverture cernée de barreaux donnait sur le ciel nocturne. Pour tout mobilier, la pièce pavée de pierre froide n'avait qu'un lit de bois surmonté d'un gros crucifix, un tabouret, et une table pour la lecture. C'était à cette table que se trouvait Arcangela ; mais il n'y avait aucun livre devant elle. Les mains jointes sur les genoux, hagarde, les yeux dans le vide, elle semblait absorbée dans quelque contemplation intérieure. Son front était blême et inquiet. Une sourde torpeur l'habitait. Giovanni ne put retenir un frisson. Elle ne devait pas être si vieille, et pourtant, assise ainsi en silence, elle paraissait sans âge. Elle avait gardé sa cornette, qui découpait une ombre sur son visage, et d'où s'échappaient quelques mèches de cheveux gris pâle. A l'entrée du sénateur et de la Mère supérieure, Arcangela ne broncha pas ; elle ne tourna même pas la tête. La Mère supérieure s'approcha d'elle et lui posa une main sur l'épaule.

— Arcangela, vous allez bien ? Il y a quelqu'un, ici, qui aimerait vous voir… Un membre du Sénat.

Aucune réaction.

— *Messer* Campioni souhaiterait vous poser quelques questions au sujet de… de votre fils, Arcangela.

Lentement, Arcangela tourna la tête en direction de Giovanni. Ce qu'il vit dans ses yeux confirma l'impression de délabrement mental de la religieuse, qu'il avait perçu comme un souffle angoissant dès son entrée dans la cellule. Il écarta les pans de son manteau et s'assit sur le tabouret ; Arcangela lui tournait presque le dos. Giovanni prit le tabouret et le déplaça pour se retrouver à son côté.

— Bien… Je vous laisse, dit la Mère supérieure. S'il y a la moindre chose, Votre Excellence, faites-moi appeler.

Ce disant, elle s'en fut et referma la porte derrière elle, laissant là Giovanni et Arcangela. Ils restèrent silencieux de longues minutes. Tandis qu'il détaillait encore ce visage étroit, qui autrefois avait dû être, en effet, celui d'une ravissante comédienne, Giovanni songeait à ces voix qui, de plus en plus, s'élevaient à Venise – y compris parmi les religieuses elles-mêmes – pour témoigner de l'enfer conventuel que vivaient quotidiennement certaines « épouses du Christ ». Chez la plupart d'entre elles, le service du Seigneur procédait d'une volonté intime et sincère ; mais beaucoup d'autres avaient été contraintes à cette claustration, parfois dès leur plus jeune âge. Elles entraient au couvent à dix ou douze ans, du seul fait de la contrainte paternelle ou de la tradition familiale. Certaines vivaient quarante, cinquante ou soixante ans dans le silence de monastères tels que celui de San Biagio, ou de Sant'Anna, à Castello. Aux nonnes de la première heure s'ajoutait le cortège des victimes d'amours blessées, de mariages déçus, celles dont la jeunesse avait refusé de se plier aux exigences d'unions forcées, ou à l'indignité d'une mise aux enchères. Des bataillons de femmes qui n'avaient eu d'autre choix que le couvent ou le mariage de raison. Les plus lettrées d'entre elles accusaient la République de tyrannie, parfois au grand jour. L'image de Luciana Saliestri repassa dans l'esprit de Giovanni. Elle, pour échapper à ce genre de destinée, avait dû user de toutes les armes que la nature lui avait offertes. La lèvre du sénateur trembla. Luciana, pour qui il se serait damné, Luciana libertine et rebelle – mais pure, au fond, si pure… Il en était sûr, il en avait toujours été convaincu. Luciana et sa quête infinie, cherchant sans jamais le trouver son paradis sur terre. Giovanni avait voulu tout lui donner sans jamais vraiment la conquérir. Luciana et ses courses folles vers son illusoire jardin des plaisirs. Entre l'absolue réclusion et la libération spasmodique, c'était vers le même néant que filaient nonnes et courtisanes.

Arcangela était toujours perdue dans ses méditations. Oui, songea Giovanni, elle devait sans doute à la compassion de la Mère supérieure d'être encore ici, plutôt qu'à l'asile de fous, cet endroit lugubre sur l'île de San Servolo, gouffre d'outre-tombe, repaire des rejetés de la terre. Un autre enfer, et un vrai, celui-là. A quoi Arcangela pouvait-elle bien penser, à l'instant où Giovanni l'observait ? Peut-être se souvenait-elle de ses propres funérailles – ce jour où, au cours d'une funèbre cérémonie, elle s'était retrouvée face contre terre au milieu des cierges, sous les litanies. N'était-elle pas déjà morte, avant même d'arriver à San Biagio ? A demi folle, à demi paralysée. Prise de voile, odieuse nuit que celle de ses secondes noces avec ce Dieu qui lui avait enlevé son mari et que, peut-être, elle rendait aussi secrètement coupable de l'étrangeté de son fils. Marcello avait dû le comprendre, il avait dû lire cette incompréhension dans les yeux dévots et embrumés de sa mère. Comme un insupportable reniement, au profit d'un autre Père, qui refusait tout autant de le reconnaître. Giovanni passa machinalement une main sur sa bouche. Il se souvenait de cet opuscule d'une religieuse qu'il avait lu, deux ans plus tôt : *La foi, entre lumière et enfer.* Ecrit par l'une des deux sœurs de lait Morandini. Parfois, les jeunes filles d'une même famille se retrouvaient à trois ou quatre au couvent. Avec tout cela, il était inévitable que surviennent certains dérapages. On avait vu des nonnes danser devant des parloirs au son des fifres et des trompettes ; on avait eu vent de fêtes interdites, de conversations politiques organisées par les recluses, avec le concours de leurs amants. Pietro Viravolta lui-même avait dû son incarcération à ce genre de scandales, lorsque autrefois il allait retrouver la comtesse Coronini dans le secret du monastère ; ou bien c'était cette mystérieuse M, qui, sans trop de peine apparemment, fuguait du couvent de Santa Maria degli Angeli, à Murano, pour le rejoindre dans l'un des *casini* de Venise... Mais là encore, les Dix avaient charge de traquer les liaisons outrageantes comme celles-là, et de punir furieusement les coupables. L'image d'Emilio Vindicati passa à son tour comme une ombre devant les yeux de Giovanni.

Il se pencha.

— Arcangela... Je m'appelle Giovanni Campioni. Je voudrais vous parler de... la dernière fois que Marcello est venu vous voir.

Elle fronça les sourcils. Un vague sourire éclaira son

visage. Elle étira un long cou de cygne, révélant une grâce qui surprit Giovanni. En même temps, ce sourire ne laissait pas d'être inquiétant.

— Marcello… oui… comment va-t-il ?

Giovanni se racla la gorge et bougea sur son tabouret, embarrassé. Il joignit les mains.

— Arcangela… Vous vous souvenez de ce qu'il vous a dit, la dernière fois ?

— Marcello… C'est mon fils, vous savez. Je l'aime. C'est Marcello. Il est aimé du Seigneur, comme moi. Un enfant béni, oh oui. Je prie pour lui, très souvent. Comment va-t-il ?

— Il est venu vous voir ? Il vous a parlé… de théâtre ? De son travail au San Luca ?

Arcangela s'immobilisa soudain, comme si elle avait vu ou entendu quelque chose d'étrange. Elle venait de lever une main et de porter un doigt à ses lèvres. *Chut !* dit-elle. Puis elle regarda fixement un point du mur de sa cellule, l'air concentré. Giovanni suivit des yeux la même direction – mais il n'y avait rien, ou du moins rien qui eût pu attirer l'attention. Arcangela, pourtant, semblait bel et bien *voir* quelque chose.

— De temps en temps, Marcello vient me voir, dit-elle. Le jour, ou la nuit.

— Quand était-ce, la dernière fois ?

— Hier. Je crois que c'était hier.

Giovanni fronça les sourcils à son tour, puis ses traits affichèrent une expression de grande tristesse. Il aurait aimé tendre la main à cette femme, l'extirper de cet autre monde où elle était allée se réfugier…

— Non, Arcangela. Ce n'est pas possible. Etes-vous sûre qu'il s'agit bien d'hier ?

Arcangela se renfrogna, ramenant un poing sous son menton, réfléchissant de nouveau. Elle avait soudain des mimiques de petite fille. Elle cherchait, loin, si loin...

— Hier... Non, pas hier. Demain, peut-être ? Oui, c'est ça. Il viendra demain. N'est-ce pas ?

Giovanni refréna un soupir. Il craignait d'être venu ici pour rien. Il se tut, tandis qu'Arcangela continuait de répéter, pour elle-même : *Hier ? Demain. Ou après-demain*... Il hésita encore une bonne minute. Il y avait peut-être un moyen plus efficace de la réveiller. La charité naturelle de Giovanni répugnait à renoncer à toute délicatesse ; mais le temps lui était compté et il n'avait d'autre choix que celui de la brutalité des mots. Peut-être un choc suffirait-il à redonner plus de netteté aux souvenirs de la religieuse.

— Arcangela... Parlez-moi de l'autre homme qui est venu vous voir. Parlez-moi du Diable, Arcangela.

Le résultat ne se fit pas attendre ; le visage d'Arcangela se figea soudain comme un masque. Elle chercha avec frénésie son chapelet, abandonné sur la table. De ses doigts tremblants, elle commença à l'égrener en murmurant une prière. Ses yeux étaient à présent allumés d'une lueur de panique.

— Oh oui, je l'ai vu, *Messer*, il est venu à moi, pour me faire peur. Il est venu un soir... Oh, il ne m'a pas dit qu'il était vraiment le Démon, mais moi, je l'ai reconnu ! Le Seigneur m'avait mise en garde de sa venue, je l'avais vu en rêve...

— Arcangela, c'est très important : qui était-il ?

— Il a voulu me faire peur... Il m'a dit que je mourrais et que j'endurerais les mille tourments de l'enfer, avant et après cela. Que je serais complètement paralysée et que rien, pas même la lumière de Dieu, ne pourrait me sauver. Il me parlait avec douceur, cette douceur amère dont seul peut user le Tentateur, l'Impie, l'ange rebelle… Il m'a dit de me taire à tout jamais dans le silence de ce monastère, ou que je resterais entre ses mains pour l'éternité. Il pensait que Marcello m'avait parlé de lui – oui, nous parlions longuement, et parfois, Marcello me contait ses tourments, comme à ce bon père de San Giorgio Maggiore. Peut-être a-t-il essayé de prendre mon fils… Marcello ! Le Diable était-il déjà en toi ?

— Qui était cet homme, Arcangela !

Elle releva les yeux pour la première fois vers Giovanni, l'air affolé. Ses prunelles vibraient d'intensité :

— Comment, vous ne le savez pas ? Il essayait de se déguiser, mais il avait pris l'apparence d'un noble de Venise, je le sais bien ! Il est venu à moi dans cette enveloppe charnelle… Je vous parle d'Andreas Vicario, *Messer* ! L'homme de la *Libreria* de Canareggio, la *Libreria* du Diable, la sienne ! *VICARIO !*

Elle répéta ce nom plusieurs fois, puis ses mots s'échouèrent en une plainte terrible, longue et douloureuse.

Chant XVIII

Les Hérétiques

On vint chercher Pietro le lendemain matin, mettant ainsi un terme – provisoire – à une nouvelle nuit
d'angoisse. Il reçut l'annonce de Basadonna avec un
tel soulagement que, pour la première fois, il en aurait
presque béni le gardien. Fregolo et Casanova l'implo-
rèrent de ne pas les oublier, et Viravolta promit d'inter-
céder en leur faveur, dans la mesure du possible, sitôt
que les conditions le permettraient ; il reprenait espoir.
Tout dépendait à présent de l'entrevue avec Loredan.
Pietro retrouva Campioni devant la Salle du Collège.
Il faillit tomber dans ses bras lorsque le sénateur lui
confia en chuchotant ce que lui avait rapporté Arcangela, quelques secondes avant qu'ils ne soient reçus par
le Prince Sérénissime. Celui-ci, cette fois, ne les recevrait
plus seul, mais en présence des membres de son Conseil
restreint.

— J'ai dû user de tous les trésors de la diplomatie
pour que vous puissiez vous exprimer une dernière fois,
dit Giovanni. Mon expérience de la négociation dans les
cours d'Europe n'a pas été de trop... Vous n'imaginez

pas ce que j'ai dû déployer pour en arriver là. Soyez-en digne, Viravolta, une fois dans votre vie, car ces instants seront pour vous – et peut-être pour moi – sans rémission possible. Loredan n'est pas sot, il sait qu'il a dû vous incarcérer sous la pression du Grand Conseil. Mais il ne vous accordera que quelques minutes avant de vous reconduire au cachot... si nous ne parvenons pas à le convaincre très vite. Plus personne ne veut entendre parler de l'Orchidée Noire. Le Conseil restreint est tout près de crier une nouvelle fois au scandale. Il vous est hostile et n'a donné son accord à cette « faveur » que parce que certains d'entre eux n'ont pas perdu toute estime pour moi et que nous avons des amis communs. Mais l'amitié n'a plus guère de poids dans le jeu politique où nous sommes, et face au danger qui nous guette. C'est aussi ce danger qui les détermine – car enfin, sans Vindicati, sans vous et moi, ils n'ont plus beaucoup d'espoir d'avancer... et la *Sensa* est pour demain.

— Vicario, murmura Pietro. Ainsi, ce n'était pas un hasard si l'on m'a conduit dans sa bibliothèque de Canareggio... et c'est sous son toit que l'on a assassiné Luciana ! Vous tenez votre meurtrier, Giovanni. Il faut qu'il paie à présent. Nous allons l'inviter à une autre sorte de bal. Son influence au Grand Conseil et le secret qui entourait alors nos affaires ont suffi à le mettre à l'abri de toutes nos enquêtes. Il a dû follement s'amuser de se poser ainsi lui-même en victime... Mais les livres de sa *Libreria* laissent assez imaginer la perversité maladive de cet homme. Entre lui, Ottavio et ce mystérieux von Maarken... Reprenons courage, sénateur ! L'ennemi commence à avoir un visage. Et pas seulement un, mais plusieurs !...

— Euh… Certes. Mais n'oublions pas un détail crucial, Viravolta. En dehors de l'esquisse d'un traité fantaisiste, nous n'avons d'autre renseignement que les dires d'une religieuse au bord de la démence. Et je ne parle pas des plans du Panoptique que vous dites avoir vus chez Ottavio. Tout cela ne pèsera pas lourd.

— Il reste que les choses commencent à concorder. Il faut que le Doge et le *Minor Consiglio* entendent ce discours.

Ils parlaient à voix basse, des hommes armés les entouraient. Ils s'écartèrent lorsqu'un autre ouvrit en grand les portes de la Salle du Collège.

— Son Altesse Sérénissime et le Conseil vont vous recevoir, *Messere*.

Pietro et le sénateur échangèrent un regard, puis, d'un même pas, ils pénétrèrent à l'intérieur de la salle.

*

* *

… En présence de
Son Altesse Sérénissime le Prince et Doge
de Venise Francesco Loredan,
des dignes représentants du Minor Consiglio
de Son Excellence Giovanni Ernesto Luigi Campioni,
membre du Sénat,
et de Pietro Luigi Viravolta de Lansalt

A été décidé ce qui suit :

1/Au vu des informations nouvelles apportées par Messere Campioni et Viravolta dit l'Orchidée Noire, le Minor

Consiglio recommande une convocation de Messer Andreas Vicario au palais pour interrogatoire, et ce dans les plus brefs délais, à charge pour la force publique de s'assurer du respect de cette convocation sous peine d'inculpation immédiate de M. Vicario sous les chefs d'accusation de meurtre et de haute trahison.

2/Il revient à Michele Ricardo Pavi, chef de la Quarantia Criminale, et au chef suprême de l'Arsenal de poursuivre les investigations au sujet de l'implication supposée du duc Eckhart von Maarken et de la disparition des galères la *Sainte-Marie* et le *Joyau de Corfou* et d'assurer, avec le soutien sans faille de l'ensemble des forces de l'ordre et autorités publiques de Venise, la sécurité des citoyens de la République et de la personne du Doge, durant le Carnaval et les fêtes de la Sensa, jusqu'à l'éradication complète de la menace pesant sur la lagune.

3/Attendu que Pietro Luigi Viravolta de Lansalt semble avoir été victime d'une manipulation qui viserait à lui faire endosser la culpabilité de l'assassinat d'Emilio Vindicati, ce qu'aucune preuve n'est en mesure d'étayer à l'heure actuelle, et que le susdit Pietro Luigi Viravolta de Lansalt a apporté à l'enquête des événements qui pourraient s'avérer décisifs, il bénéficiera d'un sursis provisoire avant sa réincarcération à la prison des Plombs et sera placé sous le contrôle et l'autorité directe de Ricardo Michele Pavi. A la demande de Son Altesse Sérénissime, il sera affecté à la défense de la ville, dans le plus grand anonymat, et ce durant le seul jour des cérémonies des Epousailles de la mer, après quoi il sera de nouveau livré à la justice. De l'efficacité de son action dépendra la clémence ou le châtiment de la magistrature compétente, dans le cadre des chefs d'accusation qui pourraient être retenus contre lui.

4/Son Excellence Giovanni Ernesto Luigi Campioni...

Francesco Loredan se massa les paupières. Il revoyait le visage de l'Orchidée Noire, devant lui, et croyait de nouveau entendre ses paroles. *Mais... et pour Ottavio ? Que faisons-nous ?...* Loredan soupira. Il prenait aujourd'hui de gros risques. Un instant, il leva les mains au ciel en implorant la Vierge Marie ; puis il se tourna vers le greffier en hochant la tête.

— Vincenzo...

— Votre Altesse ?

— Ce compte rendu...

— Oui, Votre Altesse ?

— Soyez gentil... brûlez-le.

Le dénommé Vincenzo jeta un regard perplexe en direction du Prince. Loredan nettoya d'une pichenette une poussière qui traînait sur la manche de sa robe.

— Par pitié, Vincenzo... J'ai dit : brûlez-le.

Mais... et pour Ottavio ? Que faisons-nous ?...

Le Doge avait hésité.

Il... Il ne tient qu'à vous de le confondre. Mais je vous en supplie...

Il s'était mis à tousser.

Faites ça discrètement !

Il se souvenait aussi des traits de Viravolta au moment de quitter le bureau.

Le front sévère, les yeux étincelants.

Je m'en occupe.

On lui avait rendu son épée.

Le Doge se leva de son trône et marcha d'un pas lent, la main sur son sceptre, ses épaules s'affaissant ; il voyait s'effondrer les unes après les autres les institutions, sa tranquillité et les moindres recommandations de l'étiquette. Oui : le monde entier lui tombait sur la tête.

Et le lendemain aurait lieu la cérémonie des Epousailles de la Mer.

*
* *

Le sénateur Ottavio remontait l'escalier de sa villa de Santa Croce et, en ces heures tourmentées, il avait plus que jamais la mine grave. Certes, il était parvenu, une fois de plus, à écarter de sa route ce diable de Viravolta. Mais la découverte du Panoptique était un coup dur. La mise au point de ce dispositif insensé avait demandé un an de travail ; trente ans avant Bentham, les plans, conçus par un architecte et mathématicien napolitain, disparu depuis lors, disaient assez le caractère unique de cette invention. Ottavio était désormais obsédé par l'idée que l'on pût remonter jusqu'à lui. Il ne fallait pas mésestimer l'adversaire ; inutile d'avoir fait quarante ans de politique pour le savoir. Tout se jouerait en quelques jours à peine. C'était quitte ou double. Mais la nécessité lui apparaissait clairement de se ménager une alternative. Laquelle ? Telle était la question. En toute hypothèse, il serait vite fixé. Les dernières conversations qu'il avait eues avec Minos et *il Diavolo* étaient sans ambiguïté.

Et tandis qu'il remontait les marches de cet escalier pour gagner son bureau, Ottavio se sentait les jambes lourdes.

Le sénateur avait quitté sa *beretta* et changé sa robe nobiliaire noire pour une autre, rouge celle-ci ; il n'avait gardé que ses médaillons, dont l'un à l'effigie de la Sainte Vierge, l'autre qui renfermait un portrait miniature de ses parents. Son père, sénateur avant lui, et sa mère, qui en son temps avait tant intrigué auprès du Doge. A sa ceinture pendaient les deux clés de cuivre qu'il utilisait parfois pour enfermer Anna Santamaria dans ses appartements. Lorsqu'il l'avait écartée de Venise, après s'être assuré d'envoyer l'Orchidée Noire en prison, il n'avait guère eu besoin d'employer ce genre de procédé. Anna ne pouvait quitter Marghera sans son assentiment. Mais une fois revenu au cœur de la lagune, sa paranoïa avait repris le dessus ; et ce Viravolta qui se retrouvait dehors ! Heureusement, de ce côté, la séance du Grand Conseil avait tourné en sa faveur, et discrédité son ancien protégé. Ce Brutus. Qu'il fût retourné aux Plombs était la meilleure des nouvelles. Quant à sa chère épouse, il comprenait mieux pourquoi, depuis quelques jours, elle semblait épanouie et animée d'une forme de gaieté qu'elle s'évertuait, bien maladroitement, à cacher. Oui, il avait décelé ses sourires fugaces, lorsqu'il lui tournait le dos, et cet air pensif qu'elle avait parfois – un air qui n'était plus celui, sombre et presque éteint, qu'elle arborait à Marghera. A présent, elle serait sans doute calmée. Il était bon de lui rappeler qui était le maître, si besoin en était encore. Et lorsqu'elle aurait définitivement oublié ce Viravolta qui la hantait depuis trop longtemps, elle reviendrait à lui, Ottavio – ne serait-ce que par nécessité. On ne pouvait souffrir deux allégeances en même temps. Le sénateur était bien placé pour le savoir. Il fallait parfois choisir son camp. De préférence, celui du vainqueur.

Mais rien n'était encore joué.

Un instant, Ottavio s'arrêta, essoufflé, au milieu des marches. Il se souciait aussi de sa propre santé : depuis quelque temps, son cœur se faisait fragile. Il suait. Il chercha, caché dans sa manche, son mouchoir brodé à ses initiales, et s'épongea le front. Arrivé en haut de l'escalier, les sourcils froncés, il renifla et passa la main sur son nez. Il attrapa ses clés de cuivre et les fit jouer dans la serrure.

A sa grande surprise, les portes s'ouvrirent d'elles-mêmes.

Elles donnaient directement dans son bureau, puis dans le boudoir, et enfin dans la chambre à coucher – la chambre à coucher d'Anna, car elle se refusait au sénateur depuis bien longtemps, toute pénétrée qu'elle était de ses rêveries imbéciles. Ottavio avait essayé de la forcer plusieurs fois, mais il savait que tant qu'elle penserait à l'Orchidée Noire, il y aurait entre eux comme une ombre. Cette ombre, il faudrait l'abolir. L'anéantir. La balayer en volutes de cendres. Qu'il n'en reste rien. Lorsque Ottavio avait été missionné par la Chimère pour subtiliser sa broche à la courtisane Luciana Saliestri – cette broche abandonnée au théâtre San Luca, et destinée à incriminer le sénateur Campioni –, il en avait profité pour la posséder, elle aussi. Plusieurs fois. Cela, au moins, l'avait un peu soulagé. Mais aujourd'hui, les refus de sa femme lui étaient devenus intolérables. Quoi qu'il en coûte, il la ferait plier.

Intrigué – et soudain inquiet – Ottavio plissa les yeux. Son bureau était plongé dans une semi-obscurité. Tout à coup, une intuition fulgura dans son esprit. Les sourires d'Anna, son air « ailleurs »… L'avait-elle *revu* ? Au moment même où Ottavio revenait sur cette hypothèse – il y avait déjà songé sans trop y croire, mais en cet instant elle lui semblait curieusement probable, presque *palpable* –, il sentit de nouvelles sueurs le gagner. Et si le Doge, grâce à l'Orchidée Noire, en savait davantage sur son compte ? Et *si…*

Il venait d'allumer une chandelle, qu'il porta près de son visage. Celui-ci, à demi éclairé par la flamme, semblait trembler avec elle lorsqu'il s'aperçut qu'une forme sombre – *quelqu'un* – se trouvait dans la pièce.

Assis derrière son bureau.

— Je vous attendais, Ottavio.

— *Viravolta*, souffla Ottavio entre ses dents.

Il y eut de longs instants de silence. Durant ce moment suspendu, d'étranges souvenirs se glissèrent dans la mémoire d'Ottavio. Ce soir à Santa Trinità, au palais Mandolini, où le sénateur était tombé sous le charme de ce garçon ébouriffant, qui faisait mine de jouer du violon avant de discourir sur l'Arioste en adressant aux femmes des clins d'œil bien moins intellectuels. Ce soir où ils avaient fait connaissance, alors que Pietro venait de lui sauver la mise au jeu par ses conseils avisés, et un ou deux adroits tours de passe-passe. Viravolta l'avait fasciné, avec ses récits picaresques, pour partie inventés, pour partie vécus, entre Corfou et Constantinople ; avec son goût pour les cartes et la numérologie. Mais pourquoi… pourquoi Ottavio avait-il alors fait son protégé, et même son fils putatif, de ce jeune homme à peine sorti de l'adolescence, lui proposant du jour au lendemain monts et

merveilles ? Oui, Pietro l'avait séduit, embobiné… Sa
compagnie lui avait plu. Ottavio avait eu à son sujet
des conversations avec Emilio Vindicati, et assisté aux
premiers pas de l'Orchidée Noire. Avec Emilio, tous
deux l'avaient en quelque sorte… *construit*. Grâce à
leur soutien, il était devenu cet agent de la République
dont on racontait les dernières aventures en riant ou à
mots couverts, au hasard des repas entre nobles vénitiens. Jusqu'à cette autre soirée, fatale entre toutes,
où Ottavio lui avait présenté… Anna. Il avait vu cette
lumière dans leurs yeux. Leur maladresse inhabituelle.
Leurs minauderies. Il les aurait écorchés vifs.

Pietro, de son côté, repensait également à tout cela.

Il était assis dans la pénombre. On ne pouvait distinguer les traits de son visage. Seules étaient visibles, sur le
bureau, les manches claires de sa chemise. Il avait posé
son chapeau sur le sous-main de cuir. Un tiroir avait
été forcé – le fameux tiroir dans lequel, lors de sa précédente venue, il avait trouvé les plans du Panoptique.
Ils avaient disparu, naturellement.

— Je vous croyais enfermé une nouvelle fois, dit
Ottavio d'une voix sourde.

Le sénateur avait posé sa main sur le secrétaire aux
tiroirs ouvragés, non loin de la porte.

— Vous me connaissez. Je supporte mal la solitude.

Pietro regarda dans un coin de la pièce, en direction
d'une petite cheminée qu'il n'avait pas remarquée, lors
de sa première venue.

— Vous les avez brûlés, n'est-ce pas…

Ottavio ne répondit pas. Ses doigts s'agitaient sur le
secrétaire.

— Que venez-vous chercher ici, Viravolta ? Vous le

savez : je n'ai qu'un geste à faire pour que l'on vous jette de nouveau au fond de votre cachot ! Et croyez-moi, je vous y remettrai chaque fois, autant qu'il le faudra. Jusqu'à ce que j'obtienne votre tête !

— Je crains que vous n'attendiez longtemps, Ottavio.

L'Orchidée Noire soupira.

— Allons. Rendez-vous à la raison… et à nous. Nous savons que vous conspirez avec Andreas Vicario et le duc von Maarken. Votre projet était une folie. Jamais Venise ne tombera aux mains de gens de cette sorte. Vous avez été très mal inspiré de leur apporter votre concours. Pourquoi, Ottavio ?

Ottavio dégoulinait de sueur. En même temps, il faisait un effort surhumain pour garder contenance. Ce n'était pas le moment de se trahir. Son corps tout entier s'était raidi, ses muscles tendus. Il lui fallait un exutoire. Il laissa libre cours à sa rage.

— BALIVERNES ! Vous ne savez rien, Viravolta ! Vous n'avez aucune…

— *Preuve* ? demanda Pietro.

Nouveau silence. Puis Pietro reprit.

— Du moins ai-je… un témoin.

Alors, la porte du boudoir s'ouvrit.

La silhouette d'Anna Santamaria, le visage plongé dans l'ombre lui aussi, entouré de ses cheveux blonds, apparut à Ottavio, dans une robe à friselis de dentelle noire.

Elle se tenait droite et fière. Le long de son corps, sa main tenait une fleur.

Une orchidée.

Un pli amer déforma la bouche du sénateur.

— Ah, je vois…, persifla encore Ottavio, d'une voix tremblante. C'est un complot, en somme ! Vous n'avez pas cessé de comploter… Contre *moi* !

Ses doigts caressaient maintenant l'un des tiroirs du secrétaire, à serrure d'or.

— C'est fini, dit seulement Anna.

Ils se turent tous les trois. Ottavio frémissant, Anna raide comme la justice, et Pietro assis derrière le bureau. L'atmosphère était plus que jamais sombre et chargée.

— C'est fini, répéta-t-elle.

Ottavio poussa alors un hurlement.

— Ah ! C'est ce qu'on va voir !

Il ouvrit à la volée le tiroir du secrétaire et y plongea la main. Il tâtonna fébrilement à l'intérieur.

— C'est *cela* que vous cherchez ?

Ottavio se retourna vers lui, blême.

L'Orchidée Noire fit danser devant les yeux du sénateur un petit pistolet à poudre, à crosse d'argent. Presque une miniature.

Un moment, Ottavio regarda autour de lui de manière frénétique, comme s'il cherchait une issue. Puis, s'apercevant qu'aucune solution ne se présentait à lui, il s'immobilisa soudain. Le regard vibrant, la lèvre inférieure tremblante, il sembla alors se ramasser sur lui-même. Ses épaules s'affaissèrent…

Il se précipita sur Viravolta.

Pietro fut surpris lorsque les quatre-vingt-douze kilos du sénateur se jetèrent sur lui par-dessus le petit bureau, son ventre balayant au passage le chapeau, le sous-main de cuir et les quelques papiers de vélin qui s'y trouvaient. Il n'avait pas eu le courage de presser la détente et de tirer ainsi sur Ottavio, sans autre forme de procès ; mais il avait gardé l'arme en main. Anna s'était reculée en étouffant un cri. La lutte qui s'ensuivit avait quelque chose de grotesque. Elle fut confuse, et barbare. Les yeux du sénateur étincelaient, il avait de l'écume aux lèvres ; ses doigts se crispaient convulsivement comme des serres, les gros médaillons de son cou tintaient. Il était à demi couché sur le bureau, et Pietro à demi assis. Ottavio cherchait à s'emparer du pistolet, comme un enfant à qui l'on aurait subtilisé son jouet. Un bref instant, il crut même parvenir à ses fins. Soudain, il y eut une détonation. Le coup était parti tout seul.

Puis, plus rien.

Anna poussa un nouveau cri tandis que Pietro s'affalait dans le fauteuil.

Du pied, il retourna le cadavre d'Ottavio.

Il avait les pupilles révulsées. Un filet de sang coulait de sa bouche.

Pietro reprit sa respiration quelques instants.

Il regarda Anna. Elle était livide.

— Ce… C'était lui ou moi, dit-il seulement.

*
* *

Au pied de la villa de Santa Croce, Anna, encapuchonnée de noir, était prête à monter dans la gondole qui l'éloignerait définitivement de cet endroit. Elle leva les yeux vers la façade du bâtiment aux tons délavés, avec ces rosaces peintes qui couraient sous son balcon.

Pietro se tenait auprès d'elle avec Landretto.

Il posa la main sur l'épaule de son valet, et le regarda longuement. Ses boucles blondes, qui tiraient sur le châtain. Ce nez un peu trop long. Ce pli toujours insolent au coin de la bouche. Pietro se dit que, le jour où il l'avait ramassé dans la rue – Landretto ivre mort, qui chantait ses chansons paillardes en apostrophant la lune – il avait eu l'une des inspirations les plus brillantes, et les plus décisives de sa vie.

— Je n'oublierai pas tout ce que tu as fait, mon ami. Jamais. Sans toi, je serais encore à croupir au fond des Plombs. Et nous ne serions pas là, tous les trois.

Landretto sourit, ôta son galurin et s'inclina.

— Pour vous servir… *Messer* Viravolta, l'Orchidée Noire.

— Tu n'as plus qu'une seule mission à présent. Veille sur elle, je t'en prie. Trouvez-vous un endroit sûr et n'en bougez plus. Je vous rejoindrai dès que possible.

— Ce sera fait, dit Landretto.

— La mort d'Ottavio va faire du bruit… Je dois voir Ricardo Pavi, le chef de la *Criminale*, au plus vite.

Il se tourna vers Anna. Tous deux se regardèrent sans rien dire. Il caressa ses cheveux et déposa un baiser sur ses lèvres.

La Veuve Noire.

Veuve, elle l'était vraiment, désormais.

La veuve et l'orchidée.

— Où vas-tu, maintenant ? demanda-t-elle. Où est ce Pavi ?

Pietro lui caressa la joue une dernière fois.

— La Sérénissime a encore besoin de moi.

Il inspira et se retourna vivement, dans un froissement de son manteau.

— Pietro, je t'en prie… Sois prudent ! cria Anna tandis qu'il s'éloignait.

Le soleil se couchait.

L'Orchidée Noire disparut à l'angle de la rue.

*
* *

Giovanni Campioni ne comprenait pas très bien ce qui s'était passé ; tout s'était joué en quelques heures. Après l'entrevue avec le Doge, il s'était empressé d'aller trouver le chef de la *Quarantia Criminale*, Ricardo Pavi, qui dans le même temps recevait du Prince Sérénissime ses nouvelles instructions. L'Orchidée Noire l'avait suivi. Un groupe d'une dizaine de soldats du palais s'était également rendu dans la villa d'Andreas Vicario, à Canareggio. Giovanni et Viravolta, qui n'avaient pu accompagner le détachement, avaient attendu avec impatience le résultat de cette intervention. Au début de l'après-midi, Viravolta brûlait de quitter enfin le palais pour se rendre dans la villa de Santa Croce, afin de retrouver Anna Santamaria et le sénateur Ottavio. Le Conseil des Dix, ou plutôt, des Neuf, que la mort de Vindicati avait mis en fureur, avait pris connaissance des dernières péripéties avec une stupeur et une consternation grandissantes. S'ils regardaient toujours Pietro avec méfiance, ils comprenaient la décision du Doge ; et le souvenir de l'amitié qu'Emilio portait à Viravolta les rassurait un peu. Pavi, lui aussi, appréciait Pietro et était enclin à le défendre. Surtout, les révélations concernant la probable implication de Vicario dans le complot les avaient plongés dans de nouvelles et non moins terri-

bles dispositions d'esprit. Ils attendaient l'intéressé de
pied ferme et préparaient un interrogatoire serré. Les
informations du sénateur Campioni sur l'existence
d'un traité secret et le nom de von Maarken avaient
achevé de leur faire mesurer toute l'ampleur du danger.
Comme de coutume en ce genre de circonstances, où
régnait la plus grande confusion, les opinions des uns
et des autres tournaient du jour au lendemain comme
des girouettes, sans savoir vraiment où se fixer. Certains se prenaient même à murmurer que Pietro avait
eu raison et que, peut-être, il était temps de songer à
l'annulation des fêtes de la *Sensa* ; mais tout était déjà
prêt pour l'Ascension et il était trop tard pour revenir
sur les engagements pris. En tout cas, l'ombre d'une
association entre Vicario et von Maarken commençait
de créer le lien qui leur manquait, pour embrasser d'un
coup d'œil tout ce qui s'était produit depuis l'assassinat
de Marcello Torretone ; et l'hypothèse d'une complicité
du sénateur Ottavio était devenue suffisamment tangible
pour que l'on se décide à agir par des voies plus offi-
cieuses qu'à l'accoutumée. Lorsque Giovanni l'avait
quitté, il était acquis que Viravolta, sur les charbons
ardents, se rendrait à Santa Croce dans le courant de
l'après-midi. Comme l'avait dit Pietro, l'ennemi n'était
plus invisible : la menace terroriste diffuse et parcel-
laire des Oiseaux de feu en devenait en quelque sorte
moins angoissante, à défaut d'être moins réelle, dès
lors qu'étaient identifiées les têtes de l'hydre, une hydre
bicéphale – ou tricéphale, apparemment, mais dont on
parvenait enfin à cerner les contours. De toute évidence,
la cérémonie occulte de Mestre et les artifices ésotériques empruntés aux *Forces du Mal* de Raziel n'avaient

servi qu'à faire passer pour une sorte de délire sectaire ce qui était une menace politique réelle et organisée, qui allait bien au-delà de l'activisme de telle ou telle faction infiltrée dans les rouages de l'Etat. Dans l'attente du résultat de l'intervention dogale à Canareggio, les Neuf et la *Quarantia* se bornaient à recevoir les rapports de leurs agents disséminés dans la ville. Ceux-ci se présentaient un à un, étrange défilé où voisinaient bossus, courtisanes en dentelles, vieilles femmes borgnes, faux mendiants et autres figures inattendues, que l'on voyait traverser une salle puis une autre sous les lambris, en un défilé des plus singuliers. Alors que le soleil se couchait sur la lagune, une information décisive parvint enfin au palais : les soldats étaient de retour de la villa de Canareggio. Ils l'avaient trouvée désertée.

Andreas Vicario avait disparu.

Envolé.

Quant à l'Orchidée Noire, ils n'avaient pas encore eu de nouvelles ; tout avait dû se jouer simultanément.

Devant la disparition de Vicario, Pavi pesta contre le sort et leur propre lenteur ; mais la chose était suffisamment claire et tous ne pouvaient voir, dans cette hâte de Vicario à se dissimuler, qu'une manière d'aveu. Andreas Vicario ! Qui l'eût cru ! Il était vrai que l'homme, célèbre pour sa *Libreria* maudite – Giovanni comprenait mieux, à présent, l'inspiration secrète qui avait présidé à l'élaboration de cette édifiante collection, ainsi que ses implications cachées –, l'homme, donc, membre du Grand Conseil, avait exercé de multiples fonctions au sein de la République. Il avait dirigé les offices judiciaires du Rialto, avant de contribuer au contrôle des corporations, puis des registres et des comptes de l'Arsenal… A mesure que Giovanni recomposait le puzzle, tout venait à prendre sens. Les tentations ésotériques de Vicario, et cette érudition obsessionnelle qui l'avait fait accoucher de son fameux opuscule intitulé *Le Problème du Mal* ; les manœuvres d'intimidation qu'il avait dû mener, auprès de l'astrologue Fregolo, et peut-être du verrier Spadetti, quelque temps auparavant ; la facilité avec laquelle il avait pu éliminer, sous son propre toit, sa chère Luciana Saliestri… A cette idée, Giovanni était inondé d'un chagrin et d'une haine sans bornes ; il s'était juré de faire payer son acte à Vicario par tous les moyens. Il militerait pour l'exécution capitale, en place publique. Et si Vicario était effectivement coupable de haute trahison, Giovanni n'aurait pas à pousser le Doge et les Conseils pour que justice lui soit rendue. Ils fondraient sur le traître, ce serait la curée. Une seule chose hantait Giovanni, le regret profond d'avoir été si aveugle – tous l'avaient été, même Pietro Viravolta, malgré les indéniables talents qu'il avait su déployer jusque-là. Auraient-ils pu empêcher la mort de Luciana ? Cela, plus que tout, rongeait le sénateur à chaque instant. Son deuil était pénétré de cette question, ce deuil si affreux, cette cruelle morsure, aujourd'hui moins secrète que jamais, et pourtant associée à une douleur si profonde, si intérieure, qu'il se savait seul à pouvoir l'éprouver avec tant d'acuité. Evidemment, il était plus facile de recomposer tout ce sinistre tableau a posteriori. Mais n'auraient-ils pu être moins naïfs ? Comment Vicario et les siens étaient-ils parvenus, durant tout ce temps, à passer entre les mailles du filet ? Et combien d'Oiseaux de feu restait-il encore ? De quoi composer une secrète Chambre, continuant d'ourdir dans l'ombre les plus terribles conspirations ? Un Sénat ténébreux, une illicite *Quarantia*, la *Quarantia* du Diable ? Giovanni n'avait pas de réponse à tout cela ; mais ces pensées ne lui laissaient pas une seconde de répit. A chaque instant, le visage de Luciana dansait devant ses yeux. Il la voyait souriante, lui murmurant des mots doux de ses lèvres insolentes, tantôt lumineuses, tantôt perverses, de cette perversité qui avait navré Giovanni, autant qu'elle l'avait enchaîné à cette adorable sirène : *Ah, Giovanni… Sais-tu ce qui me plaît en toi ? C'est ta façon de croire que tu vas sauver le monde entier.* Sauver le monde entier ! Oui, parlons-en ! Il n'avait même pas réussi à la sauver, elle… Alors, Giovanni serrait les poings, ses jointures en devenaient blanches ; puis il se reprenait, n'était plus que colère. Bien sûr, elle avait appartenu à d'autres hommes ; bien sûr, elle n'avait cessé de le faire souffrir, soufflant tantôt le chaud, tantôt le froid ; mais certaines extases n'avaient été que pour lui. Il le revoyait aussi, ce visage féminin dansant de droite et de gauche, empourpré de plaisir. *Giovanni, Giovanni…* Elle en rajoutait, certainement. Mais il avait pu se confier à elle, lui parler. S'endormir avec confiance sur son sein. Toutes choses dont il n'avait jamais cessé de rêver. Au point qu'une fois, en plaisantant, elle lui avait dit : *Allons, Giovanni, sénateur, on dirait que c'est votre maman que vous cherchez !…* Oui, pour elle, pour elle peut-être et elle seule, il aurait pu trahir la République. Pour posséder celle que la nature avait faite affranchie, incapable d'admettre à son cou la moindre corde, après ses noces ratées, et toujours en quête d'un amour auquel elle osait à peine croire, se donnant sans jamais se donner. Pour elle, Giovanni aurait pu trahir, si elle le lui avait demandé… Mais Vicario ? Pourquoi avait-il trahi, lui ?

Pour le pouvoir. Rien que pour le pouvoir.

Pour le joyau de l'Adriatique et les vestiges de l'Empire…

Dès avant le rapport des soldats dépêchés à Canareggio, alors que Viravolta n'était pas encore parti, Giovanni et lui s'étaient enfermés avec Pavi et les Neuf pour détailler la carte des positionnements de police dans les différents sextiers, en vue des festivités de la *Sensa* et des allées et venues du Doge ; en attendant, les agents de la République avaient pour mission de redoubler d'efforts pour mettre la main sur Vicario et von Maarken. On murmurait que l'Autrichien était peut-être déjà en ville. Etait-ce possible ? *Oh oui,* songeait pour sa part Giovanni Campioni, avec une profonde conviction ; *voilà qui ne fait pas de doute… Le renégat est venu assister à ce qu'il croit être son triomphe… Il se terre dans quelque caveau obscur, comme une vipère au fond de son antre, avant de faire tonner ses derniers canons ! Mais rien n'est joué, von Maarken, crois-moi, rien encore !*

Non, rien n'était joué, se répétait Giovanni – mais que faisait-il, alors que la nuit était tombée, au milieu de ce cimetière de Dorsoduro, battu par les vents ?

Car c'était bien là qu'il se trouvait et, tandis qu'il ressassait inlassablement les derniers événements, il se tournait tantôt à droite, tantôt à gauche, la main sur son flambeau, ses yeux tentant de sonder l'obscurité ; il commençait à avoir froid, malgré son manteau d'hermine – à moins que ce ne fussent là des frissons provoqués par son inquiétude grandissante. Un instant, sa main gantée fourragea à l'intérieur de son manteau, et il en sortit un billet qu'il relut attentivement.

> *Vous êtes au Sixième Cercle,*
> *Celui des Hérétiques,*
> *« Sur le rebord d'une haute falaise*
> *Formée par des rochers brisés en cercle,*
> *Nous vînmes au-dessus d'un amas plus cruel ;*
> *Et là, devant l'horrible excès*
> *De l'odeur exhalée par cet abîme,*
> *Nous nous mîmes à l'abri derrière le couvercle*
> *D'un grand tombeau où je vis un écrit*
> *Qui disait : je garde le pape Anastase,*
> *Que Photin fit dévier de la voie droite ».*
> *Venez donc, sénateur, aux douze coups de minuit*
> *Venez, mais seul, contempler le tombeau*
> *De celle que vous aimâtes*
> *Car dans la tourbe Luciana Saliestri*
> *Aura encore pour vous*
> *Quelque cadeau.*
>
> *VIRGILE*

Le billet avait cette coloration elliptique identique à celle des autres messages que Viravolta avait lui-même reçus. Ce Virgile dont Pietro lui avait parlé – membre de la mauvaise Trinité adverse, ou nouveau patronyme d'un Vicario aux mille visages ? – l'invitait donc à se rendre à l'endroit où l'on avait enterré la pauvre dépouille de Luciana. Ici, auprès d'un minuscule carré de pelouse, parmi plusieurs centaines de stèles chaotiques, entre lesquelles sifflait ce vent froid qui engourdissait peu à peu Giovanni et faisait trembler la flamme de sa torche.

Le billet était parvenu au sénateur des mains d'un porteur bergamasque, alors qu'il s'apprêtait à regagner sa villa, près de la Ca' d'Oro. Giovanni avait réagi trop tard pour intercepter le mystérieux messager. L'invitation à se rendre sur la tombe de Luciana était de la plus rare cruauté, mais ne le surprenait pas. Voilà qui était bien dans la manière de leur ennemi. *Luciana Saliestri/Aura encore pour vous/Quelque cadeau.* De quoi pouvait-il bien s'agir ? Naturellement, Giovanni devinait le piège ; n'était-ce pas ainsi que Viravolta s'était retrouvé dans le narthex de la basilique Saint-Marc, au milieu de la nuit ? On demandait au sénateur de venir seul. Tiens donc. S'il était toujours bouleversé, Giovanni n'était pas fou. Avec l'accord du Doge, il avait fait cerner discrètement le cimetière de quelque trente agents. Il espérait que ces mouvements nocturnes étaient demeurés invisibles aux yeux de l'adversaire. Pourtant, en ce moment même, il se sentait épié – comme si le regard de Minos, ou de ce Diable qui avait tant impressionné Arcangela, transperçait le rideau de ténèbres pour observer ses moindres faits et gestes. Le sénateur passa la main sur son front en sueur. En fait, il servait d'appât. Pavi et ses hommes devaient être également tapis dans l'ombre, non loin, prêts à intervenir : cela le rassurait un peu. Mais l'Orchidée Noire n'avait pas encore reparu ; peut-être était-il en route ; peut-être son « entrevue » avec Ottavio avait-elle mal tourné…

Pavi avait proposé à Campioni qu'un soldat prenne sa place, sous un déguisement ad hoc ; Giovanni avait refusé, craignant que la supercherie ne soit éventée trop tôt, et que les chances de contrecarrer les plans de la Chimère ne s'en trouvent compromises.

Maintenant, il n'en menait pas large.

Il prit une profonde inspiration et avança parmi les allées de gravier. La tombe de Luciana n'était plus qu'à quelques mètres. Giovanni ne l'avait pas même revue après sa mort dans le canal. On avait repêché son corps et elle avait été inhumée le lendemain, sans tambours ni trompettes. Giovanni n'avait pu assister à la cérémonie, car c'était le moment où le Conseil des Dix l'avait aiguillonné de ses interrogatoires, avant qu'il ne se décide à rassembler ses partisans et à prouver son intégrité aux yeux de la République. Lors de son bref passage dans le cimetière, il n'avait vu qu'un cercueil noir, l'un de ceux que l'on avait hissés sur une gondole funéraire sillonnant les canaux, odyssée simple et tragique pour ce corps, autrefois charmant, qui avait glissé inéluctablement vers sa sépulture finale. Giovanni marchait, il entendait le bruit du vent et celui de ses pas sur le gravier, il suait de plus en plus et ses frissons redoublaient. Il ne voyait devant lui qu'à la lumière de son flambeau. La respiration courte, il s'avança encore, se pencha pour regarder une stèle, continua, hésita à l'embranchement d'un chemin, tourna sur la droite, fit encore quelques mètres et enfin, s'arrêta.

Il était devant la tombe de Luciana.

Il resta là un instant, tétanisé.

Puis il se pencha.

Sur la pierre tombale se trouvait un autre billet, calé par une myriade de petits cailloux. Giovanni s'en empara avec fébrilité et le lut :

> *Pape Satàn, pape Satàn aleppe !*
> *Te voilà aussi, Giovanni, au Menuet de l'Ombre*

Un demi-tour à droite, avance de six pas
Puis un demi-tour gauche pour encore vingt pas
Face à la nouvelle tombe penche-toi
Alors Ton Excellence verra
Comment embrasser Luciana.

                                        VIRGILE

— Qu'est-ce encore que cette farce ! s'écria Giovanni, tremblant.

Il lui fallut quelques secondes pour se remettre de sa nouvelle émotion.

Puis, continuant de jeter des coups d'œil inquiets tout autour de lui, il s'exécuta. Son cœur battait à tout rompre. Au bout des six pas, il retrouva l'angle d'une allée ; les vingt suivants le menèrent un peu plus profondément vers l'angle nord-est du cimetière. Il s'arrêta de nouveau, la face livide… et cligna les yeux plusieurs fois.

— Mais… que… que signifie…

Il regarda encore à droite et à gauche ; il voulut agiter sa torche pour faire signe aux hommes de Pavi qui avaient encerclé l'endroit.

A cet instant, un carreau d'arbalète franchit l'espace en sifflant.

Il vint se ficher dans la gorge de Giovanni.

Le sénateur porta ses mains à sa trachée, tandis que des flots de sang se répandaient sur son manteau. Il voulut articuler quelque chose. La douleur le déchira sur place. Il roula des yeux immenses, exorbités. A ses pieds, le flambeau était tombé. *Le flambeau…* Le flambeau avait servi de repère à l'ennemi, qui avait ajusté Giovanni d'un meilleur trait que ne l'eût fait le plus talentueux des tireurs d'élite vénitiens ! Tout ce temps, il avait fait une cible de choix… Et assurément, il ne s'était pas attendu à ce coup-là ; il n'y avait pas *cru*, il n'avait pas voulu y croire – ni lui ni les autres ! Et à présent il était trop tard. Oh, Giovanni entendit bien les cris les hurlements qui montaient de toutes parts autour du cimetière, le bruit de ces grilles tordues que l'on ouvrait en hâte, de ces courses sur le gravier…

Mais il mourait.

Après avoir encore vacillé une ou deux secondes, qui eurent pour lui le vertige de l'éternité, il bascula. Il bascula dans le trou que l'on avait creusé là pour lui, un trou empli de terre noire, profond et obscur, que surmontaient une stèle et une croix retournée. Et la stèle portait la mention :

CI-GÎT GIOVANNI CAMPIONI
Sénateur hérétique de Venise
1696 – 1756
Il s'en fut rejoindre celle qu'il aimait

Son visage s'échoua dans la boue. Sa dernière pensée releva l'ironie de la situation : lui, Son Excellence, couché prématurément dans cette tombe apprêtée pour lui par le Diable, s'en allant embrasser Luciana au royaume des ombres – lui, vautré dans la boue comme le pape simoniaque Anastase, image d'un pouvoir hérétique aux yeux de l'Ennemi, lui qui avait rêvé de réformer la République, lui qui avait songé à toutes les utopies et failli l'emporter, au Sénat comme au Grand Conseil et dans le secret de l'âme du Doge lui-même,

Je garde le pape Anastase,
Que Photin fit dévier de la voie droite.

Giovanni Campioni était mort.

Ricardo Pavi y vit l'opération la plus lamentable qu'il eût jamais menée.

L'Orchidée Noire arriva trop tard.

Bravo.

Ils venaient de livrer tranquillement le sénateur à la vindicte de l'Ombre.

Septième cercle

CHANT XIX

Les Violents

Ottavio et Campioni étaient morts.

L'un par le truchement inattendu de l'Orchidée Noire, l'autre par celui d'un allié des Stryges. D'une certaine manière, les deux sénateurs s'étaient neutralisés.

Ce n'était pas bien grave.

Visiblement, Ottavio n'avait eu le temps de rien révéler. Et il aurait pu devenir gênant. Tout comme Minos, qui depuis quelque temps avait tendance à outrepasser les consignes, par excès de zèle sans doute. Mais là aussi, il y aurait – dès ce soir – une solution.

Quelque part dans Venise, *il Diavolo* se tenait devant un grand miroir ovale, qu'entourait un cadre boisé, finement ouvragé, à la manière d'une psyché de boudoir. Il souriait, portait à ses lèvres une main couverte de bagues. Le Carnaval recommencerait le lendemain et il s'était amusé à préparer ce costume, bien que jamais, au grand jamais, il ne le porterait lors des festivités. Singer le Doge était bien entendu interdit. *Il Diavolo* n'avait que faire de l'interdit. Ce n'était pas cela qui l'arrêtait :

c'était tout simplement que, bientôt, la Sérénissime n'aurait plus de Doge du tout. Il rit ; il était content de se voir ainsi travesti. Il revêtait ces oripeaux comme un symbole funéraire, dédié à celui qu'il promettait à une imminente disparition. Pantin que la fournaise avalerait bientôt sans rémission. Adieu, Francesco Loredan. Il rit encore, puis, levant un bras, se mit à murmurer une comptine.

> *Le Conseil en choisit trente*
> *Dont neuf restent en lice*
> *Qui en élisent quarante ;*
> *Ceux d'entre eux qui ont la gloire*
> *Sont les douze qui en prennent*
> *Vingt-cinq ; mais de ceux-ci*
> *Ne restent que les neuf*
> *Qui se mettent d'accord*
> *Sur juste quarante-cinq,*
> *Dont onze exactement*
> *Elisent les quarante et un*
> *Qui dans une salle fermée*
> *Avec au moins vingt-cinq voix*
> *Font le Prince Sérénissime qui gouverne*
> *Les statuts, les ordonnances et les lois.*

C'était ainsi, selon une procédure d'une extrême complexité et par un collectif de quarante et un nobles, que l'on intronisait le Doge de Venise. A la sortie de l'église ducale, le plus jeune des conseillers de la Sérénissime désignait un garçon, le *ballottino*, pour extraire d'une bourse les *ballotte*, petites boules qui désignaient les trente premiers électeurs. Cette étape fondatrice pouvait à elle seule durer plusieurs jours, et débouchait sur des tirages au sort et des élections partielles en cascade, jusqu'à ce qu'au terme d'un incroyable parcours du combattant, entre hasard et volonté aristocratique, le Doge nouveau réunisse les vingt-cinq voix lui offrant d'accéder au trône. Que de manœuvres et d'intrigues alambiquées pour se prémunir, comme toujours, de collusions plus graves encore ! Ah ! Illusions de lustres qui s'écroulent ! *Il Diavolo* se contemplait et, lentement, fredonnait encore et encore sa comptine. Puis, enfin, il en eut assez. Il ôta son *corno*, ce fameux bonnet ducal d'inspiration byzantine, fabriqué dans de resplendissants tissus brochés, brodés et rebrodés d'or : la *zogia*, le joyau, disaient les Vénitiens, parsemée de soixante-dix gemmes des plus rares et flamboyantes – rubis, émeraude, diamant, et vingt-quatre perles en forme de gouttes.

Il Diavolo, lui, n'en avait qu'une vulgaire copie.

Il grimaça encore devant le miroir, puis laissa tomber le bonnet et, lentement, le piétina avec le plus grand soin.

L'heure de Francesco Loredan était venue. Conquise, Venise pourrait, une fois encore, la dernière, exposer sa dépouille dans la salle du *Piovego*. Les nouveaux inquisiteurs la veilleraient, ainsi que les officiels choisis pour exercer les fonctions à responsabilité de la Sérénissime, et les inévitables chanoines de San Marco. On montrerait le corps à la foule, avant de l'acheminer à l'église San Giovanni e Paolo, au cœur de la sépulture de ses prédécesseurs. On verrait, dans la procession, l'assemblée des nobles en robe rouge, ralliés à l'Etat renaissant, le chapitre de Saint-Marc et les musiciens de la

Chapelle royale, les représentants des *Scuole Grandi*, le clergé séculier et régulier, les corporations de l'Arsenal, les trois *Avogador di comun*, procureurs de l'Etat, les pensionnaires des quatre grands *operaldi*, les notaires et secrétaires de la Chancellerie ducale, et leur chef, le Grand Chancelier. Et à la tête du cortège se tiendrait *il Diavolo* lui-même, le seul rempart, le seul dépositaire du pouvoir capable de défendre la Sérénissime et de restaurer l'ancienne primauté impériale, celle de la reine des mers.

Mais allons ! *Il Diavolo* était attendu.

L'échiquier était en place. Les choses s'accéléraient.

Les Forces du Mal se réunissaient pour porter enfin le coup de grâce à la vieille République.

*
* *

Sous le dôme étonnant de la salle d'apparat de la villa Morsini, à Marghera, Eckhart von Maarken et son allié achevaient leurs préparatifs. Ils avaient choisi de situer leur nouveau quartier général en Terre Ferme, sur les bords de la Brenta, pour rassembler leurs forces. Réunis sous les circonvolutions nuageuses de ce dôme baroque, les Oiseaux de feu se préparaient à l'assaut. L'œil orgueilleux d'un dieu antique semblait crever ce ciel de peinture pour dénombrer ses enfants égarés. De part et d'autre de la pièce, vaste et ovale, de grands miroirs reflétaient à l'infini les formes encapuchonnées qui se pressaient sur ce parterre. La nuit était tombée et de grands lustres inondaient de lumière l'estrade montée pour l'occasion, recouverte d'un tapis rouge sang.

Le recrutement des Oiseaux de feu avait été un travail long et difficile. Cette armée hétéroclite reposait sur une organisation des plus insolites. Agrégat improbable de motivations souvent disparates, voire contraires, elle tenait de l'architecture du chaos – mercenaires attirés par l'appât du gain, fonctionnaires corrompus, nobles et intrigants las de la léthargie des institutions, gens de peu et de misère, sans oublier les renforts de von Maarken. Celui-ci avait mis à sa solde deux bataillons autrichiens, composés de sa garde personnelle embarquée sur les galères au large du canal d'Otrante, ou d'une soldatesque de métier que le renégat avait patiemment détournée des vues officielles de la Couronne autrichienne. Les déçus de la guerre de succession impériale avaient abondamment alimenté les frustrations et, du même coup, permis à von Maarken de grossir ses rangs. En réalité, les Vénitiens décadents ne représentaient qu'une moitié des troupes secrètement mobilisées. Hongrois, Bohémiens, et même quelques Prussiens, s'étaient associés à l'opération : par un adroit tour de passe-passe, von Maarken était parvenu à faire entendre à Frédéric de Prusse l'intérêt qu'il aurait à avoir un allié définitif à la tête de la Sérénissime. Jeu dangereux, car le duc autrichien, en cas de succès, comptait bien déposer aux pieds de l'impératrice Marie-Thérèse l'hommage de sa victoire et retrouver par là les faveurs de son gouvernement ; mais Frédéric et Marie-Thérèse étaient de farouches adversaires, et la Silésie n'était pas le moindre de leurs sujets de discorde. Von Maarken jouait double jeu, mais il était coutumier de ce genre de manœuvres. En cela, lui-même se sentait tout à fait le tempérament vénitien…

C'était par un tour bien singulier que le projet de von Maarken avait commencé de germer dans son esprit. Prendre Venise d'assaut ! Voilà qui semblait plus qu'audacieux : de la pure folie. Sans nul doute, la chose eût été tout à fait impensable quelques décennies plus tôt, et elle le paraissait aujourd'hui encore, pour quiconque continuait de croire à l'apparente suprématie de la Sérénissime. Mais il avait suffi de gratter le vernis pour que von Maarken ait la confirmation de ce que tout le monde savait : la République languissante se contemplait sans réagir dans le miroir de son déclin ; la noblesse se cherchait, les administrations bâillaient, les marchands étaient prêts à entendre la voix d'un nouveau maître. D'autres Empires étaient tombés bien avant Venise. Adieu, Empire ! *Venezia* n'était déjà plus qu'une ville. Et prendre une ville n'avait rien que de très commun. Les lambris ne pouvaient suffire à dissuader von Maarken de tenter sa téméraire entreprise : au contraire, cela l'excitait. Il s'était pris à considérer la question avec le plus grand sérieux. A mesure qu'il ralliait à sa secrète bannière des partisans de toutes conditions, usant de pratiques aussi vieilles que celles en usage dans les corporations et la franc-maçonnerie, son rêve avait commencé à prendre corps. Il s'était mis à réfléchir plus sérieusement, en quête d'un véritable plan de bataille, et avait déterminé assez vite le moment propice au déclenchement de ses feux : si une attaque quelconque devait être menée, elle aurait lieu durant les fêtes de l'Ascension, au beau milieu du Carnaval. Une trêve par excellence, une parenthèse durant laquelle les autorités de la ville, dispersées parmi les foules masquées, débordées par l'extravagance de la population, hésitaient elles-mêmes à se mêler aux agapes. Les postes névralgiques seraient alors dégarnis – voire désertés. A cette pensée, le duc rebelle souriait. Venise valait bien une guerre et, une fois conquise, l'Adriatique, la Méditerranée s'ouvriraient à lui. Une manière de rédemption finale auprès de Marie-Thérèse. Et jamais plus il ne serait traité comme un paria, un hérétique parmi les siens.

Mais ce qui, dans la genèse de son plan, avait fait toute la différence entre le vœu pieux et la mise en œuvre de ses désirs, était la nature des complicités qu'il avait trouvées au cœur même des institutions de la République. Voilà qui avait achevé de le convaincre de la possibilité d'une telle opération. Von Maarken n'ignorait pas que l'art de la *combinazione* faisait aussi partie de l'âme italienne. Il avait su en jouer avec virtuosité. Ses alliés institutionnels et locaux restaient, toutefois, une arme à double tranchant. Il fallait reconnaître qu'*il Diavolo*, la Chimère, avait semé la panique dans les rangs de la Sérénissime avec un talent consommé. Quant à ses homicides programmés, ils répondaient tous à une stricte nécessité. Rien n'avait été mené au hasard. Ils avaient, ainsi, été contraints de se débarrasser successivement de Torretone, du prêtre de San Giorgio ou encore du verrier Spadetti – sans parler de celui qui, à ce jour, constituait le plus beau des trophées : le redoutable Emilio Vindicati, puissant maître d'ouvrage du Conseil des Dix ! Von Maarken se retint de rire à cette idée. Quant à Luciana Saliestri, habituée à recevoir sur l'oreiller les confidences de toute la terre, elle avait aussi constitué un réel danger. Mais un danger prévisible. A un stade où la préparation de l'assaut était encore incertaine, ils n'avaient pu admettre de prendre le moindre risque. Von Maarken avait été saisi de la lucidité d'*il Diavolo* qui, avant même leur première entrevue dans la villa de Canareggio, avait commencé à aligner ses pions et, sachant qu'il faudrait inévitablement se débarrasser de quelques gêneurs, s'était évertué à tisser son plan de frappes cadencées, avec pour argument ce clin d'œil obscène au plus grand poète italien ayant jamais vécu. Eckhart voulait bien entendre qu'à l'origine, seule la nécessité impérieuse de garder secrets le cœur de la conspiration et l'identité de ses auteurs avait guidé la main de la Chimère : par la vertu de ses tableaux dantesques et ésotériques, elle s'était employée à égarer l'adversaire. De fait, Viravolta aussi bien que Ricardo Pavi continuaient de s'embourber. De la même façon, la préparation du Panoptique et les détournements de l'Arsenal avaient représenté un véritable tour de force. *Il Diavolo* était un artiste, en quelque sorte. Mais c'était cela qui gênait von Maarken. Quel besoin avait-il eu de tant de mise en scène ? Le spectacle avait fini par se retourner contre eux. Ils en faisaient trop, péchaient par orgueil. Semer de fausses pistes était une chose ; attirer démesurément l'attention en était une autre. *Il Diavolo* était un joueur. Viravolta aussi, qui s'était retrouvé assez vite sur la piste, non pas de l'acte d'un fou isolé, comme on aurait pu le penser – et comme *il Diavolo* s'était un temps amusé à le faire croire – mais bien d'un groupe d'intérêts. Il avait compris sans trop de mal l'implication du verrier de Murano, puis découvert les manœuvres entreprises à l'Arsenal ou encore l'existence du Panoptique… Et bien qu'elle n'ait, finalement, guère porté ses fruits, l'enquête diligentée par le Doge, aux yeux de von

Maarken, était allée trop vite. La vigilance des autorités ne serait pas endormie durant le Carnaval, comme il l'avait escompté, mais au contraire renforcée ; l'Arsenal se tiendrait en alerte. Voilà qui pouvait s'avérer décisif, et qui était bien le résultat de l'ego esthétisant et colossal de son allié. Débordant d'assurance, ce dernier jouissait manifestement de cette situation. Inconscience, mégalomanie ? Il y avait certainement de cela, en même temps qu'un talent d'organisateur à toute épreuve et une clairvoyance de premier ordre dans la préparation méticuleuse du Plan. C'est pourquoi, au fond, Eckhart était profondément inquiet. Il refusait encore d'envisager un échec – car inévitablement, un échec signifierait la mort, pour lui au premier chef. Mais il ne partageait pas l'optimisme inconditionnel d'*il Diavolo*, qu'il regardait tantôt avec une admiration teintée d'envie, tantôt avec une méfiance grandissante. Et Eckhart n'était pas sot. Si la République basculait, *il Diavolo* risquait d'avoir des ambitions bien plus importantes que celles auxquelles il pouvait effectivement prétendre. Une fois Loredan éliminé, les symboles du pouvoir dogal conquis, les institutions maîtrisées, un affrontement d'un autre ordre n'était pas exclu. Von Maarken avait bien conscience qu'il ne serait pas à l'abri de querelles intestines et que lui-même pourrait s'en trouver menacé… Une éventualité à laquelle il fallait d'ores et déjà se préparer.

Il Diavolo, non loin de lui, haranguait la foule comme à l'accoutumée. Il y avait quelque chose de singulier à le voir ainsi, oscillant entre la folie d'opérette et le plus grand sérieux. Juché sur son estrade de velours, il récapitulait le déroulement attendu des hostilités. Il y aurait quatre principaux théâtres d'opérations. Le premier aux abords du Rialto et des offices judiciaires, qu'il faudrait prendre le plus rapidement possible ; les offices seraient alors fermés et la chose devait être praticable à moindres frais. Ensuite, l'Arsenal, pour couper la sortie des navires destinés aux renforts ennemis, lorsque les bâtiments de von Maarken portant leurs gaillards autrichiens et les frégates de soutien apparaîtraient aux abords de la lagune. Suivrait le *Bucentaure*, vaisseau d'apparat qui emmènerait le Doge sur les flots. Et, pour terminer, la place Saint-Marc et le palais, naturellement, pour la partie la plus délicate de l'assaut. Autant de points névralgiques qu'il faudrait successivement conquérir en profitant du charivari du moment. Tout à la mobilisation de ses partisans, *il Diavolo* égrenait à présent le chapelet de ses directives. Et en son for intérieur, il redessinait déjà les institutions vénitiennes à l'image de ses rêves.

Il songeait à l'abrogation pure et simple du Sénat et à la concentration des pouvoirs dans un Conseil unique, cantonné à l'administration des Magistratures et des *Quarantie*, dont le nombre serait réduit de moitié ; à la fin de la rotation des charges et des offices publics, par laquelle la Sérénissime avait longtemps cru éviter toute prise de pouvoir unilatérale ; à la mise sous tutelle de l'Arsenal, via une reprise en main des Dix, qui s'adjoindraient vingt nouveaux inquisiteurs gouvernementaux et conserveraient le contrôle étroit des corporations, ainsi que des *Scuole Grandi*, œuvres de bienfaisance de la ville ; au sacrement d'un patriarche dépositaire des fonctions régaliennes de l'Etat (lui-même, naturellement), décisionnaire en dernière instance pour toutes les affaires politiques d'importance ; au renforcement des peines de prison et exécutions capitales destinées à éradiquer le brigandage et la prostitution ; au contrôle des flux de l'étranger par la création d'un nouveau permis de circulation ; à la reconquête territoriale en Adriatique et en Méditerranée ; à la chasse sans répit des opposants au régime ; à la vérification mensuelle des comptes des *casini* et maisons de jeux ; au renforcement des taxes et droits de douane pour l'alimentation du Trésor ; à la rétrocession du droit d'édition de gazettes et d'information aux seuls pouvoirs officiels ; à la réforme des Seigneurs de la nuit, mués en milices d'Etat patrouillant quotidiennement dans les sextiers pour dépister les cas de fraude et de criminalité ainsi que la tenue régulière des commerces. Et la liste ne s'arrêtait pas là : Venise tout entière n'aurait plus qu'une seule justice, dépendante du pouvoir politique et garante de sa sécurité et de son rayonnement. Et lui, *il Diavolo*, revenu à la seule réalité d'une autorité vigoureuse, tomberait le masque pour mener à bien sa mission. C'en serait fini des charades, des Ineptes et des tableaux dantesques : il serait la Puissance, au grand jour. Et si des obstacles demeuraient, ils tomberaient un à un, à l'image de Giovanni Campioni et de ses vaines utopies. Une bonne opération que celle-ci. *Il Diavolo* en souriait encore. Plus jamais le sénateur ne se dresserait en travers de sa route. Et personne d'autre ne s'y risquerait.

La Chimère se tourna un instant vers Eckhart von Maarken. L'Autrichien regarda son vis-à-vis et son visage se fendit d'un rictus qui se voulait courtois.

Oui, je m'occuperai bientôt de toi, pensa von Maarken.

De son côté, *il Diavolo*, cachant une grimace derrière son masque, lui répondit par un hochement de tête.

Pauvre duc imbécile. Dire que tu ne sais pas toi-même que tu n'es qu'un pion.

Ils se prirent la main et, ensemble, levèrent au-dessus des Oiseaux de feu des bras vainqueurs.

*
*   *

Lorsque tout fut terminé, Andreas Vicario sortit enfin de sa cache secrète. Il tendit l'oreille : le silence était absolu. L'endroit était de nouveau désert. Souriant, il passa un doigt sur ses lèvres. Ses dents semblèrent étinceler un bref instant à la lumière des lustres, comme celles de quelque créature perfide subitement jaillie de l'obscurité. Le geste élégant, sa longue manche s'élevant dans l'espace, Andreas écarta un pan de rideau, découvrit le réduit invisible dans le mur et actionna le levier qu'il dissimulait. Un pan entier de sa bibliothèque se referma dans un bruit sourd, ponctué d'un long grincement. Il avait toujours su qu'un jour, les plans tordus que l'architecte avait conçus à sa demande pourraient aussi devenir sa planche de salut. C'était toute l'aile ouest de la villa qu'il avait fallu aménager, d'abord pour contenir les livres, ensuite pour qu'Andreas puisse se ménager une sortie discrète et efficace. A présent qu'il circulait dans les couloirs envahis de manuscrits, il tentait, pour la centième fois, de récapituler les derniers événements. Depuis quelques heures, il avait eu le temps de réfléchir. Il ne savait comment, mais le Doge avait eu vent de son implication dans la conspiration contre l'Etat. L'un des

Oiseaux de feu à sa solde l'avait-il trahi ? Quelqu'un,
l'astrologue Fregolo peut-être, en avait-il trop dit ?
Était-ce là le fait de la clairvoyance paradoxale de cette
folle d'Arcangela Torretone, plongée dans le silence du
monastère de San Biagio ? Avait-elle fini par deviner les
traits de celui qui, à ses yeux, s'était fait passer pour
Lucifer ? La Chimère avait renoncé à éliminer Arcangela, pensant que ses délires ne dépasseraient pas le clos
du couvent. Après cette entrevue décisive, où Andreas
était parvenu à terroriser Arcangela au point d'accuser
sa folie, il était devenu très délicat de pénétrer de nouveau
dans l'enceinte de San Biagio. La Mère supérieure et
ses nonnes étaient sur leurs gardes. On avait donc laissé
courir… Et Andreas, aujourd'hui, se maudissait. Mais
allons ! On ne pouvait non plus crucifier tout Venise ! En
tout cas, la situation était grave. A cette pensée, le sourire
de Vicario s'effaçait, son visage devenait sombre. Puis
la certitude que le moment de vérité était proche le rassurait : il n'y avait plus qu'à réunir des provisions pour
tenir suffisamment en attendant le moment opportun
– celui où il pourrait lui aussi revenir en pleine lumière.
Il lui fallait également trouver à tout prix un moyen de
contacter ses compagnons. Et ce, tout en redoublant de
prudence. En cet instant même, il prenait garde à ne pas
signaler sa présence. Un bref coup d'œil par une fenêtre,
derrière un lourd rideau de toile, suffit à confirmer ses
craintes : un groupe de soldats gardait l'entrée de sa
villa, devant le canal. Vicario leva un sourcil, se mordit
les lèvres ; puis il reprit sa marche. Les tranches des milliers de livres que sa famille avait rassemblés durant tant
de générations défilaient à ses côtés.

E. de Paganis – *Le Nouveau Béhémoth* – Genève, 1545.

Abbé Meurisse – *Histoire des Sorcières et de la Sorcellerie* – Loudun, 1642.

William Terrence – *In Cathedral's Shadow* – London, 1471.

Andreas pensait quitter la *Libreria* en franchissant la porte qui menait vers l'autre aile du bâtiment. De là, il irait dans son salon quérir les quelques centaines de ducats qu'il avait cachées à l'intérieur de sa mappemonde… Il prendrait ses armes et le cachet de reconnaissance dont il avait besoin. Avec un peu de chance, il aurait le temps d'emporter aussi de quoi boire et manger. Puis il regagnerait la bibliothèque, le passage dans l'ombre, l'escalier – et de là, il déboucherait derrière la maison par la porte dérobée, où l'attendait une gondole. Il s'en tirerait ainsi sans difficulté. Lorsque les hommes du Doge et de la *Quarantia* étaient venus chez lui, quelques heures plus tôt, il avait juste eu le temps de se glisser derrière le pan amovible du deuxième étage. Cette fois, il aurait tout le loisir de préparer son départ, ni vu ni connu, et de gagner Marghera. Oui, il serait ainsi sain et s…

Il s'arrêta.

Un instant, il avait eu le sentiment qu'une ombre se faufilait non loin de lui.

Prêt à tout, il regarda anxieusement alentour. Les soldats l'avaient-ils déjà repéré ? Y en avait-il d'autres à l'intérieur ? Il resta là quelques secondes, sans bouger, tendant l'oreille.

Rien.

Il se mit de nouveau à marcher.

Anonyme – *Melkitsedeq* – Milan, 1602.

Anonyme – *Les invocations au Diable* – Paris, 1642.

E. Lope-Tenezàr – *Diabolus in Musica* – Madrid, 1471.

Vicario pensait que, si la chance était de son côté, il pourrait avoir gagné Marghera avant le jour suivant. Peut-être, là-bas, s'était-on déjà préoccupé de son absence. Mais rien n'était moins sûr, en raison de la règle de l'anonymat absolu qui devait prévaloir lors des rassemblements secrets. Il lui faudrait trouver un cheval au sortir de la lagune et faire signe à quelques-uns des siens ; puis il irait voir la Chimère et von Maarken en personne. Il fronça les sourcils. Oui, en fait de chance, il *devait* arriver là-bas avant l'aube ; ce n'était pas seulement une question de « commodité personnelle », oh non, mais bien une question de vie ou de m…

Il s'arrêta de nouveau et ses membres se raidirent.

Il avait entendu quelque chose, cette fois, il en était sûr.

Quelque chose comme un grognement, sourd, profond, caractéristique.

Quelque chose qui n'avait rien d'humain.

Andreas Vicario sentit des sueurs froides couler de ses aisselles.

Il vit des yeux étinceler non loin de lui – des yeux en nombre, trois paires au moins, comme ceux de quelque Cerbère échappé de ses Enfers.

Mais que se passe-t...

A cet instant, Andreas Vicario fit dans sa tête un rapide calcul ; une lumineuse évidence lui apparut, qui le glaça d'une terreur sans nom ; mais il n'eut guère le temps de réfléchir à la formidable intuition qui venait d'exploser dans sa tête.

De tous côtés de la *Libreria*, les ombres fondirent alors sur lui.

LE PROBLÈME DU MAL
Par Andreas Vicario, membre du Grand Conseil

De la défiance envers le Mal, chap. XXI

Peut-être faut-il expliquer pourquoi il en est encore certains pour imaginer qu'à terme, le Mal serait condamné à disparaître : n'étant par essence que défiance et trahison, il ne saurait concevoir d'organisation stable, ni asseoir sa puissance et sa domination que sur une matière transitoire et corrompue. En d'autres termes, la trahison incarnée par le Mal irait jusqu'à un point tel qu'il finirait par se trahir lui-même, tel Pierre reniant le Christ ou Judas le poussant vers sa Croix, si ces deux hommes n'avaient cherché, l'un dans l'apostolat, l'autre dans la pendaison, une quelconque forme de rédemption. Il s'ensuit que, le Mal ne pouvant se faire confiance à lui-même, il préparerait fatalement son propre tombeau et sa propre fin : il serait cause de sa propre perte, préparant ainsi sans le vouloir ce qu'il redoute le plus depuis la Nuit des Temps – le Triomphe du Dieu bon qu'il exècre.

En somme : on ne pouvait faire confiance à personne.

Andreas Vicario avait raison.

*
* *

L'Orchidée Noire arriva sur les lieux quelques heures avant l'aube. On avait entendu s'échapper de la *Libreria* des hurlements lugubres et, au détour d'une berge, l'un des Seigneurs de la nuit patrouillant dans le quartier s'était rendu compte qu'il piétinait dans le sang, le sang de ces soldats laissés par la *Quarantia* en faction devant la villa de Canareggio. Depuis le début de la soirée, tout avait très mal commencé. Pietro se remettait difficilement de la mort subite de Giovanni Campioni. Pavi et le sénateur avaient longtemps tergiversé pour savoir s'il fallait se rendre à cette mystérieuse invitation au cimetière de Dorsoduro. C'était le sénateur lui-même qui avait insisté, espérant par là offrir aux hommes de la *Criminale* une chance d'identifier l'un ou plusieurs des Oiseaux de feu. Mais il s'était produit ce que Pietro redoutait par-dessus tout, un autre meurtre, celui du Sixième Cercle – et Campioni avait été jeté dans la tombe comme hérétique et apostat, pour avoir envisagé une autre façon de conduire les affaires publiques. Connaissant le cynisme habituel de la Chimère et son goût pour le spectacle, Pietro savait que cette entrevue nocturne était une folie. Aucun argument n'avait suffi à dissuader le sénateur, encore bouleversé par le souvenir de Luciana et son désir de la venger. Un carreau d'arbalète, tiré sans doute de l'*altana* d'une villa toute proche, surplombant le cimetière, avait mis un terme à sa vie, sans autre forme de procès. *Mais qu'y avait-il donc à espérer ?* rageait Pietro. Le sénateur ne s'était ouvert que tardivement à Pavi du message qu'il avait reçu, alors même qu'il avait déjà pris sa décision et s'apprêtait à gagner le cimetière. Il avait fallu improviser à un moment où la plupart des agents et des forces de police étaient lancés sur la piste d'Andreas Vicario. Et, malgré toutes leurs précautions, Pavi et ses auxiliaires n'avaient pas eu le temps suffisant pour procéder à un maillage efficace de Dorsoduro. Ils n'avaient pu, ni prévenir un tir isolé, ni en identifier la provenance avant que l'assassin se fût enfui tranquillement. En somme, la détermination de Campioni s'était retournée contre lui, son impulsivité avait achevé de le conduire vers la mort ; mais en l'absence de l'Orchidée Noire, Pavi avait commis une grave erreur en décidant de le suivre plutôt que de l'empêcher de se rendre au cimetière. Lui aussi avait été victime de sa curiosité, et de la nécessité d'agir. Il aurait fallu, au contraire, retenir le sénateur, quitte à employer la force. Mais il était plus facile d'en venir à cette conclusion a posteriori. Peut-être Pietro, en de telles circonstances, aurait-il agi de la même manière. Apparemment, l'attitude de Giovanni Campioni, à ce moment-là, n'avait laissé place ni au doute ni à la contradiction. Toujours est-il que les choses étaient loin de s'arranger, et si Pietro, tout autant que les Neuf et la *Quarantia*, voyaient décuplées leur hargne et leur volonté de revanche, ils doutaient de tomber dans la *Libreria* de Vicario sur une heureuse nouvelle. La honte était sur eux et là encore, on pouvait craindre le pire.

Au moins Ottavio était-il sorti du jeu. De son côté, Viravolta avait raconté l'épisode de Santa Croce à Pavi, qui en avait immédiatement avisé le Doge. Débordé – et désabusé – celui-ci n'avait pu se résoudre à aucune ins-

truction, tout entier absorbé qu'il était par l'imminence
de la *Sensa,* qui maintenant prenait le pas sur toute
autre considération.

On en était là lorsque le Seigneur de la nuit, dans
son manteau noir, leva la lanterne devant son visage
masqué pour voir celui de Pietro. Pavi était resté au
palais, mais un nouveau détachement de soldats accompagnait Viravolta. Celui-ci, à l'angle de la villa, aperçut
une silhouette penchée sur un amoncellement de corps.
Il crut reconnaître, l'espace d'un instant, le profil caractéristique d'Antonio Brozzi, le médecin de la *Criminale*.
Les épaules lasses, le dos voûté, la barbiche taillée en
pointe, celui-ci plongeait une main dans sa sacoche en
jetant un « Mpfh ! » d'usure et de dégoût. On avait dû
le réveiller au milieu de la nuit. Pietro revint à l'homme
qui tenait la lanterne devant lui. Une pluie fine commençait à tomber.

— Ils ont tous été tués ?

— Apparemment. Personne n'est entré ni sorti de la
villa depuis que nous les avons découverts. Nous vous
attendions.

Pietro leva le regard vers la façade de la *Libreria* en
ajustant son chapeau. Quelques gouttes de pluie tombèrent dans ses yeux. Il lui sembla que le ciel pleurait, au
moment où lui-même n'était plus que colère et désir de
vengeance. Il prit les pistolets à ses flancs et fit signe aux
soldats, armés eux aussi de pistolets, de piques, d'épées
et d'armes de jet, de le suivre à l'intérieur de la maison.
En retrait derrière eux, Landretto était revenu signifier
à son maître qu'Anna Santamaria s'était mise au secret
dans un endroit sûr chez l'une de ses anciennes amies,
dans le sextier de Castello ; lui-même s'apprêtait à y

retourner pour assurer sa protection. Sans en avoir reçu l'autorisation, il emboîta le pas à l'Orchidée Noire et à son escouade.

Tous entrèrent par la porte principale de la villa.

Ils franchirent le vestibule, contournant la petite fontaine d'eau bruissante, avant de pénétrer dans la *loggia* du rez-de-chaussée. Pietro laissa quelques hommes en faction auprès du *cortile* donnant sur rue. Un coup d'œil circulaire suffit à Pietro pour lui restituer toutes les sensations qu'il avait éprouvées le soir où Andreas Vicario avait donné son fameux bal. C'était également ici que Pietro avait discuté avec Luciana pour la dernière fois. Il regarda les cheminées, de part et d'autre de la pièce ; les tables dépouillées, que surveillaient les statues d'esclaves peintes. Il n'y avait que peu d'effort à faire pour se rappeler les lumières, les couples masqués tournoyant au milieu des cotillons et des pétales de fleurs, et ces buffets regorgeant de victuailles. Mais cette nuit, la *loggia* avait un tout autre aspect : plongée dans la pénombre, débarrassée de tout falbala, elle était rendue à la poussière et à la terne obscurité d'une maison ayant abrité un assassin et un parjure. Plus personne ne dansait, les orchestres s'étaient tus – et dans ce *patio* cerné de fauteuils et de divans profonds, où s'engageait maintenant Viravolta, il n'y avait plus de femmes troussées gémissant de plaisir, de loups gisant sur le sol, de mains abandonnées à l'angle des sofas. Pietro monta bientôt l'escalier, retrouva le couloir, la porte même derrière laquelle il avait surpris l'Oiseau de feu en *larva* et voile noir, qui venait de pendre Luciana. Les soldats qui l'accompagnaient ouvraient les portes des chambres les unes après les autres, se dispersaient dans toute la villa. Viravolta s'aventura jusqu'au fond du couloir : là se trouvait la porte qui communiquait avec la *Libreria*, dans l'autre aile de la demeure. Un instant, Pietro se pencha et y colla son oreille. Rien. Plissant les yeux, il joua de la main sur la poignée.

Lentement, la porte s'ouvrit.

La *Libreria* était encore illuminée. Une dizaine de rayonnages s'alignaient devant Pietro ; il demeura quelques secondes sans bouger à l'orée de ce labyrinthe… puis il reprit sa marche. Ses pas étaient étouffés par les longs tapis verts qui garnissaient les couloirs. Il tourna à un angle, puis un autre, un autre encore. Finalement, il rattrapa l'allée centrale. Une quinzaine de mètres le séparaient encore du fond de la première salle de la bibliothèque. Au bout de cette longue perspective, Pietro saisit des mouvements furtifs, ombres courbées sur une autre forme indistincte. Des halètements parvinrent jusqu'à lui. Pietro se trouvait au centre de la vaste pièce ; un dispositif en étoile faisait de lui le point de convergence des différents rayons de l'endroit qui, après un double coude en angle brisé, retrouvait un plan plus rectiligne et plus classique. Pietro s'était encore avancé de quelques pas. La vue de la scène au fond de la salle se précisa : il comprit alors qu'il avait dérangé un bien troublant festin.

Au moment même où il se faisait cette réflexion, des différents couloirs devant lui, jaillirent les monstres. Ils se précipitaient sur lui, masses noires, affamées et hurlantes.

Mais qu'est-ce que…

Pietro poussa un cri et recula d'un pas. Le pistolet au bout de son bras tendu, il visa l'un des chiens qui, l'écume pleuvant de ses babines, aboyait sauvagement en continuant sa course. La détonation retentit, dans un nuage et une odeur de poudre. Le chien reçut le projectile en pleine face et, stoppé net, se ramassa sur lui-même dans un couinement, avant de s'écraser tout à fait contre le sol. Dans le même temps, Pietro avait pivoté sur sa gauche pour user de son second pistolet. Un autre chien tomba, puis se remit sur ses pattes en claudiquant ; il n'était que blessé, une lueur de fureur aveugle passa dans ses yeux étincelants, mais il continuait de se traîner en avant. Pietro laissa choir ses armes à feu, tandis que deux soldats faisaient irruption dans la *Libreria* en poussant des exclamations. Les pistolets tombèrent de part et d'autre des flancs de Pietro, sur le tapis, tandis qu'il dégainait son épée. L'un des chiens de la meute bondit à cet instant, prêt à lui déchirer la gorge. Pietro le reçut du bout de l'épée : le chien fut traversé de part en part et Viravolta accompagna sa chute sur le sol. Les deux soldats avaient pris place à ses côtés et, à leur tour, au milieu des gargouillis d'agonie des bêtes enragées, firent place nette. L'alerte était donnée, l'escouade convergea vers la *Libreria*. Le visage de Landretto apparut dans l'encadrement de la porte. Il s'enquit aussitôt de l'état de Pietro.

Celui-ci s'était à présent avancé vers le fond de la bibliothèque. Il découvrit alors le corps d'Andreas Vicario.

Ses habits noirs étaient déchiquetés et maculés de sang. Ici et là, les truffes humides et les mâchoires acérées des chiens avaient dégarni des os, sous des lambeaux de chair. Pietro, accroupi, une main sur le genou, murmura :

— *Dissipateurs, déchirés par des chiennes…*

Landretto l'avait rejoint.

— Que dites-vous ?

Pietro releva les yeux. Il serra les dents.

— Les Violents, Landretto… Les suicidés changés en arbres, qui se parlent et se lamentent ; les dissipateurs, déchirés par des chiennes, dans le deuxième giron… Ils côtoient les sodomites, les ennemis de Dieu et de l'art…

— Vous voulez dire que…

Pietro contempla une nouvelle fois le cadavre.

— Une fois de plus, la chose était préméditée. De toute évidence, Vicario n'était qu'un complice devenu gênant… Il a été floué, trahi par son propre parti. Sans doute devenait-il lui aussi un danger… Peut-être a-t-on su qu'il avait été démasqué… Mais comment ? Landretto… y aurait-il un autre traître parmi nos rangs ? Un autre informateur ?

Viravolta et le valet échangèrent un long regard.

— Retourne avec Anna, dit Viravolta, et ne la quitte plus des yeux une seconde. Nous nous reverrons lorsque tout sera terminé.

Le groupe de soldats s'approcha. L'un d'eux, découvrant le corps, porta deux doigts à son nez avec une mimique de dégoût.

Andreas Vicario, dit Minos, juge des Enfers et bras droit de Lucifer, avait quitté la scène, exterminé par les siens.

Le Minotaure

Le Carnaval de Venise remontait au Xe siècle ; il avait fini par s'étendre sur six mois de l'année : du premier dimanche d'octobre au 15 décembre, puis de l'Epiphanie au Carême ; enfin, la *Sensa*, l'Ascension, le voyait refleurir. Venise tout entière bruissait de ces préparatifs. Les Dix, qui resteraient Neuf tant qu'Emilio ne serait pas remplacé, avaient donc l'impossible tâche de contrôler et de surveiller l'ensemble des festivités, avec le secours des *Quarantie* et du commandant en chef de l'Arsenal. Comme chaque année, la gestion des manifestations publiques était déléguée aux officiers des *Rason Vecchie*, l'organe de vérification des comptes et de l'utilisation des deniers de l'Etat. Plus que jamais, les officiers de la *Criminale* comme les magistrats avaient reçu la consigne de veiller à la stricte observance des règles de sécurité. Aucun déguisement, en particulier celui de soldat, ne pouvait servir de prétexte à la détention illégale d'armes dangereuses, y compris les bâtons, masses, cannes ou piques. Les agents du gouvernement, également déguisés et disséminés partout dans la ville, faisaient exception. Mais que vaudraient-ils face à l'affluence de plusieurs dizaines de milliers de personnes, toutes anonymes ? De son côté, l'Arsenal avait mis plusieurs bâtiments en alerte, prêts à sillonner la lagune, à la pointe de la Giudecca, aux abords de Murano, Burano et San Michele ; des vaisseaux légers croisaient plus au large et organisaient des patrouilles de reconnaissance.

Sur terre comme sur mer, Venise fourmillait d'activité. Le moment était venu, celui de toutes les euphories, de toutes les libérations, celui où le vulgaire pouvait s'imaginer roi du monde, où la noblesse jouait à la canaille, où l'univers, soudain, était sens dessus dessous, où s'inversaient et s'échangeaient les conditions, où l'on marchait sur la tête, où toutes les licences, tous les excès étaient permis. Les gondoliers, en grande livrée, promenaient leurs nobles par les canaux. La ville s'était parée d'innombrables arcs de triomphe… Sur la *Piazetta*, une machine de bois en forme de gâteau crémeux alléchait les gourmands ; des attroupements se formaient autour des danseurs de corde, des scènes de comédie improvisées, des théâtres de marionnettes. Montés sur des tabourets, l'index levé vers d'absentes étoiles, des astronomes de bazar péroraient sur la proche Apocalypse. On s'exclamait, on s'esclaffait, on s'étouffait de rire en renversant sa glace ou sa pâtisserie sur les pavés, on goûtait la joie et la douceur de vivre.

Alors, celle que l'on surnommait la Dame de Cœur sortit de l'ombre. Postée jusque-là sous les arcades, elle avança de quelques pas en ouvrant son éventail. Ses longs cils se plissèrent derrière son masque. Les lèvres

rouges de sa bouche s'arrondirent. Elle laissa tomber
son mouchoir à ses pieds tout en ajustant le pli de sa
robe. Elle se baissa pour le ramasser et envoya un regard
à un autre agent, posté plus loin, à l'angle de la *Piazetta*, pour vérifier qu'il avait compris.

Et ce geste voulait dire : *il est là.*

En effet il était là, au milieu de la cohue.

Celui dont la mission suprême consistait à abattre le
Doge de Venise.

Deux cornes de faux ivoire de part et d'autre du
crâne. Un faciès de taureau, pourvu d'un mufle aux
replis agressifs. Des yeux sournois brillant derrière la
lourdeur du masque. Une armure, véritable celle-là,
faite de mailles et de plaques d'argent, suffisamment
légère pour qu'il puisse se déplacer avec toute la rapidité requise. Une cape rouge sang, qui cachait, dans
son dos, les deux pistolets croisés dont il aurait besoin
pour accomplir son office. Des genouillères de métal
par-dessus des bottes de cuir. Un géant, une imposante
créature dont on croyait entendre le souffle brûlant jailli
des naseaux.

Le Minotaure.

Prêt à dévorer les enfants de Venise, dans le labyrinthe de la ville en pleine effervescence, il s'apprêtait à
changer le cours de l'Histoire.

Le Carnaval avait commencé.

CHANT XXI

La Sensa

L'Orchidée Noire se tenait non loin du *Fondaco dei Tedeschi*, entre la place Saint-Marc et le Rialto. A proximité des marchés, les entrepôts du *Fondaco* occupaient sur le Grand canal une position stratégique. Comme beaucoup de bâtiments vénitiens, il avait subi les assauts du temps – un incendie en 1508 avait nécessité de le reconstruire entièrement. Pietro se trouvait dans la cour intérieure, au bout de l'une des trois galeries d'arcades, sous le plafond à claire-voie. Il était en grande discussion avec un homme masqué et emmitouflé de noir, devant la porte qui donnait sur le canal. Les agents du palais et de la *Quarantia* ainsi que de nombreuses forces militaires patrouillaient dans la ville, aussi discrètement que possible. Pietro, lui, avait décidé de se déplacer à visage découvert, espérant servir d'appât à son tour et provoquer une erreur de mouvement de la part de l'ennemi. On avait renforcé les positions de l'Arsenal, du Rialto, du palais des Doges, et ici du *Fondaco*. Il y avait là une cinquantaine d'hommes de réserve ainsi que des armes, des barils et des provisions, et l'on avait disséminé de ces places fortes en miniature un peu partout dans les sextiers de Venise. Assurément, la population ignorait qu'elle était assise sur un tas de poudre : la situation était délicate, pour ne pas dire explosive. Après avoir échangé encore quelques mots avec son comparse, Pietro ajusta son chapeau ainsi que la fleur de sa boutonnière et, rejetant son manteau derrière l'épaule, sortit en direction du *campo* San Bartolomeo.

L'animation et le bruit de la ville le saisirent aussitôt.

Les dernières discussions avec Ricardo Pavi avaient été mouvementées, la nuit épouvantable. Pietro avait dormi une heure à peine. Mais plus que jamais, il fallait être vigilant. L'Orchidée Noire commença d'arpenter les rues, guettant le moindre mouvement. Ils étaient deux mille à parcourir ainsi la Sérénissime, pour encadrer ou disperser les rassemblements suspects et fouiller les habitants susceptibles de dissimuler des armes sous leur costume. Parmi la foule, inconsciente de ce qui se tramait, les autorités étaient pour le moins tendues. Soucieuses de ne pas ternir les festivités, elles étaient contraintes au jeu redoutable de la dissimulation ; les agents de la République s'efforçaient de rester aimables, feignaient de sourire avant de retrouver un visage sombre, répondaient aux exclamations par d'autres exclamations affectées. Les offices économiques et judiciaires étaient verrouillés. A l'intérieur même du palais, on avait pris garde à ne délaisser aucun des accès, et la cour était truffée de gens en armes. Pietro s'arrêta un instant à deux pas du Rialto. Autour du pont, des soldats costumés faisaient mine de jouer aux cartes, de converser entre eux, de guetter les passantes, ou de mendier sous leurs guenilles de circonstance. Des signes de reconnaissance avaient été établis, de manière à éviter les multiples confusions possibles entre soldats déguisés, officiers en civil, troupes en patrouille et lieutenants secrets du même parti. Pietro s'approcha d'abord d'une jeune femme immobile sous une arcade. Depuis quelques heures, elle observait tranquillement les allées et venues, une dague cachée sous sa cape noire. Pietro échangea quelques mots avec elle – « Rien à signaler pour le moment, chevalier ! », dit-elle en faisant claquer son éventail au coin de sa bouche. Puis, quelques minutes plus tard, ce fut une autre. Elle portait un loup et une mouche au coin des lèvres, exhibait ses seins en jouant de l'éventail. Sa chevelure sophistiquée tombait en boucles, de part et d'autre de son joli minois. Dans les couloirs du palais, on l'appelait la Dame de Cœur.

Et elle venait de signaler la présence du Minotaure.

A peine s'était-elle inquiétée de son comportement étrange qu'il avait échappé à sa vue.

Il faut le retrouver.

Un peu plus loin, un homme vêtu d'un grand manteau sombre, bandeau sur l'œil, s'était glissé parmi les parieurs de l'un de ces jeux de rue qui envahissaient la ville. Le Loto dit *della venturina* consistait à piocher au hasard, dans un sac, des jetons marqués d'un numéro ou d'une figure – la Mort, le Diable, le Soleil, la Lune, le Monde – dans l'espoir de gagner quelque savoureux beignet. Pietro se planta à côté du borgne et observa le jeu avec lui quelques secondes, en silence. Des mains avides plongeaient dans le sac, et l'on poussait des cris de joie ou de déception à la découverte de la pioche.

— Jouerez-vous, *Messer* ? demanda une voix.

Pietro donna une pièce machinalement, tout en murmurant quelques mots à son voisin. Il chercha à son tour dans le sac et, tandis qu'il en sortait un jeton, il s'aperçut que l'homme au bandeau désignait du doigt un coin de la place.

Il repéra alors le Minotaure.

Il se tenait là, debout à quelques mètres, figé dans une posture hiératique, et semblait le narguer derrière son masque. Pietro fronça les sourcils. « Alors ? Alors ? », demandait-on autour de lui. Les voix lui parvenaient, lointaines. Il ouvrit la main, sans regarder son jeton. « La Mort ! La Mort ! Pas de beignet, Messer… » Pietro ne prêta pas davantage attention au jeu. Il se contenta de continuer à observer le Minotaure. Celui-ci n'avait pas bougé. Puis, lentement, il inclina la tête. A l'angle des *Mercerie* déboucha une compagnie de soldats. Le Minotaure se tourna brusquement dans cette direction, avant de pivoter et de partir dans l'autre sens.

Pietro, intrigué, décida de lui emboîter le pas.

Une rue, puis une autre ; le Minotaure semblait maintenant se diriger vers la place Saint-Marc. A un moment, il se retourna et parut voir Pietro. Il pressa le pas. Pietro fit de même. Ils ne tardèrent pas à déboucher sur la *piazzale dei Leoni*, derrière le palais ; ce fut pour tomber dans une nouvelle cacophonie. Ici, en effet, s'exhibaient les Forces d'Hercule : des pyramides humaines, exécutées par les groupements de sextiers, les Castellani pour les paroisses *de citra*, autour de Castello, les Niccolotti pour celles *de ultra*, vers San Niccolo dans Dorsoduro ; en bérets et ceintures rouges pour les premiers, noirs pour les seconds, les acrobates d'un jour s'étaient rassemblés ici pour rivaliser d'audace aux yeux du monde. Ils se juchaient les uns sur les autres, et chaque étage conquis était célébré par une salve d'applaudissements. Pietro ne quittait plus le Minotaure des yeux ; ce n'était pas un hasard si son attention avait été immédiatement attirée par le curieux accoutrement du monstre qu'il prenait en chasse. Et sans doute n'était-ce pas un hasard si le Minotaure était venu se découvrir à lui.

> *… Sur le bord de la roche effondrée*
> *L'infamie de Crète était vautrée,*
> *Celle qui fut conçue dans la fausse vache…*
> *Tel le taureau qui rompt ses liens*
> *Quand il a déjà reçu le coup mortel,*
> *Et ne sait plus marcher, mais sautille çà et là,*
> *Ainsi je vis sauter le Minotaure…*

Pietro jura tandis qu'il fendait la foule, craignant à chaque instant que le Minotaure ne disparaisse de sa vue. Il le vit s'évanouir de l'autre côté de la place. Pietro hésita une seconde puis, plutôt que de faire le tour du périmètre par l'extérieur des lignes de la population assemblée, se jeta en plein cœur de la *piazzale*. Ce faisant, au milieu d'une clameur nouvelle, il bouscula sans le vouloir l'un des Niccolotti, véritable pilier de soutènement de l'une des deux pyramides concurrentes, qui attaquait son quatrième étage. Le bonhomme poussa un cri, pesta en essayant de conserver son équilibre. Il vacilla une seconde, puis deux… La pyramide tout entière s'ébranla. Tout en haut, un jeune garçon qui venait de se redresser fléchit de nouveau sur ses jambes. Il se sentit tanguer vers la droite. Essayant désespérément de se rétablir, il fit des moulinets avec les bras. Il parvint à attraper son voisin, menaçant de l'entraîner dans son inévitable bascule… Alors, l'échafaudage tout entier tangua un moment, de droite, de gauche, dans un mouvement de balancier scandé par la population incrédule… Puis la pyramide s'effondra, d'un coup, comme un château de cartes. Le foule rageuse et apeurée referma l'anneau de ses bras autour des hommes qui tombaient les uns sur les autres, se ruant en avant d'un même élan, sorte de pulsation crispée qui s'avançait et se retirait comme la houle, au milieu de ces dizaines de têtes et de membres pointant vers le ciel. Mais la fatale erreur de Pietro n'avait pas échappé à tout le monde : quelques-uns des badauds tentèrent de lui barrer le passage. L'Orchidée Noire rugit, se débattit comme un forcené. Son poing vola à la face d'un gaillard qui se proposait de le ceinturer. Pietro parvint à se dégager d'un coup et, profitant du désordre et de la stupéfaction, s'arracha à ces étreintes pour se jeter en direction de la place Saint-Marc, toute proche.

A peine y était-il parvenu qu'il fut arrêté par une fillette au regard clair et à la peau hâlée.

— Bonjour ! Nous sommes les petites écolières de la Sainte-Trinité !

Ah non, ce n'est pas le moment !

Elle tendait une petite boîte en carton percée d'une fente, dont elle faisait tinter le contenu sous le nez de Pietro. Une volée de petites filles s'égaillaient ici et là pour recueillir les dons des bons paroissiens ; déjà vêtues comme des nonnes, ou en chemisette blanche et jupette bleue, un nœud dans les cheveux.

— *Messer !* Pour les petites écolières de la…

Pietro venait de jeter distraitement une pièce dans la boîte et de s'enfuir en bousculant la fillette, cherchant à retrouver le Minotaure.

La situation sur la place était plus mouvementée encore. Le Doge s'était présenté au peuple du haut de la tribune de la basilique San Marco pour ouvrir officiellement les festivités de la *Sensa*. Les confréries de métiers défilaient, toutes bannières dehors, avec leurs saints, statues et reliquaires. L'une de ces parades surpassait en beauté toutes les autres : celle de la Guilde des verriers de Murano. Alors qu'il cherchait encore la trace du Minotaure, Pietro aperçut le jeune Tazzio, fils du défunt Federico Spadetti. Cette vision, bien que fugitive, lui fut éblouissante. Tazzio était debout sur un char décoré de multiples banderoles ; assise à ses côtés, une jeune femme aux joues empourprées, au sourire radieux, étincelait dans sa robe de cristal. Cette femme brillant de mille feux semblait une apparition échappée d'un autre monde. Sans doute Viravolta n'était-il pas le seul à le penser, car autour de lui s'élevèrent aussitôt des murmures d'admiration, et de nouveaux applaudissements. Sur le char, cette nymphe enjôleuse, son céleste front couronné d'un diadème, agitait doucement la main dans la brise. Etait-ce cette Severina que Tazzio désirait si ardemment, et dont Spadetti avait parlé à Pietro lors de leur entrevue à Murano ? On serait tombé amoureux à moins, Pietro en serait convenu sans mal. Severina était sublime, en son fourreau de verre lamé, strié d'ourlets opalescents, serré de sa ceinture de perles et d'une boucle en étoile, avec sa collerette de verre filé, ses langues de cristal, chatoyant de mille reflets, celui du palais ducal, de la flèche élancée du Campanile, des ailes vengeresses du lion dominant la lagune, ou encore des visages de la foule ébahie ; oui, dans ces reflets se lisait en définitive toute l'histoire de Venise, brûlante d'un feu d'artifice de couleurs et de scintillements.

Et Severina continuait d'agiter la main en souriant.

A côté d'elle se tenait son jeune soupirant Tazzio, ange blond au visage pâle, Adonis guettant le soleil ou Apollon conduisant son char, défiant le firmament de ses hyperboles. La bannière dressée, Tazzio affichait un air sombre, qui contrastait singulièrement avec les lumineux sourires de Severina. Il n'avait pas quitté ses habits de deuil, et portait un long manteau par-dessus son justaucorps noir, aux manches passementées d'or. Il levait le nez comme s'il se fût trouvé à la proue d'un navire et, derrière lui, à pied, deux mille ouvriers de la Guilde défilaient au pas, dans une nouvelle profusion d'étendards et de bannières. Maillets et compas jaunes sur fond pourpre, navires guettant les vents sur les drapeaux bleus, fauves rugissants sur des pennons blancs ou noirs, la longue procession s'étirait de la place jusqu'à l'Arsenal, Riva Ca' di Dio. Bientôt, le char de Tazzio passa sous la tribune de la basilique et s'arrêta. Une main sur le cœur, Tazzio s'inclina en signe de déférence. Sous les fameux bucéphales sculptés qui ornaient la tribune, se trouvait Son Altesse Sérénissime, le Doge de Venise. Il faisait des signes de la main ; il invita le jeune homme à se redresser. Celui-ci obtempéra et désigna au Prince la belle Severina et sa robe de cristal. Il y eut un nouveau tonnerre d'applaudissements. Pour toute réponse, Francesco Loredan prit dans une panière qu'on lui apportait une poignée de fleurs, qu'il dispersa au-dessus du jeune couple ; puis il montra à la population une médaille en étoiles d'or que Tazzio, à la nuit tombée, recevrait de ses mains. Le jeune homme, lentement, se dérida : il échangea alors avec Severina un franc sourire et déposa sur ses lèvres un baiser.

Pietro, pendant ce temps, continuait de chercher le Minotaure. Il le retrouva enfin ; il était passé de l'autre côté de la procession. Après les hommages reçus et rendus sous la tribune de la basilique, le défilé glissait devant les *Procuratie*, faisait le tour de la place en contournant une arène de bois montée pour l'occasion, et repartait sur les quais par la *Piazetta*. Pietro et la figure étrange qu'il avait suivie étaient maintenant séparés par cette foule innombrable. Les deux hommes se toisèrent de part et d'autre de la parade, sans bouger. Le temps sembla de nouveau suspendu. Ils restaient là, l'un en monstre énigmatique et cornu, surplombant de sa haute stature deux courtisanes masquées, l'autre cachant ses armes sous le manteau, le visage tendu, n'attendant que le moment de s'élancer… Enfin, lorsque fut passée la dernière des confréries de métiers, Pietro crut que l'instant était venu et se jeta en avant. Mais dans l'espace laissé vacant s'était aussitôt engouffrée la populace, ajustant son pas sur celui des corporations et continuant de les fêter, tantôt en les acclamant, tantôt en singeant leur démarche. L'étau se resserra immédiatement sur Pietro, de plus en plus oppressé. De nouveau, le Minotaure avait disparu de sa vue. Il resta ainsi plusieurs minutes à essayer de percer le rideau infranchissable des badauds vénitiens, qui le refoulaient inexorablement vers les *Procuratie*.

Depuis le début du jour, de nombreuses messes avaient été organisées ; les cloches sonnaient dans la ville à toute

volée. Après un bref détour au palais, Francesco Loredan
fit de nouveau son apparition. Il venait de prendre place
dans le *pozetto*, vaste siège porté à dos d'hommes, en
compagnie du commandant suprême de l'Arsenal, et passait parmi la foule. Cela ne fit qu'accroître l'exubérance
des milliers de personnes rassemblées. Le Doge jetait tout
autour de lui des pièces à son effigie, rappelant par ce
geste la cérémonie de son intronisation. Dans son sillage,
des membres de la noblesse jetaient du pain, de l'argent
et du vin. Entre une tête et un bras qui s'agitaient devant
lui, Pietro aperçut brièvement le visage sévère de Ricardo
Pavi, le chef de la *Quarantia Criminale*, qui accompagnait de ses propres agents la garde rapprochée du Doge,
encadrant le *pozetto*. Sous les arcades des *Procuratie*, les
concerts refleurissaient de plus belle. Les « petites pau-
vres » du palais, ces douze vieilles femmes de notoriété
publique, anciennes servantes tombées dans la misère,
recevaient pour une fois de grandes largesses lorsqu'elles
tendaient la main, tout en chassant du pied concurrents
et concurrentes attirés là par la même nécessité. Ce soir,
le palais serait illuminé de torches, le Grand Bal réunirait
la noblesse étrangère et celle de la Dominante, les feux
d'artifice couronneraient Venise de nouvelles étoiles, et
San Marco serait éclairée comme a giorno.

Pietro joua désespérément des coudes, cherchant
à s'extirper enfin du chaos ambiant, et s'attirant au
passage de nouvelles remarques cinglantes – « Oh là,
doucement, mon ami !… » « Hé ! vous n'êtes pas tout
seul !… » « *Stia calmo*, chevalier !… » De temps en
temps, il se hissait sur la pointe des pieds, essayant sans
plus y croire de retrouver le Minotaure ; cette fois, il
s'était bel et bien évanoui. Au loin, à l'angle de la place,

le *pozetto* du Doge s'enfuyait lui aussi... Son Altesse Sérénissime allait sans doute rejoindre l'Arsenal où serait mise à flot sa galère officielle, le *Bucentaure*. Mais si quelque chose se produisait en chemin, avant même que le Doge n'ait eu le temps de gagner la lagune ? Pietro lâcha une nouvelle bordée d'injures. Des galeries de bois couvertes avaient été installées sous les *Procuratie*, jusqu'au devant du palais ; il s'y faufila comme il put, à contresens de la population, au milieu de files de boutiques de dentelles, de tableaux de maîtres, de bijoux et de cristaux. Le flux incessant l'avait trop longtemps ballotté sans qu'il ait pu réagir ; sa progression était entravée à chaque instant ; les insultes redoublèrent.

Puis, soudain, il s'arrêta.

A ses pieds, comme par miracle, se trouvait un masque.

Celui du Minotaure.

Pietro le ramassa aussitôt. Il vit qu'un billet cacheté se trouvait à l'intérieur. Le geste fébrile, il l'ouvrit.

> *Tu as perdu, Viravolta !*
> *Nous sommes au Septième Cercle,*
> *« Mais fiche tes yeux en bas, car voici qu'approche*
> *La rivière de sang où sont bouillis*
> *Ceux qui ont nui aux autres par violence ».*
> *Oui, Orchidée Noire : sur la rivière de sang*
> *Périra Loredan*
> *Et cela par ta faute, au Cercle suivant.*
> *Qui de nous deux le premier*
> *Arrivera jusqu'à ses pieds ?*
>
> *VIRGILE*

De plus en plus nerveux, Pietro releva les yeux, regardant de nouveau tout autour de lui.

Une soudaine clameur le fit se retourner. Elle venait de l'arène montée sur la place, autour de laquelle étaient passées les corporations. Il s'agissait en réalité d'une sorte de vaste amphithéâtre, construit pour l'occasion, et qui imitait celui de Titus à Rome. Un nouveau défilé avait commencé, composé de quarante-huit personnages masqués, représentant les nations amies de Venise. La Hongrie, l'Angleterre, la Suisse, l'Espagne s'inclinaient devant le public avant de s'engager sous le portail de bois. Juchés sur le pourtour de l'arène, d'autres personnages, de comédie ceux-là, donnaient de la trompette ou roulaient du tambour. On entendait confusément des mugissements ainsi que des aboiements. Dans quelques instants, on donnerait le coup d'envoi des chasses au taureau, au cœur de l'amphithéâtre ; deux cents de ces animaux, aux larges flancs et aux naseaux fumants, se succéderaient en ce lieu tout au long de la journée, le lendemain aussi, et le surlendemain encore. En la circonstance, l'image du taureau, associée à celle du sacrifice, résonna curieusement dans l'esprit de Pietro. Son regard était porté d'un bout à l'autre de Saint-Marc, selon les scansions de la foule, sans qu'il sût désormais à quel saint se vouer.

Puis, tout à coup, il entendit une série de sifflements.

Il se trouvait à présent à l'angle de Saint-Marc et de la *Piazzetta*. Il leva les yeux en direction du Campanile. Non loin de lui, un attroupement concurrent de celui qui s'était créé près de l'amphithéâtre commençait à se former. Pietro fronça les sourcils.

Le Saut de la Mort !

On l'appelait aussi le « Vol du Turc » : un jeu dangereux, durant lequel les ouvriers de l'Arsenal se laissaient glisser le long d'un filin tendu entre le Campanile et le palais ducal, tout en exécutant les figures les plus téméraires. Parfois, certains des ouvriers, malchanceux, s'empalaient contre la façade. Cette fois-ci, ce n'était pas un, mais quatre, cinq filins que l'on tendait depuis le Campanile, tirant des coups d'arbalète pour les propulser de l'autre côté, sur les balcons du palais, où ils étaient réceptionnés par d'autres ouvriers vérifiant la sécurité de leur dispositif.

Il y eut encore un sifflement, puis un autre.

Mais qu'est-ce que…

Voyant s'avancer vers les filins les premières silhouettes masquées, Pietro comprit alors ce qui se passait. Il se tourna vers le Campanile. Puis vers le palais. Surpris lui-même de sa découverte, il bredouilla encore un *Mais… mais…* sans pouvoir cesser les allées et venues de son regard de l'une à l'autre de ces deux extrémités, la flèche de la tour d'un côté, les balcons de l'autre. Puis, dans les acclamations, cinq hommes en noir glissèrent dans l'espace au-dessus de lui.

Le Vol du Turc.

Et Pietro sut qu'il ne s'agissait pas d'ouvriers de l'Arsenal.

Il venait de comprendre de quelle façon les Oiseaux de feu avaient imaginé pénétrer à l'intérieur du palais.

Les Oiseaux de feu !

Et il y avait Orinel, de l'ordre d'Abaddon ; Halan, de l'ordre d'Astaroth ; Maggid, des Principautés ; Diralisen des Dominations et Aséal des Trônes ; ils se succédaient maintenant à grande vitesse au-dessus de Pietro, cinq par cinq, et se réceptionnaient mutuellement sur les balcons. Son regard les suivait d'un bout à l'autre tandis qu'ils glissaient sur les filins, au vu et au su de la population, inconsciente de ce qui se tramait. Sur les toits de la basilique apparurent d'autres silhouettes encapuchonnées et, de l'autre côté du palais, on tendait de nouveaux filins depuis les bâtiments voisins. Pietro, effaré, assistait à ce spectacle, tétanisé ; autour de lui, les gens riaient et montraient du doigt les acrobates ! Pietro regarda en direction du palais, puis des quais où le Doge avait disparu dans son *pozetto*. Alors, il ouvrit son manteau, chercha à sa ceinture une petite casserole, avec une cuiller de métal. Il frappa de toutes ses forces, avisant un groupe de soldats massé près de la *porta del Frumento ;* trois d'entre eux, l'air goguenard, contemplaient eux aussi les ombres glissant sur les filins, sans comprendre. Un autre, plus vif, entendit le bruit et se mit à crier en apercevant Pietro. De loin en loin, sur la place, on entendit de nouveaux bruits de casseroles ; puis ils se répercutèrent ici, sous les *Procuratie*, là dans les *Mercerie*, et un vacarme sonnant commença de jaillir de toutes parts ; l'alerte était donnée ! Une nouvelle fois, Pietro hésita entre les deux théâtres d'opérations qui se présentaient à lui. Irait-il se précipiter à l'intérieur du palais avec la garnison, ou se lancerait-il à la rescousse du Doge ?

Il choisit de faire confiance aux soldats du palais et se jeta en avant vers les quais.

Pourvu que j'arrive à temps !

A peine avait-il fait quelques mètres qu'il s'arrêta encore.

Sur la lagune venait de se dessiner le profil imposant et majestueux du *Bucentaure*. Le Doge y avait pris place, entouré des sénateurs, des dames de la noblesse, ainsi que des familles qui, après avoir représenté la Sérénissime auprès de monarques étrangers, avaient acquis le statut de *Kavalier*. La *Négronne*, galère d'apparat de l'ambassadeur de France, avançait dans son sillage ; mais à l'invitation de Loredan, Pierre-François de Villedieu était monté lui-même sur le *Bucentaure*, au côté du Doge. Le trône se trouvait en poupe, dans une sorte de cabinet constitué par un immense baldaquin rouge ; frappé des signes herculéens propres à tous les princes européens, il étalait l'or et la pourpre. Le lion de Némée voisinait avec les têtes de l'Hydre ; à ses pieds, le dieu Pan soutenait le Monde ; au-dessus de lui, les ovales et médaillons de peintures richement décorés déclinaient en fonction des saisons et des mois de l'année les vertus de Venise, long récit à la gloire de la République : Vérité, Amour de la Patrie, Hardiesse et Générosité, Etude, Vigilance, Honneur, Modestie, Piété, Pureté, Justice, Force, Tempérance, Humilité, Foi, Chasteté, Charité, accompagnaient les allégories des Sciences et des Arts, et la suprême Magnificence. Les lions ailés de saint Marc croisaient les emblèmes de l'Arsenal et des principales corporations de Venise, forgerons, charpentiers ou calfats, artisans de la conquête de l'Empire. Justice et Paix se tenaient à la proue, par-dessus les symboles représentant les fleuves de Terre Ferme, l'Adige et le

Pô, qui célébraient la domination pacifique de Venise sur ses Territoires. Tout autour du *Bucentaure* et de la *Négronne*, une nuée d'esquifs achevait de faire flamboyer l'onde de la lagune, gondoles par dizaines, *bissone* pourvues de huit à dix rameurs, péottes nobiliaires rivalisant de faste, lauréats des dernières régates, mais aussi chars nautiques colossaux, qui figuraient des baleines, des tritons ou des dauphins ; des femmes en tenue légère, logées dans des conques flottantes, faisaient des signes de la main en direction des rives où se pressait la population, enchantée par cette merveilleuse parade. De fausses grottes incrustées d'algues et de coraux, des bataillons de sirènes, des monstres jaillis des abysses crachant leurs jets d'eau en autant de fontaines, semblaient se disputer sous l'œil altier d'un Neptune au torse musculeux. Peu à peu, ce paysage magique s'organisait ; les embarcations prenaient leurs marques, convergeaient les unes vers les autres, s'alignaient, se glissaient devant ou derrière une plus grande, une plus petite. Alors la foule assistait avec extase au long défilé d'une suite de tableaux baroques, dont chacun était construit autour d'une divinité : Vénus venait en tête, bien sûr, mais bientôt, Mars faisait son apparition, Junon, Apollon et Minerve. Pégase, le cheval ailé, dressé comme s'il s'apprêtait à quitter la mer, passait enfin devant un soleil qu'il faisait pâlir.

Le *Bucentaure* et son armada multicolore étaient de sortie.

Huitième cercle

Les Épousailles de la Mer

Pietro se précipita sur les quais. Là, on avait installé des *casotti* d'animaux sauvages. Une lionne tournait sur elle-même derrière les barreaux ; un rhinocéros d'Asie, la corne baissée, remuait sans conviction un tas de foin jonché de ses excréments ; un guépard montrait les crocs et donnait de la patte ; enfin, un Arabe montait un dromadaire, qui avançait avec nonchalance au milieu des flâneurs enthousiastes. Pietro s'arrêta un instant sur le bord du quai devant la lagune. Montés sur d'immenses radeaux, des jardins artificiels décoraient la rive : des pièces de gazon encombrées de plantes en pot et de bouquets de fleurs achevaient de conférer à l'endroit sa pleine beauté. De nouveaux concerts se tenaient ici et là, et l'on se promenait d'un radeau à l'autre au son de musiques baroques, en empruntant des passerelles de bois montées pour l'occasion. Pietro s'engagea sur l'un d'eux ; en quelques bonds, il franchit trois ou quatre radeaux, avant de se jeter dans une gondole. L'esquif tangua dangereusement à cette irruption, le gondolier manqua de tomber à l'eau. Il se rétablit de justesse en proférant des insultes colorées. A cet instant, Pietro remarqua que d'autres gondoles convergeaient vers le *Bucentaure*, semant la zizanie parmi le défilé aquatique en coupant le passage aux naïades logées dans leurs conques et aux Neptunes faisant tournoyer leurs tridents.

— Emmène-moi sur le *Bucentaure*, dit Pietro dans un souffle. C'est une question de vie ou de mort !

Le gondolier était un homme d'une quarantaine d'années, le visage hâlé et la paupière tombante. Son air perplexe le disputait à la colère. Il songeait sans doute à se débarrasser illico du visiteur imprévu, mais quelque chose dans le regard autoritaire de celui-ci l'en dissuada. Pietro glissa sous ses yeux le nouveau sauf-conduit que lui avait remis Ricardo Pavi, signé de la main du chef de la *Criminale* et portant également le sceau dogal.

— Le Doge est en grand danger. Donne de la rame, ami ! Vite !

Le gondolier considéra le rouleau de papier sans comprendre, regarda Pietro, puis son visage s'éclaira enfin. Il hésitait, mais Pietro gronda de nouveau.

Finalement, l'homme sourit et ajusta son bonnet sur sa tête.

— Vous avez de la chance, *Messer*. Vous êtes tombé sur le gondolier le plus rapide de la République…

— C'est le moment de le prouver, dit Pietro.

Les Epousailles de la Mer. Le voyage du Doge à travers la lagune, en ce jour de la *Sensa*, était l'un des plus importants de la vie de la Sérénissime. La symbolique et brève odyssée le menait jusqu'à San Niccolo del Lido. Là, depuis le *Bucentaure*, il jetait chaque année

un anneau béni par le patriarche, en prononçant ces
mots : « Nous t'épousons, ô mer, en signe d'éternelle
domination » : *desponsamus te, mare, in signum veri
perpetuique dominii*. Ce geste de communion et d'alliance nouvelle commémorait le triomphe de 1177,
quand l'empereur d'autrefois, pour récompenser la
ville de son appui contre Barberousse, était venu s'in-
cliner devant le pape sous le porche de la basilique San
Marco. Alexandre avait alors accordé à Venise la domination des mers. Rétrospectivement, l'événement pouvait être jugé comme une prophétie car c'était ainsi que
la Sérénissime avait commencé à bâtir sa Réputation.
Sur le *Bucentaure*, Francesco Loredan, assis sur son
trône d'apparat, conversait avec l'ambassadeur Pierre-
François de Villedieu, qui depuis le bal de Vicario pro-
fitait avec enchantement de sa récente arrivée dans la
Sérénissime. Il arborait un air proprement extatique
devant la succession de merveilles auxquelles il assistait.
Entouré comme il se devait de quelques riches dames
de la noblesse, se penchant tantôt de droite, tantôt
de gauche, pour contempler la lagune et les nuées de
bateaux qui les entouraient, il poussait par intermit-
tence des exclamations de joie et se perdait en félicita-
tions admiratives.

Loredan, lui, dissimulait un air profondément soucieux derrière des sourires de circonstance. Non loin
de lui, Ricardo Pavi, sourcils froncés, visage de marbre,
tâchait également de contenir sa nervosité. Les mains
croisées devant lui, il jetait de temps à autre un regard
sombre vers l'extrémité du Lido.

Au palais, les vitres de l'étage supérieur volèrent en

éclats. L'un des Oiseaux de feu, encapuchonné de noir,
roula sur le sol avant de se redresser en tirant de son
côté un pistolet. Dix de ses comparses s'élançaient en
direction de la Salle du Conseil, tandis qu'une quinzaine d'autres se dirigeaient vers la Salle du Collège.
Les premières escarmouches avaient commencé et, sous
la fresque du Tintoret, *Venise recevant les dons de la
mer*, des coups de feu se faisaient entendre. Ils résonnaient d'autant plus que les armes avaient été prohibées
pour les festivités : au-dehors, on applaudissait encore,
croyant qu'il s'agissait là de simples pétards, prélude
aux feux d'artifice du soir, les plus attendus, ceux du
Grand Bal de la Dominante. Après les premières salves,
on dégainait épées et poignards. Des soldats en nombre
gravissaient la *Scala d'Oro* et se précipitaient dans l'Anticollège ; en trois endroits du palais, les Oiseaux continuaient de se déverser par les filins, tandis que d'autres
encore descendaient par les toits. On avait mis un temps
avant de comprendre ce qui se passait, et des escouades
au sursaut déjà tardif tentaient de disperser la foule
amassée sur la place pour empêcher le flot ennemi de
poursuivre son cours depuis la tour du Campanile.
Dans le même temps, à quelques centaines de mètres
de là, autour du Rialto, Barakiel de Python-Luzbel,
Touriel de Bélial, Ambolin d'Asmodée et de nouveaux
mercenaires de von Maarken commençaient d'investir
les offices judiciaires, économiques et financiers, au
milieu d'un chaos que la foule encore ignorante ne faisait qu'accuser, gênant les autorités dans leur soudaine
mise en mouvement.

— Plus vite, plus vite ! s'exclamait Pietro, rageant de

ne pouvoir disposer d'une rame supplémentaire pour accompagner le gondolier, qui ahanait dans l'effort.

Pietro était juché en proue, une main sur les genoux, une autre portée à son flanc. Le *Bucentaure*, imposant au cœur de cette marée, se rapprochait ; mais il était encore bien loin, et la gondole se voyait sans cesse contrainte à maints détours pour éviter les bateaux d'apparat dont elle croisait la trajectoire. Les insultes pleuvaient encore, ils avaient failli être éventrés dix fois. « Attention ! » s'écriait Pietro, alors qu'ils frôlaient ici un char nautique, là l'une des péottes qui fendaient l'onde. « A droite ! A gauche ! » Il regarda autour de lui, pour constater que d'autres gondoles agissaient de même. Il remarqua distinctement, sur certaines d'entre elles, des silhouettes encapuchonnées qui ne lui étaient que trop familières. Il serra les dents, continuant d'encourager Tino, le gondolier, qui faisait de son mieux pour accélérer une cadence déjà vive. Des perles de sueur dégoulinaient de son front ; ses muscles saillaient sous son gilet et les manches retroussées de sa chemise. Mais ils approchaient seulement de la pointe de la Giudecca et Pietro sentait bien qu'à ce rythme, Tino ne pourrait tenir très longtemps. Il avisa alors l'une des *bissone* de dix rameurs qui se glissait non loin dans le sillage du *Bucentaure*, au milieu d'une volée de ses semblables. Ordonnant à Tino de s'en rapprocher, il héla les rameurs. Il y eut, de l'un à l'autre des deux esquifs, un échange insolite, chacun criant pour essayer de couvrir le bruit ambiant ; puis Pietro fit un signe de tête et se retourna vers le gondolier.

— Grâces te soient rendues, mon ami ! Tu peux rentrer content, sinon serein. Mais il est temps de passer la main !

Ce disant, il attrapa la fleur à sa boutonnière et la jeta aux pieds du gondolier, qui écarquilla les yeux.

Une orchidée noire.

La gondole toucha l'embarcation voisine et Pietro y monta tandis que l'on se serrait pour lui faire de la place. Les rameurs étaient vigoureux, mais à peine échappés d'une course enfiévrée sur le Grand Canal. Ils donnèrent alors de la voix, chantant entre deux halètements et, réunissant leurs forces comme s'il se fût agi d'une nouvelle compétition – ce qui, en quelque sorte, était le cas – les rameurs jouèrent des biceps de plus belle.

A San Niccolo, le *Bucentaure* sembla s'ébrouer une dernière fois ; un tremblement parcourut ses flancs, il s'ébranla et pivota lentement de façon que la proue se trouve en face de l'embouchure de la lagune. Non loin, la *Négronne* fit de même et vint se placer à son côté. Le moment solennel était venu. Le Doge se leva alors de son trône, invitant l'ambassadeur à faire de même et à le suivre. Les sénateurs, les dames de la noblesse et les représentants des grandes familles se postèrent de part et d'autre du pont central, composant une haie d'honneur qui dessinait comme une guirlande somptueuse d'un bout à l'autre de la galère. Loredan s'avança lentement, l'ambassadeur à sa suite. Il fit quelques pas à bonne distance du baldaquin rouge, regardant l'enfilade de ces sourires et de ces yeux lumineux qui convergeaient vers lui. Des pages alignés des deux côtés de la nef levèrent leurs trompettes vers le ciel. Elles tonnèrent une première fois et il sembla à Loredan que, par-dessus le mugissement, il entendait rugir le lion de Némée. Il continua sa marche jusqu'à la proue du navire ; là, un autre page l'attendait, un enfant des terres lointaines, à la peau brune, la tête enserrée dans un turban bleu où brillait un diadème. Il portait l'Anneau sur un coussin de velours rouge et or. Auprès de lui, une main sur son épaule, se tenait le patriarche de Venise, en habit d'apparat. Loredan les rejoignit tous deux et parut distinctement aux yeux du monde, son manteau dansant dans le vent, la *zogia* brillant à son front, le sceptre en main, ses bagues étincelant au soleil ; il s'arrêta, dominant la mer, et regarda tout autour de lui. Une deuxième salve de trompettes acheva de rappeler la lagune au silence. Partout, les bateaux s'arrêtèrent ; l'armada tout entière se figea après un dernier glissement sur l'onde ; et de Saint-Marc à la Giudecca, on se tut, les yeux rivés vers le *Bucentaure*.

A une cinquantaine de mètres, dans une simple barque stationnée à portée de vue de la galère dogale, un homme venait de s'allonger tranquillement. A la proue se trouvait un napperon pourpre, que l'homme encapuchonné ôta d'un geste avant d'assurer sa position. Un coussin logé sous son torse lui relevait un peu le haut du corps, de façon à faciliter son inspiration ultime avant le moment décisif. Il prit appui sur son coude. Lentement, il glissa une main vers la détente de l'arquebuse qu'il venait de dévoiler, son autre main soutenant le canon interminable, dont l'extrémité reposait sur un embout de métal destiné à assurer la stabilité de l'arme à l'instant du tir. On l'appelait l'Archer, l'Arquebusier ou encore Gilarion de Méririm, des Principautés ; c'était lui qui, en pleine nuit, à cent cinquante mètres et à la seule vue d'un flambeau, avait touché Giovanni Campioni d'un

carreau unique, en plein cimetière de Dordosuro. De
l'endroit où il se trouvait cette fois-ci, avec le Doge dressé
en évidence à la proue du navire, Gilarion ne pouvait pas
échouer. Mais il n'était pas seul dans cette entreprise ;
avant de revenir à la lunette de sa fabrication, qui lui
permettrait d'ajuster son tir dans quelques secondes, il
plissa les yeux en direction du flanc droit du *Bucentaure*.
Là, un autre bateau venait d'accoster et, tandis que sur
la galère, l'assemblée était tout entière absorbée par la
cérémonie que conduisait Loredan, le Minotaure usait
de l'une des échelles pour se hisser prestement sur la nef,
sa cape couleur sang volant derrière lui.

Il y est ! Il est sur le bateau ! pensa Pietro.

Le *Bucentaure* était arrêté au milieu de la lagune. Un
instant, les flots semblèrent se calmer. C'était une image
saisissante : le *Bucentaure*, la *Négronne*, les gondoles et
les embarcations de toutes tailles immobiles, les voiles
blanches dressées, les guirlandes s'agitant doucement
dans le vent. Le Doge s'était levé, abandonnant son
trône et son baldaquin, auprès de Justice et Paix, et il
prenait avec solennité l'Anneau que lui tendait le page.
Il le dressa dans le soleil, en signe de triomphe. Il parut
ainsi au milieu de toute la population de Venise et de
Terre Ferme, et des étrangers venus des vastes contrées
d'Europe et d'Orient, sa *zogia* scintillante, debout sous
l'astre d'or. Alors d'une voix claire, jaillie de l'histoire
de Venise comme une fontaine célébrant sept siècles
d'éblouissement du monde, réitérant ce geste de communion et de fraternelle alliance, dans un silence absolu,
il prononça la formule rituelle.

Et le petit page au turban bleu sourit.
Desponsamus te, mare…

Gilarion s'apprêtait à presser la détente de son arque-buse lorsqu'un heurt soudain manqua de le faire cha-virer. Surpris, il détourna la tête ; sa capuche le gênait. Il n'avait pas même eu le temps de tirer, bien qu'un ins-tant plus tôt, la posture du Doge lui eût paru idéale. Il s'aperçut qu'un homme venait de se jeter auprès de lui et écarquilla les yeux.

D'un coup de pied, Pietro fit voler l'arquebuse. Elle quitta son embout de métal, passa par-dessus bord et, se dressant presque à la verticale, piqua soudain dans l'eau de la lagune. Gilarion réagit trop tard. Dans un cri de stupeur, il s'agita d'abord pour essayer de récupérer l'arquebuse avant qu'elle ne disparaisse. Et sitôt qu'il eut relevé les yeux, il tomba sur l'Orchidée Noire.

La lutte fut de courte durée.

Pietro jeta l'ennemi par-dessus bord.

Un bref instant, les mains sur les genoux, le regard rivé sur le fond de l'embarcation, il reprit sa respiration, le visage en sueur.

Puis il se redressa.

Du bateau, il faisait de grands signes, écartant les bras, sautillant presque sur le frêle navire, qui tanguait de gauche à droite.

Desponsamus te, mare, in signum veri perpetuique dominii.

Le Doge lâcha l'Anneau dans la lagune.

Il fut englouti dans l'onde.

Alors, depuis Saint-Marc et le Lido, de toutes parts, résonna une clameur sans pareille. La population en liesse laissa libre cours à son exultation.

Ricardo Pavi fendait le pont du *Bucentaure*, l'air grave. Il cherchait des signes, regardait de droite et de gauche, gêné par tant d'exaltation, par ces banderoles et ces mouchoirs brandis, par ces costumes de carnaval. Il passa la main sur sa nuque, à la chevelure noire coupée court, et crut un instant distinguer, parmi tous les bateaux qui l'environnaient, une petite barque sur laquelle s'agitait une silhouette familière.

Il s'arrêta, plissant les yeux.

Une dame de haut rang, à robe mauve aux reflets de soie, passa devant lui.

Viravolta… C'est lui !

Il lui sembla que son cœur s'arrêtait.

Il essayait de lui dire quelque chose !

Trop loin, Pietro ! Tu es trop loin !

Pavi tenta de comprendre les signes que lui lançait l'Orchidée Noire ; et en cet instant, ceux-ci auraient pu paraître du plus haut comique. Viravolta dansait comme la population, sa bouche s'agrandissait visiblement, mais Pavi était incapable, dans la clameur générale, d'entendre la moindre chose.

Quoi ? Mais que veux-tu me dire ?

Il mimait, en haut de son crâne, la présence de… de *cornes* ?

La vue brouillée, Pavi se retourna et regarda en direction du Doge.

Desponsamus te, mare, in signum veri perpetuique dominii.

Loredan, que la cérémonie avait momentanément distrait, se retourna lui aussi en quittant la proue du navire. Il passa la main sur la joue du page et adressa un sourire satisfait à l'ambassadeur Pierre-François de Villedieu, ainsi qu'aux membres de la noblesse réunis sur le *Bucentaure*. Et soudain, un colosse sembla se dresser devant lui.

Le Minotaure, et son masque cornu, ses épaules de métal, sa cape pourpre.

— Francesco Loredan ?…, dit-il d'une voix gutturale – une voix qui résonnait comme une sentence.

Les traits du Doge se crispèrent.

> *Fiche tes yeux en bas, car voici qu'approche*
> *La rivière de sang où sont bouillis*
> *Ceux qui ont nui aux autres par violence.*

Le Minotaure balaya d'un geste la cape sur ses épaules, et ses mains plongèrent dans son dos, d'où il sortit, tel un illusionniste, les deux pistolets glissés dans leur étui. Des cris de stupeur se firent entendre. Derrière le masque du Minotaure, Loredan, tétanisé, crut deviner un sourire, et il pensa : *Cette fois, c'est la fin.*

Ricardo Pavi hurla en se jetant de toutes ses forces sur le Minotaure. Le colosse bascula. Deux coups partirent en l'air dans un bref nuage de fumée, trouant les voiles et les tentures rouges, tandis qu'il s'effondrait en arrière. Les soldats, comme sortant d'un rêve, se précipitèrent à leur tour. Six personnes roulèrent sur le pont avec le Minotaure, dans la plus totale confusion. Une volée de poings et de piques s'abattit sur lui, au milieu de l'horreur et de la stupéfaction.

De l'endroit où il se trouvait, Pietro ne distingua pas tout de suite ce qui se passait. On se battait apparemment sur le *Bucentaure*. Il vit des silhouettes, l'éclair de hallebardes étincelantes. Il avait aussi entendu les coups de feu.

Enfin, il vit le Doge, dans sa robe d'apparat, qui regagnait la proue du bateau ; et Pavi qui se relevait.

Pietro faillit basculer par-dessus bord en s'effondrant à l'intérieur de l'embarcation.

Il poussa un soupir de soulagement.

Le répit fut de courte durée.

Desponsamus te, mare, in signum veri perpetuique dominii.

Au détour de la lagune, à la lisière de la Giudecca et du Lido, les galères apparurent. Le *Joyau de Corfou*, la *Sainte-Marie* et les bâtiments autrichiens resplendissaient sous le soleil ; des vaisseaux disposés de l'Arsenal à la pointe de San Giorgio, pour verrouiller l'entrée de la péninsule, montèrent de sourdes clameurs. Les galères ennemies, à deux et trois mâts, au gréement carré comme les caraques, pourvues de leur équipage de deux cents rameurs, regorgeant d'armes et de poudre à fond de cale, semblaient prêtes à tonner ; elles avaient jailli de l'onde, avançaient toutes voiles dehors. Arbalétriers d'élite et arquebusiers se disséminaient sur les pontons ; on ajustait plus de trois cent vingt pièces de canon en direction de la Sérénissime et des bateaux ennemis. Face à ces forteresses mobiles, encadrées des six frégates, l'Arsenal avait certes largement de quoi riposter ; mais la lagune fourmillait des esquifs de la fête et les espaces d'ouverture, hors de la péninsule, étaient réduits ; plus l'ennemi s'approchait de la ville, plus les manœuvres seraient compliquées, et accrus les risques d'infliger au camp vénitien des dégâts irrémédiables. Pour l'occasion, on avait ressorti des hangars les héritières de la flotte de guerre spécialisée, avec en tête la légendaire galère subtile, la *sottile* ; des nuées d'escadres légères, chargées ordinairement de patrouilles lointaines dans le golfe, convergeaient vers les assaillants ; mais rien ne disait que l'interception annoncée arriverait à temps, avant que Saint-Marc, voire le *Bucentaure* lui-même, ne soient à portée de tir. Une vingtaine d'unités de réserve, placées sous le commandement du capitaine général de la mer, mettaient en batterie leur artillerie.

Pietro sur sa barque, et Pavi sur le *Bucentaure*, pensèrent à la même chose. Ils se tournèrent avec angoisse vers la sortie des quais de l'Arsenal. Leur attention venait d'être attirée par deux explosions consécutives.

C'était là un autre point stratégique de Venise, et l'on voyait monter de l'endroit des nuages de fumée. Des combats devaient s'y dérouler en ce moment même. Mais qui tiendrait la victoire… Le chef de l'Arsenal, ou les Stryges ?

Ils retinrent leur souffle.

Sur les quais de Saint-Marc, le peuple regardait à droite et à gauche, interdit, sans comprendre s'il s'agissait là d'autres surprises préparées pour les festivités… ou de quelque chose de bien plus grave.

Et soudain, jaillissant du port, une frégate, toutes voiles dehors, fendit les eaux au milieu de la fumée et des flammes causées par l'explosion soudaine de barils de poudre. Elégante, fière comme un oiseau, elle alla rejoindre les escadres légitimistes, bientôt suivie par d'autres.

OUI ! OUI ! hurla Pietro. *Ils sont des nôtres !*

Il y eut un silence…

Puis ce fut le premier coup de canon.

Desponsamus te, mare, in signum veri perpetuique dominii.

Alors, une nouvelle tempête éclata.

CHANT XXIII

Les Falsificateurs

Sofia, jeune blanchisseuse de son état, tenait par la main son petit garçon de six ans ; tous deux se trouvaient à l'extrémité de la foule, sur les quais voisins de l'Arsenal, à l'endroit ultime où se prolongeait la fête. Ettore, son fils, dévorait une glace épanouie en volutes blanches et roses, qui paraissait presque aussi grande que sa tête. Il se pourléchait les babines en tournant sa glace en tous sens, pour essayer de rattraper les gouttes fondantes qui s'en échappaient et lui maculaient les doigts. A tout instant, la glace menaçait de basculer sur les pavés. Avec un grand sourire, Sofia, minaudant, salua le galant qui s'éloignait après avoir fait avec eux un bout de chemin. Puis elle considéra son fils et leva un sourcil, un peu agacée. Elle se pencha vers lui en soupirant.

— Ettore, je t'en prie ! Veux-tu faire attention !... Si tu la tiens comme ça, ta glace va tomber par t...

Un effroyable sifflement se fit soudain entendre au-dessus d'eux ; il fut presque aussitôt suivi d'un vacarme épouvantable. La première pensée de Sofia fut qu'il s'agissait d'un tremblement de terre. Elle fut projetée au sol, et protégea Ettore de son corps. A quelques mètres d'elle, la façade entière d'une villa sembla glisser sur elle-même. Elle s'effondra au milieu des cris, dans un déluge de pierres. Des nuages de poussière s'élevèrent tout autour de Sofia, et l'on entendit des quintes de toux. La jeune femme ouvrit un œil : au-delà du rideau de fumée, elle s'aperçut que la villa, désormais privée de sa façade, s'ouvrait sur deux étages. Le regard pouvait plonger directement sur l'intérieur d'appartements richement décorés. Au seuil de l'un d'entre eux, un vieillard hagard, sonné, s'approchait de l'ouverture donnant sur le vide, en articulant des paroles incompréhensibles.

Un boulet avait fusé depuis les canons du *Joyau de Corfou*, pour s'abattre ici dans une effroyable explosion.

La blanchisseuse considéra sa belle robe, souillée et déchirée. Elle s'assura qu'Ettore n'avait rien ; quant à elle, elle s'était légèrement blessée en tombant, et une entaille courait sur son front, d'où coulait un peu de sang. Un peu hébétée, elle regarda encore Ettore, et la glace éclaboussée sur le sol.

— M... *Mamma mia,* Ettore... Qu'est-ce que je t'avais dit !

Pietro, entre-temps, était revenu sur la place Saint-Marc. Derrière lui, le *Bucentaure* et la *Négronne* faisaient lourdement demi-tour, au milieu de la lagune, pour se mettre définitivement hors de portée d'éventuels tirs ennemis. Les myriades de bateaux qui les entouraient, dont les harmonieuses dispositions s'étaient vu soudain briser par toute cette agitation, pivotaient sur elles-mêmes, tentant de retrouver un semblant d'ordre ; cela n'allait pas sans mal. Les nefs se croisaient en tous sens, composant un tableau des plus chaotiques. Mais le principal danger était écarté et, tandis que, plus au large, les combats de la flotte continuaient de faire rage, Pietro se précipita en direction du palais. La population se pressait de toutes parts, ne comprenant toujours pas ce qui se passait, hésitant entre le rire et l'inquiétude, les applaudissements et la panique devant ce spectacle.

Pietro leva un œil en direction du Campanile ; les filins qui avaient servi au prétendu « Vol du Turc » avaient été tranchés. Les hommes de la *Quarantia* avaient fait leur travail. Lorsque, fendant la foule que repoussaient les autorités, il parvint à l'entrée principale du palais, il prit de plein fouet l'un des agents qui tentait d'établir avec ses confrères un cordon de sécurité, autant que cela était possible. Celui-ci se retourna, en sueur, prêt à embrocher le nouveau venu. « Ah ! C'est vous ! » Reconnaissant Viravolta, il le laissa passer.

On se battait au-delà des portes ; pourtant, les derniers Oiseaux de feu, postés en vigie sur les toits et les lames de plomb de la prison, s'étaient aperçus que la tentative d'assassinat de Loredan avait échoué, et que des bateaux sortaient sans cesse de l'Arsenal pour empêcher les galères et les frégates de la Chimère de pénétrer plus avant dans la lagune. La prise du port militaire s'était donc, elle aussi, soldée par un échec. La nouvelle s'était alors propagée dans ces lieux presque instantanément. Tout s'était joué comme prévu de manière simultanée, et avec une extraordinaire rapidité – mais certes pas à l'avantage des Stryges. Et tandis qu'au-dehors on continuait de repousser la foule, Pietro s'avança à l'intérieur de la cour. Ici, les escarmouches étaient acharnées. Si certains avaient baissé les bras et se rendaient, d'autres, portés par un sursaut de désespoir, glissaient encore sur les lames de plomb pour plonger à l'intérieur, leurs manteaux dansant dans le vent. On tirait l'épée auprès de la *Scala d'Oro* et sous les statues de Sansovino ; on se jetait dans les escaliers, tournant autour des piliers ; on bondissait de toutes parts, sur les balcons ; on martelait du talon les pavés gris et blancs ; on entendait le bruit des fers qui se croisaient, les cris des blessés, et de temps à autre la détonation de pistolets, qui répandaient autour d'eux de brefs nuages de poudre.

Pietro considéra un instant ce chaos, prit une inspiration fatiguée.

Sale journée.

Puis il se rassembla. A son tour, il tira résolument son épée.

Bon ! Je crois qu'il est temps d'en finir.

Au loin, dans la lagune, les combats entre les flottes ennemies eussent pu, en d'autres circonstances, évoquer un tableau de Canaletto, mâtiné du talent d'un Turner échappé de quelque obscure académie, et spécialisé dans les sujets militaires. Dans la fin du jour, les gros nuages blancs roulant sous le ciel, les bateaux aux voiles déployées, les étincelles de feu crachées par les canons, donnaient à cette étonnante représentation la dimension d'une apocalypse. A côté des galères, la silhouette élancée des frégates et des *sottili,* filant sur les eaux, virant de bord selon les manœuvres d'attaque et de défense des parties adverses, accentuait le sentiment de mouvement ininterrompu de l'ensemble. On pouvait, depuis le *Bucentaure* reculé dans la lagune, deviner la minuscule silhouette des combattants juchés sur les mâts, ou s'activant sur les ponts.

Le Doge avait regagné son trône, à la poupe du navire. A ses côtés, l'ambassadeur de France contemplait ces affrontements en roulant de gros yeux ; mais son sourire s'était figé. Il venait d'assister à tant d'événements consécutifs qu'il ne savait quel parti prendre, entre la frayeur et le soulagement. Il se tourna vers Loredan.

— Mais… Votre Altesse… Tout cela…

Le Doge, qui se remettait de ses émotions tandis que Pavi et l'équipage continuaient de faire manœuvrer le *Bucentaure*, grimaça sous le masque de plâtre de son visage. Il l'avait échappé belle.

— C'est… euh… une reconstitution.

— Ah oui ? demanda Pierre-François de Villedieu, mi-figue mi-raisin.

— Oui… Nous faisons cela chaque année… Une sorte de… (il se racla la gorge) de tradition, si l'on peut dire.

Le regard de l'ambassadeur allait et venait du Doge à l'embouchure de la lagune. Tout à coup, un gigantesque champignon noir monta vers le ciel. Dans un infini grincement, le *Joyau de Corfou*, touché aux flancs à plusieurs reprises, basculait. L'un de ses mâts avait volé en éclats. Des flammes s'élevaient à la proue, il prenait l'eau de toutes parts. Sa poupe ne tarda pas à se dresser vers le ciel. La galère était sur le point de couler, et des marins ennemis se jetaient à l'eau depuis le pont. Plus loin, voyant que la partie était perdue, la *Sainte-Marie* virait de bord sous le feu croisé des bâtiments de l'Arsenal ; ses voiles claquaient dans le couchant. Certaines frégates, seules, persistaient à se jeter encore dans la bataille. Mais les autres imitaient leur aînée et battaient en retraite. Pierre-François de Villedieu avait successivement perdu, puis retrouvé son sourire. Il regardait de nouveau le Doge.

— Mais… cela fait tellement vrai…, s'étonnait-il.

— N'est-ce pas…, dit le Doge, contrit.

L'ambassadeur poussa soudain un petit cri hystérique, en frappant dans ses mains avec frénésie. Le *Joyau de Corfou* venait de disparaître parmi les vagues, jetant sur le ciel des éclairs d'incendie.

— Oh ! Bravo ! Splendide ! Merveilleux !

Décidément, on s'amusait beaucoup à Venise, ces temps-ci.

— L'ennemi fuit ! L'ennemi fuit !

Sur ces mots, le soldat s'était précipité dans la cour du palais ducal. Il était suivi d'une nouvelle escouade de gens d'armes, rameutés des *Mercerie*. Il s'avança pour apercevoir Pietro Viravolta, qui se redressait ; il venait d'embrocher l'un des Stryges, qui se contorsionnait sur le sol dans son manteau encapuchonné. Pietro retira sa lame ensanglantée et regarda autour de lui.

Les Oiseaux de feu. Ils s'étaient répandus par les filins, avaient plu depuis les toits, volé sur les balcons. Maintenant, il n'en restait qu'une poignée. Pietro marcha au milieu de la cour jonchée de cadavres. Un homme se précipita sur lui. Il esquiva le premier coup, para une estocade, puis fléchit les genoux pour se fendre à son tour dans une attaque qui cueillit son adversaire en travers de la gorge. Quelques instants plus tard, il gravissait les marches de la *Scala d'Oro* ; d'autres corps étaient étendus sur les degrés de l'escalier, certains implorant assistance. Parvenu en haut, il s'aperçut qu'à sa droite l'un des Oiseaux, encerclé par les hommes de Pavi, écartait les bras pour lâcher son épée et se rendre. A sa gauche, retranché dans l'ombre, un autre, saisi de panique, s'efforçait de quitter son manteau, essayant de profiter de la confusion. Il releva les yeux lorsqu'il vit, tout près de lui, la pointe de Viravolta prête à l'aiguillonner.

Pietro sourit.

— Alors ? On change de camp ?

*   *
*

Par bonheur, les combats avaient été rares dans les étages supérieurs du palais. Il fut aisé de venir à bout des derniers Oiseaux qui s'étaient réfugiés dans la salle du Grand Conseil ou l'Anticollège. La tentative de l'ennemi de libérer les prisonniers des Plombs n'avait pas davantage porté ses fruits. Les Stryges venaient de comprendre que leur route s'arrêterait au seuil même de ces prisons, qu'ils ne tarderaient pas à rejoindre.

Lorsque Pietro sortit du palais avec les officiers victorieux de la *Criminale*, il tomba nez à nez avec une petite fille en jupette bleue.

Tout sourire, elle tendit vers lui sa boîte en carton.

— *Messer !*

La fillette était radieuse.

— Pour les petites écolières de la Sainte-Trinité...

Pietro sourit.

Par un effet des plus miraculeux, au-dehors, la fête et le Carnaval n'avaient pas cessé. Comme par enchantement, les Vénitiens n'avaient pas perdu une miette de leur allant. Malgré le bruit et la fureur, les combats s'étaient fondus dans la cohue générale – certains d'entre eux voilés au regard de la population, d'autres si évidents que l'on avait cru au canular. Rumeur que les autorités, souriantes, s'empressèrent de relayer abondamment. Le commandant en chef de l'Arsenal avait eu partie gagnée. Du côté des offices judiciaires du Rialto, qui avaient également été le théâtre de combats acharnés, les Stryges isolés finirent aussi par capituler. Honneur insigne, ce fut la Dame de Cœur qui, introduite dans les bureaux où s'étaient barricadés les partisans de von Maarken et de la Chimère, tendit la main pour récupérer le dernier pistolet appelé à cracher de la poudre ce jour-là.

En vérité, les festivités de la *Sensa* vénitienne et du Carnaval de l'an de grâce 1756 furent à nulles autres pareilles.

Sur le *Bucentaure*, l'ambassadeur se pencha à l'oreille du Doge :

— C'était extraordinaire !

Mais, se souvenant qu'il fallait aussi faire montre, parfois, d'un certain esprit critique :

— Un peu… pompier, toutefois.

Francesco Loredan sourit sans répondre. Il poussa un long, long soupir de soulagement.

Les Epousailles de la Mer étaient terminées.

CHANT XXIV

Le Puits des Géants

Six chevaux tiraient le carrosse d'Eckhart von Maarken, vigoureusement fouettés par un cocher, sur la route qui quittait Marghera. L'attelage était parti sitôt que le duc renégat y avait fait charger les quelques malles qui l'accompagnaient ; et maintenant, il était en fuite. Les yeux sombres, il regardait le paysage qui filait devant ses yeux. En quelques heures, son rêve fou s'était effondré. De temps en temps, l'Autrichien se prenait la tête entre les mains en s'efforçant de refréner l'effroi et la colère qui le gagnaient ; car ainsi, il se trouvait maintenant sur cette route qui l'éloignait pour toujours de la République de Venise : seul avec ses visions chimériques et le spectre vivace de sa relégation, cette mise au ban qui n'en finissait pas. Plus jamais il ne retrouverait ses biens, déjà en grande partie redistribués par Marie-Thérèse. Son honneur, encore moins. Les cris brefs et cinglants du cocher, les coups de fouet, le halètement des chevaux, la poussière qui montait en tourbillonnant autour de lui, tout cela tombait dans sa conscience comme des gouttes d'eau lointaines dans un puits sans fond, et il lui semblait qu'un suaire voilait toute réalité. Il se trouvait dans un cauchemar, et ce cauchemar sans doute ne l'avait pas quitté depuis le jour funeste de son premier bannissement. *Tout est perdu,* songeait-il. *Tout.*

Il serra les poings. Il était parti en hâte, comme il était venu : en conspirateur, en aristocrate déchu, sans autre cause que la sienne. Le Doge avait gagné. Il était vivant. Ottavio et Vicario éliminés. Les Oiseaux de feu, ces Stryges issus d'autres cauchemars, avaient rendu les armes. Seuls lui et la Chimère étaient parvenus à s'échapper. Ils devenaient un danger l'un pour l'autre – comme ils l'avaient toujours été, en réalité, songeait von Maarken. Tout cela, par la faute d'un seul homme, Eckhart en était convaincu : l'Orchidée Noire, Pietro Viravolta, que pour d'obscures raisons, *il Diavolo* avait choisi de laisser en vie quand il l'avait eu à sa merci, plutôt que d'en finir une fois pour toutes. Et peut-être tout avait-il basculé de ce jour.

Eckhart en fulminait encore.

Et maintenant ?

La fuite. La fuite en avant. Retourner en Autriche était impossible. Seule la prison l'y attendait. Il fuyait vers la France, où il avait quelques amitiés ; peut-être trouverait-il là-bas quelque protection, et les moyens de refaire surface. Tandis qu'il pensait cela, une rage folle, mêlée de désespoir, le gagnait. Des larmes venaient mourir au coin de ses yeux. Eh bien ! Ainsi, il était seul. Si seul. Mais il s'en sortirait, n'est-ce pas ? La première chose à faire était de se remettre à l'abri. Puis il reprendrait le fil de ce qui avait toujours été sa vie : il se battrait pour conserver les oripeaux de son honneur ancien, bafoué, ridiculisé, qui l'avait transformé en pantin. Il se battrait pour le peu qui lui restait. Duc, il était duc, ce n'était pas rien ! Jamais il ne s'était senti, à ce point, comme un apatride à qui l'on avait tout arraché, roi solitaire en exil.

Allons ! Je me sauverai.

Ce fut peut-être une vague intuition, en même temps qu'une sourde inquiétude, qui le poussa à se pencher, presque distraitement, par la fenêtre du carrosse, dans le sillage de l'attelage. Il fut ébloui un instant – à l'horizon de cette route bordée de cyprès, de lacs et de vallons, le soleil était au couchant. Il remarqua d'abord un petit point noir auquel il ne prêta guère attention. Mais à mesure que celui-ci se rapprochait, il plissa les yeux, intrigué.

Un homme à cheval le suivait, les cheveux au vent. Les pans de son manteau claquaient derrière lui. Il galopait à bride abattue. Les amples manches de sa chemise bouffaient sous l'effet de la vitesse. Il donnait de vigoureux coups de talons sur les flancs de sa monture.

Lui ! C'est lui !

Von Maarken jura entre ses dents.

Pietro Viravolta s'était lancé à sa poursuite et chevauchait à toute allure.

Dès qu'il avait eu vent de l'existence de la villa de Marghera, où les Oiseaux de feu avaient coutume de se retrouver après avoir quitté leur triste caveau de Mestre, Pietro s'était précipité sur place. Accompagné de quelques soldats et officiers de la *Criminale*, il espérait encore débusquer la Chimère et Eckhart von Maarken, dont on doutait qu'il s'agît d'une seule et même personne. Il s'était retrouvé devant un bâtiment flanqué de deux imposantes colonnes à l'antique, agrémenté de portes-fenêtres qui donnaient sur une entrée et des salons immenses, et surmonté d'un dôme de verre traversé de lumière ; mais, si des signes évidents attestaient d'une présence toute récente, comme ces costumes à capuchon que l'on avait trouvés abandonnés ici ou là sur le sol – souvenirs de lendemains de fête –, les lieux avaient été désertés... ou presque.

Un valet, visiblement simple d'esprit, qui avait aidé von Maarken à charger ses bagages, s'était tapi dans un recoin de la villa. Alors qu'il s'apprêtait à fuir à son tour, il avait été contraint, à l'approche des soldats de Venise, de revenir sur ses pas et de se terrer dans un sombre débarras, sous un escalier. Il n'avait pas été très difficile de le trouver, et de le faire parler. Pietro revoyait encore son doigt tremblant indiquer la direction dans laquelle von Maarken s'était enfui. Pietro s'était aussitôt remis en chasse.

Il avait distancé jusqu'aux soldats qui le suivaient.

Il chevauchait donc seul, duelliste égaré sur le chemin des songes, tandis que montaient les brumes du soir, à mesure de la disparition du soleil.

Pietro n'était plus qu'à un jet de flèche du carrosse qui s'enfuyait. Tout en continuant de talonner les flancs de sa monture, il extirpa un pistolet de sa ceinture. Il tentait d'ajuster le carrosse, mais il était encore trop loin, et tirer eût été vain. Son poing était tendu, et le pistolet devant lui faisait comme un prolongement de son bras.

Viravolta, encore !

Le duc rentra précipitamment la tête à l'intérieur du carrosse. C'était un nouveau choc. Il glissa le poignet sur son front, parcouru de sueurs froides. Il tenta de contrôler le tremblement qui le gagnait ; ses mains gantées se crispèrent ensuite sur la canne qu'il avait emmenée avec lui. Après quelques instants, il prit une inspiration et passa de nouveau la tête par la portière pour héler le cocher.

— Plus vite ! *Plus vite !*

Il dut retenir le bonnet noir qui recouvrait ses cheveux, de peur qu'il ne s'envole.

Le fouet et les brides claquèrent.

L'Orchidée Noire les suivait toujours, et se rapprochait.

— Plus vite, par tous les saints ! s'écria von Maarken.

Les cahots de la voiture ne cessaient de s'accentuer. Von Maarken en fut même déséquilibré à l'intérieur du carrosse, et à mesure que les roues paraissaient presque rebondir sur le sol, il était projeté à droite, puis à gauche sur la banquette. Ainsi ballotté, il dut refermer la main sur l'un des petits rideaux intérieurs, de couleur mauve, qui se trouvaient de part et d'autre de la portière. Il poussa un juron, et passa pour la troisième fois la tête au-dehors.

Cet homme qui le poursuivait, avec son manteau noir qui lui donnait des allures de chauve-souris, lui apparut soudain tel un démon ; curieux retournement que celui-là : les Stryges n'étaient plus du même côté.

Il regarda encore ce démon – oui, c'était maintenant un mythe, une légende qui le poursuivait.

Il galopait.

La poussière.

Les cahots.

— Plus *VITE !* hurla von Maarken, et le sang battait à ses tempes.

Son visage avait pris une teinte rouge.

Pietro se rapprocha encore. Il fut bientôt si près qu'il recevait les nuages de terre qui montaient depuis le carrosse ; et le bruit était ahurissant. Il lui semblait plus tumultueux et plus assourdissant encore que toutes les festivités de l'assaut carnavalesque auquel il avait assisté le jour même à Venise. Il remonta peu à peu le long du coin arrière gauche de l'attelage.

Il songea un instant à quelque acrobatie qui lui eût permis de s'élancer de son cheval pour atterrir par-dessus les roues, tout près de la portière. Prêt à tout, il faillit céder à cette impulsion. Il choisit finalement de donner encore du talon. Si bien qu'il passa le long de cette même portière, sans regarder le duc qui, de son côté, roulait des yeux effarés à voir ce diable glisser ainsi devant lui. Un instant, ils furent presque côte à côte : Pietro courbé en avant sur son cheval, les cheveux dansant toujours au vent, von Maarken et son visage congestionné, aux prunelles bleues agrandies comme des calots de porcelaine – ou de ces verres ronds de *cristallo* qu'autrefois Federico Spadetti concevait pour la Guilde des verriers de Murano.

Oui, Federico ! Toi, ton fils et sa Severina, et la robe de cristal. Je me souviens.

Alors Pietro visa le cocher et tira.

— NON ! hurla von Maarken.

L'homme écarta les bras, son chapeau s'envola, et sa mèche de cheveux étrangement rousse, agrémentée d'un ruban noir, s'agita à la manière d'une marionnette derrière sa nuque. Il s'affala en avant, sa veste grise trouée. Le corps sembla osciller un bref instant entre un passage poussiéreux sous l'attelage ou une chute du côté droit. Et par un tour bien singulier, il ne choisit ni l'une ni l'autre des solutions. Il resta là, mort tenant les rênes d'un véhicule chargeant vers d'autres morts. Image infernale : les chevaux fous, l'écume pleuvant de leurs mâchoires, les yeux allumés comme des torches, galopaient sans plus savoir où ils allaient, conduits par un cadavre.

Le funèbre équipage, emballé, avait contraint Pietro à s'en écarter momentanément. Sitôt qu'il fut de nouveau au plus près, il serra les dents…

Tu ne vas pas…

Sans réfléchir davantage, il prit position sur sa monture et s'élança.

Ses mains agrippèrent les cordes qui, sur le toit, retenaient encore les caisses brinquebalantes de von Maarken. Et voici qu'il se trouvait à présent à l'arrière du carrosse, les genoux repliés, son manteau claquant au vent, ses bottes calées contre les montants inférieurs, approchant dangereusement des roues lancées à toute allure. Von Maarken regarda de nouveau à l'extérieur et sa surprise redoubla. Le cheval de Viravolta galopait tout seul. Le duc se tordit le cou pour voir ce qui se passait derrière lui. Il devina la présence de l'Orchidée Noire aux pans de son manteau.

— Mais qu'il cesse ! *Qu'il s'arrête !*

Pietro venait d'assurer sa prise. Libérant une main,

en équilibre précaire, il attrapa son épée. D'un geste, il la retourna, de manière que le pommeau se retrouve dans la direction des roues de l'attelage. Il craignait de tomber à tout instant. Il faillit déraper, se rattrapa au dernier moment. Se penchant comme il put, il plongea le pommeau entre les arches et le moyeu. Il dut renoncer la première fois, des vibrations entrechoquées remontèrent jusque dans son épaule et manquèrent de lui faire lâcher prise. Puis, dans un cri, il réitéra sa tentative. Il y eut un craquement. Des éclats de bois volèrent en tous sens, tandis que la roue oscillait soudain sur elle-même, menaçant de quitter son logement. La main gantée de Pietro quitta la corde à laquelle il s'agrippait encore, et il bondit en arrière. Sa réception fut douloureuse ; il roula sur lui-même au milieu de la poussière. Haletant, il écarta une partie de son manteau, venue s'enrouler autour de son visage, et son regard se tourna vers l'attelage.

Vingt mètres plus loin, la roue se dévissa enfin. Le carrosse eut un dernier sursaut, puis sembla s'effondrer sur lui-même. Dans un mugissement du bois, il se renversa, creusant d'abord des sillons dans la terre sèche, avant de basculer pour de bon. Entraînés par ce poids, les chevaux dévièrent sur leur droite ; les caisses amoncelées sur le toit se renversèrent une à une. Une corde claqua. Et, dans un effrayant nuage, l'habitacle du carrosse acheva sa course à l'ombre d'un vallon.

Pietro se releva. Rien de cassé. Il se précipita au sommet du vallon.

Drôle de spectacle. En contrebas se trouvait une mare, dans laquelle ce qui restait du carrosse avait atterri. Les chevaux s'étaient carapatés ; un peu plus loin, le cadavre du cocher était étendu. Les caisses avaient dégorgé leur or et leurs étoffes. Quant à von Maarken, il était allongé, lui aussi. Ejecté de l'attelage au moment du plongeon. Sous sa robe, l'une de ses jambes décrivait un angle bizarre. L'autre reposait à demi dans l'eau du lac. Dans la boue, von Maarken était immobile, le visage maculé de sang. Il respirait bruyamment.

Pietro dévala la petite pente et s'approcha.

Le duc ne vit d'abord que la boucle de ses bottes, qui emplissaient tout son champ de vision. Papillonnant des yeux, il tenta de redresser la tête, ce qui lui arracha un gémissement de bête blessée.

> *« Comme un lézard sous le grand fouet*
> *Des jours caniculaires, changeant de haie,*
> *Semble un éclair s'il traverse la route,*
> *Tel apparut, avançant vers les ventres*
> *Des deux qui restaient là un serpenteau de feu,*
> *Livide et noir comme un grain de poivre. »*

— Cela vous dit quelque chose, von Maarken ? demanda Pietro. Le châtiment du Huitième Cercle. Pour les voleurs tels que vous, métamorphosés en serpents… Le Cercle des fraudeurs, des falsificateurs, des fauteurs de schisme et de discorde… Il semblerait que les châtiments aient enfin changé d'ascendants… N'est-ce pas ?

Il restait debout, sans se pencher vers le duc qui lui tendait la main.

— C'est fini, von Maarken, dit Viravolta.

Un pli amer sur les lèvres, le duc eut un pauvre rire, qui se mua en un gargouillis. Sa main retomba dans la boue.

— C'est ce que vous… croyez… Mais il en reste un…

Les traits de Pietro se durcirent. Cette fois, il s'agenouilla.

— *Il Diavolo*, c'est cela ? Qui est-il, von Maarken ? Qui est-il, si ce n'est vous ?

Nouveau gargouillis. Pietro observa ces yeux petits et froids, d'un bleu dur. Ces traits que déformait encore la haine. Ces quelques cheveux blancs balayés de sang. Von Maarken respirait de plus en plus difficilement.

— *C'est… C'est…*

Pietro s'approcha encore.

— Qui ? Mais qui donc ?

Le duc sourit.

— Ton pire cauchemar.

Il eut un dernier gargouillis, cette sorte de rire étranglé qui n'en était pas un, puis ses traits se crispèrent.

Alors, le duc Eckhart von Maarken rendit l'âme, et retourna à l'enfer.

Longtemps, Pietro resta là, debout au-dessus du cadavre. Le carrosse dans la mare au diable. La boue. Les caisses écartelées. Les morts, au milieu de ce paysage de désolation.

Pietro eut un nouveau soupir de lassitude. *Je suis vraiment, vraiment fatigué*, se dit-il.

Et Lucifer courait toujours.

*
*   *

Deux mille nobles se tenaient de nouveau dans la

splendide salle du Grand Conseil, et le Doge trônait tout au fond, sous le *Paradis* du Tintoret.

Quelques rangs, pourtant, s'étaient clairsemés. Ceux d'entre les aristocrates qui avaient eu le malheur d'apporter leur soutien aux Stryges, et dont l'identité avait été révélée, passaient maintenant à la question. Certains risquaient l'exécution publique. D'autres s'étaient glissés entre les mailles du filet et faisaient mine d'applaudir aujourd'hui les personnalités contre lesquelles ils complotaient hier. Mais à présent, l'important était de retrouver l'unité de la République, de la réaffirmer avec vigueur autour de la personne du Doge. C'était l'enjeu de cette cérémonie ; en même temps qu'elle visait à récompenser ceux qui, dans la récente et étonnante épreuve qu'avait endurée la Sérénissime, s'étaient illustrés par leur courage et leur dévouement. A cet égard, le grand absent de cette matinée était Ricardo Pavi, qui continuait de mener ses interrogatoires dans les antichambres des Plombs. Mais on l'avait déjà célébré comme un héros, sur le *Bucentaure* et la place Saint-Marc. La Dame de Cœur, victorieuse au Rialto, faisait fureur dans cette assemblée, et des volées de prétendants émoustillés se pressaient autour de son éventail. Le chef de l'Arsenal, portant haut ses décorations et sa mine altière, la main vissée sur une canne à pommeau d'or, se tenait droit et hautain non loin de Loredan. Noble et majestueuse, revenue de sa retraite de Castello, Anna Santamaria inspirait à tous le respect ; elle était encore vêtue de noir, mais personne n'ignorait les moments par lesquels elle était passée, ni le rôle terrible qu'avait joué Ottavio dans cette tentative avortée de coup d'Etat. On voyait en elle une victime autant qu'une princesse ; et on se réjouissait de ses amours retrouvées

avec Viravolta, cet agent des basses besognes que l'on
conspuait lui aussi la veille, au point de réclamer sa tête.
On s'effaçait devant Anna qui, dans son grand manteau
sombre, tendait sa main à tel ou tel, avant de rejoindre
son amant. Serré de près par son valet Landretto, Pietro
Viravolta savourait enfin ces instants de paix retrouvée.
Loredan s'apprêtait à parler, chacun regagna sa place.
Peu à peu, les rires et les discussions se turent. Seuls
devant le Doge se placèrent alors l'Orchidée Noire et
Anna Santamaria, la Dame de Cœur et le chef de l'Arsenal. Les nobles contemplaient maintenant cette ligne
étrange : deux agents de la République, un homme et
une femme, une veuve, un militaire accoutré comme à la
parade. Loredan eut un sourire, puis sans mot dire, fit un
signe. Entre deux hallebardiers, dans l'angle de la salle,
revint le petit page métis au turban bleu, portant avec lui
un coussin de velours. Loredan se leva, et se posta devant
le petit groupe, sans se départir de son sourire. Le page
vint se placer à son côté. Francesco lui fit un clin d'œil.
Il lui confia un instant la *bacheta*, son sceptre. La chose
était assez comique : ayant lui-même besoin de ses deux
mains pour tenir le coussin, le page dut glisser le sceptre
sous l'épaule, le pommeau étincelant dépassant au-
dessus de sa tête. Il ne put retenir un rire. Puis Loredan
se tourna vers le chef de l'Arsenal. La première médaille
fut pour lui, et s'ajouta à ses autres décorations. Il lui
prit les mains et lui dit quelques mots. La Dame de Cœur
et Anna Santamaria s'agenouillèrent en même temps…
et dans la salle, l'on frémit à voir ces deux beautés s'in-
cliner devant le Prince Sérénissime. Le Doge les releva.
A l'une et à l'autre, il donna une broche sertie de pierres
précieuses, qui figurait le lion ailé de Venise.

Enfin, il se planta devant Viravolta.

— Je me suis dit qu'une médaille ne suffirait pas, lui confia le Doge.

Alors, il chercha quelque chose sous son manteau rouge. Il en sortit une fleur.

Une orchidée noire, que Pietro prit dans un sourire.

— Vous voilà de nouveau parmi nous, souffla Loredan.

Puis il écarta les bras, les invitant tous à se retourner vers l'assemblée.

— Voici Venise ! dit-il.

Il reprit son sceptre auprès du page. D'une main ferme.

Pietro, Anna, la Dame de Cœur et le chef de l'Arsenal se retournèrent.

Un tonnerre d'applaudissements crépita d'un bout à l'autre de la salle, et le *Paradis* du Tintoret sembla descendre sur terre, tandis que quatre mille mains, relayées par des cris de joie et des bravos, frappaient à tout rompre sous les dorures du plafond.

*
* *

Autour de l'Orchidée Noire se tenaient Anna, qui avait passé son bras sous le sien, Landretto, la Dame de Cœur et quelques-uns de ses admirateurs.

— Eh bien, *Messer*, dit la Dame de Cœur, en considérant Viravolta d'un air intéressé. Que ferez-vous, maintenant qu'il n'y a plus d'oiseaux à chasser ?... Continuerez-vous au service de la République ? Ou partirez-vous vers de nouveaux horizons, à présent que votre chère liberté vous a été rendue ?

— Eh bien, c'est que…

— Sachez une chose en tout cas, mon ami, dit-elle sans attendre la réponse. Si jamais vous cherchez un guide vers de nouveaux rivages, je me tiendrai volontiers à votre disposition.

Le sourire d'Anna Santamaria disparut. Elle se hissa sur la pointe des pieds et dit à l'oreille de Pietro :

— *Si tu la regardes encore, je te tue.*

Viravolta retint un rire tandis qu'Anna, pincée, adressait à la Dame de Cœur un sourire forcé. Celle-ci rit à son tour, non sans insolence. Mais voyant que sa cause était sans espoir, elle se prit à considérer le garçon qui accompagnait l'Orchidée Noire.

— Et vous, jeune homme ?

— M… Moi ? demanda Landretto, surpris.

— Eh bien oui, vous ! dit-elle en faisant claquer son éventail. La chasse… Ça vous intéresse ?

Landretto sourit de toutes ses dents en ôtant son galurin. Il tenta de retrouver son assurance.

— C'est que…

Viravolta rit encore.

— Chère Dame de Cœur, vous avez trouvé plus qu'un valet : Landretto est un roi en plus d'un domaine, et sans lui, nous ne serions pas là, tous autant que nous sommes. N'est-ce pas, mon cher am…

Pietro s'interrompit lorsqu'il vit Ricardo Pavi pénétrer dans la salle. Ce fut sans doute sa mine sombre qui, parmi tous ces airs réjouis, attira son attention. Tout de noir vêtu, le chef de la *Criminale* – que l'on pressentait désormais pour succéder à Emilio Vindicati à la tête des Dix – se fraya lentement un chemin parmi les hôtes du palais en direction de l'Orchidée Noire. Arrivé à sa hauteur, il s'arrêta devant Pietro et l'entraîna plus loin, en posant une main sur son épaule. Pietro s'excusa un instant auprès d'Anna Santamaria et de l'aréopage qui les entourait.

Pavi lui parla alors sur un ton de confidence.

— Je reviens des Plombs, mon ami, dit-il. Je craignais de ne jamais parvenir à mes fins… Mais ce matin, l'un des Stryges que nous avions enfermés aux Puits s'est décidé à parler, après quatre heures passées sous la torture… Il a cédé. Il était sans doute l'un des rares à savoir, je le sentais… Pietro !

Il planta son regard dans celui de Viravolta.

— Je connais l'identité d'*il Diavolo*.

Pietro se crispa, son sourire s'en fut.

Tous deux restèrent ainsi quelques secondes, puis Pavi se pencha lentement à l'oreille de l'Orchidée Noire. Le chef de la *Criminale* prononça alors un nom, un seul, qui s'acheva dans un murmure. Le front de Viravolta blêmit. Sa tête pivota aussitôt vers Pavi. L'attitude de ce dernier balaya ses doutes. Alors, les différentes énigmes qu'il avait rencontrées sur son chemin s'emboîtèrent les unes dans les autres, à la manière d'un puzzle dessinant soudain une plus large révélation ; il porta une main à son visage, effaré. Le paysage était plus terrible encore que l'Orchidée Noire ne l'avait jamais imaginé. L'évidence lui sauta aux yeux, et il se maudit. Il envoya un regard à Anna Santamaria, qui cilla. Elle, tout comme Landretto, avait compris qu'il se passait quelque chose.

Il fallut un moment à Pietro pour se remettre de ces informations. Il fit signe à Pavi de l'attendre une minute, et se dirigea vers Anna.

— Qu'y a-t-il ? s'enquit-elle, inquiète.

Pietro serra les dents et rajusta son chapeau.

— Je crains qu'il ne me reste une mission à accomplir. Restez, je vous en prie. Ne vous occupez pas de moi. Je serai bientôt de retour.

— Mais…

Déjà, Pietro avait posé un baiser sur le front de la Veuve avant de s'en retourner. La Dame de Cœur leva son verre dans sa direction, en souriant.

— Sait-on où il se trouve à présent ? demanda Pietro à Pavi.

— Il a fui, lui aussi. Mais avec plus de succès que von Maarken… Et tiens-toi bien : d'après notre « informateur »… il serait aujourd'hui quelque part à Florence.

— Florence ?

Il fronça les sourcils.

— Eh bien… Je serai peut-être absent un peu plus longtemps que prévu.

De nouveau, il planta ses yeux dans ceux de Pavi.

Il Diavolo. Florence.

Evidemment.

La ville de Dante.

— Ricardo…

Pietro serra les dents.

— *Il est pour moi.*

*

*   *

Chochariel, des Chérubins de l'Abîme et de l'ordre de Python-Luzbel, était enfermé dans son puits, au rez-de-chaussée des Plombs. Il était malade et ensanglanté. On l'avait torturé. Sa poitrine lui faisait mal, il respirait avec difficulté. De temps en temps, il poussait un gémissement, qui se muait en quinte de toux. Il étouffait. Dans les *Pozzi*, l'obscurité était quasi complète. Il portait encore son déguisement des Stryges. Sa capuche et son manteau déchirés étaient chargés d'humidité. Et bientôt, l'*acqua alta* reviendrait. Il en frémissait d'avance. L'eau s'infiltrerait jusque dans son cachot, suinterait de toutes parts sur les parois de sa cellule, viendrait l'achever. Il mourrait ici, Chochariel en était convaincu. Il y mourrait. Mais la Chimère ne s'en sortirait pas non plus. Avec un morceau de charbon, ses doigts aux ongles pleins de sang crayonnaient des graffitis sur le mur plongé dans la nuit. Chochariel écrivait des mots invisibles et sans suite, des croix et des figures jaillies de sa folie. Il se recréait son paradis imaginaire, dans la nuit de l'enfer. *Les Géants ! Les Géants !* Tous, maintenant, étaient comme lui : les Oiseaux de feu, qui s'étaient rêvés Géants, seraient enchaînés à tout jamais. Et, d'une voix arrachée à sa démence, il répétait inlassablement :

— Voir le Paradis…

Comme on voit sur son enceinte ronde
Monterrigioni se couronner de tours,
Ainsi sur la crête qui entoure le puits
Se dressaient comme des tours, à moitié de leurs corps,
Les horribles géants que Jupiter menace
Encore du haut du ciel, chaque fois qu'il tonne.

— Le Paradis… Le Paradis… *Voir le Paradis…*
Ses mots répétés à l'infini se perdaient dans le silence.

Chochariel fut avalé par l'obscurité.

Neuvième cercle

Chant XXV

Les Traîtres

Un petit orchestre jouait sur la place San Lorenzo. Des badauds s'arrêtaient de temps à autre et l'écoutaient quelques minutes, puis retournaient à leurs occupations. La place était charmante ; elle avait gardé quelque chose de l'Age d'or florentin, et rappelait la férule de Côme l'Ancien, ce grand mécène des arts. Non loin, l'église Saint-Laurent, pur exemple de l'architecture Renaissance, pourtant dépouillée de tout ornement, laissait entrevoir çà et là sa belle structure de brique. On était ici dans la paroisse des Médicis ; de nombreuses chapelles, disséminées dans les bâtiments religieux voisins, décorées de marbres précieux et de pierres dures, abritaient les tombeaux des plus illustres personnages de la dynastie : mausolées sertis dans l'écrin de leurs allégories, figurant tantôt le Jour et la Nuit, tantôt le Crépuscule et l'Aurore, témoins altiers de la puissance séculaire de Florence. Dans le petit orchestre, Pietro Viravolta, au deuxième rang, faisait bruire son violon. Il avait pris un réel plaisir à renouer avec cet instrument. Ses compagnons de circonstance devaient parfois couvrir quelques-unes de ses fausses notes : mais avec un peu de pratique, il pourrait retrouver une partie de sa virtuosité d'antan. Pietro, le visage poudré, portait une perruque blanche. Sa veste claire passementée d'or laissait s'échapper de longues manches, qui dansaient avec les mouvements de ses mains. Tandis qu'il jouait ainsi, des images anciennes lui revenaient en mémoire ; par exemple lorsque, de retour à Venise après avoir servi brièvement dans les forces militaires, il s'était retrouvé dans la formation du San Samuele, à émailler les soirées nobiliaires de baroques envolées musicales ; ou lorsqu'il s'amusait à accompagner de son archet une représentation dans le théâtre voisin du quartier où il avait grandi.

Il faisait bon en cet après-midi de juin. Le ciel était d'un bleu limpide. Tout en continuant de jouer, Pietro observait les allées et venues sur la place ; et en particulier, l'homme à la barbe grise coupée court qui contournait l'orchestre pour s'approcher de lui.

Il n'attendit pas la fin du morceau pour se pencher à l'oreille de Viravolta et lui murmurer, malgré la musique :

— Vous voyez cet homme, là-bas ?...

A une vingtaine de mètres sur la place, se tenait un nain d'une certaine corpulence, vêtu d'une chemise blanche à collerette sous un veston rouge, avec pantalons bouffants et bottes sombres. Pietro acquiesça.

— *Suivez-le*... Discrètement. Le nain vous mènera à celui que vous cherchez.

Pietro plissa les yeux. Son regard gagna en intensité. Plus question de le lâcher, maintenant.

Il accompagna la fin du concerto d'une pluie de

pizzicati et, dans une dernière ponctuation, tirant l'archet d'un geste sans réplique, acheva le mouvement à l'unisson de l'orchestre.

*

* *

Pietro avait abandonné son violon et marchait à la suite du nain dans les rues de la ville. Florence. Deux siècles avant Jésus-Christ, la cité étrusque de Fiesole avait fondé une colonie, devenue Florentia à l'époque romaine, ville de garnison protégeant la via Flamina qui reliait Rome à l'Italie du Nord et à la Gaule. Au XIIe siècle, la ville avait accédé au statut de commerce libre, sous le contrôle de douze consuls et du Conseil des Cent. Un gouverneur – le *podestà* – avait remplacé le Conseil à la suite d'interminables querelles intestines. La ville avait toujours connu une vie politique agitée. Dante, lui, y était né en 1265. Issu d'une famille de petite noblesse, il avait aperçu pour la première fois l'amour de sa vie, Béatrice, dès 1274. Il la revit deux fois, sans jamais faire sa connaissance, ni même lui adresser la parole – et ce fut pour elle, pourtant, qu'il écrivit la *Vita nuova*, avant d'en faire un personnage central de la *Comédie*. Orphelin très jeune, il poursuivit ses études supérieures à Bologne, sous l'influence du philosophe Brunetto Latini et de nombreux poètes, comme Cavalcanti ou Cino da Pistoia. Il fut très vite impliqué dans l'agitation politique de son temps. A Florence, les guelfes nationalistes soutenaient le pouvoir temporel du pape, contre les gibelins, partisans de l'autorité du Saint Empire romain germanique. Une véritable guerre

civile avait éclaté. Dante, partisan des guelfes, participa
à la bataille de Campaldino en 1289, qui se solda par la
défaite des gibelins de Pise et d'Arezzo. Cette victoire ne
masquait pas pour autant les dissensions internes : les
guelfes blancs, plus modérés, prônant l'indépendance
tant face au pape qu'à l'empereur, s'opposaient aux
guelfes noirs extrémistes, pour qui le pape représentait
le seul pouvoir légitime.

Songeant à ces temps furieux tandis qu'il marchait en
direction de la place de la Seigneurie, Pietro ne pouvait
manquer de faire le rapprochement avec ce qu'il venait
de vivre à Venise. Une guerre civile – la chose eût-elle
vraiment été possible au cœur de la Sérénissime ? Sans
doute pas. Mais Dieu seul savait où une victoire des
Stryges eût pu conduire la destinée de la lagune. Un
coup d'Etat de plus et la face du monde en eût été
changée. On avait toujours tort de prendre pour acquis
les équilibres existants ; ils ne tenaient parfois qu'à un
fil. Un fil sur lequel l'Orchidée Noire, en l'espace de
quelques semaines, avait dansé.

Tandis qu'il avançait dans les rues florentines, Pietro
avait le sentiment que l'ombre du poète marchait à ses
côtés. Dante avait épousé Gemma Donati, d'une haute
famille de la ville, et soutenait les guelfes blancs. Ici,
il avait occupé des fonctions administratives et diplomatiques. Les tensions n'avaient cessé de croître. Après
l'exil momentané des deux chefs de faction rivaux, les
Noirs étaient revenus pour prendre le pouvoir en 1302,
avec le soutien du pape Boniface VIII. Dante avait dû
s'exiler à son tour. Il vécut à Vérone, à Paris. Dans le
même temps, son opinion changea : pensant qu'un
empereur éclairé pourrait construire une union euro-

péenne qui éviterait les guerres et les conflits, il épousa la cause des gibelins, exhortant les princes italiens à reconnaître l'autorité d'Henri VII de Luxembourg, qui avait récemment accédé au trône impérial. Mais la mort prématurée d'Henri ruina tous les espoirs du poète. En 1316, le Conseil de la cité autorisa Dante à regagner sa ville natale. Il refusa. Il ne reviendrait pas tant que sa dignité et son honneur ne lui seraient pas rendus. Ainsi acheva-t-il sa vie à Ravenne, où il mourut en 1321. Il avait commencé la *Commedia* au début de son exil, pour la terminer peu avant sa mort.

Passant *piazza del Duomo*, Viravolta s'était quelques instants abîmé en contemplation à l'ombre de la cathédrale, puis, sur la place voisine, devant les trois célèbres portes en bronze doré du baptistère. L'une d'elles, *Le Paradis*, lui rappela encore que la *Comédie* n'avait reçu son épithète de « divine » qu'après la mort de son auteur, dans l'édition de 1555.

Parce qu'elle se terminait bien, sans doute. Dans l'éblouissante vision de Dieu.

Et, s'il avait sauvé Venise, Viravolta était toujours en chasse de son mystérieux Lucifer, *il Diavolo*, échappé des souvenirs dantesques. Il n'avait aucune certitude quant à l'issue de cette confrontation ultime. Rien ne disait que sa propre Comédie se terminerait sous des auspices de béatitude. Il redoutait profondément de ne pas rencontrer, pour sa part, la fulgurance ineffable de Dieu – car son parcours à lui s'achevait au Neuvième Cercle de l'Enfer. Sans doute Venise en était-elle au seuil de son Purgatoire ; sans doute Pietro ne trouverait-il son Paradis qu'en rejoignant Anna Santamaria, sa Béatrice, autant dire en sortant vivant de cette ville.

Le nain tourna à l'angle de la rue pour déboucher sur la place de la Seigneurie.

Pietro accéléra le pas, se souvenant de chacune des étapes de son voyage dans les méandres labyrinthiques des fantasmes de la Chimère.

Premier Cercle : Marcello Torretone – PAGANISME
Deuxième Cercle : Cosimo Caffelli – LUXURE
Troisième Cercle : Federico Spadetti – GOURMANDISE
Quatrième Cercle : Luciana Saliestri – PRODIGALITÉ ET CUPIDITÉ
Cinquième Cercle : Emilio Vindicati – COLÈRE
Sixième Cercle : Giovanni Campioni – HÉRÉSIE
Septième Cercle : Andreas Vicario – VIOLENCE
Huitième Cercle : Francesco Loredan (Attentat manqué)/ Eckhart von Maarken – FRAUDE, SCHISME ET DIS- CORDE
Neuvième Cercle :… TRAHISON

Après la mort de Dante, la vie florentine avait connu d'autres tragédies. Si le gouvernement avait commencé de se démocratiser, Florence se transformant peu à peu en république commerçante, la grande peste de 1348 avait décimé d'un coup la moitié de la population. Les Médicis, puissante famille de banquiers, avaient ensuite consolidé leur emprise sur la cité ; Côme de Médicis s'était entouré des plus grands artistes de son temps, Donatello, Brunelleschi, Fra Angelico. A la tête du grand-duché de Toscane dont Florence était la capitale, Laurent fut pour sa part le protecteur de Botticelli, Léonard de Vinci et Michel-Ange. Mais alors que la ville florissait, le moine dominicain fanatique Savonarole y instaura une république puritaine. Il eut le bon goût de périr sur le bûcher avant la restauration du pouvoir des Médicis, soutenus par les troupes pontificales et celles, espagnoles, de Charles Quint. Les Médicis avaient régné deux siècles encore ; et, quelques années après la naissance de Viravolta à Venise, le grand-duché de Toscane était passé à la maison de Lorraine.

La Chimère espérait sans doute y trouver un abri – au moins provisoire.

La place de la Seigneurie, hérissée de tours, était chère au cœur des Florentins. Forum de la vie politique, elle donnait sur le célébrissime *Palazzo Vecchio*, magnifiquement redécoré par Vasari, et qui faisait office d'hôtel de ville depuis plusieurs siècles. La tour caractéristique dont il était flanqué faisait partie des symboles de la cité. Plus d'une fois, Dante avait dû songer à cette place avec émotion. En son milieu, un curieux espace avait été aménagé. La trame d'un échiquier blanc et noir était dessinée sur le sol. De part et d'autre, deux trônes se faisaient face. D'ordinaire, cet endroit devait servir à des parties d'échecs bien particulières : des échecs humains, où les pions étaient joués par des Florentins de chair et d'os. Une façon plaisante de s'amuser au cœur de la ville. Dans l'intervalle de ces joutes inattendues, on substituait aux participants des pièces de bois légères, à taille humaine. Un peu plus loin, le nain s'était arrêté. Il était en grande conversation avec un clerc dégingandé, les mains réunies sur sa robe, qui opinait du chef de temps à autre en répondant aux apostrophes de son petit compagnon. Pietro passa derrière la Tour, puis le Fou, continuant de les observer à bonne distance. Enfin, dodelinant de la tête, le nain salua le prêtre et tourna les talons, poursuivant sa marche. Pietro se glissa au milieu de l'échiquier, manquant de renverser l'un des pions, et s'excusant d'un sourire auprès de la Reine abandonnée là.

Puis il poursuivit sa filature. Le nain venait de s'engager sous la *loggia*, la galerie de plein air. Pietro lui emboîta le pas, saluant au passage le *Persée* de Benvenuto Cellini, et les autres statues qui, en leur vibrante austérité, semblaient le surveiller lui-même, assister à sa secrète poursuite. A l'angle de la *loggia*, le nain disparut. Pietro pressa le pas. Il l'aperçut à nouveau, plus à l'ouest de la cité, longeant le fleuve. Il semblait à Pietro que le nain faisait de grands détours, sans pour autant revenir sur ses pas ; peut-être en avait-il reçu la consigne. Et sa marche était émaillée de diverses rencontres ; le prêtre qu'il avait croisé place de la Seigneurie, un simple marchand de légumes sur la rive de l'Arno, et à présent un homme aux allures de patricien. Sur le Ponte Vecchio, il s'arrêta une nouvelle fois, contemplant avec fascination les bijoux qui se trouvaient exposés aux étals des orfèvres. Pietro stationna à l'angle du pont, derrière les chalands. Puis il reprit sa route dès que le nain fit de même.

Il leur fallut encore une demi-heure avant qu'ils ne parvinssent au terme de leur parcours ; au point que Pietro, qui commençait à se lasser, craignait d'avoir été égaré par de fausses informations.

Le soleil était au couchant.

L'église Santa Maria Novella se dressait devant lui, dans la lumière du soir.

Le nain s'engouffra à l'intérieur, franchit les doubles portes surmontées de leur rosace, qui évoquait le style gothique, et du chapiteau gréco-romain ; curieuse alliance qui faisait le cachet et le caractère unique de la basilique. Il resta quelques instants devant cette façade irisée de lumière, en marbre marqueté blanc et noir, qui semblait encore porter la griffe lapidaire d'Alberti. Autrefois vieille église délabrée, concédée aux Domini-cains lorsqu'ils s'installèrent dans le faubourg, Santa Maria Novella rivalisait aujourd'hui de faste et de beauté avec la cathédrale. Elle avait reçu la visite des papes ; un concile s'y était même tenu, lorsque l'on tenta, en vain, d'unir les Eglises d'Orient et d'Occident.

Debout sur le parvis, Pietro écarta le pan de son manteau, laissa sa main courir sur le pommeau de son épée.

Il prit une profonde inspiration et avança.

Loin au-dessus de Santa Maria Novella, des nuages s'amoncelèrent dans le ciel.

Pietro repoussa les portes, de part et d'autre. Elles grincèrent.

De nouveau, il ne bougea plus.

Il mit quelques secondes à s'habituer à l'obscu-rité. Tout au fond, au bout du transept, se trouvait un homme. Le nain était à ses côtés et lui chuchotait quelque chose. Sur un signe de l'homme, le nain, qui venait de se tourner vers Pietro, opina du chef et s'en fut dans l'ombre.

Il Diavolo se retourna à son tour et resta immobile, raide.

La silhouette de l'Orchidée Noire se détachait à contre-jour, dans l'embrasure de la porte. Sa main n'avait pas quitté le pommeau de son épée.

Les deux hommes se turent quelques secondes, puis la voix de Pietro résonna dans la basilique.

— Pourquoi ?

Un nouveau silence se prolongea, interminable.

Pietro réitéra sa question.

— Emilio… Pourquoi ?

CHANT XXVI

Lucifer

J'ai été ce que vous êtes, vous serez ce que je suis. Telle était la sentence inscrite au-dessus du squelette qui figurait sur la *Trinité* de Masaccio – sans doute la première grande œuvre à avoir appliqué les principes de la perspective. Si Emilio fût passé devant elle, dans la troisième travée du bas-côté gauche de l'église, voilà qui eût composé un effet de profondeur des plus saisissants : on imaginait sans mal *il Diavolo* perché au-dessus de cette Vanité grimaçante, échappé de cette fresque et déflorant à lui seul cette sainte image, arrachée au plus profond des écrins de ténèbres.

— Pourquoi, Emilio ? dit Pietro en s'avançant entre les piliers du transept.

Vindicati sourit. Il dit :

> « *Vexilla regis prodeunt inferni,*
> *Vers nous : regarde devant toi »,*
> *Me dit mon maître, « si tu le discernes. »*

Pietro avançait lentement dans le transept, entre les piliers. Ce fut lui qui continua :

> « *Et voici le lieu où il convient de s'armer de courage.* »
> *Comme je devine alors, glacé, sans force,*
> *Ne le demande pas, lecteur, et ne l'écris pas,*
> *Car toute parole serait trop peu.*

Il continuait d'avancer.

> *Je ne mourus pas, et ne restai pas vivant ;*
> *Juge par toi-même, si tu as fleur d'intelligence*
> *Ce que je devins, sans mort et sans vie.*
> *Là l'empereur du règne de douleur*
> *Sortait à mi-poitrine de la glace…*

Enfin Pietro s'arrêta.

Vindicati se tenait en haut des marches du maître-autel, Pietro à quelques mètres, légèrement en contrebas.

— Lucifer, dit Vindicati dans un sourire.

Il écarta les bras, à la manière d'un maître de céré-monie.

— Bienvenue en l'église Sainte-Marie de la Vigne. Sais-tu que son nom venait de là ? La Novella a rem-placé jadis l'ancien oratoire de Santa Maria delle Vigne. J'ai grandi à Venise, Pietro… Mais c'est ici que je suis né. A Florence, dans la patrie de mes grands inspirateurs, Dante et les Médicis… Mais tu l'avais oublié, sans doute. Et voici que nous nous retrouvons, dans une basilique, mon ami, un peu comme nous nous sommes quittés…

En la maison de Dieu, tu rencontres Lucifer. La chose est assez savoureuse, n'est-ce pas ? Je vois en tout cas que Féodor t'a amené jusqu'ici sans difficultés...

Pietro entendit un grincement derrière lui. Il se retourna. Au fond, le dénommé Féodor fermait les grandes portes de Santa Maria Novella. Il baissa les poutres de bois dans un bruit sourd, et fit jouer deux crochets de métal.

Pietro haussa un sourcil. Puis il revint à Emilio.

— J'ai cru en toi, Emilio. Ce soir-là, à San Marco, j'ai...

— Ah, Pietro ! Tu m'as fait passer des moments si plaisants. Du jour où je t'ai sorti des Plombs, je savais que tu serais aveugle, forcément aveugle... Jusqu'à ce moment où tu as cru me voir mourir. L'un de mes Stryges a su jouer le rôle de Lucifer, tandis que je faisais mine d'agoniser sous tes yeux... Mais ils n'ont jamais retrouvé mon corps, Pietro. Et toi, toi qui fonçais de-ci, de-là, sans jamais t'arrêter ! Tu as forcé mon admiration. Tu étais – tu *es* – bel et bien le meilleur. Je le savais... Je l'ai toujours su. Cela rend ma défaite moins amère. Tu as été mon plus grand tour de force, et ma plus grande erreur. Et moi, je fus ton guide, ton Virgile aux enfers, et ton Diable vénitien. Les deux faces d'une même pièce. N'as-tu jamais pensé que Virgile, entraînant Dante dans les méandres de son âme, pouvait n'être autre qu'un aspect de Lucifer, le mal gisant dans sa propre conscience ? Virgile ne sauve-t-il pas le poète en lui montrant tous les péchés du monde ?

— Mais ce soir-là, Emilio, ce soir à San Marco... Pourquoi ne m'as-tu pas tué ?

— Un témoin, Pietro ! Il me fallait un témoin ocu-

laire, direct, de ma propre mort… Quelle plus belle
ironie que de te choisir, toi ? Mon plan se déroulait
à merveille. Et te voici au bout de ton voyage, Pietro
Viravolta de Lansalt, toi que nous baptisâmes ensemble
l'Orchidée Noire… Au dernier Cercle. Tu l'as deviné,
n'est-ce pas ? Celui du Neuvième Cercle, Pietro…
C'était toi. Qui, mieux que toi, pouvait servir mon
jeu, et être l'instrument privilégié de mes coups de
dé ? L'Orchidée Noire ! Déjà une légende ! A toi seul,
tu les comptais toutes, ces fautes grâce auxquelles j'ai
construit ma petite charade : athée, luxurieux, adultérin
à répétition, gourmand, joueur, charlatan, impulsif,
menteur, libertin, la liste ne saurait même s'arrêter là !
Imagine combien il m'était doux de vaincre une Venise
décadente en me jouant de celui qui en était le plus
parfait emblème ! Oui, Pietro, *toi* ! Ah, quel plaisir, en
vérité. Je savais tout de toi, et des autres : les Dix et
la *Quarantia* marchaient main dans la main, et j'avais
pour seule activité de me renseigner sur tous, avec la
bénédiction de Loredan et des Conseils ! Marcello était
fiché, et le prêtre de San Giorgio, et Campioni, Luciana,
l'astrologue Fregolo, tous des pions, comme toi… Je
faisais surveiller sans aucun mal chacun de vos faits
et gestes… Trois capitaines de l'Arsenal étaient vissés
par la terreur ; Vicario tenait avec moi les corporations.
Oui, nous avions toutes les cartes en main.

Pietro hocha la tête. Il y avait des lueurs de folie dans
le regard de Vindicati.

— Et tu as pensé pouvoir renverser Loredan…

Vindicati eut un sourire narquois.

— Pietro, je t'en prie… Ouvre les yeux ! Venant de
toi, que la République a conduit aux Plombs et pro-

mettait au pire, la chose est plaisante ! Tu as vu ce Carnaval – voilà ce que nous sommes devenus ! Des pantins de carnaval, dirigés et manipulés par des institutions fantoches ! Et moi, j'étais roi de l'une d'entre elles. Les Dix, Pietro... les Ténébreux. La pire et la meilleure de toutes. Mais considère un instant le spectacle que Venise offre aujourd'hui à la face du monde ! Une cité factice, au bord de l'engloutissement, où tout n'est plus que cacophonie, corruption, dissimulation, tractations secrètes, intrigues du *Broglio*... Nous avons ruiné l'égalité entre les aristocrates, et en refusant d'asseoir notre nécessaire autorité, nous avons favorisé une autre sorte de despotisme, celui du Sénat, dépositaire de tous les pouvoirs, et dont il n'est jamais rien sorti de grand !

— Ma parole, mais tu crois encore à tes sornettes...

— Je te croyais hostile aux prébendes, Pietro ; je te croyais l'ami de la concorde et de la puissance de Venise, malgré tout... Mais crois-moi, moi qui ai assumé en secret ou à visage découvert les œuvres les plus viles de la République, moi qui n'ai cessé de côtoyer ces politiciens véreux, ces espions, ces étrangers avides de boire notre sang, ces brigands, ces corporations si promptes à se mettre à la solde de nos ennemis de toujours, ces ladres et ces filles de joie que je condamnais quotidiennement à croupir au fond de nos cachots ! Sais-tu ce que c'est, que de patauger sans cesse dans le marais le plus noir du cœur humain, de se noyer chaque jour dans la fange du meurtre, des délations, de la bassesse, de la médiocrité, jusqu'à l'écœurement, jusqu'à se vomir soi-même ? Nous n'avions d'autre solution que la brutalité et la répression, pour endiguer la décadence. Il en est ainsi des anciens Empires qui n'en finissent plus de mourir. C'est fatal. Il fallait réagir.

— Réagir ? En organisant meurtre sur meurtre ?

— Mais tout cela n'était qu'une goutte dans l'océan ! Nos institutions, Pietro : la clé était dans nos institutions. Cela, ton ami Giovanni Campioni l'avait compris ; malheureusement, il avait choisi le mauvais camp. Regarde ces offices dont les têtes tournent chaque semaine, comme des toupies ! Regarde ces procédures absurdes, qui nous font inlassablement changer de dirigeants, des pantins eux-mêmes, sans autre talent que celui des mesquineries et des coups bas ! Une termitière ! Nous étions assis sur des barils de poudre, et dirigés par des sommets d'incompétence ! Le gouvernement politique de Venise tourne tous les six mois, au gré du vent, Pietro, et pendant ce temps nous avons perdu notre lustre, nos colonies et tous nos espoirs. Pas un seul de nos chers magistrats ne peut tenir une ligne cohérente ; et il n'y a pas un patricien, parmi ces corbeaux ignorants et décatis, pour empêcher la République de vieillir et de se perdre dans le vice, la licence et l'oubli du bien public. Campioni ne disait-il pas lui-même qu'il était impossible de faire entendre sa voix ? Les intérêts privés l'ont emporté sur tout, je n'ai cherché qu'à avoir raison de cette gangrène. Je n'ai voulu qu'accélérer cette décomposition, pour nous offrir une autre chance. Oui, Pietro, crois-le bien : je n'ai fait tout cela que pour le bien de Venise ! Les Turcs sont endormis, mais le danger demeure. L'Espagne nous menace en permanence, et son alliance avec les papes nous mène depuis des années à la camisole ! Où que nous nous tournions, il était urgent de trouver des… des alternatives.

— Des alternatives… comme von Maarken ! Laisse-moi rire ! En signant un traité absurde avec un duc sans couronne, condamné par son propre pays !

Emilio eut une exclamation de mépris.

— Von Maarken et son rêve autrichien ont servi mes fins ; mais lui aussi n'était qu'un pantin ! Il est tombé dans les filets que je lui tendais, et j'ai utilisé sa folie jusqu'à ce qu'il s'y empêtre et se condamne lui-même. J'ai appris que tu l'avais tué, Pietro. En cela, tu n'as fait qu'accomplir ce que j'avais prévu pour lui. Mais abandonner le verrou de la mer à une autre puissance ? Comment pouvait-il un instant imaginer que je m'associais à ses délires de gloire impossible ? Seulement, j'avais besoin de lui, de ses hommes et de ses concours financiers.

— Tu es complètement fou, dit Pietro. Tu n'es rien d'autre que ce que tu prétendais combattre : un illuminé. Un fou dangereux.

Vindicati sourit encore et s'arrêta.

— Ah… quel dommage.

Ses bras retombèrent le long de son corps. Puis il redressa le menton.

* * *

— J'imagine donc que le moment de vérité est arrivé ?

— Je l'imagine, en effet.

Pietro tira l'épée, dans un chuintement de métal.

— Eh bien…, dit Vindicati. Finissons-en.

Une cape noire, brodée de fils d'argent, lui recouvrait les épaules. Il s'en défit d'un geste et la cape tomba derrière lui, au pied de l'autel. A son tour, il tira lentement l'arme qui pendait à son flanc.

Pietro s'avança.

Il ignorait qu'entre-temps le nain Féodor s'était dissimulé derrière l'un des piliers, dans la pénombre. Il s'y trouvait accroché, telle une araignée, à un mètre cinquante du sol. Lorsque Pietro parvint à sa hauteur, il sortit de sa cachette et bondit.

Vindicati sourit.

Pietro, surpris, reçut le poids de son adversaire de plein fouet. Déséquilibré, il bascula avec lui entre les travées. Féodor, se battant comme un diable, levait maintenant une dague au-dessus de lui. Il avait une force herculéenne, que sa taille ne laissait pas présager. Pietro poussa un cri de douleur lorsqu'il sentit la lame du poignard lui entailler profondément le bras, après avoir réussi à la dévier de son visage. Féodor n'avait pas dit son dernier mot ; de nouveau, le dard étincelant dansait au-dessus des yeux de Viravolta. Il sentait le souffle du nain contre lui, halètements ponctués d'exclamations rageuses. Son énergie décuplée par la douleur, Pietro parvint à remonter les genoux et à détendre violemment les jambes pour repousser Féodor loin de lui. Celui-ci fut éjecté des travées ; avec la souplesse d'un chat, il se remit d'aplomb et se ramassa sur lui-même, les yeux brillants, le poing toujours fermé sur sa dague. Le sang coulait du bras de Pietro ; sa chute lui avait abîmé l'épaule, du côté où il tenait l'épée ; il avait dû lâcher son arme, qui traînait un peu plus loin entre deux bancs de bois noir. Sa main tâtonnait à son flanc.

Furieusement, Féodor bondit à nouveau.

Il comprit trop tard. Pietro avait levé le bras vers lui, et Féodor vit un éclair. Une détonation résonna sous les voûtes ; Féodor fut de nouveau projeté en arrière. Il se retrouva au sol, se contorsionna brièvement, les mains crispées sur son ventre. Puis il roula une dernière fois sur lui-même, ses muscles se tendirent dans un spasme, et il se tut.

Le bras de Pietro, veste et chemise déchirées, était toujours tendu devant lui. Féodor gisait dans son vêtement rouge, la collerette en bataille, remontée contre ses lèvres. Lentement, Pietro se releva. Il laissa le pistolet tomber devant lui, sur le sol.

Vindicati n'avait pas bougé.

Pietro récupéra son épée entre les bancs de bois, puis revint au centre du transept. Essoufflé, il retint une grimace de douleur. Son bras lui faisait mal.

— Traître, dit-il à l'adresse d'Emilio. Tous les moyens sont bons, n'est-ce pas ?

Vindicati eut un rire bref.

Il descendit les marches de l'autel.

Cette fois, les deux hommes se mirent en garde ensemble, face à face.

— Te souviens-tu, Pietro ? En d'autres temps, nous croisions déjà le fer tous les deux… pour nous amuser, à l'époque.

— Ce temps est révolu.

Ils assuraient leurs appuis, Pietro sur le qui-vive, Vindicati le geste ample, l'un et l'autre se tournant autour.

— Peut-être aurais-je dû t'enrôler parmi les miens, Pietro. Il est encore temps… Pourquoi ne pas me rejoindre ?

— Tu savais que c'était sans espoir, Emilio. Tu as cherché à te servir de moi. Et aujourd'hui, tu n'es plus rien. Nous sommes ici, tous les deux. Et le monde entier se moque de ce qui peut nous arriver.

Ils firent silence.

Le bruit du fer retentissait dans Santa Maria Novella. Vindicati n'avait rien perdu de ses talents ; lui-même ancien maître d'escrime, il avait par le passé contribué à la formation de Pietro, lorsqu'il l'avait recruté comme agent de la Sérénissime. Entre l'ancien mentor et l'Orchidée Noire, une relation de filiation s'était construite. De cela il ne restait rien, sinon ce duel à mort. Les deux hommes tantôt avançaient, tantôt reculaient dans le transept, au rythme de leurs assauts réciproques, en poussant des exclamations. Ils paraient, se fendaient d'un trait, contre-attaquaient, portaient estocade sur estocade. Les lames sifflaient comme des serpents, s'entrechoquaient brièvement ou glissaient l'une sur l'autre de la pointe au pommeau. Mais chaque coup qui lui était porté faisait remonter une douleur aiguë dans le bras de Pietro, qui venait exploser dans son crâne. Il savait qu'il ne pourrait tenir longtemps à ce rythme. Dans un sursaut, il parvint à repousser Vindicati au milieu des travées, dans l'aile droite de la nef. La Chimère faillit trébucher parmi les bancs ; Pietro y vit le moment d'en finir. Mais Vindicati retrouva son équilibre. Le combat était encore incertain. Plutôt que de charger de nouveau, Emilio recula dans les travées, vers l'obscurité. Soudain, il se retourna dans un rire et disparut derrière un pilier.

Pietro était en sueur. Il entendait le souffle de sa respiration. Son cœur battait la chamade. Le silence était retombé autour de lui ; Vindicati était invisible.

Le regard rivé sur l'endroit où la Chimère s'était évanouie, Pietro se fraya un chemin avec précaution parmi les travées, prenant garde à ne pas trébucher à son tour. Il plissa les yeux en parvenant de l'autre côté des bancs. Derrière le pilier s'ouvrait l'une des petites chapelles qui encadraient la Chapelle Majeure, éclairée d'une volée de cierges. Une fresque de Giotto, qui évoquait une scène religieuse, s'épanouissait derrière les flammes dansantes. Pietro avança encore.

Mais où es-tu ? Vas-tu te montrer ?

Il se retourna soudain, craignant d'être assailli par-derrière.

Personne.

Vindicati réapparut brusquement, comme un fantôme. Il poussa un grand cri. Pietro évita son épée de justesse. Il réagit aussitôt et crut trouver la brèche, décidé à ruiner une fois pour toutes l'ascendant qu'avait sur lui son adversaire. Il frappa fort ; Vindicati l'étonna par sa rapidité, esquivant le coup à son tour. La lame de Pietro se fracassa contre la pierre. Une effroyable décharge remonta le long de son bras, qui vibra tout entier, tandis que son épée, n'ayant réussi qu'à ébrécher le mur, se brisait net. Pietro se retrouva avec le pommeau en main, et quelques centimètres d'acier seulement, au moment où Vindicati se redressait. Dans un sursaut, Pietro accompagna le pommeau de son poing pour l'envoyer au visage de son adversaire. Bien lui en prit, car ce dernier était maintenant à découvert. Sonné, Emilio recula de quelques pas et, revenu non loin du maître-autel, bascula sur les marches en lâchant son arme à son tour.

Ce dernier effort avait coûté cher à Pietro. Il lui sem-

blait que son bras n'était plus qu'une plaie béante. Ce
qui restait de son épée chut sur le sol. Il se précipita
pour attraper celle d'Emilio. Celui-ci reculait près de
l'autel. Rageur, il avisa l'un des grands cierges de la
Chapelle Majeure, que soutenait un haut pied de bronze
doré. Il y donna un coup de talon, faisant voler le cierge,
et se saisit du lourd instrument. Il le tenait maintenant
à deux mains. Son allonge était plus importante, devant
un Pietro fatigué et blessé ; mais il lui était plus difficile
de se mouvoir. Ils contournèrent l'autel, le combat se
prolongea dans le bas-côté gauche de l'église. De nouveau, les deux hommes se jaugèrent, hésitant à prendre
l'initiative du premier coup. Pietro tenta une extension,
sa main tremblait. Il ne fit que se perdre dans le vide.
Il en allait tout autant de Vindicati, qui s'évertuait à
balayer l'espace de son manche de bronze, pour tenir
Pietro à distance. Il se passa ainsi plusieurs secondes,
durant lesquelles Pietro et son adversaire brassèrent le
vent. Non loin, les flammes du cierge que Vindicati avait
renversé léchaient l'une des tentures pourpres qui encadraient l'autel. Soudain, le tissu s'embrasa tout entier.
Le feu menaçait maintenant de se propager dans l'ab-
side.

Ce fut alors que, réunissant ses forces, Emilio se
découvrit une fraction de seconde, les épaules retran-
chées, pivotant sur ses hanches pour frapper son coup
de grâce. Le pied de bronze décrivit un arc de cercle
dans l'espace. Pietro se baissa…
     Tiens !
     … et se fendit d'un coup une nouvelle fois.
     Image bien singulière. La Chimère, *il Diavolo*, Emilio

Vindicati, ancien chef du Conseil des Dix, venait d'être
embroché avec sa propre lame. Transpercé au-dessous
de la Trinité de Masaccio, l'épée fichée dans un montant
de bois, non loin du pilier où s'envolait vers le ciel une
chaire de pierre ouvragée de Cavalcanti.

La main de l'Orchidée Noire restait crispée sur le
pommeau, profondément enfoncée dans le corps de son
ennemi. Ils ne bougeaient pas, visage contre visage. Vindicati avait à présent une haleine de cuivre. Une haleine
de sang. A la première seconde, ses traits s'étaient durcis,
reprenant une expression qui lui était coutumière – et
familière à Pietro : une expression de dureté, d'autorité,
propre au rôle qu'il avait joué durant tant d'années, celui
de chef des Ténébreux. Puis, réalisant que Lucifer était
vaincu, il s'était comme décomposé. Son visage avait
blêmi ; ses sourcils s'étaient arqués, sa bouche s'ouvrant
dans une stupeur muette. Ses yeux retrouvèrent l'éclair
de folie qui les animait autrefois, et roulèrent dans leurs
orbites. Il chercha à voir ce qui se passait en contrebas.
Un filet de sang s'échappa de sa bouche. Il hoqueta.
Pietro ne lâchait pas sa prise. Les mains d'Emilio se
portèrent sur les épaules de son ancien ami, comme s'il
cherchait un soutien. Peut-être voulut-il articuler quelque
chose, mais il n'y parvint pas. Enfin, Pietro se recula. Les
mains de Vindicati retombèrent lourdement le long de
son corps. Un peu plus loin, le pied de bronze traînait.

Vindicati agonisa encore quelques secondes. Il était
ainsi, comme un pantin, sous l'image du Christ en croix,
celle-là même qu'il avait fait composer pour le meurtre de
Marcello Torretone au théâtre San Luca ; Lucifer foulé
aux pieds de la Trinité. Pietro se remémora soudain le
dessin de la Porte de l'Enfer qu'il avait entrevu dans la

Libreria de Vicario, au début de son enquête. Cette illustration aux parfums kabbalistiques, découverte dans ce livre à l'étui de feutre et de velours, rédigé d'une écriture sèche et gothique. On y voyait la Porte, immense, posée dans le sol comme une stèle, ou un cyprès funéraire, et le Prince des Ténèbres à figure de bouc, les démons jaillissant de sa chair, par-dessus ces amoncellements de crânes, d'ombres mortes, de faces hurlantes, de membres enchevêtrés. Le tableau auquel était maintenant cloué Vindicati évoquait soudain cette gravure, le drapé de Lucifer s'ouvrant sur les abîmes, tandis que la Trinité transfigurée achevait de se perdre dans l'obscurité de ses lignes de fuite, condamnant le Tentateur à tout jamais. Pietro se souvint aussi de l'inscription qui courait au-dessus de la Porte : *Lasciate ogni speranza, voi ch'intrate.*

Vous qui entrez ici, abandonnez toute espérance.

Au fond, près du maître-autel, les tentures achevaient de se consumer dans les flammes, jetant alentour un voile de brouillard. Par bonheur, le feu n'avait plus de prise sur la pierre. Le répit serait suffisant. Oui, aujourd'hui le feu serait vaincu – comme le Diable.

Enfin, le corps tout entier d'Emilio Vindicati s'affaissa.

> *Mon guide et moi par ce chemin caché*
> *Nous entrâmes, pour revenir au monde clair ;*
> *Et sans nous soucier de prendre aucun repos,*
> *Nous montâmes, lui le premier, moi le second,*
> *Si bien qu'enfin je vis les choses belles*
> *Que le ciel porte, par un pertuis rond ;*
> *Et par là nous sortîmes, à revoir les étoiles.*

Pietro laissa tomber son épée et porta la main à son bras en gémissant. Cette fois, tout était bel et bien terminé.

La Chimère avait quitté ce monde.

CHANT XXVII

Épilogue : Vers le Paradis
Octobre 1756

Ce soir, Pietro Viravolta et Anna Santamaria s'étaient rendus à l'opéra. On donnait *Andromeda*, sur un livret de Benedetto Ferrari : une reprise de l'œuvre qui, durant le Carnaval de 1637, avait accompagné l'inauguration du Teatro San Cassiano. Un premier théâtre, le San Cassiano Vecchio, destiné à la comédie, avait été construit en 1580 par les Tron, famille patricienne de San Benedetto. A la suite d'un incendie, il fut remplacé par un théâtre en pierre ouvert au public : les frères Francesco et Ettore Tron avaient obtenu l'autorisation du Conseil des Dix en mai 1636. Un tremblement de terre plus tard, et le théâtre, reconstruit pour la seconde fois, était revenu à l'opéra ; on y jouait Albinoni, Ziani et Pollacolo. Près de dix ans avant que Viravolta n'ait l'occasion d'assister à une représentation, le San Cassiano avait été le premier à accueillir l'*opera buffa* napolitain.

Le San Cassiano comportait cinq rangs et trente et une loges. Dans l'une d'elles, à une place de choix, se

trouvaient Pietro et Anna. Celle-ci battait la mesure,
du bruissement de son éventail. A la voir ainsi fascinée
par ce spectacle, les yeux brillants, Pietro souriait. Ils
s'étaient bel et bien retrouvés. Une vie nouvelle commençait. En contrebas, Andromède chantait d'une voix
de sirène, envoûtante, mais claire et haut perchée. Le
final flamboyant s'épanouit en une volée d'arpèges, puis
se calma. Le silence revint, aussitôt balayé par des ton-
nerres d'applaudissements.

En quittant la loge, dans les couloirs tapissés de
rouge, Pietro croisa Ricardo Payi, en douce compagnie. Philomena était charmante, avec des yeux à vous
damner.

— Alors, mon ami ! dit Pietro en souriant. Il paraît
que la messe est dite ! Vous voilà chef du redoutable
Conseil des Dix…

Ricardo sourit à son tour.

— Une lourde charge, comme vous vous en
doutez…

— Je gage que vous ne pourrez que faire mieux que
votre prédécesseur… Si j'ose dire.

— Le temps des diableries est terminé, en tout cas.
Venise a retrouvé sa quiétude, et pour longtemps, je
l'espère. L'impératrice Marie-Thérèse a eu vent des
agissements de ce mauvais duc qu'elle avait banni. Il
paraît qu'elle en est devenue folle furieuse ! Mais tout
est rentré dans l'ordre. Et vous connaissez les Vénitiens :
une fête balayant l'autre, ils ont déjà oublié le peu qu'ils
avaient compris des douloureux moments que nous
avons traversés… Mais dites-moi, Pietro… Où étiez-
vous installés, ce soir ? Je ne vous ai pas vus.

Le sourire de Pietro s'élargit.

— Mais… au Paradis, mon cher Ricardo, évidemment. Au Paradis…

Anna, amusée, se serra contre lui. Ricardo s'inclina pour lui baiser la main. Puis il fut apostrophé par l'un des nobles Vénitiens de sa connaissance, et s'éloigna avec Philomena dans un clin d'œil.

Anna regarda Pietro.

— Alors, chevalier ? Partons-nous ?

Il l'embrassa.

— Oui… Nous partons.

Quelques instants plus tard, ils étaient au-dehors. Anna prit le bras de Pietro, lui arrachant une petite grimace.

— Oh, pardon !… dit Anna. Tu as encore mal ?

Pietro sourit.

Alors qu'ils parvenaient tous deux au pied de la volée de marches du théâtre, Pietro fut soudain bousculé parmi la foule. L'homme qui venait de le heurter, vêtu de noir, ne se retourna même pas.

— Oh là, *Messer* ! Vous pourriez vous excuser !

Entendant cette voix, l'homme s'arrêta brusquement, de dos, raide comme un piquet. D'autres personnes le croisaient, venues de droite et de gauche. Mais il ne bougeait pas. Puis, lentement, il se retourna. Il portait un chapeau sombre, et un foulard lui masquait une partie du visage, si bien que l'on ne voyait que ses yeux, étincelants. Pietro fronça les sourcils. Tout à coup, l'homme marcha vers lui et, l'attirant par l'épaule, de manière presque autoritaire, il dit, la voix déformée par son foulard :

— Excusez-le une seconde, princesse. Et toi… viens !

Pietro était estomaqué.

— Je vous en prie, qu'est-ce que…

— Allez, viens !

Intrigué, Pietro regarda Anna et abandonna son bras un instant, se laissant entraîner par le mystérieux personnage. Ils s'écartèrent de la foule, et l'homme se posta auprès d'une ruelle obscure. Se retournant de nouveau, il eut un rire. Ses yeux semblèrent étrangement familiers à Pietro… Dans un souffle, l'homme tira son foulard vers le bas ; il avait l'air particulièrement excité.

Pietro le reconnut aussitôt.

— *Giacomo ! Toi !* dit-il, stupéfait.

Casanova sourit, puis son sourire disparut. En vérité, il avait le teint pâle et le visage émacié, sous l'effet de ses longues privations. Son front était fiévreux.

— Mais je te croyais encore enfermé aux Plombs ! J'ai proposé que le Conseil des Dix te prenne à son service, le Doge parlait de réexaminer ta libération, mais…

Casanova étendit la main.

— Tais-toi, mon ami ! Je ne peux te parler longtemps. Je suis en fuite. Un cheval m'attend, je pars loin d'ici.

— *En fuite ?* Mais comment as-tu…

— Tu te souviens de Balbi ? Il était enfermé non loin de nous. Tu ne le croiras jamais : il est parvenu à creuser un trou, sous le plafond de sa cellule, pour me rejoindre dans la mienne. Ensemble, nous avons pu échafauder un plan, et je suis parvenu à m'échapper par les toits…

— Une évasion ! Une évasion des Plombs ! Mais… c'est incroyable !

— Une première, je sais ! Pietro, mon ami… Comment vas-tu ? Je vois que tes affaires aussi se sont arrangées, dit-il en regardant Anna par-dessus son épaule, qui les observait tous deux. Alors… Ottavio a quitté la scène ?

Mais que s'est-il passé, pendant tout ce temps ? Le Carnaval s'est déroulé dans une telle agitation que…

— Oh, dit Pietro, souriant. C'est une longue histoire. Venise ! Tu sais… Mais toi, Giacomo ! Où vas-tu aller ?

— Ne m'en veux pas, je ne peux te le dire. Mais allons ! Je dois te quitter ! Plaise à Dieu que nous nous croisions à nouveau, mon ami ! Je ne t'oublierai pas.

— Moi non plus, Giacomo, Moi non plus.

Les deux hommes s'étreignirent puis, dans un dernier sourire, Casanova fit un signe de son chapeau… et s'en retourna dans un froissement de cape.

Il disparut dans la ruelle sombre.

Pietro resta là quelques instants. Il regarda en direction d'Anna Santamaria. Elle l'attendait, au milieu de la foule qui se dispersait.

Il jeta un dernier coup d'œil vers la ruelle… puis il rejoignit Anna.

*
* *

C'était au mois d'octobre 1756. Giacomo Casanova venait de s'évader de la prison des Plombs. Pietro, songeur, se tenait devant la lagune, place Saint-Marc. Son chapeau à la main, il portait un grand manteau noir, par-dessus sa veste aux motifs floraux et une chemise blanche aux amples manches. La nuit avait passé, le jour se levait. Des nappes de brume s'élevaient lentement vers le ciel. Les gondoles, alignées tout le long du quai, tanguaient légèrement de gauche à droite, accompagnant le clapotis de l'eau. Pietro n'avait pas le cœur lourd, mais étreint d'un curieux sentiment de nostalgie.

Il regardait San Giorgio, devinait au loin les rives du Lido ; derrière lui, la flèche du Campanile et le lion ailé. Combien de temps ? se demandait-il. Venise avait déjà traversé tant d'épreuves. Un joyau, oui ! Mais si fragile. Ce bout de lagune menacé par l'*acqua alta*, les intempéries, les tremblements de terre et de mer, ce bout de lagune que l'on s'était évertué à sauver depuis déjà six cents ans, avait été un empire, un pont entre l'Orient et l'Occident, un phare pour le monde. Mais combien de temps survivrait-elle ? Quels efforts faudrait-il encore accomplir pour lui permettre de garder sa beauté et son rayonnement ? Quelles nouvelles inspirations ferait-elle naître ? Venise en ses masques et sa vérité, ville des arts et du Carnaval, de la joie et des faux-semblants. Quelles convoitises exciterait-elle encore ?

Pietro aimait Venise comme une femme, comme sa première maîtresse.

— Pietro !

Il se retourna.

Anna Santamaria, lumineuse, l'attendait. Elle lui fit signe et monta dans le carrosse qui devait les emmener loin d'ici. Le cocher le regardait aussi ; et Landretto, le fidèle Landretto, à peine remis d'une nuit ravageuse. Pietro revint vers eux, les yeux rivés sur les pavés. Il comptait encore chaque pas qu'il faisait sur cette place qu'il avait tant sillonnée. Arrivant auprès de Landretto, il lui donna une tape sur l'épaule, manquant de le faire tomber. Le valet avait visiblement mal au crâne.

— Alors, mon ami ? Mais… et ta Dame de Cœur ?

— Oh, dit Landretto. Une vraie furie, croyez-moi. Je suis épuisé. Vous savez ce que c'est : la Venise secrète… Je ne suis pas mécontent de la quitter.

Pietro rit tandis que Landretto chargeait sur l'attelage leurs dernières affaires.

— Bon ! Peut-être pouvez-vous enfin me dire où nous
allons ! dit Landretto.

Pietro écarta les bras.

— Tu ne l'as pas deviné ? La France, Landretto !
Bien sûr ! C'est Versailles qui nous attend. Et avec les
bonnes grâces du Doge, nous n'aurons à nous plaindre
de rien. Dis merci à la Sérénissime, mon ami. Dis-moi…
Tu as bien pris mes jeux de cartes ?

— Assurément. La France, alors ?…

— La France, mon ami.

Pietro retourna quelques instants au bord de la
lagune. Il y contempla les reflets du ciel encore timides,
et leurs troublantes oscillations. Il avait du mal à s'ar-
racher à cet endroit. Lentement, il prit la fleur à sa boutonnière. Il la jeta dans l'eau, et la suivit du regard.

Enfin, il regagna le carrosse.

— L'Orchidée Noire, c'est terminé ! dit-il à Landretto.
Mais ne t'inquiète pas. L'important est ailleurs…

Il sourit et lui fit un clin d'œil.

— Après tout… Maintenant, je suis une légende !

Il se coiffa de son chapeau, son sourire s'accentua. Le
visage d'Anna Santamaria lui apparut. Après un dernier regard en direction de la lagune, il s'inclina dans
une longue révérence.

Puis il monta à l'intérieur du carrosse.

*
* *

On ne se souvint guère des étonnantes aventures de

cette année 1756, au sein de la Sérénissime République. Le faste du Carnaval, l'un des plus réussis du siècle, effaça la trace de cette conspiration dont l'Histoire ne sut retenir le nom ; et, en vérité, l'on ne garda en mémoire que quelques-uns des épisodes qui avaient émaillé ces mois singuliers. Le destin de l'Orchidée Noire lui-même fut scellé dans un dossier poussiéreux, qui gagna les étagères de la *Quarantia Criminale* et de la Venise secrète de ce dix-huitième siècle.

Etagères où il fut oublié à son tour.

Mais on le sait, les légendes n'ont pas besoin de l'Histoire pour vivre.

Alors ce n'est pas bien grave.

REMERCIEMENTS

Merci à mon éditeur Christophe Bataille, à Olivier Nora, à Jacqueline Risset pour sa traduction de *L'Enfer* de Dante, dans l'édition Flammarion de 1992 ; à Philippe Braunstein et Robert Delort pour *Venise, portrait historique d'une cité*, coll. Points Seuil, et Françoise Decroisette pour *Venise au temps de Goldoni*, chez Hachette Littératures ; sans oublier les *Mémoires* de Casanova, sans lesquelles mon Carnaval n'aurait pas été possible ; enfin, merci à Philomène Piégay pour sa patience et son soutien.

Table

CINQUIÈME CERCLE

SIXIÈME CERCLE

SEPTIÈME CERCLE

HUITIÈME CERCLE

NEUVIÈME CERCLE

Arnaud Delalande
dans Le Livre de Poche

L'Eglise de Satan n° 30191

Début du XXIᵉ siècle : un érudit, Antoine Desclaibes, exhume de l'« enfer » de la Bibliothèque nationale un mystérieux poème occitan, qu'il tente de décrypter. XIIIᵉ siècle : Escartille, troubadour naïf et rebelle, est lancé au milieu d'une guerre sans merci. Les cathares – l'Église de Satan – sont la cible des autorités de Rome et se dressent contre l'étau de l'Inquisition. La tempête se déchaîne : des villes entières sont rasées, des milliers de personnes conduites au bûcher. Le Diable est sur le monde – mais dans quel camp ? Escartille sillonne des campagnes dévastées, prêt à tout pour retrouver Louve, la belle Aragonaise dont il est tombé follement amoureux avant la guerre, à la cour de Puivert. Il n'y aura bientôt qu'un seul refuge : le château-temple de Montségur, forteresse située sur un pic des Pyrénées ariégeoises. Là se jouera le sort de l'Église de Satan qui, encerclée par les forces du pape et du roi de France, défie la raison officielle… Mais sous le poème composé par le troubadour se cache une vérité insoutenable. Au milieu du sang et de la fureur, un cavalier sans nom détient le plus grand secret de l'histoire de la Chrétienté. Dans l'« enfer » de la Nationale, Antoine Desclaibes commence à lire entre les lignes, se précipitant au-devant d'une révélation qui pourrait changer notre conception du monde…

Fabriqué au début du XVIIIᵉ siècle par un obscur luthier russe, le Cygne est un violon prodigieux, qui n'a rien à envier aux meilleurs Stradivarius. Paganini, dit-on, aurait emporté l'instrument dans sa tombe… De nos jours, à Paris, le Cygne obsède un compositeur célèbre, Igor Vissevitch, qui prépare son ultime chef-d'œuvre. Il charge son fils Frédéric de se rendre à Prague pour retrouver la trace de l'instrument. C'est là que le jeune homme fait la connaissance du rabbin Élie Bogda-nowicz, luthier de renom, qui lui remet le violon tout en l'instruisant sur sa généalogie légendaire. Mais Élie est assassiné. Et Igor Vissevitch est tué dans de troubles circonstances. Frédéric n'a qu'une seule piste : une par-tition du *Mouvement perpétuel*, une pièce de Paganini réputée injouable…

Tout commence par un tableau médiéval, envoyé à Paris pour expertise par le responsable des collections du Vatican. On y voit un moine et un chevalier avec, entre eux, un chandelier d'or à sept branches. Quels secrets redoutables dissimule donc cette œuvre d'un peintre inconnu, au sujet difficilement identifiable ? L'historien d'art Itzhak Witzberg et sa jeune élève Judith tentent de percer l'énigme. Bientôt, la mort frappe, des tueurs sont lancés à leurs trousses. La sourde malédiction qui semble peser sur le tableau conduit Judith jusque dans les ténèbres de la crypte de Notre-Dame sous la terre. Cependant, à Rome, rivalités et machinations s'exacer-bent pour la succession d'un pape vieillissant. Qui soup-çonnerait que les deux principaux candidats au trône de saint Pierre subissent le chantage de la mafia ? Et que la

clef qui peut les y soustraire se trouve dans le tableau ?
Avec cette intrigue à la fois policière, historique et méta-
physique, Arnaud Delalande signe un roman palpitant,
somptueux, autour de quelques enjeux majeurs des
grandes religions en cette fin de millénaire.

Composition réalisée par Chesteroc Ltd.

Achevé d'imprimer en février 2008 en Espagne par
LIBERDÚPLEX
Sant Llorenç d'Hortons (08791)
Nº d'éditeur : 99077
Dépôt légal 1re publication : janvier 2008
Édition 02 - février 2008
LIBRAIRIE GÉNÉRALE FRANÇAISE – 31, rue de Fleurus – 75278 Paris cedex 06

31/1899/9

Du même auteur :

NOTRE-DAME SOUS LA TERRE, Grasset, 1998.

L'ÉGLISE DE SATAN, Grasset, 2002.

LA MUSIQUE DES MORTS, Grasset, 2003.

LA LANCE DE LA DESTINÉE, Laffont, 2007.